Für uns Teamgeister

1. Kapitel

21.02.2003 – Ein Dorf ohne Namen in den Rayons

Ich wusste, dass ich zu spät kommen würde, sogar schon, als ich es noch hätte verhindern können. Schuld allein war das Buch, das mich derart gefesselt hatte. Zwischendurch war ich aus den Seiten aufgetaucht, nur um zu sehen, dass die Zeiger meiner rosafarbenen Kinderarmbanduhr entgegen all meiner Hoffnungen *nicht* stehen geblieben waren.

Schließlich blätterte ich die letzte, leicht vergilbte Seite um, ließ meinen Blick über die Buchstaben rasen, die Millisekunden später Wörter und Sätze bildeten und in meinen Verstand sanken. Dann war die Geschichte vorbei und ich musste von den lieb gewonnenen Figuren Abschied nehmen. Wie sollte ich jetzt mit dem normalen Leben weitermachen? Wie sollte ich jetzt nach Hause gehen und einschlafen, wenn ich die Abenteuer der Charaktere nicht mehr weiterverfolgen konnte?

»Unvorstellbar«, murmelte ich, bevor ich das Buch zuklappte und mich in der halbdunklen Bibliothek umschaute. Die Bibliothek war eines der wenigen Gebäude in unserer Stadt in den Rayons, die während des Dämonenkrieges nicht zerstört worden waren. Sie war mein Lieblingsort, denn hier konnte ich mich vor der Realität verstecken. Hier musste ich mich nicht einer unsicheren Zukunft stellen.

Ich erhob mich von dem hölzernen Stuhl, um das Buch zurück ins Regal zu räumen, als ich mich plötzlich dem Bibliothekar gegenübersah. Er war ein sehr lustiger, alter Mann, der seltsam roch, aber er erlaubte mir immer, so lange hierzubleiben, wie ich wollte. Deshalb mochte ich ihn.

»Holla, Alison!« Er legte sich eine Hand aufs Herz, als hätte er sich erschrocken.

»Hallo, Mr. Bishop«, lächelte ich breit, um wenigstens so zu tun, als würde ich über sein gespieltes Erschrecken lachen. Er war so albern.

»Du weißt, dass es spät ist, nicht wahr? Draußen ist es schon dunkel.« Er deutete vage in die Richtung, in der einst Fenster gewesen waren. Nun waren sie von außen mit Holzbrettern vernagelt.

»Das Buch war einfach so spannend!«, erklärte ich aufgeregt und gestikulierte wild mit den Händen. »Ich verstehe zwar nicht ganz, *wieso* Mr. Ripley mit sich selbst so unzufrieden war und die anderen getötet hat, aber na ja … vielleicht erfahre ich mehr in den Fortsetzungen.«

Mr. Bishop sah mich tadelnd an.

»Alison. Du weißt, dass deine Eltern mir einen Strick drehen würden, wenn sie erfahren, was du hier liest, oder?« Natürlich hatte er recht damit, dass meine Eltern über die Wahl meiner Lektüre nicht gerade begeistert wären, aber sie würden ihre Enttäuschung nie an Mr. Bishop auslassen. Ich würde dann schon eher mit Hausarrest darunter zu leiden haben.

»Ich verstehe das nicht. Als ob hier alles besser wäre …«, entgegnete ich leise mit einem Blick auf die Gaslampe, die an einem Haken an der Wand hing. Seit Jahren gab es keine Elektrizität mehr, da die Dämonen die Atomkraftwerke heruntergefahren und über die Nutzung von elektronischen Geräten die Todesstrafe verhängt hatten. Das hatte mir Mom erklärt. Einen richtigen Grund für die Androhung dieser Strafe hatte sie mir aber nicht nennen können.

»In den Büchern sind wenigstens nur Menschen die Bösen und keine Dämonen.«

»Ist das wirklich so beruhigend?« Der Bibliothekar schmunzelte, bevor er ein tiefes Seufzen verlauten ließ und mich dann bis vor die Tür geleitete. »Soll ich dich nach Hause begleiten?«

Ich schüttelte meinen Kopf so heftig, dass die geflochtenen Zöpfe hin und her wackelten.

»Ne, ist ja direkt um die Ecke.«

»Sei vorsichtig.«

»Immer.« Ich versuchte zu zwinkern, aber statt eines Auges drückte ich beide zu. Als ich sie wieder öffnete, war Mr. Bishop verschwunden und die Tür hinter mir geschlossen.

Draußen war es kühl, aber nicht kalt. Was die Temperaturen anging, war der Norden Kaliforniens im Winter ziemlich beständig – einer der Vorteile, wenn man hier lebte.

Ich konnte mich kaum noch an die Zeit erinnern, als wir in Los Angeles gewohnt hatten. Der Krieg hatte begonnen, da war ich gerade einmal fünf Jahre alt gewesen. Kurz darauf waren wir aus der Stadt geflohen und durch Kalifornien gezogen, immer auf der Suche nach einem Ort, der für kurze Zeit Sicherheit bot, bis der Krieg letztlich vor einem Jahr beendet und sowohl Nordamerika als auch Europa von Dämonen beschlagnahmt worden waren. Oder so.

Mom hatte mir erzählt, dass ein paar Dämonen seitdem Städte gründeten, in denen Menschen gemeinsam mit ihnen leben sollten, aber dann musste man sich auch den … den Gesetzen beugen. Genau. So hatte sie es gesagt. Ich wusste nicht genau, was das bedeutete, nur dass wir außerhalb der Städte wohnten und deshalb so leben durften, wie wir es taten. Der einzige Nachteil war, dass wir hier in den Rayons von Dämonen angegriffen werden konnten. Niemand außer den Erwachsenen verteidigte uns.

Ich versenkte die Hände in den Taschen meiner ausgebeulten Jeans, die am Bund viel zu eng war. Mein Bauch wölbte sich leicht darüber. Ich versuchte, ihn einzuziehen, aber das war mir nach ein paar Sekunden zu anstrengend.

Wenn mir langweilig war, stahl ich mich in die Küche und aß etwas. Meistens Brot, da alle anderen Lebensmittel knapp waren. Mittlerweile konnte ich aber nicht einmal mehr das tun, da wir schon seit einer Weile keine Nahrung mehr bekommen hatten. Dad und ein paar andere Erwachsene taten sich alle paar Wochen zusammen, verließen das Dorf und suchten nach Lebensmitteln für uns. Er würde übermorgen wieder aufbrechen und ich vermisste ihn schon jetzt.

Mit Mom kam ich eigentlich gut zurecht, aber meine große Schwester Sarah war eine komplette Nervensäge. Nur weil sie jetzt achtzehn Jahre alt war, dachte sie, sie wäre total erwachsen und mir überlegen. Jedes Mal, wenn ich bei einem Gespräch mitreden wollte, schaute sie mich nur mit diesem mitleidigen Blick von oben herab an und sagte: »Aly, warum gehst du nicht mit deinen Puppen spielen?«

Ich hatte schon seit einem halben Jahr nicht mehr mit ihnen gespielt! Aber nein, das interessierte sie nicht. Sie und alle anderen, außer vielleicht Mr. Bishop, sahen ein dickes und dummes zwölfjähriges Mädchen. Niemand bemerkte, dass ich so viel mehr verstand. So viel mehr sah.

Seufzend kickte ich einen Stein von dem Bordstein und blickte in den vom Mond erhellten Himmel. Es war noch nicht ganz Vollmond. Oder nahm er bereits wieder ab? Ich hatte vergessen, welche fehlende Seite was ausdrückte.

Eine kühle Brise fuhr mir in den Kragen und ließ mich kurzzeitig erzittern. Dann hatte ich meine Straße erreicht. Hier standen rund fünf Häuser jeweils links und rechts, aber nur drei von ihnen waren bewohnt. Wir lebten in dem großen mit dem hellblauen Anstrich.

Mom würde mich *umbringen,* wenn ich reinkam. So spät wie heute war ich schon lange nicht mehr gewesen. Andererseits … normalerweise schickte sie Sarah vor, um mich abzuholen, wenn ich nach Anbruch der Dunkelheit nicht zu Hause war. Seltsam.

Oder sie waren einmal froh darüber, dass ich sie nicht mit meinen Fragen löcherte.

»Pff … Mir doch egal«, grummelte ich, als die Straße in Dunkelheit getaucht wurde. Mit einem mulmigen Gefühl sah ich hinauf und erkannte, dass sich einige dunkle Wolken vor den Mond geschoben hatten. Gut, dass ich nur noch ein paar Meter vor mir hatte.

Ich sprang die Stufen zur Veranda hoch, bevor ich die Tür erreichte, die lediglich angelehnt war. Das war komisch. Eigentlich waren Mom und Dad ziemlich penibel, was das Schließen der Türen und Fenster anging. Ich schürzte verunsichert die Lippen.

Unentschlossen blickte ich nach links und rechts, aber in der Dunkelheit konnte ich kaum noch etwas erkennen. Also stieß ich die Tür mit der flachen Hand auf und blinzelte in den Flur hinein, der durch das schwache Licht einer Kerze beleuchtet wurde.

»Mom?«, rief ich mit gedämpfter Stimme. »Dad? Sarah?«

Niemand antwortete mir, als ich endlich eintrat und die Tür hinter mir schloss.

»Ich bin da!«

Die Küche und das Wohnzimmer lagen in Dunkelheit, was mich noch mehr bestürzte als die angelehnte Tür. Ich war kurz davor, wieder rauszulaufen, als ich das Wimmern hörte. Es klang nach meiner Schwester und ich hatte es seit langer Zeit nicht mehr gehört. Obwohl mein Herz vor Angst fast aus meiner Brust sprang, kämpfte ich mich die Treppen hoch, bis ich etwas Nasses auf dem Geländer fühlte.

Ich hatte beinahe die letzte Stufe erreicht, da hielt ich inne und rieb die Flüssigkeit zwischen Daumen und Zeigefinger. Dunkel und samtig.

Blut.

Das Wimmern verstummte und die plötzliche Stille riss mich aus meiner Starre. Vorsichtig ging ich die letzten drei Stufen hoch und sah in Sarahs Zimmer, das leer war. Dann vernahm ich ein grausames Lachen, das mir einen eiskalten Schauer den Rücken hinabrinnen ließ und ich wusste, wo sie sich befanden.

In meinem Zimmer.

Meine Knie fühlten sich an wie der Wackelpudding, den ich zu meinem fünften Geburtstag bekommen hatte. Ich konnte mich nur deshalb noch daran erinnern, weil der Berg von diesem grünen Zeug einfach riesig und wackelig gewesen war.

»Mom?«, wisperte ich und trat in den Raum ein, der mich von nun an in meinen Albträumen verfolgen sollte.

In der ersten Sekunde nahm ich meinen Vater und Sarah, die auf dem Boden lagen, wahr, in der nächsten erkannte ich, dass Mom, über Sarah gebeugt, eines unserer scharfen Küchenmesser in der Hand hielt, die ich nicht anfassen durfte, weil es zu gefährlich war. Hinter Mom standen zwei in Schatten gehüllte Männer, unberührt von dem Licht der einsamen Kerze auf meinem Nachtschränkchen.

»Wen haben wir denn da?«, sprach einer der Fremden mit einem leichten Akzent, den ich nicht einordnen konnte. Ich wusste jedoch sofort, was er und sein Freund waren.

Dämonen.

»Dad?« Ich stürzte an seine Seite, rutschte über den blutbesudelten Boden und berührte sein Gesicht. Seine Augen starrten ins Nichts, was nur eines bedeuten konnte.

»*Dad!*«

Tränen sammelten sich in meinen Augen, aber ich konnte sie nicht weinen. Die Angst saß mir zu tief in den Knochen und mit jeder Bewegung, die ich tat, befürchtete ich, ebenfalls von den Dämonen niedergestochen zu werden.

Doch dann fiel mir auf, dass sie es überhaupt nicht waren, die Waffen trugen. Mom hielt das Messer in der Hand, halbhoch, als würde sie auf Anweisungen warten. Sarahs Brust hob und senkte sich unregelmäßig. Ihre Augen waren geschlossen, während das Blut ihre hellblaue Bluse dunkel färbte.

»Was hast du getan?«, hauchte ich und sah von Mom zu den beiden Fremden und wieder zu Mom.

»Die Schlauste ist sie nicht gerade«, lachte der andere Mann und stieß den größeren mit dem Ellbogen in die Seite. »Vielleicht hätten wir sie zuerst töten sollen.«

»Na los, Marianne«, sagte der Dämon mit der melodiösen Stimme, seinen Gefährten ignorierend, und sah meine Mutter an. Ihr Körper zuckte zusammen, als sie ihren Namen aus seinem Mund hörte. »Du wolltest deiner Tochter doch eine Lektion erteilen.« Er bewegte kurz seine klauenartige Hand, als würde er Mom dazu auffordern, sich zu bewegen. Und sie tat es.

Zu meinem Entsetzen holte sie weiter aus und stieß noch einmal zu. Sarah stöhnte. Ich starrte. Die Welt drehte sich weiter.

»MOM! STOPP! HÖR AUF!«, kreischte ich und streckte meine Hand aus, um ihre Hand aufzuhalten, doch ich verfehlte sie. Das Messer streifte mein Handgelenk, bevor es mit einem unbeschreiblichen Geräusch in Sarahs Bauch gestoßen wurde. »Bitte«, wimmerte ich hilflos.

»Es reicht«, sagte der Größere, als sich Sarah nicht mehr bewegte. Mom hielt sofort inne, dann blickte sie mich mit ihren großen braunen Augen an. Sie waren leer. Ich konnte nichts mehr in ihnen erkennen. Vielleicht war es auch einfach nur zu dunkel.

»Beende es, Marianne. Du weißt, dass du es möchtest.« Wieder bewegte er seine Hand. Im nächsten Moment stach Mom das Messer gnadenlos und ohne zu zögern in ihre eigene Brust. Ein leises Geräusch, als wäre sie überrascht, entfloh ihren Lippen, dann fiel sie vornüber auf die leblosen Körper ihrer Tochter und ihres Mannes.

Ich konnte nichts anderes tun, als hinzusehen und es zu ertragen. Es würde nicht lange dauern. Sie würden mich auch manipulieren, wie sie es bei meiner Mutter getan hatten. Nun erinnerte ich mich an die unzähligen Gespräche, die ich nur in Fetzen mitbekommen hatte, weil ich noch zu klein, zu jung und zu dumm gewesen war, um an ihnen teilzunehmen. Das hier waren Königsdämonen. Sie konnten Menschen manipulieren und sie alles tun lassen, was sie wollten.

»Was machen wir jetzt mit ihr?«, fragte der Unscheinbarere und Kleinere. Ich sah ihn und doch schien ich ihn nicht wahrnehmen zu können.

Ich schlang die Arme um meinen Oberkörper und versuchte verzweifelt, mich selbst zusammenzuhalten. Nur noch ein paar Minuten. Ein paar Momente, dann würde ich wieder bei meiner Familie sein. Es würde bestimmt nicht so sehr wehtun. Bestimmt nicht. Nein. Vielleicht nur ein kleines bisschen. Das würde ich schon irgendwie ertragen. *Du bist tapfer, Alison. Sarah war auch tapfer. Und Mom. Und Dad.*

Der größere Dämon bewegte sich plötzlich auf mich zu. Seine Schritte waren langsam, wirkten gesetzt und raubtierhaft. Ich blickte nur bis zu seinen Händen, die an den Seiten herabhingen. Sie waren klauenartig und machten mir Angst. Würde er mir damit die Kehle aufschlitzen?

Er legte die schwarze Kralle seines Fingers unter mein Kinn und übte leichten Druck aus, sodass ich verstand, dass ich ihn ansehen sollte. In dem schwachen Schein der Kerze konnte ich nun die pupillenlosen Augen, die nur aus der Farbe der Iriden zu bestehen schienen, und die verlängerten Zähne sehen.

»Wir lassen sie hier. Lebend«, antwortete er mit seiner akzentträchtigen, sanften Stimme. »Denn das wird ihre größte Strafe sein. Unter den Erinnerungen zu leiden. Für den Rest ihres erbärmlichen Menschenlebens.« Er legte den Kopf schief, beugte sich weiter hinab und versiegelte sein Versprechen mit einem Kuss auf meine Lippen. »Nicht wahr, Alison?«

2. Kapitel

August 2010 – Die Rayons

Sieben Jahre. Sieben lange Jahre waren vergangen, seit ich meine Familie auf so grausame Art und Weise verloren hatte. Es verging kein Tag, an dem ich mich nicht an diesen Abend zurückerinnerte, was dem Königsdämon recht gab. Das war meine Strafe.

Ich hob meine schwarze Lederjacke vom Boden auf und schüttelte sie gründlich aus. Hier war es alles andere als sauber, aber das Haus war nur für den Übergang gedacht. Eigentlich hatte ich nicht mehr als die eine Nacht hierbleiben wollen, aber dann hatte ich eine Gruppe Schattendämonen gefunden. Die vergangene Nacht hatte ich also damit zugebracht, die Bar, die sie offensichtlich frequentierten, zu beobachten.

Es war nicht schwer gewesen, mir einen Plan zurechtzulegen, wie ich vorzugehen hatte, um möglichst viele von diesen Monstern zu erledigen.

Den Tag hatte ich dazu genutzt, etwas Schlaf nachzuholen. Es war nicht gerade einfach, wenn man ständig von Albträumen heimgesucht wurde. Damit meine ich nicht die Art, die dich heftig atmend in der Realität zurücklässt, obwohl das auch schon mal vorkam; nein, ich meine die Art, die bis in dein Innerstes vordringt, sich dort ausbreitet und dich an deiner gesamten Existenz zweifeln lässt. Wenn ich dann endlich erwachte, fühlte ich mich stets schwach und ausgelaugt. Es kam nicht selten vor, dass ich mich von meinem Essen verabschieden musste.

Ich entschied mich für eine dehnbare, dunkle und eng anliegende Jeans, in der ich schon oft genug gekämpft hatte. Ein paar Risse befanden sich bereits in ihr und Blutflecken, die sich nicht mehr rauswaschen ließen, verrieten meine Profession. Bevor ich zurück in die Stadt ging, würde ich sie entsorgen müssen, um mich nicht zu verraten. Mühsam zog ich die Hose über meine muskulösen Beine, die ich dem jahrelangen Training zu verdanken hatte. Vorbei waren meine Tage der Fettleibigkeit. Selbst wenn ich nicht mit dem Kampftraining begonnen hätte, war es für Menschen in diesen Zeiten schwer, übergewichtig zu bleiben oder überhaupt zu werden.

Nachdem ich meine abgetragene Lederjacke über mein einfaches Polyestershirt aus alten Tagen gezogen hatte, begab ich mich zu dem Bett, auf dem meine schwarze Sporttasche lag, in der ich ein paar Wechselklamotten und noch mehr Waffen aufbewahrte. Ich steckte mehrere Dolche an diverse Stellen an meinem Körper, die ich im Kampf leicht erreichten konnte. Zwei Federmesser, deren kurze, skalpellartige Klingen einmal aus Silber und einmal aus Gold bestanden, hakte ich in die üblichen Positionen an meinem Gürtel ein, da ich diese auf keinen Fall verlieren durfte. Es war schwer, diese Art von Waffen heutzutage aufzutreiben, was insbesondere auch für Schusswaffen jeglicher Art galt, da diese sogar gesetzlich verboten waren. Natürlich besaß ich trotzdem eine Halbautomatische, die ich jedoch nur für den Notfall aufbewahrte, da ich nicht in Schwierigkeiten kommen wollte. Nicht, dass das Töten von Dämonen mich nicht in Schwierigkeiten bringen würde, sollte ich nicht aufpassen.

Ich packte noch diverse Wurfmesser mit ein und befestigte mein Waidblatt – ein großes, relativ schweres Jagdmesser, das genau fünfundzwanzig Zentimeter maß und eine leicht abgeschrägte Klinge besaß – an meinem Gürtel. Das Waidblatt hatte mir meine Tante Lucy geschenkt.

Damals, als ich ganz allein gewesen war, hatte mich Mr. Bishop eigenhändig nach Billings gebracht, wo meine Tante lebte. Er fand sie und übergab mich ihr, was das Beste war, was er hätte tun können.

Lucy hatte mir einen Grund zum Weiterleben gegeben. Sie hatte mich wieder zum Reden gebracht, indem sie mir das Kämpfen zeigte. Ich hatte meine Aufgabe gefunden und später auch meine Bestimmung.

Ich überprüfte noch einmal alle Halterungen, besonders die Gurte um meinen linken Oberschenkel, an dem die meisten Messer hingen, bevor ich meine dunkelbraunen Haare zu einem neuen Pferdeschwanz zusammenband und dann meine Armbrust zur Hand nahm. Zwei Pfeile würden genügen. Im Nahkampf wäre die Waffe ohnehin nur hinderlich, weshalb ich vorhatte, sie bloß am Anfang zu benutzen. Einen von den Schattendämonen würde ich ausschalten können. Sicherheitshalber steckte ich noch zwei weitere Pfeile ein. Es konnte nie schaden, mehr Waffen einzustecken.

Die Lippen zusammenkneifend verließ ich das heruntergekommene Haus in irgendeiner Stadt, deren Namen niemand mehr kannte. Es wohnten zwar noch ein paar Menschen hier, aber so wie es aussah, hatten wie fast überall in den Rayons Schattendämonen das Sagen.

Draußen lag die Dunkelheit wie ein Leichentuch über Straßen und Gebäuden, was nicht weiter verwunderlich war. Dort, wo sich viele Dämonen aufhielten, sammelte sich zwangsläufig der Schatten. Königsdämonen konnten diese jedoch weniger stark beeinflussen als Schattendämonen, die ihnen ansonsten kräftemäßig weit unterlegen waren.

Ich hielt die Armbrust im Anschlag, während ich den Weg einschlug, den ich mir am vorigen Tag überlegt hatte. Er würde mich zur Hintertür des Etablissements bringen, in dem sich hoffentlich eine ganze Meute von Monstern aufhalten würde.

Es war nicht komisch oder gar ein Grund für Angst, dass ich niemandem begegnete. Selbst in den einundzwanzig Städten in Nordamerika waren in der Nacht meist nur Dämonen unterwegs, da sie das Sonnenlicht mieden. Menschen lebten hingegen größtenteils nach dem *normalen* Zeitplan.

Ich selbst befand mich irgendwo dazwischen und passte mich meist dem an, was gerade notwendig war.

Mittlerweile hatte ich die Gasse erreicht, in die die Hintertür mündete und wo ich mein erstes Opfer erledigen sollte. Die Armbrust hob ich noch ein Stück weiter an, bevor ich mit gleichmäßigen Schritten in die Finsternis eintauchte. Gut, dass ich im Dunkeln nicht so schlecht sah wie die meisten Menschen.

Letzte Nacht hatte ich die Bar beobachtet und die Gegend ausgekundschaftet, während ich mich von Dach zu Dach fortbewegt hatte, immer darauf bedacht, in Deckung zu bleiben. Heute konnte ich mich nicht mehr aus dem Geschehen heraushalten. Heute würde ich die Welt von ein paar weiteren Dämonen befreien, die von einer anderen Dimension aus unsere Länder überrannt hatten.

Ich klopfte ein paar Mal fest an die Tür, bevor ich drei Schritte zurückging und mit der Armbrust auf die Stelle zielte, an dem derjenige stehen würde, der die Tür öffnete.

Mein Zeigefinger schob sich über den Abzug.

Es dauerte nicht lange, da wurde die Tür nach außen geöffnet und ein großer, breitschultriger Mann trat heraus.

»Schönen Abend«, begrüßte ich ihn, den Kopf schief legend. »Ist die Happy Hour schon vorbei?«

Sobald er meine Armbrust erkannte, wandelte sich seine Form. Seine Zähne wurden länger und spitz, die Pupillen verfärbten sich weiß und seine Hände verformten sich zu Klauen. Er stieß ein tiefes Knurren aus, doch da hatte ich den Pfeil schon losgelassen. Zischend traf er sein Ziel.

Die Armbrust fiel klappernd zu Boden, als ich dem Schattendämon einen Tritt in die Magengrube versetzte und mit dem Ellbogen seine Schulter traf. Fassungslos blickte er von mir zu dem Pfeil, der aus seiner Brust herausragte, dann fiel er auf die Knie und kippte schließlich zur Seite weg. Seine Augen starrten ins Nichts.

Schnell schloss ich die Tür wieder hinter ihm, sodass ich in Ruhe mein silbernes Federmesser herausholen konnte. Ich zog den Pfeil aus seiner Brust und riss das Leinenhemd vorne auseinander, sodass ich die dunkel behaarte Haut sehen konnte.

Schattendämonen waren an sich lächerlich einfach zu töten. Das Problem war nur, dass sie nicht immer tot blieben. Lucy und ich hatten ein paar Jahre gebraucht, ehe wir herausgefunden hatten, was die Heilung oder das Wiederauferstehen auf jeden Fall verhinderte.

Ich ritzte mit dem Federmesser das Saturnzeichen über seinem Herzen in die Haut. Das Symbol sah aus wie ein Hybrid aus einem Kreuz und einem kleinen *h*. Es war wichtig, dass die Klinge aus Silber oder Gold bestand. Alles andere würde keine hundertprozentige Wirkung zeigen.

Das Blut wischte ich an seinem zerrissenen Hemd ab, bevor ich wieder nach der Armbrust griff und meinen zweiten Pfeil einlegte.

»Das ging ja schnell«, murmelte ich, bevor ich nach dem Türknauf griff, der sich nicht drehen ließ. Abgeschlossen. »Verdammter Scheiß.«

Jeden anderen Menschen hätte das aufgehalten, doch ich war seit fast zwei Jahren mehr als nur ein gewöhnlicher Mensch. Lucy hatte mir vor ihrem Tod etwas Einzigartiges geschenkt, das mich stärker, schneller und effektiver hatte werden lassen.

Ohne große Mühe riss ich den Türknauf samt Schloss aus der Tür heraus und warf ihn mit einem lauten Klacken auf den Asphalt hinter mir. Natürlich hätte ich eher leise sein sollen, um nicht sofort alle Dämonen auf mich aufmerksam zu machen, aber wenn mich das Adrenalin überkam, war ich einfach zu ungeduldig.

Als ich das Hinterzimmer betrat, wurde ich sofort von zwei Männern begrüßt. Ich ließ den Pfeil los, der sich in die Schulter des Blonden bohrte, ihn aber nicht sonderlich beeinträchtigte, da er sich danach noch problemlos wandeln konnte.

Die einzigen zwei Dinge, auf die ich mich nun verlassen konnte, waren das Sicheltattoo hinter meinem Ohr, das verhinderte, dass die Dämonen meinen Schatten fressen konnten, und natürlich meine Kampffähigkeiten. Sie knabberten nicht wirklich Schatten an, es war eher so, dass sie menschliche Auren aufnahmen und uns dadurch kurzzeitig schwächten. Es fühlte sich für uns an, als würden wir ganz plötzlich müde werden. Auf kurz oder lang erholte man sich, wurde man nicht vorher von dem Dämon getötet.

»Dann zeigt mal, was ihr könnt«, forderte ich sie auf, nachdem ich mein Waidblatt gezogen hatte.

Die scharfen Zähne dieser Raubtiere schimmerten im schwachen Licht der Gaslampen, die auf den Regalen standen. Das Knurren ging mir wie immer durch Mark und Bein, aber es hatte schon lange die Fähigkeit verloren, mich vor Angst zu lähmen.

Lucy hatte mir von Anfang an ausgetrieben, mich von meiner Furcht beherrschen zu lassen.

»Jägerin«, sagte der Braunhaarige in diesem merkwürdigen Akzent, der beinahe jeden Dämon verriet. Englisch war eben nicht ihre Muttersprache. »Das wird deine letzte Nacht auf Erden sein.«

»So dramatisch! Ich glaube allerdings, du verwechselst mich mit euch.« Und damit war das Geplänkel vorbei. Ich stieß einen Kampfschrei aus, der eine nervige Angewohnheit war, und sprang mit erhobenem Dolch auf den blonden Dämon zu, der mir am nächsten stand.

Er wich natürlich sofort aus, aber damit hatte ich gerechnet. In einer fließenden Bewegung drehte ich mich um, packte ihn an den Schultern und rammte ihm das Knie in die Seite, bevor ich das Messer in seinen unteren Rücken stieß. Er jaulte auf und schlug so heftig um sich, dass er mich mit seinem Handrücken unwillkürlich am Kiefer traf.

Ich taumelte ein paar Schritte zurück, musste mich aber augenblicklich ducken und zur Seite über den Boden abrollen, da der Braunhaarige nach mir gegriffen hatte.

Ich sprang wieder auf, das Messer noch immer in der Hand, und wehrte die Schläge meines Kontrahenten ab. Zwischendurch gelangen mir Tritte gegen seine Beine und einmal auch in seinen Bauch, aber er war zu stark und überraschenderweise sehr beweglich, dafür, dass er so riesig war.

Irgendwann traf er mein Handgelenk so ungünstig, dass ich den Halt um den Griff des Waidblatts verlor und dieses klirrend zu Boden fiel. Wütend drehte ich mich zwischen den Regalen um meine eigene Achse, hob mein Bein und traf mit dem Fuß das Kinn des Dämons. Er taumelte einen Moment, was ich für einen weiteren gezielten Tritt in seine Magengrube ausnutzte, sodass er vor Schmerzen gekrümmt nach Luft schnappte. Das Regal neben ihm schwankte, als er sich daran abstützen wollte, und eine der Gaslampen zerschellte auf dem Boden.

Aus dem Augenwinkel bemerkte ich, wie sich mir der zweite Dämon näherte, und innerhalb eines Sekundenbruchteils hatte ich eines meiner Wurfmesser in der Hand. Ich wog das glatte, gut ausbalancierte Stahlmesser in der Hand, atmete tief ein und wieder aus.

Die Klinge fuhr direkt in den Hals des Blonden.

Ich wartete nicht darauf zu sehen, ob er tatsächlich ausgeknockt war, da ich zuerst den Braunhaarigen erledigen wollte. Ich ballte meine Hände zu Fäusten und malträtierte sein Gesicht, das vor der Wandlung eigentlich ganz hübsch gewesen war, bevor ich mir erlaubte, ein weiteres Messer zu ziehen und ihm die Kehle aufzuschlitzen.

Wie viele andere vor ihm auch, hob er seine Hände und presste sie auf die Wunde, als könnte er dadurch das Blut aufhalten, das in Wellen aus seinem Körper floss. Als ich an ihm vorbeiging, stieß ich ihn in den Rücken, sodass er vornüber auf den Holzboden fiel.

Ich hob mein Waidblatt auf und schritt dann zu dem Blonden, der sich nicht mehr regte. Eilig steckte ich die Klinge weg und holte das Federmesser hervor, um das Saturnzeichen in die Brust der beiden Dämonen zu ritzen.

Es hatte mich schon ein wenig gewundert, dass uns niemand während des Kampfes gestört hatte, doch dann sah ich, dass die Tür zur eigentlichen Bar geschlossen war. Musik drang nun an meine Ohren, die vorher im Rauschen meines Pulses untergegangen war. Bevor ich mich jedoch dem Rest der Monster widmen konnte, nahm ich den Geruch von Feuer wahr.

»Verflucht.« Eine der zerschellten Gaslampen hatte anscheinend einen Stapel Bücher in Brand gesetzt. Ich musste mich entscheiden, ob ich das Feuer löschen oder den Moment nutzen wollte.

Ich presste die Lippen zusammen, wandte mich der Tür zu und stieß sie mit dem Fuß auf. Der Rahmen zerbarst und die Splitter stoben in alle Richtungen, ohne mich zu verletzen.

Es befanden sich rund ein Dutzend Männer und Frauen in der Bar und sie alle sahen mich erstaunt an, als könnten sie nicht wirklich begreifen, was sich gerade vor ihren Augen abspielte. Die Musiker hörten abrupt auf zu spielen.

Der letzte Ton hing wie eine Warnung in der Luft.

»Was? Noch nie eine Jägerin gesehen?«, fragte ich seelenruhig, wog das Stahlmesser in der Hand und warf es gerade und gezielt in die Brust des Dämons, der dem Ausgang am nächsten gestanden hatte. Danach löste sich die Starre auf und Gebrüll mischte sich mit Knurren.

Rechts neben mir befand sich eine mittelgroße Frau mit langen blonden Locken. Sie hatte ihre Wandlung so schnell vollzogen, wie ich es noch nie erlebt hatte. Sie musste also schon recht erfahren sein, vor allem, da sie keine Sekunde verschwendete und versuchte, mir ihre Krallen tief in die Schulter zu bohren.

»Miststück«, knurrte ich, wand mich aus ihrem Griff und stieß ihr meinen Handballen gegen die Stirn. Bevor ich mich aber weiter um sie kümmern konnte, stürzte ein älterer Mann von rechts auf mich zu, den ich mir mit einem Kinnhaken vom Leibe hielt. Danach verschwamm alles zu Kampf und Verteidigung. Ich dachte nicht mehr nach, ich funktionierte nur noch und es war ein gutes Gefühl. Schmerz existierte nicht mehr.

Mein Körper sehnte sich nach Tod und Verwüstung. Ich ließ ihn gewähren.

Ich drehte mich, schlug und trat zu, nahm eines meiner Messer zur Hand und bohrte es in Schultern, Bäuche und Hälse, bis nur noch ich, schwer atmend und blutüberströmt, im Raum stand.

Nicht alle Dämonen waren geblieben, um sich mit mir zu messen. Rund die Hälfte lag nun teilweise bewegungslos, teilweise stöhnend auf dem Boden. Ich machte mich an die fast schon automatische Arbeit, Kehlen durchzuschneiden und die Saturnzeichen in die Haut zu ritzen.

Währenddessen wanderten meine Gedanken an einen anderen Ort, weit weg von hier. Ich war gerade erst seit zwei Monaten bei meiner Tante Lucy gewesen, als sie mich auf meine erste Jagd mitgenommen hatte. Sie hatte außerhalb von Billings einen Schattendämon ausfindig gemacht, der ein Einsiedler gewesen war. Es war nicht schwer für die trainierte Kampfkünstlerin gewesen, ihn auszuschalten. Damals hatten wir noch nicht gewusst, dass sich Dämonen wieder von fast allen Verletzungen erholen konnten und so hatte sie ihm lediglich ein Messer durchs Herz gebohrt und mich angewiesen, dasselbe zu tun, obwohl er bereits tot war.

Lucy hatte zu mir gesagt, dass es wichtig wäre, mich mit dem Gefühl bekannt zu machen, wenn sich Stahl durch Fleisch bohrte. Ich war erst zwölf gewesen. Zwölf. Naiv. Klein. Dick. Unschuldig. Lucy hatte mich von da an gezwungen, sie auf jede ihrer Missionen zu begleiten, bis ich mit vierzehn das erste Mal selbst töten sollte.

Der Qualm breitete sich immer weiter aus und verpestete die Luft, was mich schließlich aus meinen Gedanken riss. Ich beendete das letzte Symbol auf der Brust der verwandelten blonden Schönheit, bevor ich mich durch hungrige Flammen zurück in das Hinterzimmer kämpfte. Ich war nicht bereit, meine wertvolle Armbrust zurückzulassen. Die Messer hatte ich bereits alle eingesammelt.

Ich hustete, als sich der Rauch in meinen Lungen festsetzte. Nahezu blind wäre ich beinahe über eine der Leichen gefallen, doch ich konnte mich im letzten Moment noch ausbalancieren, bevor ich meine Armbrust auf dem Boden direkt neben dem Eingang fand. Ich hob sie auf, drückte die Tür auf und stolperte hustend in die Gasse.

Ein lautes Krachen ließ mich das Tempo anziehen. Anscheinend waren ein paar der Regale zusammengebrochen. Schon bald würde von dem Etablissement kaum mehr als Asche übrig bleiben. Ich betrachtete für einen Moment die Leiche vor der Hintertür. Sollte ich sie noch in den Raum schleifen, damit sie samt der anderen verbrannte?

Schließlich entschied ich mich dagegen. Es war die Mühe nicht wert. Ich klopfte meine Kleidung ab und entfernte mich dann zügig von dem Ort des Todes. Das Adrenalin verließ meinen Körper allmählich und auch wenn ich es nach wie vor mit jedem Schattendämon aufnehmen konnte, hatte ich für die Nacht doch genug. Außerdem sagte mir etwas, dass die Geflohenen nicht allein zurückkommen würden.

Mich durch Schatten hangelnd erreichte ich mein sicheres Versteck, in dem ich meine Kleidung zusammenpackte und im Badezimmer Arme und Gesicht von Asche und Blut befreite.

Zwar gab es nach wie vor keinen Strom, aber immerhin funktionierten noch die Wasserleitungen, da auch Dämonen überraschenderweise Wert auf Hygiene legten. Leider blieb das Wasser kalt.

Ich stellte mich ans Fenster, schob die Vorhänge ein Stück beiseite und betrachtete die verlassene Straße. Niemand war zu sehen. Schon bald würde die Sonne aufgehen und ich könnte mich auf den Weg zurück nach Ascia machen.

Der Ort, der nach dem Tod meiner Tante zu meinem neuen Zuhause geworden war. Der Ort, in dem sich das Hauptquartier der Gilde der Jäger befand. Der Ort, der genauso schlimm war wie alle anderen in dieser neuen Welt.

3. Kapitel

Die Sonne stand hoch und strahlend am Himmel, als ich den klappernden Ford Fiesta rund zwei Stunden Fußweg von Ascia entfernt am Highway parkte. Auch wenn ich am liebsten den Rest des Wegs gefahren wäre, musste ich von dem Gefährt Abschied nehmen, da auch diese Nutzung mit einer Strafe versehen war. So kurz vor einer Stadt gab es viel mehr Patrouillen als im Herzen der Rayons und ich hatte keine Lust, mich mit Taio Billings' Miliz auseinanderzusetzen. Es war zwar helllichter Tag, was die anwesenden Königsdämonen schwächte und langsamer werden ließ, allerdings würde ich gegen sie immer noch alt aussehen. Es war keine Schande, mir das einzugestehen. Lediglich sehr ärgerlich.

Ich schulterte meinen Rucksack, nahm die Sporttasche zur Hand, in der sich der Großteil meiner Waffen befand, und machte mich zu Fuß auf den Weg.

Ich würde zwei Tage später ankommen, als eigentlich vom Anführer der Gilde erwartet, was er mich mit Sicherheit nicht vergessen lassen würde. Eigentlich war mein Auftrag nur gewesen, zwei Schattendämonen zu erledigen, denen ich von Ascia aus gefolgt war, doch dem Nest gestern Nacht hatte ich einfach nicht widerstehen können. Jeder getötete Dämon verbesserte unsere Welt, die doch schon längst nicht mehr die unsere war.

Am liebsten hätte ich noch eine Weile hier in den Rayons verbracht, in denen ich mich frei von jedweden Gesetzen bewegen konnte, aber es würde mich meinem Ziel nicht näherbringen. Schließlich tötete ich Schattendämonen nur, um mein Training zu verbessern, damit ich eines Tages stark genug sein würde, auch Königsdämonen zu erledigen. Irgendwann würde ich diejenigen finden, die meine Familie getötet hatten, und dann musste ich bereit sein. Arias Wester, der

Gildenführer, hatte mir für meine Kooperation versprochen, Informationen zu beschaffen und Nahrung sowie einen Schlafplatz zur Verfügung zu stellen.

Nach Lucys Tod war ich ihrem Rat gefolgt, hatte die Gilde aufgesucht und um Hilfe gebeten. Bisher war es eine gute Entscheidung gewesen, auch wenn ich bezweifelte, dass die Gilde einen großen Unterschied in der Welt ausmachte.

Wir Menschen waren einfach in der Minderheit, nachdem während des Dämonenkrieges mehrere Millionen getötet worden waren. Zu spät hatte man bemerkt, dass die Repräsentanten Nordamerikas und Europas von übernatürlichen Wesen manipuliert worden waren. Danach war es für die Dämonen ein Kinderspiel gewesen, uns zu dezimieren, Mächte wie Russland und Asien auf Distanz zu halten und sich schließlich jene Gebiete einzuverleiben. Am 12.12.2001 wurden die zwei anführenden Dämonen Benymn und Nion in Nordamerika und Europa zur gleichen Zeit von ihren dämonischen Verwandten Taio Billings und Louisa Tanner getötet, was leider in unsere menschliche Geschichte als *Nacht der Assassinen* einging. Von da an regierten Billings in Nordamerika und Tanner in Europa mit dem Pakt, sich gegenseitig in Ruhe zu lassen.

Unsere Grenzen hatte Billings mit Mauern aus Schatten abgesteckt und niemand traute sich zu fliehen, aus Angst vor der Finsternis, die dahinter lauerte. Russland, Asien und Australien erklärten sich damit einverstanden, uns in Ruhe zu lassen, obwohl sie uns damit den Raubtieren zum Fraß vorwarfen. Sie hätten genauso gut unser Todesurteil unterschreiben können. Russland hatte vermutlich mehr Macht in der restlichen Welt gewittert, Asien und Australien waren mit der gesamten Situation überfordert gewesen und hatten versucht, ihre eigenen Kontinente vor dieser unbekannten Macht zu schützen. Afrika und Südamerika bildeten ein Bündnis, um sich gegen die Führer der anderen Weltmächte zu verteidigen, da nun vor allem Russland kaum noch Konkurrenz in der Welt hatte.

Diese Informationen waren natürlich alle nur gefiltert zu uns vorgedrungen. Es gab keine Radio- oder Fernsehsender. Ohne Strom war das schwer zu bewerkstelligen. Nein. Die Dämonen waren so freundlich, uns mit zensierten Tageszeitungen auf dem Laufenden zu halten.

Ich blinzelte seufzend gegen die Sonne an, die über der ummauerten Stadt Ascia stand und alles in gleißendes Licht tauchte. Es hätte ein schöner Sommertag sein können, hätten wir nicht in einer Welt voller Dämonen gelebt.

Auf der asphaltierten Straße begegnete ich bereits mehreren Händlern und Farmarbeitern, die ihren Geschäften nachgingen und die Zeit genossen, in der die Dämonen in ihren Häusern blieben, um dem Sonnenlicht zu entgehen. Es war viel los, was mich nicht sonderlich wunderte. So viele Menschen, gezwängt in eine so kleine Stadt, riefen diese Hektik nun mal hervor.

Ich nahm an, dass das Leben in einer der einundzwanzig Städte nicht dramatisch schlecht war, insbesondere nicht in Ascia, wo noch die wenigsten Gesetze herrschten, die das Leben eingrenzten. Aber es reichte mir aus zu wissen, dass Dämonen das Sagen hatten. Dies verhinderte, dass ich auch nur einen Tag unter ihrer Herrschaft genießen konnte.

Als ich das offen stehende, aus robustem Holz gefertigte Tor erreichte, wurde ich von Wächtern aufgehalten, die mein Tattoo sehen wollten. Ich streckte ihnen meinen linken Unterarm entgegen, an dem sich das umkreiste A für Ascia befand. Jeder Bürger wurde bereits im Kindesalter zwangstätowiert und es war fast unmöglich, von einer Stadt in eine andere zu ziehen. Ich hatte es gekonnt, weil ich den Tätowierern in der Stadt Billings ständig durch die Lappen gegangen und dementsprechend vorher nicht registriert worden war.

Der Wächter musterte mich nur kurz, da er seinen Job wahrscheinlich überaus verabscheute und die Sache schnell hinter sich bringen wollte. Soweit ich wusste, wurden nur Schattendämonen als Torwächter abbestellt und unter ihnen galt diese Aufgabe als wenig ansehnlich. Niemand wollte so viel mit Menschen zu tun haben und dann auch noch tagsüber arbeiten, wenn sie ohnehin nicht im Vollbesitz ihrer Kräfte waren, obwohl es ihnen da angeblich noch besser erging als Königsdämonen, aber das waren lediglich Gerüchte. Ich wusste nichts Konkretes, das von einer vertraulichen Quelle autorisiert worden war.

Ich rollte meinen Ärmel wieder herunter und setzte meinen Weg durch die Menge fort. Die meisten Leute schoben sich in Richtung

Stadtmitte, wo sich der Marktplatz befand. Tagsüber war dieser meist nur auf die notwendigen Bedürfnisse der Menschen ausgerichtet und eher keine Herberge des Vergnügens. Nachts sah das Ganze dann schon wieder anders aus.

Unterm Strich waren wir Menschen in dieser neuen Welt einfach nichts wert. Wir schliefen, wir atmeten und wir gingen unserer Arbeit nach, um nicht nur uns, sondern auch die neue Aristokratie zu versorgen. So verhielt es sich hier. So wollten uns die Dämonen haben, als sie diese neue Welt nach ihren Vorstellungen kreiert hatten.

Der Markt war voller Leben und doch wirkte er seltsam still, als wäre jegliche Freude aus allen Anwesenden herausgesaugt worden. Es hätte mich gewundert, wäre dies nicht das alltägliche Bild gewesen.

Ich kramte ein paar Münzen aus meiner Hosentasche, die als Währung in allen einundzwanzig Städten eingeführt worden waren, und kaufte mir einen mehlig aussehenden Apfel. Sie waren mir die liebsten, auch wenn ich lieber etwas Schokolade gehabt hätte, aber die war heutzutage quasi unbezahlbar. Hier und dort fand ich in den Rayons noch ein paar Vorräte, was das Leben für einen Moment wieder erträglich erscheinen ließ.

Eigentlich wollte ich mich direkt auf den Weg in meine kleine Wohnung machen, aber ich wurde von einer ungewöhnlichen Menschentraube aufgehalten. Vorwiegend Kinder hatten einen kleinen Kreis um eine rund anderthalb Meter große Box gebildet, in die ein Loch gesägt worden war, vor dem dunkelrote Vorhänge hingen. Ein Puppenspiel?

Neugierig geworden lehnte ich mich an einen Stand, biss in meinen Apfel und beobachtete das Schauspiel über die Köpfe der Kinder hinweg. Ein paar andere Erwachsene gesellten sich ebenfalls zu uns, bevor es endlich losging.

Die Geräusche des Marktes versanken ganz von allein im Hintergrund, als sich die Vorhänge öffneten und eine etwas seltsam anmutende Puppe zum Vorschein kam. Sie bestand lediglich aus einem schwarzen Holzschnitt und wirkte, als würde sie einen Arm belehrend ausstrecken.

»Diese Geschichte, meine Kinder, ist die Wahrheit und nur die Wahrheit, wie sie erlebt wurde von Gestalten vor unserer Zeit. Tragik und Komik verwoben in dem Einen, dem wir nicht entkommen können. Das Schicksal ist uns stets auf den Fersen und lauert in unseren eigenen Schatten.« Die Puppe wanderte von links nach rechts, während die Stimme tief in unsere Seelen tauchte. »Lasset mich also beginnen mit der Geschichte, die doch eigentlich gar keine ist.« Eine weitere Puppe erschien, bevor die andere verschwand, und ich war gefangen von dem dramatischen Schauspiel.

»Einst lebten Dämonen in ihrem ganz eigentümlichen Frieden in einer namenlosen Welt, Dimensionen von der unseren entfernt, die der Erde in den wichtigsten Dingen ähnelte. Sie war aufgeteilt in zwei gleich große Königreiche, genannt Duster und Triste.

In Duster regierte der Erzdämon Aeshma, der nicht nur für sein Temperament bekannt war, sondern auch berüchtigt für seine endlos erscheinende Begierde. Begierde nach was, wollt ihr wissen? Nun, nach allem, das er noch nicht sein Eigen nennen konnte.«

Die Puppe war in einem wütenden Rot angemalt und wirkte mit ihrer dramatisch eingesetzten Silhouette pompös und beeindruckend, als sie von der einen Seite zur anderen zu schreiten begann und dabei jedem Kind in die Augen zu sehen schien.

»Seine Ländereien und seine Untertanen führte er jedoch stets mit strenger, aber gerechter Hand, sodass sein Reich schon bald nach seiner Thronbesteigung wuchs und gedieh. Je besser es seinem Volk aber erging, desto unruhiger und gelangweilter fühlte er sich selbst. Sein rastloser Blick wanderte schließlich über die Grenzen seines eigenen Reiches hinweg, bis er die Königin von Triste erreichte.

Morrigan war das finstere Gegenstück von Aeshma.

Wo er temperamentvoll war, war sie eiskalt.

Wo er in hellen Farben strahlte, hüllte sie sich in Dunkelheit.

Wo er begehrte, zerstörte sie.«

Eine weitere Puppe erschien. Sie sollte eindeutig eine schlanke Frau mit langen schwarzen Locken darstellen. Ein Umhang wehte hinter ihr her.

»Ihre Ländereien waren kahl, düster und dem Tode nahe, als Aeshma beschloss, Morrigan zu der Seinen zu machen. Die Todesgöttin aber war keineswegs erpicht auf seine Nähe und lehnte seine Versuche, ihr den Hof zu machen, vehement ab.

Aeshma war von ihrer Abneigung sehr getroffen, da er sie nicht verstand. Wieso wollte sie ihn nicht, wo er doch ein großer Krieger, Magier und der mächtigste Dämon seiner Lande war?

Seine letzte Chance, Morrigans Herz doch noch zu gewinnen, sah er in Avnas. Ein Dämon, der die Gestalt von Feuer annahm und nicht nur Aeshmas Legionen befehligte, sondern auch Meister des Wissens war. Er riet seinem Herrscher, Morrigan ein Geschenk zu machen. Aeshma erwiderte jedoch, dass es seiner Morrigan nach nichts verlangte. Hier bot Avnas schließlich sein unschätzbares Wissen dar und Aeshma machte sich kurze Zeit später auf den Weg zur Königin von Triste. Er bestritt diese Reise zu Fuß und allein, denn das Geschenk, das er seiner Liebsten brachte, war so wertvoll, dass er niemandem mit dem Wissen darum traute. Weder Dämon noch Tier.

Nach Monaten erreichte er schließlich Morrigans Festung, die sich dunkel und majestätisch von den sagenhaften Dreiflügelklippen erhob.« Wie durch Magie veränderte sich Aeshmas rote Puppengestalt in ein dunkelbraunes Häufchen Elend, das nur noch sehr langsam gehen konnte. Ich war unfähig, meinen Blick abzuwenden.

»Niemand erkannte den König, als er zerlumpt, mit langem Bart und filzigem Haar vor die Königin trat. Er kniete wie ein gemeiner Mann vor ihr nieder und streckte ihr mit den folgenden Worten seine Hände entgegen, die wabernde Finsternis zu umfassen schienen: ›*O Morrigan, ich bin gekommen, um dir das Einzige zu geben, das du je begehrt hast, um das zu bekommen, was ich so sehr begehre.*‹

Morrigan beugte sich in ihrem Thron aus Knochen vor, während Aeshmas Stimme durch den Saal schwebte. ›*Und was könnte dies sein?*‹« Die Morrigan-Puppe saß nun tatsächlich auf einem kleinen Thron, aber hoffentlich nur aus Holz gefertigt. Es wirkte alles so echt, so beweglich.

»Der Erzdämon hob seine Lider und richtete seine pupillenlosen Augen auf seine Liebste. ›*Sieh selbst.*‹

Sie nahm die Finsternis aus seinen Händen und goss sie wie Wasser und Nebel über sich. Die Schwärze fraß das Licht und an Morrigans Stelle erschien ein königlicher Rabe, der sich mit einem triumphierenden Kreischen in die Lüfte erhob. Morrigan war so glücklich über dieses Geschenk, dass sie schließlich nachgab und Aeshma zu ihrem Gefährten nahm.

Viele Generationen lang regierten sie vereint über Duster und Triste. Ihre Kinder erbten die pupillenlosen Augen des Vaters und das kalte Herz der Mutter. Von nun an Königsdämonen genannt, führten sie den Willen ihres Vaters aus und wurden zu seinen Soldaten.« Mehrere Puppen reihten sich aneinander und schienen wie eine einheitliche Armee durch die Felder zu stampfen. Von irgendwoher erklang düstere, beklemmende Musik.

»Leider, leider war es Morrigan nicht möglich, den Erzdämon für immer an sich zu binden und nach Jahrhunderten des geteilten Lebens, während sich Morrigans eiskaltes Herz erwärmte, suchte sich Aeshma etwas Neues, das er noch nicht besaß.« Man vernahm das wehe Klagen von Morrigan, bevor sie verschwand und durch eine andere Frau ersetzt wurde.

»Eine Menschenfrau, die durch die Dimensionen gefallen und in Duster gelandet war, trat vor den König und bat um Hilfe. Sie war jedoch nicht allein und befand sich in Begleitung ihres Bruders, der sie vor Aeshmas Begierde beschützen wollte. Für den Dämon aber war er kein Hindernis und so wurde er in die tiefsten Spiegelsümpfe Tristes verbannt. Seine Schwester heiratete Aeshma und Morrigan kehrte erniedrigt und voller Pein in ihre verlassene Festung zurück.

Wut und der Wunsch nach Vergeltung setzten sich in ihrem wieder erkaltenden Herz fest, doch niemand war da, der sich mit ihr verbünden konnte. Der Hof hatte sich in den vergangenen Jahrhunderten immer weiter in Richtung Duster bewegt, sodass sie allein in ihrer Verzweiflung ertrank. Noch nie zuvor war sie derart gedemütigt worden. Sie hätte Aeshmas Antrag niemals annehmen, sich niemals in ihn verlieben dürfen.« Die Luft schien zu knistern, als Morrigan wieder allein auf ihrem Thron saß und in die Leere ihres Königreiches blickte.

»Nun, bis des Schwesters Bruder aus den Sümpfen zu seiner neuen Herrin irrte. Blind geworden durch die heimtückischen Dornenbüsche hatte er es kaum bis zu ihr geschafft, doch wie durch ein Wunder erreichte er das massive Tor und klopfte dreimal an, bevor er zusammenbrach. Morrigan wollte ihre Wut zunächst an diesem Menschen auslassen, bis ihr bewusst wurde, dass er genauso litt wie sie, also pflegte sie ihn stattdessen gesund und nahm ihn zu ihrem Gemahl. Nur sein Augenlicht konnte sie ihm nicht wiedergeben. Seine Pupillen waren von nun an weiß wie Ziegenmilch, sodass sich Morrigans Schatten in ihnen spiegelte.

Seine und Morrigans Nachkommen wurden von dem Zorn ihrer Eltern genährt und von ihrem Wunsch nach Vergeltung in den Schlaf gewogen. Nach und nach erhob sich Triste aus seiner Todesstarre und die Armee der Nachkommen überrollte die Grenzen von Duster – genannt Kinder der Schatten oder Schattendämonen.«

Eine Welle aus Schatten schien über uns hinwegzufegen und ich war mir keinesfalls mehr sicher, ob ich mir das wirklich nur einbildete. Trotzdem konnte ich mich nicht aus meiner Starre lösen. Es war, als wäre ich im festen Griff der Legende und allen anderen ging es ganz genauso, denn niemand bewegte sich fort.

»Der Krieg sollte den Tod von Aeshma und Morrigan überdauern. Es gab auf beiden Seiten viele Verluste und viele Siege.

Nach einem Jahrhundert schien man jedoch den Grund, warum man kämpfte, längst vergessen zu haben. Hier und dort vermischten sich Schattendämonen und Königsdämonen, wechselten die Seiten und kämpften für Herrscher, die schon bald wieder durch andere ersetzt wurden.

Dann öffneten sich erneut die Tore zu unserer Dimension.

Dieses Mal stolperten die ersten Dämonen in unsere Welt und erkundeten das Leben unter der Sonne. Schon bald merkten sie aber die Schwäche am Tage. Man berichtete dem Herrscher Nion, der nun über Duster regierte, von dieser neuartigen Welt, die nicht von Krieg zerstört war. Duster und Triste waren durch den jahrelangen Kampf ausgezehrt und brachliegend. Unglücklicherweise fanden auch die Dämonen unter Benymn, dem König von Triste, der die Erde ebenso für sich beanspruchte, den Übergang.

Der Krieg wurde also zu uns geführt. Nordamerika gegen Europa. Anfangs versteckte man sich hinter den Menschen, denn Königsdämonen besitzen die Fähigkeit, Menschen in den Wahnsinn zu treiben, doch je mehr Unheil angerichtet wurde, desto offensichtlicher wurde das Eingreifen der Dämonen. Nion und Benymn zerstörten sich beinahe selbst, töteten Menschen über Menschen.

In den Schatten der Nacht aber, als Frieden nur noch ein Begriff ohne Wert war, trafen sich zwei mächtige Königsdämonen. Einer aus jedem Lager, namens Taio Billings und Louisa Tanner, deren wahre Namen den Menschen bis heute nicht bekannt sind. Sie schmiedeten einen Plan, der seinen Höhepunkt in dem Tode der beiden dämonischen Herrscher fand, sodass sie ihre Plätze einnehmen konnten. Von diesem Zeitpunkt an regierte Louisa über Europa und Billings steckte seine Grenzen um Nordamerika ab.

Billings übergab seinen zwanzig mächtigsten Königsdämonen Ländereien, auf denen sie neue Städte errichteten, die von hohen Mauern umgeben werden sollten. Von New York bis nach Los Angeles war das Land vom Krieg verwüstet, doch in ebenjenen Dämonenstädten sollte es Menschen erlaubt sein, unter den Gesetzen der Dämonen zu leben. Außerhalb dieser Städte unterstand man niemandes Schutz …« Die Puppen tauchten hinab und ließen uns mit dem schwarzen Holzschnitt zurück.

»Was ist mit den Toren?«, rief eines der Kinder, das sich schneller gefasst hatte als alle anderen.

Für einen Moment dachte ich, der Puppenspieler würde nicht antworten, doch da berührte mich seine körperlose Stimme erneut.

»Oh, die Tore zur anderen, namenlosen Welt …« Die Puppe nickte. »Man sagt, dass sie sich kurz vor dem Mord an Nion und Benymn schlossen. Viele Dämonen haben dadurch ihre Familien verloren, die noch nicht den Weg zu uns gefunden hatten. Und so leben wir nun schon seit vielen, vielen Jahren unter der Herrschaft von Billings, ohne Elektrizität, ohne Freiheit, ohne Hoffnung.«

4. Kapitel

Was für eine romantisierte Scheiße«, knurrte ich, sobald die Faszination über das Schauspiel verebbt war und mir klar wurde, was da gerade präsentiert worden war.

Ich wollte mich wegdrehen, als jemand neben mir auftauchte, den ich nur allzu gut kannte.

»Sei nicht so streng mit ihnen«, sagte er schulterzuckend. »Sie versuchen doch nur, ihren Kindern die Situation verständlich zu machen.«

»Mit Märchen?«, stieß ich missbilligend aus, bevor ich mich Evan Wester ganz zuwandte. »Was machst du hier?«

Er ließ seinen Blick über meinen Körper wandern, bevor er ihn auf die Kinder hinter mir richtete. Ich würde es nie zugeben, aber er sah sehr gut aus. Immer noch. Selbst nachdem er mich einfach hatte sitzen lassen wie einen einstmaligen Lieblingsgegenstand, der ausgedient hatte.

»Ich bin gerade zurückgekehrt.« Er strich sich über seinen dunklen Bart, was er immer tat, wenn er verunsichert war. Warum *er* aber einen Grund hatte, verunsichert zu sein, war mir schleierhaft. »Du offensichtlich auch.« Er deutete mit einer Hand auf meine Sporttasche, in der meine Waffen klimperten, als ich sie hochhob.

»Schön, dass du noch lebst«, murmelte ich, sah ihm kurz in seine blauen Augen, dann drehte ich mich weg und versuchte mir einen Weg durch die Menge zu erkämpfen. Ich spürte, dass Evan mir folgte, was meiner Laune nicht gerade zuträglich war.

»Ich bin mir nicht sicher, ob du das ehrlich meinst.«

»Vermutlich nicht«, stimmte ich ihm zu, als wir den Marktplatz endlich hinter uns gelassen hatten und er wieder neben mir gehen konnte. »Was willst du, Evan? Das Haus deines Vaters befindet sich in der anderen Richtung.«

»Geht es dir gut?«, fragte er, anstatt mir eine Antwort zu geben.

Ich hielt abrupt inne und wartete, bis auch er stehen geblieben war.

»Du hast kein Recht mehr, mich das zu fragen, Wester.« Meine Stimme war scharf wie ein Schwert. »Ich toleriere es, neben dir zu arbeiten, wenn Arias das von uns beiden verlangt und wir dadurch die Anzahl der Schattendämonen dezimieren können, aber mehr nicht. *Du* hast *mich* verlassen, erinnerst du dich?«

»Aly«, begann er flehend, doch ich schnaubte bloß und rannte fast vor ihm davon. Dieses Mal folgte er mir nicht.

Müde schleppte ich mich durch die schmalen, gepflasterten Gassen und hielt mich meist im Schatten, um der brennenden Sonne zu entgehen. Die Konfrontation mit Evan hatte meine letzten Kraftreserven erschöpft, sodass ich mich kaum noch auf den Beinen halten konnte. Es war nicht fair, dass seine Anwesenheit nach wie vor die Macht hatte, mich so aus dem Gleichgewicht zu bringen. Dabei hatte er mich bereits vor einem halben Jahr verlassen. Das sollte doch mehr als genug Zeit sein, um ihn zu vergessen.

Leider war es das nicht.

Seufzend schloss ich die Tür neben der Bäckerei auf, die wie immer einen süßen Teiggeruch verströmte. Kaum hatte ich den Fuß auf die erste Holzstufe gesetzt, wurde ich auch schon von meinem Vermieter aufgehalten.

Mr. Pierce war nicht nur mein neugieriger Vermieter, sondern auch der Bäcker von nebenan und hatte mich vermutlich durch das Schaufenster gesehen.

»Alison, du bist ja wieder zurück von deiner Reise! War es schön?«, begrüßte er mich mit einem breiten Lächeln, das seine wulstigen Lippen teilte. Seine Wangen und die Stirn waren knallrot, als hätte er sein Gesicht direkt ins Feuer gehalten.

»Alles gut«, lächelte ich gezwungen. Mr. Pierce war der Auffassung, dass ich für das Postamt tätig und deshalb ständig unterwegs war. »Kann ich was für Sie tun?«

Er knetete seine Hände, als würde er sie zu seinen meisterlichen Brötchen formen. »Es ist wieder dieser Tag im Monat, meine Liebste. Aufgrund deiner Reise bist du ein paar Tage überfällig.«

Ich blinzelte ihn verständnislos an, was er nach ein paar Sekunden des peinlichen Schweigens bemerkte. »Die Miete! Ich rede von der Miete!«, stieß er atemlos hervor.

»Oh, aber natürlich.« Wo war ich nur mit meinen Gedanken? Klar, noch immer bei Evan. Dieser Mistkerl. Ich holte ein paar Münzen aus der Innenseite meiner Tasche hervor. »Hier, bitte sehr. Direkt auch für den Monat danach, damit wir nicht wieder in die … Bredouille kommen.«

Er nahm die Münzen gierig an und steckte sie sich nach einer kurzen Untersuchung in den Lederbeutel, den er an seinem Gürtel trug. Faszinierend, wie der Gürtel es schaffte, seinen massiven Bauch nach oben gedrückt zu halten.

»Danke, danke.«

Ich nickte noch einmal, bevor ich meine Tasche wieder zur Hand nahm und nach oben in meine Einzimmerwohnung flüchtete. Es war nicht viel, was ich besaß, aber es ähnelte zum ersten Mal einem Zuhause, seit meine Familie ermordet worden war. Auch bei Lucy hatte ich mich nie heimisch gefühlt.

Arias Wester, Evans Vater, hatte mir diesen kleinen Flecken Glückseligkeit besorgt, als ich ihm meine Dienste versprochen hatte, und obwohl ich ihn nicht leiden konnte, verging kein Tag, an dem ich nicht dankbar für diesen kleinen Ort des Friedens war.

Ich stellte meine Taschen ab und entledigte mich der Lederjacke, bevor ich mir ein Glas Wein gönnte. Tatsächlich war Wein kein Luxusgut, es kam nur darauf an, wie viel Wert man auf den Geschmack legte. Ich selbst war leicht zufriedenzustellen, schließlich trank ich den Wein nicht des Geschmacks, sondern des Alkohols wegen. Schnaps hätte es also theoretisch auch getan.

Meine kleine Küche bestand aus mehreren zusammengezimmerten Regalen und einem Holzofen, den ich jedoch seit meinem Einzug nur im Winter benutzte. Ich war nicht gerade eine Superköchin und aß meist etwas, das ich auf dem Markt kaufte oder ich briet die Beute, die ich in den Rayons erlegt hatte. Nichts Aufwendiges.

Evan hatte mich früher, als wir noch zusammen gewesen waren, immer aufgezogen, dass ich mich selbst nur gerade so versorgen konnte. Er wollte nicht verstehen, dass ich keinen Luxus brauchte.

Ich war nur noch aus zwei Gründen auf dieser Welt. Er hatte von einem gewusst und dieser hatte ihn so abgestoßen, dass er mich verlassen hatte.

Die Vergangenheit wieder in mein Herz einschließend, schälte ich mich aus meinen Klamotten, zog die Vorhänge zu und ließ mich auf den Futon fallen, der auf dem Boden lag, weil ich mir nie die Mühe gemacht hatte, ein richtiges Bett zu kaufen oder es selbst zu zimmern.

Innerhalb von wenigen Sekunden war ich eingeschlafen, auch wenn ich schon bald ins Land der Albträume gezogen werden sollte. Da dies aber die normale Prozedur war, was meinen Schlaf anging, schaffte ich es immer wieder einzuschlafen, nachdem mich der sich wiederholende Traum hatte aufschrecken lassen.

Abends machte ich mich leicht widerwillig auf den Weg ins Grimmer. Es war eine Bar, die von einem Jäger der Gilde geführt wurde und in der wir unsere *Sitzungen* abhielten. Es war nicht sonderlich schwer, die Zusammenkünfte geheim zu halten, da Dämonen schrecklich unaufmerksam waren. Ihnen waren unsere Treffen in den letzten drei Jahren nicht aufgefallen, obwohl sie keinen geringen Anteil der Klientel ausmachten. Möglicherweise lag aber darin die Krux. Sie waren sich sicher, dass wir uns nicht trauen würden, uns direkt vor ihrer Nase zusammenzuschließen und die Morde an ihresgleichen zu planen.

Die Nacht hatte sich über Ascia gelegt und mit ihr hielten die Dämonen Einzug. Meistens sah man nur Schattendämonen, die sich wie normale Menschen zu verhalten schienen, aber hier und dort konnte man auch kleine Gruppen Königsdämonen ausmachen. Es war nicht so, dass sie erkennbar waren, wenn sie sich nicht transformierten, aber es war die Art, wie sie sich bewegten, die sie verriet. Sie fühlten sich nicht nur uns Menschen überlegen, sondern auch den Schattendämonen. Die Dynamik verhielt sich meist so, dass die Schattendämonen die Arroganz ihrer scheinbar höhergestellten Artgenossen akzeptierten und ihre Frustration an den Menschen ausließen. Wir Menschen hatten dann Pech gehabt.

Das war die neue Ordnung. Und die war beschissen.

Ich schlenderte über den Marktplatz, der keineswegs mehr der Version vom Tag glich. Schweres Geschütz wurde aufgefahren, um als Mensch die königlichen Dämonen zu beeindrucken, und man machte vor nichts halt. Ich selbst konnte mich gerade noch so aus der Reichweite eines Feuerspuckers retten. Als ob *das* sonderlich originell gewesen wäre!

»Wen haben wir denn da?«, grölte jemand in mein Ohr. Ich wurde von der Seite gepackt und an einen muskelbepackten Körper gezogen. »Oh, und was für Kurven.« Der Schattendämon, den ich einen Moment später an seinen milchigen Pupillen erkannte, begrabschte meine Hüften und meinen Busen, was mich augenblicklich zur Weißglut trieb.

Ich war kurz davor, meine Geduld zu verlieren und ihm eine reinzuhauen, als ein anderer Dämon seinem Freund leicht auf die Schulter schlug.

»Alter, sie ist ein Mensch. Bist du schon so tief gesunken?«

»Genau. Ich bin ein dreckiger Mensch, also lass mich jetzt gefälligst los!« Ich wehrte mich, aber ohne meine gesamte Kraft einzusetzen.

Als ich nach Ascia gekommen war und mich Arias und seiner Gilde angeschlossen hatte, hatte ich ihm schwören müssen, keine Szene zu veranstalten, wenn ich mich in der Stadt befand. Niemand sollte auch nur den Hauch eines Verdachts schöpfen, dass ich eine der Jägerinnen war. Das war auch einer der Gründe, weshalb wir meist Jagd auf Dämonen außerhalb Ascias machten. Die Gilde wollte nicht enttarnt werden.

Der Grabscher lockerte seinen Griff, sodass ich mich aus seiner nicht willkommenen Umarmung befreien konnte. Eilig stolperte ich ein paar Schritte weg und gab mir Mühe, wie ein verschrecktes Reh zu wirken, obwohl meine linke Hand bereits um den Griff meines Waidblatts lag.

Insgeheim wünschte ich, der andere Dämon hätte ihn nicht im letzten Moment noch darauf hingewiesen, dass sie *eigentlich* nichts mit uns Menschen zu tun haben wollten. Es hätte sich gut angefühlt, die Wut loszulassen, die nach den Albträumen wieder an Stärke gewonnen hatte.

Arias wäre mir jedoch nicht dankbar gewesen und so verließ ich zügig den Marktplatz, um wenig später vor dem Eingang des berüchtigten Grimmer zum Stehen zu kommen.

Ich drückte dem Türsteher zwei Kupfermünzen in die Hand, bevor er mich einließ. Es war einiges los im Inneren, sodass ich erst mal nichts außer die gewölbte, dunkelgrün getünchte Decke sehen konnte. Gaslampen und Kerzenlicht erhellten den trostlosen Bunker. Ich quetschte mich durch die Menge der Gäste im Eingangsbereich. Es war ein Leichtes, herauszufinden, wer von den Besuchern Dämon war und wer Mensch. Normalerweise vermischten sich die Gruppen nicht, aber es kam mittlerweile des Öfteren vor, dass sich Einzelne zusammentaten. Ein abstoßender Gedanke, den ich ganz sicher nicht weiterverfolgen wollte.

Die Bands bestanden, wie auch heute, durchgehend aus menschlichen Mitgliedern. Anscheinend war es unter der Würde der Dämonen, für oder vor Menschen Instrumente zu spielen. Ein rockiges Lied wurde angestimmt und die raue Stimme des Sängers, den ich von meiner Position aus nicht sehen konnte, schwebte durch den Raum.

Es gab zwei Tresen. Einer befand sich auf der linken und der andere etwas weiter hinten auf der rechten Seite. Ich steuerte die rechte Seite an, da kaum ein paar Meter dahinter der Zugang zu den Hinterräumen lag, den ich bald benutzen würde. Noch hatte ich aber etwas Zeit und ergatterte mir einen freien Barhocker.

»Alison, Alison«, begrüßte mich Petrov, der Barkeeper und Besitzer des Ladens. Seine schulterlangen Haare erstrahlten dieses Mal in einem blendenden Neongrün, das sich ein kleines bisschen mit dem Rosa um seine Augen biss, aber ich würde den Teufel tun und seinen Stil kritisieren.

»Hey, Petrov. Einen Doppelten, bitte«, rief ich über den dröhnenden Bass hinweg. Von hinten bekam ich einen Ellbogenstoß ab, als sich zwei Dämoninnen einen Weg an die Theke erkämpften. Auch wenn es mir zuwider war, machte ich mich etwas kleiner.

»Aye.« Er ließ seine anderen Kunden außer Acht, als er mir den Schnaps hinstellte und dann darauf wartete, bis ich das erste Glas geleert hatte, um mir sofort ein zweites einzuschenken. »Lange Tour, hm?«

»Nicht lang genug«, nuschelte ich, während ich mit den Fingerkuppen über den Rand des Glases fuhr. »Sind schon ein paar Leute da?«, erkundigte ich mich dann möglichst leise.

Petrov setzte gerade zu einer Antwort an, als ich in seinem Gesicht las, dass wir nicht mehr *allein* waren. Wütend über diese Unterbrechung verlangte ich ein weiteres Glas, das mir nur zu gerne gewehrt wurde.

»Kannst du mich nicht einfach in Ruhe lassen?«, zischte ich, als sich Evan zwischen mich und einen besetzten Barhocker quetschte.

»Dein Charme ist einfach unwiderstehlich.«

»Und deiner widert mich an.« Ich nickte Petrov zu, sprang vom Hocker und passte mich dann den fließenden Bewegungen der anderen Gäste an, um nicht aufzufallen. Evan und ich erreichten gleichzeitig die Hintertür und ließen die tanzende Menge hinter uns.

Der Raum, den wir betraten, war nichts Besonderes. Hier befanden sich Kisten und Flaschen voller Alkohol, sodass der Nachschub nie allzu weit entfernt vom zahlenden Kunden war.

Nein, das Zimmer war nicht der Grund, weshalb wir hier waren.

Hinter dem letzten Regal gab es eine Luke im Boden, deren eiserne Klappe ich problemlos anhob. Ich wusste, dass Evan und jeder andere Jäger so seine Schwierigkeiten mit dem schweren Stahl hatte. Hätte mir Lucy nicht vor ihrem Tod *den Schlüssel* gegeben, wäre es auch mir so ergangen. Der Schlüssel, von dem ich unter keinen Umständen jemandem etwas erzählen durfte. Der Schlüssel, der die Tore der Welt geschlossen hielt, solange er nicht benutzt wurde.

»Los, geh schon, bevor uns jemand sieht«, riss mich Evan aus meinen Gedanken und drängte sich an mir vorbei. Ich verdrehte wegen seiner Eile die Augen. Als ob sich einer der Schickimickidämonen in einen Raum voller Staub begeben würde.

Schließlich folgte ich ihm aber nach unten und zog die Luke hinter mir wieder zu, sodass wir beide für kurze Zeit in Dunkelheit getaucht wurden. Als ich die letzte Sprosse hinabgestiegen war, drehte ich mich um und konnte einen langen, mit Fackeln beleuchteten Tunnel erkennen. Die Wände bestanden aus rauem Stein und der Boden war grobe braune Erde, die meine schwarzen Schuhe schon bald mit ihrem Staub bedeckte.

Evan und ich schritten in mehr oder weniger einträchtigem Schweigen den Tunnel entlang, bis er einen Bogen machte und wir vor einer antik wirkenden hölzernen Tür standen, die Evan mit einem leisen Quietschen öffnete. Dahinter kam ein länglicher Raum zum

Vorschein, in dem lediglich eine rechteckige Tafel, Stühle und eine lange Vitrine ihren Platz fanden. Wir waren anscheinend die Ersten unserer Gilde, die sich heute Nacht hier eingefunden hatten.

»Willkommen zurück, Alison«, wisperte Evan in die beinahe unheimliche Stille, bevor er uns beiden ein Glas Whisky einschenkte, den er aus der Vitrine geholt hatte.

»Willkommen zurück, Evan«, erwiderte ich, ohne es wirklich zu meinen. Insgeheim wünschte ich mir, er wäre noch auf irgendeiner Tour unterwegs und würde erst wieder eintreffen, wenn ich verschwunden war. Leider bekam man nicht immer das, was man sich wünschte.

5. Kapitel

»Wie ich sehe, habt ihr Bekanntschaft mit meinem schottischen Whisky gemacht.«

Ich zuckte ertappt zusammen, bevor ich meinen Blick auf den Eingang richtete. Arias hatte den Raum betreten, ohne dass es mir aufgefallen war, was nur ein Anzeichen dafür war, wie schlecht mir der Alkohol bekam. Eilig stellte ich das Glas fort. Nicht weil es Arias' Schnaps war, sondern weil ich ihm nicht vollkommen betrunken begegnen wollte.

»Es scheint sich hier nichts verändert zu haben«, sagte ich und beobachtete, wie Arias weiter in das Zimmer stolzierte. Seine Statur war riesig und massig. Ein großer Bär, gefährlich und raubtierhaft. Wüsste ich nicht, dass ich stärker als jeder Mensch war, würde ich mich vermutlich vor ihm fürchten.

»Du bist zu spät«, kommentierte er lediglich mit seiner dröhnenden Stimme, die mir unter die Haut ging.

Evan versteifte sich neben mir. Er und sein Vater hatten, seit ich sie kannte, kein sonderlich gutes Verhältnis. Während Evan andauernd versuchte, seinen Vater zu beeindrucken, ohne es *zu* offensichtlich werden zu lassen, war Arias froh, wenn er seinen Sohn ignorieren und mich derweil mit Lorbeeren schmücken konnte.

»Kam was dazwischen«, entgegnete ich schulterzuckend.

»Ah ja.« Arias setzte sich an den Kopf des Tisches und hüllte sich in Schweigen, während immer mehr Jäger eintrafen.

Die Gilde war so geordnet, wie es uns in dieser brachialen Welt möglich war, was aber nur bedeutete, dass am Ende jeder für sich selbst kämpfte. Wir richteten diese beinahe täglichen Treffen ein, um unsere Fortschritte mitzuteilen und eine Art Übersicht zu erhalten, wer sich gerade wo befand. Es war so eben leichter herauszufinden, wer höchstwahrscheinlich im Kampf gefallen war. Wer seit mehr als vier Wochen ohne Entschuldigung oder Kontakt verschwunden war, galt als tot und wurde abgeschrieben. Niemand würde sich für den anderen auf die Suche begeben. Niemand würde sein Leben für das eines anderen in der Gilde opfern. Es galt, das höhere Ziel zu fokussieren.

Die Dämonen in unserer Welt auszurotten.

So oder so ähnlich war Arias' Rede nach meiner Ankunft hier aufgebaut gewesen. Ich hatte für eine Weile bei ihm wohnen dürfen, bis er mir das Apartment besorgt hatte. Evan und ich waren uns in dieser Zeit nähergekommen und ich hatte das erste Mal etwas anderes in meinem Herzen gespürt als klebrige Rache.

»Ruhe, bitte«, begann Arias, als der Raum gut gefüllt war. Es mussten bereits einige Jäger stehen, da sich nicht genügend Stühle im Raum befanden. Ich selbst hatte mich neben Evan gesetzt, einfach weil ich die bohrenden Blicke der anderen besser ertrug, wenn er neben mir saß. Nach wie vor konnte er mir das Gefühl von Sicherheit vorgaukeln. »Ich nehme an, dass wir für heute Nacht vollzählig sind.« Er ließ seinen kühlen Blick über die Menge schweifen, die aus Alt und Jung, Groß und Klein bestand. »Heute sind zwei unserer Jäger von ihren Aufträgen unversehrt heimgekommen. Lasst sie uns anständig begrüßen.«

Verhaltener Applaus brandete auf, was keineswegs respektlos gemeint war, aber man hatte gelernt, sich vorsichtig zu bewegen und das war nicht so einfach abzulegen, nur weil man sich in vertrauter Gesellschaft befand.

Arias hob seine massige Hand, während ich das Licht beobachtete, das von seiner Glatze reflektiert wurde. Wann hatte er sich endgültig von seiner weißen Haarpracht getrennt? Ich konnte mich nicht mehr daran erinnern. Es schien ein fließender Übergang gewesen zu sein.

»Evan, deine frühe Rückkehr sagt mir, dass du deinen Auftrag entweder nicht geschafft hast oder zu risikoreich vorgegangen bist.«

Ich spürte, wie sich Evan neben mir verkrampfte. Seine Hand auf dem Tisch ballte sich kurzzeitig zu einer Faust. Innerlich spornte ich ihn an, nicht die Kontrolle zu verlieren. Es war nur das, worauf sein Vater abzielte.

Aus irgendeinem Grund *wollte* Arias sehen, wie sein Sohn versagte.

»Weder noch, *Dad*«, antwortete der Jäger schließlich. Seiner Stimme war die Wut nicht anzumerken. Er zog ein zerknülltes und leicht vergilbtes Blatt Papier aus seiner Hosentasche und breitete es auf der hölzernen Platte aus, sodass jeder im näheren Umkreis die Zeichnung eines Mannes erkennen konnte. Er gehörte zu den Gesuchten in Ascia. Plakate wie dieses hingen überall in der Stadt und wurden täglich verbreitet. Arias beauftragte uns meist damit, einen von den Gesuchten zu erledigen. Es nervte mich schon etwas, dass wir uns strikt an seinen Plan halten mussten, aber ich spielte mit, da ich mir noch immer wertvolle Informationen von Arias erhoffte.

»Also?« Arias legte seine Finger zu einem Dreieck zusammen und führte die Spitze an seine Lippen.

»Ich bin ihm aus Ascia gefolgt und habe ihn tagsüber in seiner vorübergehenden Bleibe überwältigt. Er hat sich kaum gewehrt.« Evan zog einen weiteren Gegenstand aus seiner Tasche. Dieses Mal handelte es sich um ein schwarzes, geflochtenes Lederband, das der Gesuchte auch auf der Skizze um den Hals trug. »Ein kleines Andenken.«

»Was nicht nötig gewesen wäre, danke«, erwiderte Arias augenblicklich mit einem abschätzigen Blick, als würde er seinen Sohn am liebsten wie Dreck vom Schuh kratzen.

Evans Hände schlossen sich um die Tischkante und seine Fingernägel kratzten über die Oberfläche. Ich war mir sicher, dass er kurz davor war, auszurasten. Also tat ich das, was ich in den letzten zweieinhalb Jahren ständig getan hatte. Ich unterstützte Evan.

»Er hat seinen Auftrag erledigt, oder nicht?« Ich lehnte mich mit verschränkten Armen zurück und musterte den Gildenführer mit hochgezogener Augenbraue. »Das ist mehr, als die meisten hier erreicht haben.«

Arias ließ nur sehr ungern von Evan ab, aber schließlich hatte ich seine Aufmerksamkeit.

»Ich nehme an, du hast eine Begründung für deine Verspätung?«, nahm er nun mich ins Kreuzverhör, obwohl er genau wusste, dass ich dieses Spiel hasste. Vielleicht auch gerade deswegen.

»In der Tat. Ich habe Caz und seinen Kumpanen zwei Tagesmärsche von Ascia entfernt erwischt und kaltgestellt. Dann bin ich allerdings über ein Nest von Schattendämonen gestolpert und konnte der Versuchung einfach nicht widerstehen.«

Ein Raunen ging durch den Raum, was mich schon kaum mehr berührte. Die anderen Jäger wussten, dass ich nicht gerne nach ihren Regeln spielte. Außerdem würde ich niemals eine Chance, wie sie mir dort präsentiert worden war, vorbeiziehen lassen.

»Ein Nest?« Arias Wester beugte sich gemächlich vor, doch die langsame Bewegung täuschte nicht über seine körperliche Bedrohlichkeit hinweg.

»Sie befanden sich nachts in einer Bar in irgendeiner der Geisterstädte in den Rayons.« Ich zuckte mit den Schultern. »Ich habe gehandelt wie immer. Auskundschaften. Pläne schmieden. Angreifen.«

»Wie viele hast du getötet?«

Verwirrt runzelte ich die Stirn. Normalerweise hätte er schon jetzt versucht, mir den Kopf abzureißen. Entweder war er auf die alten Tage ganz sanft geworden oder der große Knall würde noch kommen.

»Weiß nicht.« Ich zuckte mit den Schultern und fing den Blick eines neunzehnjährigen Neulings auf, der erst vor einem Monat zu uns gestoßen war. Seine Augen waren groß und wirkten unschuldig. Er würde wohl nicht lange überleben. »Sechs, sieben vielleicht. Viele sind wie Feiglinge davongelaufen.«

»Lass mich das richtig verstehen.« Er hob warnend einen Finger. »Du hast also riskiert, gefangen genommen zu werden und unsere Existenz dadurch zu verraten, weil du nicht ein einziges Mal einen Auftrag, wie er dir gegeben wurde, ausführen konntest?«

»Hast du nicht zugehört, Wester? Ich *habe* den Auftrag erfüllt. Plus etwas mehr.« Ich zuckte mit den Schultern. »Was ist schon dabei? Das ist es doch, was wir wollen, oder nicht? Die Welt von diesen Viechern befreien.«

»*Was ist schon dabei?*«, lachte Arias keineswegs fröhlich. »Du hast dich ganz klar gegen meine Anweisungen gerichtet. Ich habe dir deutlich gesagt, dass du nur Caz und seinen Kumpel erledigen sollst.«

Jetzt wurde ich aber langsam wütend. Was dachte er eigentlich, wer er war, dass er so mit mir sprechen konnte?

Ich richtete mich abrupt auf.

»Mach mal halblang, Wester. Nur weil du mir etwas aufträgst, heißt das nicht, dass du über mich oder meine Aktionen bestimmst«, herrschte ich ihn an. Ich war fertig damit, die *Umgängliche* zu spielen. Zornig stieß ich den Stuhl zurück und stand auf. »Ich mach jetzt erst mal Feierabend. Wenn was ist, du weißt, wo du mich findest.« Ich musste mir keinen Weg zur Tür freikämpfen, da mir die Anwesenden schon von allein Platz machten. Am Ausgang drehte ich mich jedoch noch einmal um. »Vielleicht willst du dich ja entschuldigen, wenn du von deinem hohen Ross runtergekommen bist.«

Ich bahnte mir einen Weg durch den engen, tunnelartigen Flur nach oben und wünschte mir, ich hätte das Treffen heute Nacht ausgelassen. Es kam einfach nie etwas Gutes dabei heraus, wenn sowohl Evan als auch ich von Aufträgen zurückkehrten. Arias war doppelt angespannt und ließ noch weniger mit sich reden als sonst.

Zurück im Tanzlokal suchte ich mir sofort einen neuen Platz an der Bar. Ich wusste, ich sollte besser nach Hause gehen, um meine mentalen Kräfte zu sammeln und zu ordnen, aber Arias hatte mich zu sehr aufgeregt. Ein kleiner Absacker konnte nicht schaden.

Petrov sah mich beinahe sofort und stellte mir einen Drink hin, den ich auf der klebrigen Oberfläche hin und her schob. Er selbst war leider zu beschäftigt, um sich weiter um mich zu kümmern, sodass ich mit meinen trübsinnigen Gedanken schon bald wieder allein war.

Oder auch nicht.

»Du hättest nicht so abzischen sollen.« Evan hatte es anscheinend keine zwei Minuten ohne mich ausgehalten und war mir gefolgt.

Ich verdrehte genervt die Augen, bevor ich den Drink dann doch runterschüttete. Er verätzte mir beinahe die Speiseröhre.

»Nur weil du dir den Scheiß von deinem Vater gefallen lässt, heißt das nicht, dass auch ich brav wie ein Schuldmädchen sitzen bleibe«, spie ich hervor und rutschte vom Hocker. Etwas wacklig auf den Beinen suchte ich für einen kurzen Moment das Gleichgewicht. Evans Hand schoss hervor und umfasste meinen Arm. Ich entriss ihm diesen sofort. »Lass gut sein, Evan.«

»Ich bin nur hier, um dich auf Arias' Anweisung hin zu warnen.« Er beugte sich etwas zu mir herunter und ein leichter Geruch von

Schweiß stieg mir in die Nase. »In Ascia ist es unruhig geworden. Die Garde kommt kaum noch hinterher, die Schattendämonen davon abzuhalten, Menschen als ihre Spielzeuge zu benutzen. Stimmen werden laut, dass es Zeit für Veränderungen ist. Man will hier eine ähnliche Herrschaft durchsetzen, wie sie in Billings existiert.«

»Dann sollen sie doch in die Hauptstadt ziehen«, stöhnte ich, genervt von so viel Dummheit. »Ich komm schon klar. Du brauchst dich nicht um mich zu sorgen. Das ist nicht mehr dein Job, klar?«

»Glasklar«, murmelte er so leise, dass ich mir nicht sicher sein konnte, ob er das tatsächlich gesagt hatte. Ich wandte mich ab und beschloss, jetzt wirklich nach Hause zu gehen. Im Grimmer gab es nichts mehr für mich zu tun.

Das Leben, wie ich es führte, war weder schön noch lebenswert. Es war nicht so, dass ich mir etwas anderes vorspielen könnte. Ich *wusste,* dass ich nur noch aus einem Grund existierte.

Gut, zwei, wenn man den Schlüssel bedachte.

Die Rache war meine persönliche Aufgabe, deshalb atmete ich und deshalb hatte ich mich Arias angeschlossen. Der Schlüssel aber war der Grund, weshalb ich so viele Schattendämonen wie möglich tötete. Sie durften niemals davon erfahren, dass ich eines der zwei Teile, das die Dimensionen erneut öffnen und damit Katastrophen übers Land bringen würde, in mir trug.

Das letzte Mal, als die Tore sich geöffnet hatten, waren Naturkatastrophen wie Plagen über die Welt hinweggefegt. Damals hatte man natürlich noch nicht den Grund dafür gekannt, doch das Wissen sollte sich schon sehr bald einstellen.

Nun, nachdem die Tore wieder geschlossen worden waren, hatten viele Schatten- und Königsdämonen nach einem Weg gesucht, dies rückgängig zu machen. Soweit ich wusste, hatten viele ihre Familien in Duster und Triste zurückgelassen. Aber was bedeutete dieses Wort *Familie* schon für einen Haufen Dämonen?

Nein. Meine Aufgabe war es, den Schlüssel sicher in meiner Brust zu tragen, bis ich meine Rache verübt hatte. Danach würde ich mich auf die Suche nach einer würdigen Trägerin begeben, den Schlüssel weiterreichen und sterben. Denn mit der Weitergabe des Schlüssels würden auch meine übermenschlichen Kräfte schwinden und die

Chance, dass ich danach länger als ein paar Wochen überlebte, war verschwindend gering.

»Gute Nacht«, wünschte ich dem Türsteher und bog direkt in die nächste Gasse ein. Müde rieb ich mir über die Augen.

Was würde ich dafür geben, einmal wieder mehrere Stunden am Stück durchschlafen zu können, ohne von einem Albtraum gestört zu werden! Eine herrliche Vorstellung.

Als ich wieder aufsah, packten mich Schwindel und Übelkeit und ich wusste, dass ich nicht so viel hätte trinken dürfen. Das war einfach unverantwortlich!

Stöhnend lehnte ich mich gegen die nächste Backsteinwand, schloss die Augen und zählte innerlich bis hundert. Ich musste es nur bis in meine Wohnung schaffen, da konnte ich mich dann so lange auskotzen, wie ich wollte.

Leider fand mein Körper, dass er keine Sekunde länger warten konnte und so kauerte ich schon bald auf allen vieren auf dem kühlen Boden. Sich die Seele aus dem Leib zu kotzen war eindeutig keine schöne Angelegenheit.

Als ich mir sicher war, sämtlichen Mageninhalt aus meinem Körper hervorgewürgt zu haben, richtete ich mich wieder auf. Die Hand behielt ich sicherheitshalber stützend an der Wand, während ich mir mit dem Ärmel über den Mund fuhr.

»Warum bleibst du nicht länger da unten?«, ertönte plötzlich eine Stimme ziemlich nah vor mir. »Da gehörst du nämlich hin.«

Ich sah den Schlag nicht kommen und wurde durch die Wucht, mit der die gegnerische Faust gegen meine Schläfe krachte, nach hinten geschleudert.

»Verdammte Scheiße«, knurrte ich, als mein Steißbein Bekanntschaft mit dem Steinboden machte. »Was willst du von mir?« Erst jetzt sah ich den Typen, der mich so ungalant von der Seite angegriffen hatte. Die Adjektive, die ich ihm sofort zuschrieb, waren schmierig und dümmlich.

Unglücklicherweise war er nicht allein.

»O Mann, ich hab wirklich keine Zeit für euch.« Mühsam rappelte ich mich wieder auf, klopfte den Dreck von meiner Lederhose und holte mein Waidblatt hervor. »Aber wenn ihr bereits mit eurem Leben abgeschlossen habt, kommt nur her.«

Die drei Schattendämonen wechselten einen kurzen Blick mit ihrem gefährlichen Anführer, der knapp nickte. Einen Moment später zuckten sie unnatürlich und wandelten sich in ihre Dämonenform.

Mit spitzen Klauen griffen sie nach mir, doch trotz des Alkohols in meinem Blut war ich nicht wehrlos. Den ersten Schattendämon erledigte ich sofort mit einem glatten Schnitt durch die Kehle, als er mich ohne Verteidigung seiner eigenen Schwachstellen angreifen wollte. Der zweite war daraufhin achtsamer und der dritte war von Anfang an kampferprobter.

Unsere Bewegungen verschwammen zu einem rhythmischen Tanz, in dem ich lediglich meinen Instinkten gehorchte. Hier ging es nicht um einen besonderen Plan, den ich mir zurechtgelegt hatte. Das hier war das nackte Überleben.

»Was soll das sein? Dreadlocks?« Ich hielt einen der Schattendämonen im Schwitzkasten und berührte mit der freien Hand seine schwarzen, verfilzten Haare. »Schlechter Job, Mann. Ganz schlechter Job.« Mit einer leichten Drehung meines Körpers hatte ich ihm das Genick gebrochen. Ich hatte nur gerade so Zeit, ihn von mir zu stoßen, als ich von dem Anführer attackiert wurde.

Er stürzte sich mit lautem Gebrüll auf mich. Schon dachte ich, ich hätte leichtes Spiel mit ihm, da er seine Deckung vollkommen vernachlässigte, als mich etwas Schweres am Hinterkopf traf.

Obwohl ich innerlich dagegen ankämpfte, knickten meine Beine ein. Ich hatte die Kontrolle über meinen eigenen Körper verloren. Meine Augen drehten sich in ihren Höhlen. Noch bevor ich auf dem harten Boden aufschlagen konnte, hatte ich das Bewusstsein verloren.

6. Kapitel

Anscheinend war ich nicht sehr lange ausgeknockt gewesen, denn als ich wieder zu mir kam, war ich zwar an Händen und Füßen gefesselt, aber die zwei Dämonen, die ich nicht vorübergehend erledigt hatte, diskutierten noch, wo sie mich hinbringen sollten.

»Ins Rathaus? Bist du verrückt?«

»Überleg doch, Lore, ich arbeite dort. Ich kenn mich da aus«, versicherte der Anführer dem kleineren Dämon. Beide waren gerade dabei, die Körper der anderen in den Schatten zu ziehen. Dort würden sie sich wahrscheinlich regenerieren, wenn ihnen keiner das Saturnzeichen in die Brust ritzte. So ein Mist aber auch!

»Wenn du das sagst, Camun«, gab Lore schließlich nach. »Ey, sie ist wach.«

Ich versuchte über den Boden zu robben, aber ich kam kaum einen Meter weit, als mir Lore seine Faust ins Gesicht rammte und ich erneut von Dunkelheit verschlungen wurde.

Das nächste Mal, als ich mit rasenden Kopfschmerzen erwachte, entfloh ein tiefes Stöhnen meinen aufgeplatzten Lippen. Ich traute mich zunächst nicht, meine Lider zu öffnen, aus Angst, dass das Licht wie scharfer Schmerz in mein Gehirn dringen würde.

Eine kurze Inspektion meines Körpers verriet mir schließlich auch mit geschlossenen Augen, dass ich mit den Handgelenken über meinem Kopf an Ketten hing. Ich konnte mit meinen Zehenspitzen gerade noch so den Boden berühren, um meine Schultern zu entlasten.

»Wach auf, Sonnenschein.« Jemand schlug mit der flachen Hand einmal rechts und dann links gegen meine Wange. »Wir haben viele schöne Dinge für dich geplant.«

»Ich würde lieber schlafen«, krächzte ich, da meine Kehle durch den Alkohol ganz trocken war. »Aber ich weiß das Angebot zu schätzen. Also, danke.«

Endlich traute ich mich aufzusehen und erkannte, dass ich mir gar keine Sorgen des Lichts wegen hätte machen müssen. Wir befanden uns in einer fensterlosen Kammer, wahrscheinlich im Keller des hiesigen Rathauses. Die Wände bestanden aus kahlem grauem Stein und zwei Fackeln spendeten gerade genug Licht, um die Männer zu erkennen. Lore war da und Camun, aber auch zwei neue, die bei dem Kampf vorhin nicht dabei gewesen waren. Anscheinend sollten sie die Verluste ersetzen.

»Hast du das gehört, Lore?«, lachte Camun und deutete auf mich. Er hatte seinen braunen Mantel ausgezogen, sodass sein massiger Oberkörper noch besser zum Vorschein kam. »Sie weiß mein Angebot *zu schätzen*! Was für ein Witzbold sie doch ist!«

Er schlenderte zu dem einzigen Einrichtungsgegenstand, einem kleinen, rechteckigen Tisch, auf dem eine Ledermappe ausgebreitet dalag. Ich konnte die Gegenstände, die darin durch kleine Riemchen festgemacht waren, nicht genau erkennen, aber das Schimmern von Metall sagte mir, dass es wohl keine Süßigkeiten waren.

»Ich hätte nichts dagegen, ein paar Minuten für mich selbst zu haben. Weißt du, eine Dame braucht ihre Privatsphäre«, sagte ich möglichst ruhig, um von meinen Versuchen abzulenken, die Verankerung der Ketten von der Decke zu reißen. Putz rieselte auf mich nieder, aber es war noch nicht genug.

»Schade aber auch, dass du keine Dame bist«, grunzte Camun und brachte seine Kumpel damit zum Lachen. Er kehrte zu mir zurück, ein schlankes, spitzes Messer in der Hand. Ich fragte mich, wohin er mein Waidblatt getan hatte. Die Klinge hatte ich von meiner Tante bekommen und ich wollte sie nach diesem Desaster hier wieder zurückhaben.

»Du langweilst mich«, provozierte ich den Schattendämon, was wahrscheinlich keine so gute Idee war, aber ich wollte die Sache hier vorantreiben. »Wieso bin ich hier?«

Er hielt vor mir inne und drehte den Dolch in seinen Händen, sodass das blanke Metall das Feuer der Fackeln reflektierte, bevor er es mir in den Bauch stieß.

»Arschloch«, keuchte ich und krümmte mich automatisch zusammen. Leider war hinter mir direkt die Wand, die es mir unmöglich machte zurückzuweichen.

»Du solltest dir deinen Mund auswaschen. Solch böse Worte … Ts-ts.« Er schüttelte scheinbar betrübt den Kopf, bevor er das Messer beiseitelegte und seine linke Hand mit einem Faustring schmückte. »Vielleicht sollte ich es auch für dich tun.«

Er stand zu seinem Wort und wusch mir den Mund mit meinem eigenen Blut. Hatte sich gerade ein Zahn gelockert? Oder war mein Kiefer gebrochen?

Nun, das waren jetzt aber ganz sicher zwei gebrochene Rippen.

Verdammt. Der Schmerz war überall. Er befand sich selbst an Stellen, die nicht verletzt waren, doch meine Nerven standen in Flammen. Ich war nur noch bei Bewusstsein, weil ich gelernt hatte, mit Schmerzen umzugehen. Aber ich erkannte, dass ich nicht ewig durchhalten würde.

Es würde mir wirklich nichts ausmachen, heute zu sterben, wenn ich dadurch nicht den Schlüssel gefährden würde, der sich noch in meinem Körper befand. Wortwörtlich. Wenn man genau hinsah oder … fühlte, konnte man eine kleine Erhebung rechts unter meinem Brustbein und den Rippen ausmachen. Bei meinem Tod würde der Schlüssel in meinem Körper verrotten, es sei denn, jemand sah genauer hin. Leider würde damit auch gleichzeitig der Zauber verschwinden, der es jedem unmöglich machte, den Schlüssel magisch zu orten.

»Du solltest damit aufhören«, spuckte ich aus, als Camun nur noch wenige Zentimeter vor mir stand und mit der Spitze einer Klinge etwas in meinen Oberarm ritzte, als wäre ich sein neues Kunstwerk.

»Was?« Er packte grob mein Kinn. »Ist das schon alles? Mehr hältst du nicht aus? Ich habe doch etwas mehr von der Jägerin erwartet.«

»Nein, es ist nur …« Ich lachte amüsiert, obwohl mein ganzer Körper schmerzte. Aber es handelte sich um keinen Schmerz, den ich nicht schon einmal erlebt und überlebt hätte. »Ganz im Ernst, heute wollte ich eigentlich niemandem wehtun.«

»Aha«, lachte Camun ausgelassen. Das Weiß seiner Pupillen wirkte kalt und emotionslos. »Falls es dir noch nicht aufgefallen ist, Jägerin, du bist die Gefangene hier.«

»Stimmt schon.« Ich neigte den Kopf leicht. »Zu blöd für dich, dass ich auch die Klügere von uns beiden bin.«

Ich stieß mich vom Boden ab, schlang meine Beine um Camuns Mitte, zog ihn noch näher und verpasste ihm einen harten Kopfstoß. Da ich um einiges kleiner war als er, stieß ich mit der Stirn gegen seine Nase, die unter der Kraft brach. Blut spritzte hervor.

Das Moment ausnutzend löste ich meine Beine von ihm, nahm etwas Schwung und rammte Camun mein Knie in die Weichteile, bevor er überhaupt realisiert hatte, dass seine Nase gebrochen war.

»Camun!«, riefen Lore und die anderen wie aus einem Munde und eilten zu ihrem Anführer. Der aber schüttelte sie ab, als wären sie lästige Fliegen. Unter der Hand, die er auf seine Nase presste, strömte schwallartig Blut hervor. Seine Muskeln zuckten, als er nach einer neuen Klinge griff und dann auf mich zustürzte.

Ich dachte schon, er würde mich jetzt auf der Stelle töten, doch stattdessen siegte sein Hang zum Sadismus und er stieß das Messer in meine rechte Hand. Vor Überraschung schrie ich auf, der Schmerz folgte erst einen Moment später.

Camun erstickte meinen Schrei, indem er seine Hände um meinen Hals presste und dabei beinahe meine Kehle zu zerquetschen schien. Ich zappelte und trat um mich, aber dieses Mal gab er keinen Zentimeter nach.

»Ich bring dich um, du Schlampe!«, brüllte er und verteilte dabei sein Blut über mein Gesicht.

Aus den Augenwinkeln bemerkte ich trotz meiner kritischen Situation eine Veränderung in Form einer neuen Gestalt, die sich zu uns gesellt hatte.

Ein Mann, zumindest entnahm ich das seiner Statur, stand direkt neben Camun, hüllte sich aber in Schatten und einen Umhang, der durch eine Kapuze sein Gesicht verdeckte. Wo war er auf einmal hergekommen? Und war das ein gutes oder schlechtes Zeichen?

Camun ging so in seinem Mordversuch an mir auf, dass er weder den Neuankömmling noch das zornige Aufflackern der Flammen bemerkte.

Die Finsternis nagte an meinem Sichtfeld, während ich immer mehr den Halt verlor. Bald schon hätte ich dieser Welt für immer ausgedient. Wenn ich doch nur nicht so viel Alkohol getrunken hätte! Bewirkte es etwas, wenn ich jetzt für den Rest meines Lebens Abstinenz schwor? Wohl kaum, wenn man bedachte, dass das vermutlich nur noch wenige Sekunden waren.

Meine Lider wurden schwerer und irgendwie schien ich auch den Kontakt zu meinen Gliedern zu verlieren, als der Raum plötzlich von einer starken Präsenz vereinnahmt wurde. Ich war nicht die Einzige, die die Veränderung der Atmosphäre wahrnahm, selbst Camun ließ erschrocken von mir ab und wandte sich dem Ausgang zu.

Drei Männer waren eingetreten und einen von ihnen erkannte ich sofort. Dorian Ascia. Gründer der gleichnamigen Stadt und Königsdämon.

Zu weiteren Gedanken war ich nicht fähig, da mich das Japsen nach Luft ganz vereinnahmte. Meine Luftröhre protestierte, als sie endlich wieder Sauerstoff in meine Lungen weiterleiten konnte.

Müsste ich das mit der Abstinenz jetzt wirklich durchziehen?

»… Herr«, hörte ich Camun stammeln, als das Rauschen in meinen Ohren etwas nachgelassen hatte.

»Was soll das hier werden?«, verlangte Ascia zu erfahren. Seine Aura war mächtig und angsteinflößend. Selbst ich hätte Respekt vor dem Dämon gehabt, wenn ich nicht diesen tiefen Hass in mir verspürt hätte.

»Meine Männer und ich haben sie vorhin aufgegriffen«, erklärte er eifrig, während das Blut weiterhin über sein Kinn rann. Die Männer, die mit Ascia eingetreten waren, bewegten sich einen Schritt vor, um Camun davon abzuhalten, sich weiter zu nähern. »Sie ist diejenige, die Lores Bruder in den Rayons getötet hat.«

»Ach ja?« Ascia verschränkte seine muskulösen Arme vor dem Oberkörper, der in einem teuer aussehenden Sakko steckte. »Woher weißt du das, Lore?«

»Sie … äh …« Der Dämon fühlte sich im Rampenlicht überhaupt nicht wohl und wurde sofort zwei Nuancen blasser. »Sie passt auf die Beschreibung, die mir gegeben wurde. Ein paar Dämonen konnten fliehen.«

Ascia schwieg einen Moment, bevor sich sein Blick endlich auf mich richtete. Da er nicht in seiner Dämonenform war, erkannte ich im Braun seiner Augen schwarze Pupillen.

»Bestreitest du, dass du einen Schattendämon auf dem Gewissen hast?«, richtete Dorian die Frage an mich. Die Augen des Königs glühten in dem orangen Licht.

Ich lachte höhnisch auf. »Oh ja.« Am liebsten hätte ich meine Augen geschlossen und mich der Ohnmacht hingegeben, die bereits darauf lauerte, mich zu packen, doch ich wusste, dass ich mich irgendwie aus dieser Situation befreien musste. Leider kam diese Entschlossenheit nicht an meinem Mund an. »Genau genommen waren es fünfzig oder so. Hab den Überblick verloren. Einer sieht genauso aus wie der andere.«

Das Loch, das mir Camun an der Hand zugefügt hatte, brannte höllisch, während das warme Blut meinen Arm hinuntersickerte.

»Siehst du, Herr? Sie war es!«, ereiferte sich Camun und schob sich wieder zwischen mich und den Königsdämon, der alles andere als befriedigt aussah.

»Nichtsdestotrotz bin ich nicht mit dir zufrieden«, donnerte Ascia. »Und auch mit keinem von euch.« Er richtete seinen dunklen Blick auf die anderen Schattendämonen, ließ den Mann unter der Kapuze aber außen vor. Gehörte er zu ihm? War er auch ein Königsdämon? »Wessen Befehlen habt ihr gehorcht, als ihr sie aufgegriffen habt?«

»Camuns«, sagten sie im Gleichklang.

»Ich verstehe.« Ascia nickte, hob seine Hände und vollführte damit eine kleine, aber machtvolle Geste. Im nächsten Moment brannten Lore und seine Kumpane von innen heraus. Die Flammen verspeisten ihre inneren Organe und verbrannten ihre Augen. Die qualvollen Schreie drangen mir bis ins Mark und der Gestank von verbanntem Fleisch verursachte mir Übelkeit. Am Ende blieben nur noch schwarze Schatten, die aus Mund, Augen und Nase hervorkamen und sich in Nichts auflösten.

»O Herr, ich bitte dich«, flehte Camun und fiel auf die Knie.

»Bringt ihn fort, bis ich weiß, wie seine Bestrafung aussehen wird«, befahl der König seinen beiden Begleitern, die einen zappelnden, wimmernden Camun daraufhin zwischen sich nahmen und davonzerrten.

Nachdem uns die anderen verlassen hatten, nahm der Fremde endlich die Kapuze von seinem Kopf und offenbarte das Gesicht eines Mannes, was wenig überraschend war. Verwunderlich war nur, dass er noch jünger aussah als Ascia, der selbst wirkte, als wäre er erst Anfang dreißig. Beide hatten jedoch den für Dämonen typischen südländischen Teint, den sie vermutlich ihrer Welt zu verdanken hatten. Nicht zum ersten Mal fragte ich mich, wie es in Duster und Triste wohl aussah.

»Mach sie los, Gareth«, sagte Ascia leise und trat weiter vor, sodass wir nur noch wenige Meter voneinander getrennt waren.

Gareth näherte sich mir und streckte seine Hände nach den Ketten aus. Ich fragte mich nur einen Moment, wie er sie ohne Schlüssel öffnen wollte, als ich auch schon die Hitze auf meiner Haut spürte. Kurze Zeit später zog Gareth die Schellen auseinander und ich war befreit.

Unglücklicherweise waren meine Beine nicht dazu bereit, meinen Körper allein zu tragen, und so fiel ich eher unelegant nach vorne in die Arme meines Feindes. Er schien meine Schwäche, die ich in diesem Augenblick mehr verabscheute als alles andere, mehr oder weniger zu tolerieren, schien aber genauso froh zu sein, sich von mir zu lösen, als ich wieder halbwegs aufrecht stehen konnte.

Nach und nach zog er sich an die Seite seines Herrn zurück, sodass ich mich ihnen beiden gegenübersah. Jetzt, wo ich Gareth im rechten Licht erblickte, runzelte ich verwirrt die Stirn, da er mir unglaublich bekannt vorkam. Vielleicht hatte ich ihn ja einfach irgendwo auf dem Markt gesehen. Andererseits wäre er mir sicherlich aufgefallen. So wie Ascia. Ihn hatte ich bisher nur einmal gesehen, aber sein Antlitz hatte ich nicht vergessen.

Wie hieß es immer? Lasse deine Feinde nie aus den Augen.

»Also, entweder bereitest du dem Ganzen jetzt ein Ende oder ich werde noch wahnsinnig«, spuckte ich aus und besah mir dabei die Hand, die Camun aufgespießt hatte. Die Klinge steckte noch fest und ich konnte mich nicht dazu überwinden, sie herauszuziehen. Aus meinem Bauch sickerte nach wie vor Blut und es tat weh, aber ich wusste, dass die Wunde an meiner Hand ohne Klinge noch viel mehr schmerzen würde.

Letztlich konnte ich mich nicht mehr auf den Beinen halten und fiel auf die Knie, was mir ganz und gar nicht passte. Ich wollte Ascia zeigen, dass ich ihm mindestens ebenbürtig war, aber bei meinen Verletzungen konnte ich froh sein, wenn ich die Sonne noch einmal aufgehen sah.

»Ich weiß, wer du bist, Jägerin.« Ascia überging meine Provokation und trieb mich damit zur Weißglut. Wäre ich noch dazu imstande gewesen, ich hätte ihn windelweich geprügelt. Es ging mir gehörig gegen den Strich, dass er sich so edel benahm, als wäre er ein Gentleman oder so etwas in der Art.

»Es gibt viele Jägerinnen«, murmelte ich und begann dann langsam, mich nach einem Ausweg umzuschauen. Wenn Ascia bloß reden wollte, brauchte er mich nicht. Vielleicht würde es ihm gar nicht auffallen, wenn ich mich davonschlich.

Innerlich seufzend verwarf ich den Plan einer Flucht wieder. Selbst wenn Ascia von seinen eigenen dämlichen Worten abgelenkt würde, Gareth durchbohrte mich förmlich mit seinem Blick.

»Das ist wahr«, schmunzelte der König und legte den Kopf schief, als würde er sich gerade köstlich amüsieren.

»Schön, dass du über mich lachen kannst.«

Seine kurzen grauschwarzen Haare, die ihn eigentlich älter als vierzig hätten wirken lassen müssen, verdeutlichten nur noch mehr sein gutes, gepflegtes Aussehen. Ich hasste es. Leider bot auch Gareth keinen Gegensatz, da er noch besser, noch verwegener aussah. Es wäre so leicht zu vergessen, dass sie keine Menschen waren. Dorian war vermutlich bereits doppelt so alt, wie er aussah, da Königsdämonen halb so schnell alterten wie normale Menschen oder Schattendämonen.

»Hast du dir eigentlich schon mal überlegt, dass es auch noch andere Dämonen gibt?«, wechselte Dorian das Thema und riss mich damit aus meinen verworrenen Gedanken. Ich spürte, dass ich immer schwächer wurde und hoffte, dass er bald mal zum Punkt kommen würde. Verbluten war eine nervige Art zu sterben. Es dauerte einfach so schrecklich lange. »Dämonen, die Menschen nichts Böses wünschen?«

Ich stieß ein hohles Lachen aus.

»Das ist unerheblich«, entgegnete ich schließlich unwirsch. »Ob gut oder böse, Dämon ist Dämon. Ich überfalle kein Nest und sage dann, wer böse ist, der hebe bitte die Hand, alle anderen dürfen gehen.« Die Absurdität verzerrte meine Lippen zu einem freudlosen Lächeln. »Außerdem unterliegt früher oder später jeder seiner Natur. Selbst du wirst keine so reine Weste haben, wie du mir weiszumachen versuchst. Du hast unser Land verwüstet. Und garantiert hast du mit einer deiner Entscheidungen eines der Millionen Menschenleben genommen. Allein dafür hast du den Tod verdient.« Ich verlor den Halt und musste mich mit der unverletzten Hand aufstützen. »Auch wenn ich jetzt nicht mehr die Kraft dazu habe, wird jemand kommen und das Richtige tun. Für dich mag es vielleicht noch ein Morgen geben, König, aber ein Übermorgen sicherlich nicht.«

Ich hustete Blut, das leuchtend helle Punkte auf dem Betonboden hinterließ.

»Wir werden sehen«, wisperte Ascia, bevor Gareth in meinem Sichtfeld auftauchte.

Er griff nach meiner verletzten Hand und zog die Klinge erbarmungslos heraus. Der Schmerz schoss in meinen Arm und schließlich in mein Herz. Vor meinen Augen flimmerte es, als ich endlich dem Drängen meines Körpers nachgab und in die tiefsten Tiefen hinabsank.

7. Kapitel

Gähnend streckte ich mich in dem weichen, warmen Bett aus und öffnete langsam meine Lider. Das Licht, das durch das Fenster ins Zimmer strömte, war warm und sanft. Es brannte mir nicht in den Augen, als ich meinen Blick aufs Fenster richtete. Gerade wollte ich mich umdrehen, um noch ein paar Minuten zu dösen, als die Erkenntnis wie ein Blitz durch meinen Körper fuhr.

Im Bruchteil einer Sekunde saß ich aufrecht und blickte mich hektisch atmend in dem großzügig geschnittenen Zimmer um. Glücklicherweise war ich allein, was ich sofort erkannte, da es neben dem Bett keine Versteckmöglichkeiten gab und ich einfach mal annahm, dass sich niemand unter dem Gestell versteckte.

Gut. Es konnte ja nicht schaden, mal nachzusehen.

Zwei Sekunden später war ich mir sicher, dass ich allein war. Nackt. In einem fremden Bett.

Das war aber noch nicht das Ende der Seltsamkeiten. Ich hatte nicht nur keine Klamotten mehr; auch sämtliche meiner Wunden, die mir Camun zugefügt hatte, waren wie durch Zauberhand verschwunden.

Was bedeutete das? Wie lange hatte ich geschlafen? Es mussten Wochen vergangen sein! Nur noch ein paar hauchzarte Narben und gelbliche Flecke waren übrig geblieben. Ich hob die Hand, die in meiner letzten Erinnerung noch durchlöchert gewesen war, vor mein Gesicht. Auch hier gab es auf beiden Seiten lediglich kleine, längliche Narben.

Ich stieg schließlich vom Bett und wickelte mich in das weiße Laken ein, bevor ich den Raum einmal von Grund auf inspizierte. Abgesehen von einer Kommode, dem Bett und einem Tisch samt Stuhl gab es keine weiteren Möbel. In der Kommode fand ich leider keine Kleidung, die das Laken ersetzen könnte.

Seufzend begutachtete ich das angrenzende fensterlose Badezimmer. Es befand sich nicht mal Shampoo darin. Anscheinend war man nicht auf meinen Besuch vorbereitet gewesen, wo auch immer ich war.

Ich spürte, wie sich die Frustration in mir anstaute, während ich unentschlossen über die Narbe an meinem Handgelenk rieb. Was trieb man hier für Spielchen mit mir? Wütend stampfte ich zu dem einzigen Fenster und blickte in die Gärten des Rathauses hinaus. Hohe Bäume, gepflegte Hecken, Blumen und ein säuberlich getrimmter Rasen bildeten das Herzstück des Anwesens, das von schönen Häusern umrahmt wurde, in denen die anderen Dämonen hausten. Die Menschen waren am Stadtrand angesiedelt worden.

Erleichterung nahm etwas von meiner Wut. Ich befand mich noch immer in Ascia! Das war ein gutes Zeichen, oder nicht? Vielleicht hatte Dorian einfach keine Lust gehabt, mich zu töten und würde mich freilassen?

Das beantwortete aber leider noch nicht die Frage, wie lange ich bereits hier war.

Ehrlich gesagt war ich ziemlich überfordert mit der Tatsache, dass ich noch lebte. Was sollte ich denn jetzt tun?

Nachdenklich starrte ich das Glas des Fensters an und grübelte darüber nach, es einzuschlagen. Noch einen Moment rang ich mit mir selbst, dann entschied ich mich dafür, dass dies womöglich die beste Fluchtchance war. Schließlich wusste bisher noch niemand, dass ich erwacht war, sodass möglicherweise niemand vor der Tür Wache schob. *Vielleicht, vielleicht, vielleicht …*

Ich befestigte die Decke fest unter meinen Achseln, damit sie mir nicht aus Versehen herunterrutschte, und griff dann nach dem hölzernen Stuhl.

Eins. Zwei. Drei. Der Stuhl prallte von dem Glas ab und die Wucht stieß mich zurück. Die Scheibe blieb unversehrt.

»Das wäre auch zu schön gewesen«, grummelte ich, ließ den Stuhl liegen und untersuchte das Glas noch einmal genauer. Es musste irgendeine spezielle Anfertigung sein, die nicht so leicht zu zerstören war. Ich bezweifelte, dass ich sie mit einem Faustschlag zerschmettern konnte. Selbst die Kraft des Schlüssels würde daran nichts ändern können.

Der Schlüssel!

Innerlich schalt ich mich selbst, während ich das Laken fallen ließ, um meinen Bauch genauer zu betrachten. Meine Finger fuhren die Rippen entlang nach unten bis zum unteren Ende meines rechten Rippenbogens und fanden schließlich die leichte Wölbung des Schlüssels. Er war noch da. Alles war gut.

Seufzend hob ich die Decke wieder auf und vergrub mich erneut darin. Jetzt gab es nur noch einen Weg, Antworten zu bekommen. Oder zu fliehen.

Tief durchatmend steuerte ich die Tür an, die hoffentlich nach draußen führen würde. Wie erhofft wachte kein Dämon vor meinem Zimmer und wartete darauf, dass ich aus meinem Dornröschenschlaf erwachte.

Leise schloss ich die Tür hinter mir und sah mich in dem hell erleuchteten Flur um, der so edel und luxuriös eingerichtet war, dass mir die Kinnlade herunterfiel. Meine nackten Sohlen schienen in dem weichen, mittig ausgelegten Teppich zu versinken. So etwas hatte ich noch nie gesehen. Selbst nicht in der Zeit vor den Dämonenkriegen und damals hatte ich ein gutes, mittelständisches Leben geführt. Sicher, es waren nur die ersten sechs Jahre meines Lebens gewesen, aber es war ja nicht so, dass ich mich an gar nichts mehr aus dieser Zeit erinnern konnte.

An den Wänden hingen in regelmäßigem Abstand diverse antik wirkende Gemälde. Ich konnte nicht sagen, ob sie von Menschen oder Dämonen angefertigt worden waren. Sie alle zeigten verschiedenartige Landschaften, wild und unberührt. Gab es diese Gegenden auf der Erde oder spiegelten sie Duster und Triste wider? Wo auch immer sich diese Landschaften befanden, sie waren atemberaubend schön und ich konnte meinen Blick kaum abwenden. Doch ich musste mich darauf konzentrieren, einen Weg aus dem Gebäude zu finden.

Links und rechts zweigten hin und wieder Türen oder ein Flur ab, aber ich hatte beschlossen, dass es der beste Weg wäre, eine Treppe zu finden und immer geradeaus weiterzugehen. Der Blick aus dem Fenster hatte mir verraten, dass ich mich im zweiten oder dritten Stock befand. Es war mir schwergefallen, das genau abzuschätzen.

Gerade war ich mir sicher, das Ende des Flurs und damit die Treppen erreicht zu haben, als mich jemand grob am Arm packte und damit zum Stehenbleiben zwang.

Wütend versuchte ich, dem Fremden meinen Oberarm zu entziehen, als ich erkannte, wer derjenige war.

Gareth.

»Lass mich los, verdammt!«, knurrte ich und begann von Neuem mit dem Versuch, meinen Arm aus seinem Griff zu befreien. Es tat sich nichts.

»Wohin wolltest du gehen?«

»Was denkst du denn? Weg.« Endlich ließ er mich los, um seine Arme vor seinem breiten, muskulösen Körper zu verschränken. Er war riesig.

»Du hättest in deinem Zimmer bleiben sollen«, sagte er ruhig, obwohl das Grün seiner Augen stürmisch umherzuwirbeln schien. Wieder durchfuhr mich das Gefühl, ihn zu kennen.

»Ich habe dich schon mal gesehen«, entschlüpfte es mir unbedacht.

Er hob skeptisch seine dunklen Augenbrauen. »Gestern.«

»Nein.« *Gestern?* Das konnte doch wohl kaum gestern gewesen sein, oder? Was war dann mit meinen Verletzungen geschehen? Ich kniff die Augen zusammen und musterte sein attraktives Gesicht genauer: die hohen Wangenknochen, der dunkle Stoppelbart, die gerade Nase und der dunkle Teint. »Vorher.«

Er zuckte mit den Schultern. »Ich habe eben eines dieser Gesichter …«

Ich stieß ein abschätziges Lachen aus.

»Aus irgendeinem Grund bezweifle ich das.« Das war wohl die schlechteste Ausrede, die er sich hätte einfallen lassen können. Vielleicht war ihm aber auch egal, was ich dachte.

»Komm. Ich bring dich zu Ascia«, wechselte er schließlich das Thema und bedeutete mir mit einer Handbewegung voranzugehen. Traute er mir etwa nicht? Als ob ich ihn hinterrücks anspringen würde.

Gut. Das war wohl doch nicht auszuschließen. Insbesondere als wir die Treppenflucht erreichten und ich mir ausmalen konnte, wie der Weg zum Ausgang aussah.

Und dann traf mich die Erkenntnis, dass ich gerade einem Dämon *gehorcht* hatte. Wie versteinert blieb ich stehen. Gareth hatte anscheinend nicht damit gerechnet, denn er rannte direkt in mich hinein.

Ich stolperte zwei Schritte nach vorne, bevor ich mir die schmerzende Seite rieb, an der sich noch ein paar dunkle Flecken befanden.

»Was tust du?«, zischte Gareth ungehalten.

Ich stemmte die Hände in die Hüften, um wenigstens etwas Autorität aufzubringen, was in ein Bettlaken gekleidet nicht so gut klappte. »Stehen bleiben.«

Ich sah, wie er tief durchatmete. Anscheinend strapazierte ich seine Nerven bis zum Äußersten. Gut! Immerhin etwas, mit dem ich mich auskannte.

»Und wieso das?«, fragte er düster. Er betonte jedes Wort mit ausgesuchter Ruhe in der Stimme, als würde er mit einem nervigen Kind sprechen.

»Weil ich dir nicht gehorche«, entgegnete ich.

Er stieß ein paar Worte in einer mir fremden Sprache aus. Ich entnahm dem Tonfall, dass es sich um eine Reihe von Schimpfwörtern handelte.

»Hast du ein Problem?«, fragte ich unschuldig.

»Was willst du stattdessen tun? Dumm in der Gegend rumstehen?« Dieses Mal kam der Akzent, den alle Dämonen zu besitzen schienen, stärker zur Geltung.

»Ich möchte meine Sachen zurück und dann nach Hause gehen, wenn es dir keine Umstände bereitet, Dämon.«

»Tut es aber«, knurrte er, bevor seine Hand hervorschoss und mich am Oberarm packte.

»Was fällt dir ein? Lass mich los!«, wütete ich und versuchte, seinen festen Griff mit meiner freien Hand zu lösen, aber es war, als bestünde er aus Eisen.

»Stell dich nicht an. Ich bringe dich zu meinem König und dann kannst du alles Weitere mit ihm besprechen. Ist das wirklich ein so schlechter Deal?« Sein Blick bohrte sich in meine Augen, was mir unangenehm war, vor allem, weil ich sofort daran denken musste, wie seine grünen Augen wohl ohne Pupillen aussahen.

Schließlich hörte ich auf, mich zu wehren.

»Schön. Du hast gewonnen. Lass mich los«, grummelte ich, war aber ernsthaft überrascht, als er mich tatsächlich losließ. Er wartete, bis ich mich umdrehte und meinen Weg fortsetzte.

Was für ein gewaltiger Hornochse!

Wäre ich im Vollbesitz meiner Kräfte und wäre er kein Königsdämon gewesen, hätte ich ihn schon längst erledigen können.

Einen Moment lang fragte ich mich, wie ich es schaffen wollte, die Mörder meiner Familie zur Strecke zu bringen, wenn ich es nicht mal mit einem einzigen Königsdämon aufnehmen konnte.

Eines der ersten Dinge, die Lucy mir eingebläut hatte, war, dass Schattendämonen den Menschen mehr ähnelten als Königsdämonen.

Die Rasse der Könige war um so vieles stärker, mächtiger, magischer.

Seufzend vertrieb ich die Gedanken an meine eigene Unfähigkeit. Es half ja doch nichts. Solange ich mich hier im Rathaus befand, konnte ich ohnehin nicht an meine Rache denken.

Möglichst unauffällig blickte ich mich um. Momentan konnte ich einen Fluchtversuch ausschließen, das hieß aber nicht, dass sich mir nicht bald eine Chance bieten würde. Ich hatte nicht den blassesten Schimmer, wie lange sie mich hier festhalten würden und musste auf alle Eventualitäten vorbereitet sein.

Schließlich betraten wir den nächsten Flur, der dem ersten durch und durch glich. Ich nahm an, dass es ziemlich einfach wäre, sich hier zu verlaufen, wenn man seine Gedanken beim Gehen wandern ließ. Gut, dass ich während meiner Zeit als Jägerin gelernt hatte, ständig auf der Hut zu sein.

»Stopp.«

Ich blieb stehen und drehte mich um. Gareth trat an mir vorbei, öffnete die Tür und ließ mich dann als Erste durchgehen.

Er war wirklich paranoid.

Das Zimmer, das wir betraten, war eine Art Salon, dessen Einrichtung von gehobenem Geschmack zeugte. In der Mitte stand ein riesiger Pooltisch, auf dem mehrere Kugeln verteilt lagen, als hätte gerade erst jemand den Anstoß gegeben. Und tatsächlich, auf der anderen Seite des Tisches, teilweise im Schatten der Vorhänge verborgen, stand Dorian Ascia, König der Stadt Ascia und Taio Billings' Untergebener und Unterstützer.

Ebenso wie Gareth hatte Ascia seinen Umhang abgelegt. Während Gareth aber mit Jeans und Shirt leger gekleidet war, trug Ascia die traditionelle Kleidung der Dämonen. Die meisten Schattendämonen hatten sich dem menschlichen Kleidungsstil angepasst, was es mir erleichterte, sie von Königsdämonen zu unterscheiden. Die ältere Generation von männlichen Königsdämonen trug nach wie vor Wildlederhosen, Westen, Tuniken, manchmal Anzüge, während sich weibliche Dämoninnen in lange Kleider hüllten. Echt ätzend. Die Frauen beneidete ich wirklich nicht um ihren Status.

Ascia und ich musterten uns gegenseitig, dann wanderte sein Blick zu Gareth, der hinter mir die Tür geschlossen hatte.

»Wie ich sehe, hat sie noch ein paar Verletzungen, Gareth«, kommentierte Ascia die blauen Flecken in meinem Gesicht. »Und wo sind ihre Kleider? Du kannst unseren Gast doch nicht einfach in einem Laken herumlaufen lassen.«

»Bei allem Respekt, Ascia, sie ist nur ein Mensch.«

»Und Menschen haben weder Heilung noch Kleider verdient? Ist es das, was du damit sagen willst?« Seine Stimme klang zwar nach wie vor ruhig, doch sie war nun von einer gewissen Schärfe durchsetzt.

»Gewissermaßen«, stieß Gareth zwischen zusammengebissenen Zähnen hervor, als würde er es verabscheuen, vor mir so von seinem König getadelt zu werden.

Ascia machte ein unbestimmtes Geräusch, bevor er den Queue, den er in der Hand gehalten hatte, auf den Pooltisch legte.

»Und ich dachte, du seist ein ausgesuchter Gentleman. Nun … so kann man sich täuschen.« Er trat langsam um den Tisch herum und rieb dabei über seinen schwarzgrauen Bart.

Gareth knurrte doch tatsächlich neben mir. Was war er? Ein wildes Tier?

»Setz dich, Alison«, bat mich Ascia nett und freundlich.

Ich war schon geneigt, ihm zu gehorchen, überlegte es mir dann aber anders.

»Ich bleibe lieber stehen, danke.«

»Dorian hat dir einen Befehl gegeben«, zischte Gareth und baute sich vor mir auf.

Unberührt erwiderte ich seinen hitzigen Blick. »Und *ich* habe freundlich, aber bestimmt abgelehnt, falls dir das entgangen ist. Soll ich es noch einmal wiederholen?«

»*Du!*« Er packte erneut meinen Arm, beließ es aber dieses Mal nicht dabei. Sobald seine Haut die meine berührte, spürte ich, wie mich alle Kraft verließ. Schwindel erfasste mich.

Beinahe wäre ich hingefallen, hätte ich mich nicht mit den Fingerspitzen auf der Lehne des hellen Sofas aufgestützt. Außerdem umfasste Gareths Hand noch immer meinen Arm.

»ES REICHT!«, donnerte Ascia plötzlich und stieß damit durch die Blase, die sich um Gareth und mich gebildet hatte. Gareths grüne Augen, die so voller Hass waren, hatten mein gesamtes Sichtfeld eingenommen.

»Es ist nicht der Sinn der Sache, dass wir sie heilen und du sie nur einen Tag später wieder schwächst!«, erklärte Ascia etwas ruhiger, während Gareth mir meine Kraft wieder zurückgab.

Sobald er mich losgelassen hatte, brachte ich etwas Abstand zwischen uns. Warum hatte mir Lucy nie gesagt, dass Königsdämonen so etwas konnten? War es eine Fähigkeit, die sie geheim hielten, um noch eine weitere Waffe gegen uns Menschen in der Hinterhand zu haben? Es war frustrierend, wie weit sie uns, sogar mir, überlegen waren.

»Warum bin ich hier? Und was meinst du mit *heilen?*«, forderte ich endlich nach Antworten. Ich legte eine Hand auf die Stelle, an der ich die Erhebung des Schlüssels spüren konnte, um mir Sicherheit zu geben. Ich war mehr als ein Mensch. Sie konnten mich nicht einschüchtern!

»Du wirst mit der Zeit deine Antworten erhalten«, versuchte mich Ascia doch tatsächlich abzuspeisen. Warum hatte er mich dann überhaupt herbeordert? Was sollten die Spielchen?

»Ich will *jetzt* Antworten!«, beharrte ich und fuhr mit dem Finger über den Schlüssel, während ich erst Gareth, dann den König musterte.

Jener stand nun direkt vor mir. Gareth positionierte sich so, dass er jederzeit zwischen uns springen konnte.

»Ich weiß, was du mehr als alles andere willst«, sagte er schließlich so leise, dass ich ihn beinahe nicht verstanden hätte.

»Das glaube ich nicht«, lachte ich höhnisch auf. »Du kennst mich nicht mal.«

Er verschränkte seine Hände ineinander, als hätte er alle Zeit der Welt und würde sich geduldig Stunde um Stunde mit mir beschäftigen.

»Du willst Rache an denjenigen nehmen, die deine Familie getötet haben.«

Augenblicklich rann mir ein kalter Schauer den Rücken hinab, bevor ich spürte, wie mich die übrig gebliebene Wärme verließ.

»Ich habe keine beschissene Ahnung, woher du das weißt, aber lass mich eine Sache klarstellen«, presste ich zwischen zusammengebissenen Zähnen hervor und hob einen mahnenden Finger. »Meine Familie wurde nicht *getötet*, sie wurde *abgeschlachtet*. Wie Tiere! Und *er* … ich meine, sie, sie haben mich zusehen lassen, als wäre dies das neue Abendprogramm. Also magst du vielleicht wissen, *was* ich will, aber du hast keinen Schimmer davon, *wie sehr* ich es will und was ich tun würde, um die beiden zu finden.«

Meine Hand zitterte vor Wut und da ich nicht sonderlich darauf erpicht war, dass man mir das so leicht ansah, ließ ich den Arm sinken.

»Vielleicht.« Er neigte respektvoll den Kopf. »Trotzdem möchte ich, dass du hierbleibst.«

»Nur weil du weißt, was ich will?« Ich spuckte aus. »Ganz bestimmt nicht, Bastardkönig!«

Bevor ich überhaupt eine Bewegung wahrgenommen hatte, knallte ich mit dem Rücken gegen die geschlossene Tür und rang keuchend nach Luft. Erst nach und nach erkannte ich, dass Gareth es gewesen war, der mich zurückgestoßen hatte und nun mit seinen Händen meinen Hals zusammendrückte.

Ich kratzte wild über seine Arme und sein Gesicht, als wäre ich nicht die beste Kämpferin der ganzen Gilde, sondern ein wehrloses zwölfjähriges Mädchen.

»Du wirst König Ascia mit Respekt begegnen, hast du mich verstanden?«

»Gareth!«, rief Dorian ohne große Sorge in seiner Stimme. Entweder war ich ihm lebend doch nicht so wichtig oder er vertraute seinem Gefolgsmann, dass er mich ohne Befehl nicht umbringen würde.

Gareth gehorchte wie ein trainierter Hund aufs Wort und ließ mich los.

Keuchend massierte ich meinen geschundenen Hals und versuchte die Tränen zu unterdrücken. Ich würde ihnen garantiert nicht zeigen, wie viel Angst ich gerade davor gehabt hatte zu sterben.

»Hast du Aggressionsprobleme? Vielleicht solltest du eine Therapie machen. Schon mal drüber nachgedacht?«, raunte ich heiser.

»Es hilft uns nicht, wenn du versuchst, uns zu provozieren«, tadelte mich Ascia.

»Offensichtlich wirkt es aber. Seine Frustrationstoleranz ist ziemlich niedrig, wenn du mich fragst.« Der Witz gab mir die Sicherheit und Kraft, die ich für eine Weile vermisst hatte.

»Nichtsdestotrotz steht es fest, dass du hierbleibst.«

»Und was ist, wenn ich nicht will?« Ich konnte nicht verhindern, dass mir die neue Kraft wieder entrann und meine Stimme einen weinerlichen Ton annahm.

»Es liegt in deiner Hand, ob du mein Gast oder meine Gefangene bist.«

»Das ist doch bescheuert!«, rief ich aus, öffnete die Tür und flüchtete aus dem Zimmer. Ich hätte mich gar nicht erst auf ein Gespräch mit einem *Dämon* einlassen sollen. Es war doch von Anfang an klar gewesen, dass es nichts Gutes bringen würde. Frustration und Angst setzten sich wie ein Kloß in meiner Kehle fest.

Als ich die Treppen erreichte, war ich kurz davor, nach unten zu laufen, doch da spürte ich schon einen Luftzug hinter mir und ich wusste, dass Gareth mir gefolgt war.

8. Kapitel

Ich betrachtete die auf Hochglanz polierten Treppenstufen und fragte mich einen Moment lang, ob ich es schaffen würde zu fliehen. In der nächsten Sekunde hatte ich den Gedanken jedoch wieder verworfen. Gareth war zu schnell und zu aufmerksam. Er würde mich einfangen, bevor ich den zweiten Schritt in Richtung Freiheit tat.

»Du hasst mich doch so sehr, wie ich dich hasse, oder nicht?«, fragte ich leise, als er neben mir zum Stehen kam. Ich spürte seine machtvolle Präsenz bis in mein Innerstes.

»Was wäre, wenn?«

Ich holte tief Luft und wagte dann, meinem Feind in die Augen zu schauen.

»Lass mich gehen«, antwortete ich mit rauer Stimme, da meine Stimmbänder von seiner Attacke noch angeschwollen waren. »Aus irgendeinem Grund hat dich dein König dazu auserwählt, auf mich aufzupassen, und du verabscheust diese Aufgabe.« Seine Augen blitzten verräterisch auf. Anscheinend hatte ich einen Nerv getroffen. Ich sollte mich öfter auf meine Intuition verlassen. »Ich sehe es dir an, also versuch gar nicht erst, es zu bestreiten. Lass mich einfach gehen.«

Ein paar Herzschläge vergingen, in denen er mich nur schweigend ansah, bevor er seinen Blick in Richtung Treppen gleiten ließ.

»Selbst wenn ich wollte, ich kann nicht.« Ich versuchte mir meine Enttäuschung nicht zu sehr anmerken zu lassen. »Ich würde gegen Ascias Befehle verstoßen.«

»Beschissene Befehle! Kannst du nicht für dich selbst denken und handeln?«, krächzte ich außer mir.

»Komm«, wechselte er abrupt und emotionslos das Thema.

Ich presste die Lippen zusammen, um ihn nicht mit diversen Flüchen zu belegen, und wandte mich dann frustriert zu meinem neuen Zimmer um. Konnte dieser Tag noch schlimmer werden?

Als ich den Raum betrat, erkannte ich sofort, dass jemand hier gewesen war, denn zwei Kleiderstapel lagen ordentlich gefaltet auf der Kommode. Außerdem stand ein Tablett mit Wasser und belegtem Brot auf dem kleinen Tisch. Sollte ich es mir hier wirklich gemütlich machen? War das Ascias Ernst?

Gareth drängte mich mit einer Hand an meiner Schulter weiter ins Zimmer, nur um dann die Tür hinter sich zu schließen. Etwas irritiert brachte ich Abstand zwischen uns und sah den Dämon argwöhnisch an.

»Was willst du denn noch?« Ich presste eine Hand an das Bettlaken, damit es nicht verrutschte. »Ich bin wirklich nicht in der Stimmung, mich mit dir zu unterhalten.«

»Einer von Ascias Befehlen steht noch aus«, erklärte er, zog seinen langärmeligen Pullover aus und entblößte seinen nackten Oberkörper.

»Wie bitte?«, fragte ich panisch. Ich *hasste* es, mich so unterlegen zu fühlen. Ich hatte nicht mal Waffen, mit denen ich mich verteidigen konnte, und dieses Bettlaken verhinderte außerdem, dass ich meine Beine für einen ordentlichen Tritt heben konnte. Mal abgesehen davon, dass mir noch immer jeder Muskel wehtat.

»Du willst mich mit deinem Sexappeal zu Tode erschrecken?«, witzelte ich gezwungen. »Spuck es schon aus, Dämon.«

»Wenn ich dich kaputt mache, bin ich gezwungen, dich zu reparieren«, war seine kryptische Antwort, als er seinen Pulli über den Haufen der neuen Kleidung legte und sich mir langsam näherte.

»Kaputt machen?« Ich hob beide Augenbrauen. »Weißt du, ich bin keine Sache.«

»Für mich schon.«

»Sehr aufbauend«, grummelte ich und wich einige Schritte zurück, damit sich der Abstand zwischen uns nicht verringerte. »Aber ich denke, dass es mich nicht überraschen sollte. Vor allem, weil du auch nur eines dieser Monster bist. Aber … äh …« Das Bett stand plötzlich hinter mir und verhinderte meinen Rückzug. »Was genau meinst du mit heilen?« Mein Blick wanderte von seinem kalten Blick über seine muskulöse breite Brust bis zu seinem Hosenbund, aus dem ein lederner Griff herausschaute. Gareth umfasste ihn, als ich ihn bemerkte, und zog einen kleinen Dolch mit goldener Klinge hervor.

»Das Blut von Königsdämonen heilt Menschen.« Seine Stimme war leiser geworden, als er nur noch wenige Schritte von mir entfernt war und ich die Wärme seiner Haut wie eine Aura um ihn spüren konnte.

»O nein! *Auf gar keinen Fall!*«, rief ich und wich zur Seite aus. »Das ist einfach lächerlich.«

»Du solltest dich nicht so anstellen, schließlich hast du mein Blut bereits in deinem Körper.« Meine Augen wurden groß vor Unglaube. »Was?«, lachte er höhnisch. »Glaubst du wirklich, dass du von allein so schnell geheilt bist?«

»Nein, ich … ich dachte, es wären ein paar Wochen vergangen«, stotterte ich so schockiert, dass ich sogar vergaß, weiter zurückzugehen. Ich erinnerte mich wieder an seine und Ascias Aussage, dass man mich erst gestern Nacht entführt hatte. Eigentlich hätte es mich beruhigen sollen, dass nicht mehr Zeit vergangen war, tat es aber nicht. Das bedeutete nämlich, dass Gareth recht hatte. Ich hatte sein Blut bereits intus.

»Typisch Mensch«, kommentierte er lässig. »Ihr ignoriert einfach all eure Instinkte.«

»Das ist nicht wahr!«, protestierte ich. »So oder so … du kannst jetzt gehen. Ich brauche dein Blut nicht. Mir geht es gut. Und ich werde Dorian auch nichts sagen, also …« Meine Gedanken rasten unkontrolliert umher auf der Suche nach einer Lösung, nach einem Ausweg. »Du willst mich doch auch nicht heilen, oder? Erinnerst du dich? Du hasst mich!« Es war nicht wichtig, dass er diese Aussage nicht ausdrücklich bestätigt hatte.

»Dir bleibt keine andere Wahl und ich muss einen Befehl ausführen.« Er hatte mich erreicht, als sich gerade die hervorstehende Fensterbank in meinen Rücken bohrte.

»Ich bin kein Vampir, verdammte Scheiße noch mal!«, stellte ich klar. »Ich werde dein Blut *nicht* trinken!«

»Das werden wir sehen.«

Er hob den Dolch und führte die Klinge an seinen Unterarm, wo sie tief in seine Haut schnitt. Das Blut quoll langsam und dunkel aus dem länglichen Schnitt hervor und hypnotisierte mich für einen Moment, bevor ich mir gewahr wurde, dass dies meine Chance war.

Sein anderer Arm schoss vor, aber da hatte ich mich schon an ihm vorbeigeduckt. Hektisch suchte ich nach einem Ausweg und entschied mich für das Badezimmer. Darin würde ich mich hoffentlich verbarrikadieren und somit diesen Psychopathen von mir fernhalten können.

Ich drehte mich nach links und hatte gerade das Bett erreicht, als Gareth einen Arm um mich legte und mich an seinen Körper presste. Wir fielen zurück auf die Matratze, doch Gareth lockerte seinen Griff nicht für eine Sekunde.

»Wenn du dich nicht so anstellen würdest, würde es viel schneller gehen«, knurrte er unbarmherzig.

»Ein Grund mehr, zu kämpfen.«

»Gib auf, Alison, du hast bereits verloren.«

Er richtete sich mit mir auf, hielt mich mit einem Arm fest an sich gedrückt und presste die Wunde an meinen Mund. Ich wollte meine Lippen nicht öffnen, doch dann hielt er mir die Nase zu und in dem Augenblick, in dem ich meinen Mund öffnete, drückte er die offene Wunde wieder darauf. Ein paar Tropfen Blut benetzten meine Lippen, meine Zunge, meinen Gaumen.

Es schmeckte nicht wie Blut. Vielleicht zuerst, aber dann breitete sich ein ganz eigenes Aroma in meiner Mundhöhle aus, entfaltete seine Verlockung und ließ mich nach mehr verlangen.

Die widerstreitenden Gefühle in mir ließen heiße Tränen meine Wangen hinabrinnen. Ich wollte sein Blut nicht, doch mein Körper verzehrte sich plötzlich nach diesem Elixier. Es schmeckte nach Honig, nach Wasser, nach Sommer und Winter. Es war alles Gute und füllte mich auf eine Art aus, wie ich es noch nie gespürt hatte.

Ehe ich mich versah, umfassten meine Hände seinen Unterarm und pressten diesen enger an meinen Mund, während ich heftiger an seiner Wunde saugte.

Immer mehr und immer mehr.

In meinem Kopf schrie jedoch weiterhin eine Stimme, dass das hier nicht richtig war. Es war abartig. Trotzdem konnte ich erst aufhören, als Gareth selbst mir seinen Arm entzog und sich vom Bett erhob.

Ich war kurz davor aufzuspringen und mir noch etwas von seinem Blut, das achtlos und verschwenderisch auf den Boden tropfte, einzuverleiben. Meine Finger bohrten sich in die harte Matratze.

»Siehst du? Du bist bloß ein schwacher Mensch«, raunte er und sah mich so verabscheuend an, dass ich augenblicklich aus meinem kurzzeitigen Status der Verrücktheit erwachte.

Blinzelnd beobachtete ich, wie er seinen Pulli nahm und damit aus dem Zimmer verschwand.

Meine zittrigen Finger berührten das Blut, das auf das weiße Laken getropft war. Warum hatte ich das zugelassen? Was hatte ich nur getan?

9. Kapitel

Ich lag in meinem Bett und starrte an die weiße Decke, als würde sie mir jeden Moment einen Fluchtweg offenbaren. Doch ganz egal, wie lange ich hinaufsah, es veränderte sich nichts. Weder die Gegenwart noch die Vergangenheit.

Mir fehlte die mentale Kraft aufzustehen. Körperlich schien Gareths Blut mich vollständig geheilt zu haben, was ein Wunder war. Wie war so etwas möglich? Was war an seinem Blut so besonders, dass es meinen Körper bei der Arbeit, sich zu heilen, unterstützen konnte? Meine Lider fielen zu, als ich auch nach Stunden des Grübelns keine Antwort erhielt. Von diesem Phänomen hatte ich vorher noch nie etwas gehört und ich war mir sicher, Lucy hätte mir sofort davon erzählt, wenn sie etwas Derartiges in Erfahrung gebracht hätte.

Schließlich, als die Abenddämmerung einsetzte, wurde die Tür geöffnet und Besuch trat ein. Ich erkannte nach kurzem Aufsehen, dass es sich um eine Frau in mittleren Jahren und ein junges Mädchen handelte. Beide sahen einander nicht nur ähnlich, sondern erinnerten mich auch an Dorian, was die Vermutung nahelegte, dass sie mit ihm auf irgendeine Art verwandt waren.

Ich verspürte nicht gerade das Bedürfnis, ihre Bekanntschaft zu machen, weshalb ich meinen Kopf wieder fallen ließ und die stuckverzierte Decke mit meiner Aufmerksamkeit bedachte.

»Hallo, Alison«, sagte die Ältere schließlich und trat an mein Bett. »Ich bin Liliana und das ist meine Nichte Elle. Wir haben dir etwas zu essen gebracht.«

Ich schwieg.

Was sollte ich auch sagen? *Willkommen in meinem Käfig aus Rache und Blut?*

»Hat dir das Brot von vorhin nicht geschmeckt?«, erkundigte sich Liliana, nachdem sie das unangerührte Tablett von heute Morgen gesehen hatte.

»Das Blut hat mich schon genug gesättigt«, ließ ich mich dann doch zu einer Antwort bewegen.

»Alison …« Liliana klang ehrlich bewegt, aber wie viel konnte das bei einem Dämon schon bedeuten? »Warum gehst du nicht erst mal duschen und ich beziehe mit Elle das Bett neu. Was hältst du davon?«

Ich ließ mir den Vorschlag kurz durch den Kopf gehen. Hatte ich wirklich Lust, noch weitere Stunden hier mit Gareths Blut besudelt zu verbringen? Wohl kaum.

Also richtete ich mich schwerfällig auf, torkelte samt Laken zur Kommode und suchte mir ein paar Sachen zum Anziehen zusammen. Die ganze Zeit über spürte ich die Blicke der Dämonen in meinem Rücken und war froh, als ich sie mit der Tür zum Badezimmer aussperren konnte.

Ich legte die Kleidung auf den Toilettendeckel und ließ dann das rot gesprenkelte Laken fallen. Mit den Fingerspitzen tastete ich die Stellen ab, die zuvor noch von blauen Flecken übersät gewesen waren. Jetzt war nichts mehr davon zu sehen. Im Spiegel konnte ich erkennen, dass auch mein Hals keinerlei Spuren von Gareths Misshandlung aufwies. Im Prinzip sah ich aus wie immer. Meine Muskeln fühlten sich nicht anders an und die Rundungen, die ich selbst nach meinem intensiven Training mit Lucy nie losgeworden war, waren auch jetzt noch vorhanden. Es war nicht selten vorgekommen, dass ich mir weniger Busen oder weniger Hüften gewünscht hätte, einfach, weil es das Kämpfen ungemein erleichtern würde. Mittlerweile hatte ich mich jedoch mehr oder weniger arrangiert. Ich kannte meinen Körper und wusste, was ich damit tun konnte und was nicht. Doch jetzt?

Ich konnte noch immer nicht fassen, dass ich Gareths Blut getrunken und es sogar genossen hatte! Was war falsch mit mir?

Zornig wischte ich mir über die tränenden Augen, bevor ich das Wasser anstellte, welches sich in die weiß geflieste Dusche ergoss, und unter den Strahl stieg. Sobald ich das getrocknete Blut von meiner Haut gerubbelt hatte, fühlte ich mich wieder besser.

Ich benutzte Shampoo und Rasierer, die Liliana anscheinend während meiner Abwesenheit ins Bad gelegt hatte, und versuchte Gareths Berührung und seinen Geruch von meinem Körper zu waschen. Der Plastikrasierer war eines der vielen Überbleibsel aus der alten Welt. Soweit ich wusste, wurden sie nicht mehr hergestellt, da es ohne Strom fast unmöglich war, weshalb viele auf altmodische Barbierrasierer zurückgriffen. Einen davon hatte ich auch zu Hause.

Nachdenklich wog ich das Plastikding in meiner Hand. Wenn ich die Klingen herausbrach, würden sie mir gut als Waffe dienen können. Aber wie weit würde ich damit kommen?

Schließlich entschloss ich mich dazu, einen der Rasierer hinter dem Spiegel zu verstecken. Wenn sich mir eine Gelegenheit zur Flucht bot, wüsste ich immerhin, womit ich mich notfalls verteidigen konnte.

Schnell trocknete ich mich ab, zog mir Unterwäsche, schwarze Jeans, Top und Pullover an und flocht dann meine braunen Haare zu einem schulterlangen Zopf. Da sie nur so kurz waren, flohen bereits einige feuchte Strähnen aus der Frisur, aber so war es besser, als sie alle im Gesicht zu haben.

Schließlich sah ich ein, dass ich mich nicht mehr länger hier verstecken konnte, da mein Magen grummelte, als hätte er nicht gerade erst eine Portion Blut bekommen.

Liliana und Elle hatten wie versprochen das Bett neu bezogen, sodass nur noch das blutige Laken, das noch immer auf dem Badezimmerboden lag, von Gareths barbarischer Art und Weise zeugte, mich zu heilen.

»Bist du hungrig?«, erkundigte sich die Ältere höflich, während mich Elle unverhohlen musterte, als hätte sie noch nie einen Menschen kennengelernt.

Ich nickte und nahm die Aufforderung an, mich an den Tisch zu setzen. Der Eintopf dampfte zwar nicht mehr, nachdem ich so lange geduscht hatte, aber er war sehr lecker und sättigend. Fünf Minuten später hatte ich ihn samt Brot verputzt und flößte mir nun selbst einen halben Liter Wasser ein. Ich hatte überhaupt nicht bemerkt, wie durstig ich gewesen war.

»Es tut mir leid, dass wir erst jetzt hier sind«, sprach Liliana mit ruhiger, gleichmäßiger Stimme, während mich Elle weiterhin mit ihren großen blauen Augen beobachtete. »Ich wäre schon früher vorbeigekommen, allerdings kam mir etwas dazwischen.«

»Warum interessiert es dich, was mit mir passiert?«, erkundigte ich mich misstrauisch. Auch wenn es mir immer schwerer gefallen war, weibliche Schattendämonen zu töten als männliche, so hatte ich nie vergessen, wie gefährlich sie waren. Liliana war als Königsdämonin noch einmal ein ganz anderes Kaliber. Elle hingegen ... Sie war vielleicht zwölf oder dreizehn Jahre alt und dementsprechend tabu für mich. Ganz egal, ob Dämon oder Mensch, Kinder waren unschuldig. Selbst in meinen Augen.

»Du bist unser Gast. Natürlich interessiert mich das«, antwortete Liliana ganz selbstverständlich.

»Wohl eher eure Gefangene.« Ich stellte das Glas wieder ab.

Liliana sah so aus, als würde ihr noch etwas auf dem Herzen liegen, doch dann schien sie sich dagegen zu entscheiden. Im nächsten Moment holte sie aus der untersten Schublade der Kommode ein Paar feste schwarze Schnürstiefel hervor, die verdächtig nach meinen eigenen aussahen.

»Ich habe sie putzen lassen«, erklärte sie mir, als ich sehnsüchtig nach ihnen griff und sie einmal rundum untersuchte. Tatsächlich. Es waren meine. Ein Kratzer, den ich mir vor einem halben Jahr geholt hatte, war noch immer nahe der Sohle zu sehen. Alle anderen schienen durch Zauberhand verschwunden oder wegpoliert worden zu sein.

»Dorian möchte dich sehen. Wir gehen nach draußen«, offenbarte Elle überraschenderweise. Sie hatte vermutlich meinen fragenden Blick bemerkt.

»Wieso?« Ich versuchte, mein Herz zur Ruhe zu zwingen. Es bedeutete nichts. Selbst wenn ich nach draußen käme, würden sie mir keine Flucht ermöglichen.

»Das hat er nicht gesagt«, antwortete Liliana und warf Elle einen tadelnden Blick zu. Was? War es ihr nicht erlaubt, mit mir zu reden? Warum war sie dann überhaupt hier?

Eilig zog ich meine Schuhe an und folgte den beiden Dämoninnen dann aus meinem Zimmer, von dem ich jetzt schon wieder genug hatte. Ich wollte zurück in mein eigenes Apartment.

»Bis später.« Elle winkte mir zu, lächelte zaghaft und verschwand dann in einem der Flure, aus dem ein anderer Dämon gerade heraustrat. Dieser begrüßte Liliana mit einem ehrerbietigen Kopfnicken, während er mich geflissentlich ignorierte.

»Wie lebt es sich so als Prinzessin?«, fragte ich bloß, um nicht wie ein schweigender Dummkopf hinter ihr her zu trotten.

Sie warf mir einen amüsierten Blick zu, bevor sie eine ausholende Handbewegung machte und damit andeutete, dass wir die Treppe nach unten nehmen würden.

Draußen. Wir gehen wirklich nach draußen!

»Es ist weniger glamourös, als du dir denken magst«, antwortete sie, während sie den Stoff ihres hellen, recht altmodischen Kleids fasste und dadurch den Saum anhob. Wie umständlich!

»Du weißt nicht, was ich denke«, entgegnete ich prompt.

»Stimmt«, gestand sie ein. »Allerdings ist es doch nicht sehr weit hergeholt zu sagen, wir beide hegen gewisse Vorurteile gegenüber der anderen Rasse, die möglicherweise nicht alle wahr sind.«

Das brachte mich erst einmal zum Schweigen. Wieso war sie so verflucht nett? Meine bisherigen Begegnungen mit Dämonen hatten sich lediglich auf die körperliche Ebene beschränkt. Es war nicht gerade angebracht, während eines Kampfes auf Leben und Tod hochtrabende Konversation zu betreiben.

Leider stiegen wir nicht alle drei Etagen hinab, sondern bogen im Flur im ersten Stockwerk ab. Zwei Minuten später hatten wir einen kahlen, weiß gestrichenen Raum erreicht, aus dem noch eine zweite Tür hinausführte.

Liliana öffnete diese für mich und wartete, bis ich hinausgetreten war. Eine schmale hölzerne Treppe führte nach unten zu einer mediterranen Terrasse. Die rötlichen Fliesen waren glatt und so sauber, dass man die weißen Fugen dazwischen erkennen konnte. Große, prächtige Pflanzen hätten mir beinahe die Sicht auf die kleine Gruppe von Dämonen genommen, die auf mich wartete. Unter ihr befanden sich auch Dorian und Gareth.

»Den Rest schaffst du sicherlich allein«, sagte Liliana, ohne mich anzusehen. Ihr Blick war allein auf die Gruppe gerichtet, als würde sie ihr dadurch ihre Gedanken übermitteln.

»Du kommst nicht mit?« Ich konnte nicht verhindern, dass meine Stimme ein wenig von der Enttäuschung gefärbt war, die ich plötzlich empfand.

»Nein. Dorian und ich hatten einen kleinen Disput darüber, wie er mir dir umgegangen ist.« Ihre dunkelblauen Augen fuhren musternd über mein Gesicht. »Ich möchte mit meinem Fernbleiben meine Missbilligung darüber ausdrücken.«

Ich verstand nach wie vor nicht, warum sie sich so sehr um mich sorgte, beschloss aber, dass es definitiv geeignetere Zeitpunkte gab, um darüber nachzusinnen.

»Wir sehen uns, Alison.« Sie lächelte zum Abschied und ging dann wieder hinein.

Tief durchatmend schritt ich die Treppe herab, betrachtete aber lieber die abwechselnd hoch und niedrig angebrachten Gaslampen, an denen ich vorbeischlenderte, als Dorian anzuschauen. Oder Gareth.

Als ich die Terrasse und damit die kleine Gruppe erreicht hatte, schenkte ich meine Aufmerksamkeit wieder den Dämonen. Ich musste wachsam bleiben, um mich selbst zu schützen, um mir selbst zu helfen. Wer würde es sonst tun?

»Du siehst viel besser aus«, begrüßte mich Dorian freundlich, bevor er stirnrunzelnd hinter mich blickte. »Lily kommt nicht zurück?«

»Offensichtlich hast du sie verärgert«, murmelte ich, obwohl ich doch lieber gar nichts hätte sagen sollen. Warum konnte ich auch nie meinen Mund halten?

Dorian deutete mit einer Handbewegung in Richtung Garten. Wir schritten langsam durch ein Rosenspalier, bis wir eine von Hecken umsäumte Rasenfläche erreichten. Bevor wir sie betreten konnten, hielt Dorian und damit seine gesamte Herde von Dämonen inne.

»Ich möchte, dass du gegen Gareth kämpfst.« Sofort stellte sich Gareth in die Mitte des beinahe kreisrunden Platzes.

»Wie bitte?« Ich blinzelte überfordert. Es geschah einfach nichts, mit dem ich rechnete. Alles war anders. Hätte ich mir vorher Gedanken gemacht, wie es sein würde, von Dorian Ascia festgehalten zu werden, so hätte ich niemals mit dieser Situation gerechnet. »Warum das?«

»Das wirst du noch früh genug erfahren«, speiste er mich wieder mit einer Nicht-Antwort ab. Es machte mich wahnsinnig!

Wütend positionierte ich mich direkt vor ihm, meinen Rücken Gareth zugewandt. Er sollte mich verflucht noch mal in Ruhe lassen!

»Entweder du gibst mir eine anständige Antwort, Dämon, oder ich bleibe hier stehen.« Entschlossen verschränkte ich die Arme vor meinem Oberkörper. »Du kannst mich nicht zwingen zu kämpfen.«

»Siehst du«, er schüttelte leicht den Kopf, als würde er die eingeschlagene Richtung des Gesprächs ehrlich bedauern, »das ist der Punkt, in dem du falsch liegst.«

Im nächsten Moment riss mich Gareth an der Schulter herum. Ich sah die Faust kommen und hob instinktiv meine Unterarme vor mein Gesicht. Der Aufprall war schmerzhaft, aber mir blieb keine Zeit, dem Schmerz Aufmerksamkeit zu zollen, da Gareth sofort mit einem Kick in meine Magengrube aufwartete.

Keuchend klappte ich nach vorne, was Gareth nutzte, um mich an den Schultern zu packen und sein Knie in mein Gesicht zu rammen. Nun, das hätte funktioniert, wenn ich mich nicht im letzten Augenblick befreit hätte.

Mit Adrenalin vollgepumpt wich ich zur Seite aus und schöpfte Atem, bevor er erneut auf mich zuschoss. Er war zu schnell für mich, sodass ich zwar seiner linken Faust, aber nicht seiner rechten ausweichen konnte, die mich direkt am Kinn traf. Ich spürte, wie mein ganzer Körper vibrierte, um die Kraft des Einschlags auszugleichen.

Ich wusste nicht, wie lange wir diesen Tanz vollführten, in dem ich wie ein Kaninchen über den Rasen gejagt wurde. Gareth war mir im wahrsten Sinne des Wortes immer einen Schritt voraus, was nicht zuletzt daran lag, dass ich kein Bedürfnis verspürte, anzugreifen. Ich verteidigte mich lediglich, aber als ich merkte, dass Dorian Gareth nicht zurückpfeifen würde, ging ich ein hohes Risiko ein.

Der Königsdämon holte weit aus, was ich natürlich kommen sah, aber anstatt meine Verteidigung zu heben, ließ ich meine Arme kurz vorher sinken. Seine Faust traf dieses Mal meine Schläfe. Die Wucht ließ mich rücklings auf den Boden fallen.

Stöhnend rollte ich mich auf die Seite, bevor Gareth mit seinen Füßen meine Rippen bearbeitete.

Der Schlüssel!

»Genug, Gareth«, ging Dorian endlich dazwischen.

Ich drückte die Handflächen auf den Boden und stützte mich für einen Moment auf, um das Blut auszuspucken, das sich in meiner Mundhöhle gesammelt hatte.

»Du meinst das wirklich ernst, oder?« Der König tauchte in meinem Sichtfeld auf und ließ sich vor mir in die Hocke herunter.

»Ich habe es dir bereits gesagt, *König*«, knurrte ich recht erbärmlich. »Ich verabscheue Spiele.«

Ein tiefes Seufzen entrang sich seiner Kehle. »Nun gut. Wenn das so ist … Ich möchte, dass du gegen Gareth kämpfst, damit ich sehe, was du kannst.«

»Warum?« Das ergab keinen Sinn! Stirnrunzelnd begegnete ich seinem forschen Blick.

»Eine Frage nach der anderen.« Er hielt noch einen Moment schweigend inne, dann richtete er sich wieder auf. »Das reicht für heute. Bring sie wieder hinein.«

10. Kapitel

Ich spürte *seine* Präsenz wie einen Parasiten in meinem Nacken, als ich die Treppen zurück nach oben erklomm. Dorian war bereits an einem der unzähligen Gänge abgezweigt, ohne sich von mir zu verabschieden. Das verwunderte mich nicht, schließlich war ich seine Gefangene und er ein Dämon. Zwei Gründe, warum ich meine Erwartung, mit Würde behandelt zu werden, schleunigst runterschrauben sollte.

Gareth verlor während unseres Rückwegs kein einziges Wort, nicht einmal, als ich stolperte und beinahe hingefallen wäre, da ich mich falsch bewegt und damit meine gebrochenen Rippen beansprucht hatte. Vielleicht hätte ich mich vorhin doch besser verteidigen sollen? Nein. Ich hatte richtig gehandelt. Ohne meinen kleinen Stunt hätte mir Dorian nicht einmal das bisschen Information gegeben, das er schließlich herausgerückt hatte.

Ein Punkt für mich.

Doof war nur, dass ich mir davon nichts kaufen konnte. Ich war noch immer hier eingesperrt und vernünftige Antworten auf meine unzähligen Fragen hatte ich auch nicht.

Warum lebte ich noch?

Wieso wollte Dorian sehen, wie ich mich im Kampf verhielt?

Und warum hatte mich Dorian nicht selbst entführt, sondern lediglich Profit daraus geschlagen, dass mich Camun und seine Männer überfallen hatten?

Keine beschissene Ahnung.

Frustriert strich ich, wie so oft, wenn ich mich in die Enge getrieben fühlte, über die Narben an meinem Handgelenk. Eine Erinnerung daran, wieso ich noch auf Erden weilte. Rache.

Meine Gedanken kehrten zu meiner misslichen Lage zurück. Mir fehlten einfach zu viele Informationen. Ich konnte nichts anderes tun außer abzuwarten.

Dorian Ascia war ein Fremder, aber ich kannte ihn schon jetzt gut genug, um zu wissen, dass Gespräche mit ihm frustrierend waren. Er war eine jener Personen, die sich in Geheimnisse hüllten, aber selbst von ihren Freunden, sollte Dorian überhaupt welche haben, absolute Ehrlichkeit verlangten.

Schließlich erreichten wir den Flur mit der zerbrochenen Gaslampe, die ich mir eingeprägt hatte, um den Weg zu meinem Zimmer nicht zu vergessen. Für den Fall der Fälle, dass mich plötzlich einer der Dämonen angriff. Nicht, dass mir dies vorhin irgendetwas gebracht hätte.

Es war wie ein Déjà-vu, als Gareth mir erneut ins Zimmer folgen wollte. Ich drehte mich eilig um, um ihm die Tür ins Gesicht zu schlagen, aber er war schneller. Viel schneller. Mit einer Hand, die er auf die hölzerne Tür presste, hinderte er mich daran, sie zu schließen. Das war alles. Mehr Kraft benötigte er offensichtlich nicht.

»Geh weg«, bettelte ich wie ein kleines Mädchen, als ich die Tür als verlorenen Posten aufgab und tiefer in den Raum zurückwich.

Ich hasste ihn.

»Müssen wir das ganze Theater jetzt noch einmal durchgehen?«, fragte er genervt, als sich die Tür hinter ihm schloss und er sein Messer aus dem Hosenbund zog. Dieses Mal trug er ein T-Shirt, weshalb er es nicht ausziehen musste. Ich konnte selbst Meter entfernt die hauchzarte Narbe erkennen, die schon bald verschwinden würde, wenn er seine Haut nicht an der gleichen Stelle wieder einschnitt.

»Ich will nichts von dir in mir«, holte ich das Argument hervor, das ich auch schon zuvor benutzt hatte. »Okay, das klang jetzt sexueller, als ich es eigentlich meinte.« Allerdings wusste ich, dass es sinnlos sein würde. Ich brauchte nur etwas Zeit, um mir einen möglichen Ausweg zu verschaffen.

Das Badezimmer!

»Du hast es doch schon.« Er klang gar nicht mehr ruhig. Anscheinend brachte ich ihn wirklich auf die Palme.

Langsam wich ich zur Seite aus und versuchte gleichzeitig, seinen Blick mit dem meinen zu halten. Er sollte nicht zu früh merken, was ich vorhatte.

»Ist es für dich so schwer zu verstehen, dass ich nicht *mehr* will?«

Noch drei Schritte. Vielleicht schaffte ich noch einen, bevor ich die letzten zwei springend überwinden musste, denn spätestens dann würde er erkennen, was ich vorhatte.

»Jägerin …«, knurrte er drohend und ich wusste, dass meine Zeit abgelaufen war. Nichtsdestotrotz wagte ich den Sprung und bekam gerade noch so den Türknauf zu fassen, als Gareth sich von hinten auf mich stürzte und wir beide zu Boden fielen. Ich knallte recht unsanft mit dem Hinterkopf gegen das Holz, während er das Glück hatte, auf mir zu landen.

Sein Gewicht drückte meine gebrochenen Rippen nieder und ich keuchte hilflos nach Luft. Das dumpfe Geräusch seiner Klinge, die zu Boden fiel, vermischte sich mit meinem Stöhnen, als meine Lungen zusammengepresst wurden. Gareths Miene war wutverzerrt, als er auf mich hinunterblickte. Er war mir so nah, dass ich das erste Mal die hauchzarte Narbe an seiner Oberlippe erkennen konnte.

»Du wirst mein Blut so lange brauchen, bis du mich besiegen kannst.« Er hielt meine Handgelenke problemlos über meinem Kopf mit einer Hand zusammen, während er eine zweite Klinge hervorzog. »Und dafür musst du ein bisschen mehr tun, als dich nur zu verteidigen.«

Das Blut tropfte auf meine Wange, bevor er das Messer zur Seite legte und seine Hände tauschte, sodass er die Wunde auf meinen Mund pressen konnte. Natürlich wollte ich meine Lippen geschlossen lassen, aber die Erinnerung an den Geschmack … Ich konnte mich nicht dagegen wehren. Wieder einmal war ich zu schwach. Sekunden später musste mich Gareth nicht mehr festhalten.

Sobald er mich losließ, packte ich wie beim letzten Mal seinen Arm und presste ihn enger an meinen Mund. Mein Blick verankerte sich kurzzeitig mit Gareths, aber als ich seinen kalten Ausdruck wahrnahm, schloss ich meine Lider und ließ mich von dem Geschmack nach Honig und Sommer davontragen.

Ich konnte mir nicht sicher sein, aber es fühlte sich an, als würde mir Gareth dieses Mal mehr von seinem Blut geben. Möglicherweise lag das an der Schwere meiner Verletzungen. Rippenbrüche heilten anscheinend weniger gut als ein paar Hämatome. Was nur logisch war, wenn man darüber nachdachte.

Schließlich aber entzog er mir seinen Arm und stieg endlich von mir runter. Sein Gewicht hatte ich in meinem Rausch überhaupt nicht mehr wahrgenommen.

Voller Scham rappelte ich mich auf, blieb aber weiterhin auf dem Boden sitzen. Ich traute mich nicht, Gareth anzusehen, der ins Badezimmer gegangen war, um sich ein kleines Handtuch zu holen.

»Ich hasse dich«, wisperte ich, mir das Blut mit dem Unterarm vom Mund wischend.

»Verschwende deine Gefühle nicht an mich. Ich benötige sie nicht«, entgegnete er und warf mir das nun blutbefleckte Handtuch zu, welches ich mühelos auffing.

»Oh, da wäre ich mir nicht so sicher«, sagte ich etwas ruhiger. Mit jeder weiteren Sekunde, die verstrich, konnte ich mich immer mehr davon überzeugen, dass ich mich nicht noch mal derart erniedrigen lassen würde. »Vielleicht ist es gerade das, was dir fehlt. Woran es dir mangelt. Ascia ... Er ist sogar noch menschlicher als du und er ist wahrscheinlich was? Dreimal so alt wie du?« Ich lachte höhnisch auf und traute mich endlich, Gareths Blick zu erwidern. »Du kannst mich vielleicht im Kampf besiegen, ja, mich dazu bringen, dein Blut zu trinken, aber du wirst nie mehr sein als ich. Im Gegenteil. Ich werde immer frei sein, denn *ich* habe Gefühle.«

Er lachte trocken und hässlich auf, als hätte ich gerade einen besonders schlechten Witz gerissen.

»Wer sagt, dass wir Dämonen überhaupt *menschlich* sein wollen?« Seine grünen Augen blitzten in dem dämmrigen Licht der Kerzen. »Mal abgesehen davon ... *du* hast Gefühle?« Sein Blick wurde plötzlich zornig. Endlich mal etwas, das ich einordnen konnte. Es irritierte mich trotzdem, dass anscheinend ich es gewesen war, die diesen Zorn in ihm hervorgerufen hatte, ohne es beabsichtigt zu haben. »Dir ist doch nichts auf der Welt wichtiger als deine Rache. Du würdest freiwillig sterben, wenn du vorher nur die Dämonen niederstrecken könntest, die deine so unschuldige Familie ermordet haben.« Er legte den Kopf schief. Es machte mir Angst, denn ich wusste, dass er gerade zum letzten vernichtenden Schlag ausholte. »Technisch gesehen haben sie ja nicht mal das getan.«

Ich sprang auf die Füße – nun, da meine Verletzungen geheilt waren, funktionierte das ganz problemlos – und stellte mich direkt vor ihn. Zitternd vor Wut hob ich eine Hand.

»Du hast nicht den blassesten Schimmer, was du da gerade gesagt hast«, zischte ich.

»Ach nein?«

Meine Wut kontrollierend holte ich tief Luft, dann wandte ich mich ab und ging zum Fenster.

»Nein. Du hast keine Ahnung. Nur du bist da und deine Einsamkeit.«

»Ich sehe nicht, worin wir uns dann unterscheiden, Jägerin.« Ich hörte an seiner Stimme, dass auch er sich weggedreht hatte. »Du hast doch ebenfalls nichts.«

11. Kapitel

Der Jäger

Evan Wester verabscheute es, für seinen Vater den Boten zu spielen. Normalerweise. In diesem Fall hatte er sich sogar freiwillig gemeldet, denn sein Weg würde ihn zu Alison führen. Nachdem sie nicht gerade im Guten auseinandergegangen waren, erhoffte er sich etwas Positives von diesem Treffen. Zumindest betete er innerlich, dass sie ihn überhaupt in ihre Wohnung ließ. Das letzte Mal war er dort gewesen, als er sich nachts wie ein gemeiner Hund aus dem Bett und schließlich auch aus ihrem Leben geschlichen hatte. Die Erinnerung daran wühlte ihn nach wie vor auf und hatte ihn seither wie ein Geist verfolgt.

Was er Alison angetan hatte, das war unverzeihlich und trotzdem wünschte er sich nichts sehnlicher, als dass sie ihm vergab. Er wollte die Zeit zurückdrehen, seine Zweifel an ihrer Liebe zu ihm verwerfen und sich enger an ihren kurvigen, warmen Körper schmiegen. Es war schon fast zu einfach, sich diese Zukunft auszumalen, wenn man bedachte, mit welcher Verachtung sie ihn letzte Nacht angesehen hatte.

Seufzend erreichte er die kleine gepflasterte Straße, in der ihre Wohnung über einer Bäckerei lag.

Wie hatte er ihre Liebe nur einfach so wegwerfen können? Wie hatte er nur für eine Sekunde annehmen können, dass sie ihre Rache über ihn stellen würde?

Weil sie im Schlaf nur davon geredet hat, erinnerte ihn eine nervtötende Stimme an seine Eifersucht. Es war so verdammt lächerlich. Er war eifersüchtig auf ihren Wunsch nach Vergeltung gewesen.

Schließlich öffnete er die Eingangstür, die nur nachts abgeschlossen war, und sprang die enge knarzende Treppe leichtfüßig nach oben. Vor der dunkelrot gestrichenen Tür zu ihrem Apartment hielt er inne, richtete sich auf und klopfte dreimal an. Ungeduldig spielte er mit den drei Lederarmbändern an seinem rechten Handgelenk. Eines davon hatte ihm Alison zu seinem zwanzigsten Geburtstag vor einem Jahr geschenkt. So viel war seitdem geschehen.

»Alison? Ich bin's, Evan«, rief er durch die Tür und klopfte nochmals an, doch auch nach mehreren verstrichenen Minuten tat sich nichts.

Es war zwar erst kurz nach zehn, doch normalerweise hatte sie einen sehr leichten Schlaf und erwachte bei jeder noch so kleinen Störung. Nachdenklich lief er die Treppen wieder nach unten und suchte durch den Seiteneingang, der in die Bäckerei führte, Alisons Vermieter auf. Evan vergaß jedes Mal seinen Namen. Der Mann war ein alter Widerling, aber immerhin hatte er immer nützliche Informationen, wenn es um Alisons Tagesablauf ging.

»Ne. Sie ist nicht nach Hause gekommen«, grunzte er, während er den Teig knetete. Ein paar menschliche Kunden sahen Evan neugierig an, als würden sie darüber nachdenken, ob er ein freier Mensch war oder einem Dämon gehörte. »Dachte, du und sie … na ja, weißt schon, hättet euch eine schöne Nacht gemacht.«

Evan bemühte sich, nicht das Gesicht zu verziehen, sonst würde er wohl nie wieder mit Informationen beliefert werden. Kopfschüttelnd legte er ein paar Münzen auf den Tresen und wandte sich dann wieder in Richtung Treppenhaus.

Ein mulmiges Gefühl breitete sich in seiner Magengegend aus. Er hätte sie gestern Nacht nach Hause begleiten sollten. Sie hatte zu viel getrunken! Was, wenn sie nun irgendwo im Graben lag? Schlimmer noch, wenn sich einer der Dämonen an ihr vergriffen hatte?

Evan wusste, dass Arias sie gebeten hatte, sich in der Stadt unter dem Radar zu bewegen, um keine unliebsame Aufmerksamkeit auf die Gilde zu ziehen. Aber das Versprechen, das sie ihm gegeben hatte, würde sie doch sicherlich brechen, wenn es um Leben und Tod ging, oder nicht? Er wünschte, er könnte sich sicher sein, die Wahrheit aber war, dass Alison unberechenbar war. Schon immer gewesen war. Auch dies war einer der Gründe, weshalb er wie ein Feigling abgehauen war. Sie hatte ihm Angst gemacht.

Wieder oben angekommen nahm er seinen Dietrich und knackte das Türschloss, was für keinen Jäger in der Gilde ein großes

Problem darstellte. Es gehörte zur Grundausbildung, wenn es denn eine gab.

In der Wohnung sah alles so aus wie immer, wenn sie von einer langen Tour nach Hause gekommen war.

Alison war nicht gerade eine Ordnungsfanatikerin, aber sie hielt ihren Schlafplatz meistens sauber. Nur ihre Klamotten und ihr kleines Waffenarsenal verteilten sich über Boden und Möbel. Es hatte Evan zu Zeiten ihrer Beziehung teilweise in den Wahnsinn getrieben und sie hatte ihn nie verstehen wollen, ganz egal, wie oft er versucht hatte, ihr seinen Wunsch zu erklären. Ihre Wohnung, ihre Beziehung, dies waren für ihn Aspekte seines Lebens gewesen, die er von der dunklen Seite der Welt fernhalten wollte. Wenn er Alison in seine Arme nahm, wollte er nicht ihre Klingen zwischen ihnen spüren. Für sie aber waren Waffen eine zweite Haut. Es hatte sie nicht gestört. Es war ihr nicht mal aufgefallen, verdammt noch mal.

Seufzend ging er im Zimmer einmal auf und wieder ab, bevor er einen Blick ins Bad warf, aber auch dort fand er sie nicht. Natürlich hatte er nicht wirklich damit gerechnet, aber es war einen Versuch wert gewesen.

Er hob seine Arme und legte die Handflächen an seinen Hinterkopf, während sein Blick durch eines der Fenster nach draußen wanderte. Von hier aus konnte man lediglich eine andere Fassade hochblicken, an der bloß ein Fenster zu sehen war, das zudem mit schweren Gardinen verhangen war.

Letztlich blieb ihm keine andere Wahl, als seinen Vater aufzusuchen, denn er würde in diesem Fall nicht darauf vertrauen, dass Alison einfach mit jemand anderem nach Hause gegangen war. Nein. Er spürte, dass etwas nicht stimmte.

Ihr musste etwas zugestoßen sein.

Die Tür verschloss er wieder mit dem Dietrich, damit sich niemand Fremdes Zutritt verschaffen konnte. Er wusste, wie sehr Alison an diesem Ort hing. Er war ihr Zuhause.

Zurück auf den Straßen Ascias setzte er sich eine Sonnenbrille auf, die er erst vorgestern in den Rayons gefunden hatte.

Wie üblich war tagsüber recht viel los. Die Menschen genossen die Zeit, in der sie sich vorstellen konnten, den Dämonen niemals begegnet zu sein. Leider hielt diese Illusion für gewöhnlich nur bis zur Abenddämmerung an. Von da an arbeitete und atmete man nur noch für *sie*.

Evan verabscheute es zutiefst, aber es gab nichts außer seiner Jagd auf sie, was er hätte tun können. Erst recht nicht hier in Ascia, Hunderte Kilometer von der Hauptstadt Billings entfernt. Manchmal fragte sich Evan, ob sein Vater die Gilde nicht nur hier gegründet hatte, weil sie aus der Nähe stammten, sondern weil er hier sicher war. Hier konnten sie Dämonen in den Rayons töten, ohne den Ausläufern von Billings' Miliz zu begegnen, da die sich meist auf die Westküste konzentrierte. Natürlich würde Evan diese Vermutung nie laut aussprechen, schließlich stand die Beziehung zu Arias immer noch auf der Kippe.

Marktschreier verrieten ihm, dass er bald den Platz erreicht hatte, noch bevor er die dichte Menschenmenge wahrnahm. Er beschloss, direkt durchzugehen, auch wenn er normalerweise lieber einen Weg mit weniger Seelen bevorzugte. Heute war Zeit aber essenziell. Wer wusste schon, wie lange Alison … nun, was war mit ihr? War sie nur verletzt oder entführt worden? Er wollte nicht daran denken, dass sie sogar bereits tot sein könnte.

Da er mit einem Meter neunzig ziemlich groß war, hatte er keine Probleme, sich durch die Massen zu schieben und hier und dort auch seine breiten Schultern einzusetzen. Gerüche von gebratenem Fisch mit Zitrone drangen in seine Nase. Hatte es eine neue Lieferung von der Küste gegeben?

Schließlich hatte er das andere Ende des Platzes erreicht und setzte seinen Weg in einem lockeren Laufschritt fort. Es graute ihm davor, seinem Vater gegenüberzustehen. Klar, sie sprachen seit ein paar Jahren wieder miteinander, aber er hatte ihm noch bei Weitem nicht für das Verhalten nach dem Tod seiner Mutter verziehen.

Joana Wester war bei dem Versuch, ihren Sohn zu beschützen, von anderen Menschen niedergetrampelt worden.

Evan war damals gerade erst elf gewesen und noch klein und spindeldürr. Bei einem Überfall einer Stadt in den Rayons, initiiert von einer anderen Stadt, war eine Massenpanik ausgebrochen. Man hatte vergessen, dass auch Menschen andere Menschen angreifen und aus Gründen wie Nahrung und Waffen töten konnten. Joana war zusammen mit Evan an der Hand gestolpert und hingefallen. Sie hatte ihren Körper schützend über seinen gelegt, bevor sie, von mehreren Tritten getroffen, ins Koma gefallen und schließlich dem Tod erlegen war.

Arias hatte die Schuld daran lange Zeit seinem Sohn gegeben, ihn geschlagen und psychisch misshandelt, bis er eine neue Obsession gefunden hatte. Er wollte einen Weg finden, Joana zurück in die Welt der Lebenden zu bringen. Natürlich war allein der Gedanke abstrus, aber Arias hatte sich nicht davon abbringen lassen, bis er irgendwann in einer Sackgasse nach der anderen gelandet war und daraufhin die Gilde der Jäger gegründet hatte. Das war der Moment gewesen, in dem sich Vater und Sohn wieder angenähert hatten, doch *normal* war seit Joanas Ableben nichts mehr gewesen.

Es dauerte nur wenige Minuten, da hatte Evan das Viertel erreicht, in dem die wenigen Einzelhäuser standen, die von Menschen bewohnt werden durften. Meistens handelte es sich bei den Bewohnern um reiche Handelsmänner und -frauen oder um Prostituierte der Stunde, die mit ihren Familien dort für die Dauer ihrer Dienste einziehen durften. Es gab sehr wenige Dämonen, die menschliche Frauen oder Männer nahmen, weil sie jene als zu schwach, zu niedrigstehend empfanden. Allerdings stieg der Trend Arias' Aussage nach stetig.

Das kleine Holzhaus ganz am Rande des im Osten gelegenen Viertels gehörte seinem Vater und selbst Evan hatte sein Zimmer darin, auch wenn er es manchmal regelrecht verabscheute. Er hatte es sich deshalb zur Gewohnheit gemacht, seine Nächte mal hier, mal dort zu verbringen, um den durchdringenden Blicken seines Vaters nur dann zu begegnen, wenn es absolut notwendig war.

So wie in diesem Moment.

Arias saß mit einer Tasse dampfendem Kaffee auf der Vordertreppe und las im *Nachttelegraph*, einer nächtlich erscheinenden Zeitung, deren Inhalt natürlich von Dämonen kontrolliert und zensiert wurde. Trotzdem gab es hin und wieder eine gute Story – auch aus der Sicht der Menschen.

»Evan«, rief sein Vater überrascht aus und hob den Blick von der Zeitung. »Ich hab dich heute gar nicht das Haus verlassen hören.«

Da war er schon – ein versteckter Vorwurf. Evan hasste es, wenn Arias ihn behandelte, als wäre er erst sechzehn und grün hinter in den Ohren.

»Das liegt daran, dass ich nicht zu Hause gewesen bin, Dad«, antwortete er und entschied sich, die folgende Geste seines Vaters zu ignorieren und stehen zu bleiben. Das Licht der Sonne glänzte auf Arias' Glatze. Es ließ in Evan den Impuls aufkommen, sie zu schlagen, als würde sie dann aufhören, so dämlich zu leuchten. Vielleicht sollte er sich doch lieber setzen, dann würde er zumindest diese dumme Glatze nicht länger anstarren müssen.

»Wie kann ich dir helfen?«, fragte Arias auf seine übliche gestelzte Art und Weise, die stets an die Oberfläche kam, wenn er mit Evan sprach, als wäre es ihm nicht mehr möglich, normal mit seinem Sohn zu reden. Spontan oder voller Liebe. Es fühlte sich für Evan so an, als müsste Arias genau kalkulieren, *was* er sagte und *wie* er es sagte, um nicht aufzufallen. Niemand sollte erfahren, wie verrückt er tatsächlich war.

Sicher, letztendlich konnte das auch nur Evans Hirngespinsten entspringen, weil er noch immer einen tiefen Groll gegen ihn hegte.

»Alison ist weg«, rückte er schließlich mit der Sprache raus, gerade als er sich auf der von der Sonne aufgewärmten Stufe niedergelassen hatte.

»Wieso denkst du das?« Seine Stimme klang nach wie vor ruhig und stoisch, aber dieses Mal nahm Evan ein Flimmern von Emotionen wahr. Es machte ihn wütend. Wieso interessierte sich sein Vater so für ein fremdes Mädchen? Warum schenkte er ihr mehr Aufmerksamkeit als seinem eigenen Sohn, der alles für ihn getan, alles für ihn aufgegeben hatte?

»Sie war nicht in ihrer Wohnung und es sah auch nicht so aus, als wäre sie nach ihrem Besuch im Grimmer dort gewesen«, erklärte er möglichst ruhig, auch wenn er, wie immer in Arias' Anwesenheit, innerlich ein nervliches Wrack war. »Der Vermieter hat das bestätigt und du weißt selbst, was für ein Kerl der ist.«

»Das ist …«, begann Arias, setzte dann aber eine kurze Pause, in der er seinen Blick wieder auf die gefaltete Zeitung in seinen Händen richtete. Die Druckerschwärze hatte seine Fingerkuppen dunkel gefärbt. »Es wurde noch keine Leiche gefunden.«

»Woher willst du das wissen?«, fragte Evan argwöhnisch.

»Du kannst sagen, was du willst, aber Dämonen verstehen es, spannende Artikel über nichts zu schreiben«, antwortete Arias prompt mit leichtem Witz, ehe er seinen Sohn mit einem ernsteren Ausdruck bedachte. »Zumindest gab es keine Leiche bis Redaktionsschluss. Den Rest müssen wir wohl selbst herausfinden.«

Aus der Ferne ertönte das altbekannte Pfeifen der Dampflokomotive, die Billings erst im letzten Jahr etabliert hatte. Nun verband sie beinahe alle einundzwanzig Städte und ermöglichte dadurch einen besseren Handel, ohne sich den Gefahren der Rayons auszusetzen. Natürlich konnte man so auch weiterhin Strom vermeiden, warum auch immer er das verboten hatte. Evan wusste das genauso wenig wie der große Rest der Bevölkerung. Und wenn es jemand wusste, dann behielt dieser es entweder für sich oder er wurde von Dämonen getötet, bevor er das Geheimnis ausspucken konnte.

Immerhin wusste Evan, warum Handfeuerwaffen verboten waren. Dämonen regenerierten sich normalerweise sehr schnell, aber sie wurden oft ohnmächtig, wenn sie von Kugeln getroffen wurden, und das gab Jägern wie ihm Zeit, das Saturnzeichen in ihre Brust zu ritzen und damit den Job zu erledigen.

»Ich werde meine Fühler ausstrecken und mich umhören«, verkündete Arias schließlich, bevor er seinen massigen, beinahe zwei Meter großen Körper von der Treppe hob. Sein Schatten fiel auf seinen Sohn und es fühlte sich für ihn so normal wie eh und je an.

»Mach keinen Unfug, Sohn«, bellte er noch einmal, bevor er ins Haus verschwand.

Evan erhob sich nun ebenfalls und ließ das Viertel langsam hinter sich. Je weiter er sich von seinem Vater entfernte, desto befreiter fühlte er sich. Es war wie eine Krankheit, die er plötzlich abschütteln konnte.

Ganz egal, was Arias tat, Evan wusste, dass er Alison finden musste. Sie durfte nicht tot sein. Er brauchte sie lebend, um ihre Vergebung zu erlangen. Wenn sie nie die Chance bekam, ihm zu verzeihen, wie sollte er es jemals tun?

12. Kapitel

Der Königsdämon

Seit ein paar Stunden trieb Gareth sein Pferd schon durch die Einöde der Rayons. Hin und wieder hatte er im hellen Sonnenlicht Bewegungen von Menschen ausmachen können, die den Atem anhielten und sich versteckten. Sie befürchteten, er könnte auf der Suche nach ihnen sein, doch sie hätten damit nicht weiter von der Wahrheit entfernt liegen können. Er war auf dem Weg zu Dorians Bruder. Adam war der Chef des Außenstützpunktes, in dem er Königs- und Schattendämonen gleichermaßen trainierte, um sie schließlich als neues Glied der Garde in die Welt hinauszulassen.

Erst kurz vor Morgengrauen war Lystra mit dem Zug nach Ascia gekommen, mit der Absicht, sich nach Jahren der Abwesenheit um ihre Tochter Elle zu kümmern. Adam hatte seine Frau seit langer Zeit nicht mehr gesehen, soweit Gareth informiert war.

Schließlich erreichten Gareth und sein Pferd die Stadt, in der sich Adam hatte ausbreiten dürfen. Menschen lebten hier schon lange nicht mehr, was man deutlich an den offen stehenden Türen und leer gefegten Straßen erkennen konnte.

Das Hauptgebäude befand sich im Herzen der Kleinstadt Trentwood in einer ehemaligen Highschool. Gareth fragte sich manchmal, wie es gewesen wäre, auf eine Schule zu gehen. In Duster waren zwar Gleichaltrige gemeinsam trainiert worden, aber da er den Großteil seines Lebens auf der Erde verbracht hatte, hatte er keinerlei Erinnerungen daran. Alles, was er wusste, hatte er sich größtenteils selbst beigebracht. Nur Dorian war ihm eine Art Lehrer gewesen.

Die Schule wirkte von außen wenig beeindruckend und ähnelte fast schon einer Ruine, wenn da nicht die verräterischen Bewegungen hinter den nicht zerstörten Fenstern gewesen wären.

Gareth stieg von seinem Pferd, klopfte dem Tier dankbar den Hals und führte es dann auf den Campus zu den Ställen, wo ihm der erste Schattendämon begegnete. Königs- und Schattendämonen hatten eine besondere Verbindung zueinander, die es ihnen ermöglichte, die Art des anderen zu erkennen. Möglicherweise war es auch keine Verbindung, sondern eine Waffe.

»Striegel ihn und gib ihm Futter«, befahl er dem Kadetten und überreichte ihm die Zügel. Soweit Gareth wusste, war dies die erste Station, die Kadetten durchleben mussten – zusammen mit Kloputzen natürlich.

Vielleicht sollte er doch ganz froh sein, nie eine Schule besucht zu haben.

Nachdenklich betrat er das Gebäude, wo er von zwei Männern der Garde aufgehalten wurde. Sobald sie ihn erkannten, ließen sie ihn zu Adam durch, der in seinem Arbeitszimmer saß und über einem Haufen Papier brütete.

»Gareth!«, rief er aus, als er seinen Freund erkannte, der gerade die Tür hinter sich schloss. Das Letzte, was Gareth wollte, waren unerwünschte Zuhörer.

»Adam.« Er lächelte zur Begrüßung und ließ sich von dem Älteren in den Arm nehmen.

»Was führt dich den weiten Weg hierher?«, kam Adam Ascia sofort auf das Wesentliche zu sprechen. Das war einer der Aspekte, die Gareth bei Dorian vermisste und bei Adam umso mehr zu schätzen wusste. Er selbst war ganz genauso.

Sie bewegten sich weiter in die Mitte des Raumes, wo sich Gareth mit der Hüfte an den Schreibtisch lehnte.

»Lystra ist zurück«, sagte er leise. Adams Gesichtszüge wurden eisig, was ihn nicht weiter störte, da Gareth wusste, dass diese Abneigung nicht gegen ihn, sondern gegen die Mutter seines Kindes gerichtet war. »Dorian und Lily sind beide außer sich, aber sie wollen nichts tun, ohne sich nicht vorher mit dir abgesprochen zu haben.«

»Verdammt«, fluchte Adam und fügte noch ein paar Beschimpfungen in der alten Sprache hinzu, die sie hier auf der Erde kaum noch benutzten. Es war ein Zeichen des Neustarts gewesen. Gareth fragte sich, ob das nicht ein Fehler gewesen war. Wieso hatten sie unbedingt die Sprache der Menschen lernen wollen? »Wie geht es Elle?«

»Ich weiß es nicht«, antwortete er ehrlich, da er der Kleinen meistens nur von Weitem begegnete. Sie hing eher an Lilys und Dorians Rockzipfel, wenn sich Adam außerhalb der Stadt befand.

»Was will Lystra nach Jahren der Abwesenheit? Sie hat sich noch nie um Elle gekümmert ...« Er stieß ein Schnauben aus. »Verflucht, sie war sogar *glücklich*, als ich sie von ihrer Bürde befreite und ihr sagte, sie solle Elle und mich in Ruhe lassen.«

Gareth ließ diesen Ausbruch über sich ergehen. Das war Adams Art und Weise, Ordnung in seine Gedanken zu bringen.

»Ich wünschte wirklich, du wärst mit besseren Neuigkeiten zu Besuch bekommen«, schloss er endlich und musterte Gareth mit Argusaugen. »Zum Beispiel, dass du hier anheuern und als Ausbilder arbeiten willst.«

Der Königsdämon versteifte sich, was Adam nicht entging.

»Was hat dich so aufgewühlt, Gareth?«, erkundigte er sich.

»Ich weiß nicht, was du meinst«, erwiderte der Jüngere prompt.

»Ach, komm schon.« Adam lachte amüsiert. »Du willst mir doch nicht wirklich weismachen, dass Lystra dich aus Ascia verjagt hat! Deswegen hättest du bestimmt nicht Dorians Seite verlassen.«

Als Adam diese Theorien äußerte, formte sich sofort ein klares Bild der widerspenstigen Jägerin vor Gareths Augen. Er ballte die rechte Hand zu einer Faust, während er an ihren anhaltenden Zynismus und ihre verfluchten Provokationen dachte. Ja, er hatte die erstbeste Chance ergriffen, sie und die Stadt für ein paar Tage verlassen zu dürfen, auch wenn es hieß, Dorian zurückzulassen. Zwei Tage. In diesem Zeitraum würde dem König wohl kaum etwas zustoßen.

»Es ist nichts«, sagte er schließlich. Adam schien nicht überzeugt, ließ das Thema aber auf sich beruhen.

»Mach ruhig eine Pause, bevor du zurückreitest«, bat er ihn. »Ich werde dir in vier Tagen folgen. Lystra darf bleiben, aber lass sie bitte nicht mit meiner Tochter allein.«

Gareth nickte, reichte dem Dämon die Hand und verabschiedete sich. Er würde nur schnell etwas zu sich nehmen, um dann den langen Ritt zurück anzutreten. Es war dumm von ihm gewesen, sich von diesem Menschenmädchen aus seiner eigenen Stadt vertreiben zu lassen. Es wurde Zeit, ihr zu zeigen, wo sie hingehörte und dass er ihren Widerstand nicht duldete.

Mit neuem Mut schritt er davon.

13. Kapitel

Ich hasste es hier. Es war die Hölle auf Erden und das sollte schon etwas heißen, wenn es von mir kam. Zwei Tage waren seit meinem sogenannten Kampf mit Gareth vergangen. Immerhin hatte man mich in dieser Zeit in Frieden gelassen, aber das heiterte mich nicht gerade auf. Ich hatte mein Zimmer weder ein einziges Mal verlassen dürfen noch war es mir gestattet gewesen, etwas zu tun, das mir Spaß machte.

Gut, vielleicht war ich ein wenig unfair. Elle hatte sich wirklich große Mühe gegeben, mich vor dem Tod durch Langeweile zu bewahren, indem sie uralte Brettspiele herausgekramt und mit mir gespielt hatte. Zunächst hatte es mich etwas an Überwindung gekostet, meine Mauern fallen zu lassen, doch sie war so sehr Kind, dass ich kaum den Dämon in ihr sah.

»Mom ist vor ein paar Tagen angekommen. Mit dem Zug«, erzählte Elle, während wir beide auf dem Boden saßen.

Ich dehnte gerade meine Sehnen und Muskeln und schaute deshalb von unten zu ihr rauf. Sie sah gar nicht glücklich aus. Mit ihren schmalen Fingern zupfte sie an den Fasern ihres Blumenkleides.

»Ist das schlecht?«, hakte ich nach, bevor ich mich wieder im Schneidersitz niederließ und dann meine Arme dehnte.

»Bis eben war sie nicht mal hier. Im Rathaus.« Ein tiefes, leicht theatralisches Seufzen entrang sich ihrer Kehle. Die braunen Augen, die auch Liliana und Dorian besaßen, wirkten todunglücklich. »Dorian kann sie nicht leiden und Dad auch nicht.«

»Wieso nicht?« Es wunderte mich nicht, dass Dorian keine Sympathie für sie empfand, schließlich erschien es mir nahezu unmöglich, dass er überhaupt irgendjemanden mochte.

»Sie hat Dad und mich verlassen. Sozusagen.« Ihre Stimme bebte vor Emotionen. »Eigentlich ist Lystra auch gar nicht meine Mutter, sondern Lily. Sie hat sich immer um mich gekümmert. Dad sagt, dass er froh ist, solch eine Schwester zu haben. Ich wünschte, ich hätte auch eine«, sprudelte es förmlich aus ihr heraus, bevor mich wieder ihr bemitleidenswerter Blick traf.

Ich riss die Augen auf, als ich die Bedeutung ihres Monologs verstand. Was sollte ich darauf sagen? Klar, ich mochte Elle, aber das änderte nichts an der Tatsache, dass ich ein Mensch und sie eine Königsdämonin und noch dazu Dorians Nichte war.

»Elle …«, begann ich und wollte ihr schon die tausend Gründe aufzählen, warum nicht *ich* diese Person sein konnte, als ich es mir noch einmal anders überlegte. Das hier war ein junges Mädchen. Sie würde noch früh genug mit der Grausamkeit des Lebens Bekanntschaft machen müssen. »Vielleicht heiratet dein Vater ja noch einmal und du bekommst ganz viele Geschwister«, kreierte ich eine Zukunftsvision, die ihr hoffentlich für den Moment reichen würde.

Ich sah ihr an, dass sie genau verstand, was ich gerade getan hatte, aber offensichtlich schien sie es mir nicht übel zu nehmen, da sie sich vornüber beugte und mich in eine feste Umarmung zog. Diese offene Zuneigung traf mich völlig unerwartet. Ich hatte zwar davon gehört, dass Dorian seinen Hof anders führte als Billings und keine Hasstiraden gegen Menschen erlaubte, aber Gareth hatte bisher alles dafür getan, mich davon abzuhalten, den Gerüchten Glauben zu schenken. Und jetzt zeigte mir Elle, wie vorurteilsfrei sie einem Menschen begegnete, ohne sich selbst als überlegen zu betrachten.

»Danke, Aly«, wisperte sie in mein Ohr, bevor sie sich erhob und aus dem Zimmer hüpfte.

Das durfte nicht wieder vorkommen. Es würde nur böse enden, wenn ich mich emotional weiterhin mit Elle beschäftigte. Es gab keinen Weg aus dieser Misere, der uns beide als Freundinnen zurücklassen würde. Es würde in Tränen enden, dessen war ich mir sicher.

Noch einen Moment länger starrte ich nachdenklich die geschlossene Tür an, dann fiel mir endlich auf, was ich gerade gesehen hatte. Vor meinem Zimmer waren keine Wachen postiert!

Ich sprang sofort auf, band mir im Gehen noch die Haare zurück und riss dann forsch die Tür auf. Ein gähnend leerer Flur blickte mir entgegen. Das Licht der Gaslampen flimmerte leicht, ansonsten war ich allein.

Jackpot.

Bedacht, aber schnell ging ich den Flur entlang und hielt vor jedem abzweigenden Gang inne, um nicht aus Versehen in einen Dämon hineinzurennen, der mich verraten könnte. Wenn ich realistisch war, wusste ich, dass ich zu dieser Tageszeit keinen Weg nach draußen finden würde. Dafür befanden sich einfach zu viele Dämonen im Rathaus, weil sie das Sonnenlicht mieden. Trotzdem konnte ich die Chance nicht einfach verstreichen lassen.

Schließlich erreichte ich die Treppen, ohne von irgendjemandem aufgehalten zu werden. Mein Herz setzte vor Freude und Erwartung beinahe aus. Und was wäre, wenn es mir doch gelingen würde?

Als Erstes würde ich Evan aufsuchen, um ihm zu sagen, dass ich im Rathaus gewesen und lebendig herausgekommen war. Natürlich würde er mir das nicht abkaufen, aber ich würde ihm mein Erlebnis in allen schmutzigen Einzelheiten schildern. Danach würde ich ihm verzeihen, dass er mich einfach mitten in der Nacht verlassen hatte.

Nun, vielleicht doch noch nicht sofort.

Gerade hatte ich die erste Treppenflucht hinter mir gelassen, als lautes Stimmengewirr zu mir heraufgetragen wurde. Wider besseres Wissen lugte ich über das Geländer hinweg in die unterste Etage und erkannte sofort Dorian und Lily, die sich beide mit einer unglaublich schönen Frau mit professionell frisierten dunkelblonden Haaren stritten. Ich wusste instinktiv, dass dies Lystra, Elles Mutter, war.

Ich konnte den genauen Wortlaut leider nicht verstehen, aber es war nur zu deutlich, dass Dorian zornig war und Lily versuchte, zwischen ihm und Lystra zu schlichten. Anscheinend hatte Letztere aber meinen Blick gespürt oder ihr war Dorians wutsträubende Miene einfach egal, denn ihr Blick aus eisblauen Augen wanderte zu mir hoch. Ihre Brauen hoben sich verächtlich, bevor sie einen Kommentar abgab, der Dorian und Lily dazu brachte, abrupt zu mir hinaufzusehen.

Verdammt. Das war's dann wohl mit meinem Fluchtversuch.

Dorian sagte noch ein paar letzte Worte zu den beiden Frauen, dann lief er recht unelegant die Treppen hoch. Mein erster Gedanke war, zurück in mein Zimmer zu laufen, aber ich entschied mich dagegen. Was sollte es auch bringen. Der König hatte mich bereits gesehen, also würde ich auch ertragen können, was auch immer er mir an den Kopf werfen würde. Nicht dass er irgendetwas sagen könnte, das mich berühren würde. Zum einen hätte er meine Tür nicht unbewacht lassen sollen, wenn er nicht wollte, dass ich hier herumlungerte, und zum anderen … *Moment mal.*

»Du hast mein Zimmer absichtlich unbewacht gelassen?«, fragte ich fassungslos, als er mich erreicht hatte und kein bisschen außer Puste war. Offensichtlich hatten alle Dämonen eine verdammt gute Kondition. Körperlich waren sie uns Menschen leider in beinahe allen Aspekten überlegen. Nur die Sonne war ihr großer Schwachpunkt.

»Nein«, antwortete er prompt und fasste mich am Arm an. Ich zuckte sofort zurück, beschloss aber, der Geste zu folgen und mit Dorian zurück nach oben zu gehen.

»Ich kann nicht glauben, dass deine Untertanen einen direkten Befehl ignorieren würden«, erwiderte ich skeptisch, während wir in einem gleichmäßigen, recht zügigen Tempo die Stufen erklommen.

»Es gab Verzögerungen«, gab er schließlich zu. »Trotzdem, du hast recht, ich habe es in Kauf genommen, dich unbewacht zu lassen. Du bist keine Gefangene. Noch nicht«, setzte er nach einem kurzen Seitenblick hinzu.

»Sicher.« Ich schnaubte missbilligend. »War das vorhin Lystra? Elles Mutter?«

»Ich muss mich kurz mit dir unterhalten«, wechselte er alles andere als subtil das Thema. »Lass uns in mein Zimmer gehen.«

Er führte mich wieder in den Raum mit dem Pooltisch, der von dem wenigen Sonnenlicht, das durch die Vorhänge drang, gerade noch ausreichend beleuchtet wurde.

Die Tür fiel hinter mir ins Schloss.

»Was gibt's?« Ich verschränkte die Arme vor meinem Körper, um meine Unsicherheit zu verbergen. »Hast du endlich eingesehen, dass ich dir nicht von Nutzen sein werde?«

»Ganz im Gegenteil«, ließ er verlauten und sah mich durchdringend an, als ob er sich versichern wollte, dass ich mich nicht in Luft auflöste. Seine Finger fuhren über den grünen Teppich des Pooltisches, während sein Blick ruhig über das Mobiliar strich, bis er wieder auf mir landete. Sein Blick war wie eine Liebkosung. Wenn man auf ältere Männer stand. Und Dämonen.

»Also?« Langsam wurde ich ungeduldig. Natürlich war es nicht so, dass ich sonderlich viel zu tun hatte, aber es machte mich nervös, dass er nicht sofort zum Punkt kam. Etwas sagte mir außerdem, dass er genau wusste, was er da tat.

»Ich weiß, dass es dich nach Antworten verlangt. Aber ich kann sie dir nicht geben.« Er hatte den Pooltisch einmal ganz umrundet und stand nun wieder direkt vor mir. Es war zu leicht, sich ihn als Menschen vorzustellen. Das Dämonenartige schien Königsdämonen weniger zu umgeben als Schattendämonen, obwohl diese den Menschen körperlich gesehen näher waren. Königsdämonen hatten so viel mehr Macht. »Noch nicht.«

»Wieso nicht?« Ich hob frustriert die Arme, bevor ich sie wieder fallen ließ. »Wieso kannst du mir nicht mal sagen, warum ich hier bin? Ich werde wohl kaum rauslaufen und mein Wissen in die Welt hinausposaunen können!«

»Das ist es nicht.« Ein Lichtstrahl fing sich in dem Grauschwarz seiner Haare, während Dorian an seinen Ärmeln zupfte. »Du bist nicht bereit, den Antworten mit der angemessenen Reaktion zu begegnen.«

»Angemessene Reaktion?«, wiederholte ich entgeistert. »Was soll das heißen? Du wirst mir keine Antworten geben, solange du denkst, dass ich noch immer nicht bereit dazu bin, freiwillig hierzubleiben?«

»Da wir morgen schon die Stadt verlassen, wäre das wohl nicht sehr vorausschauend von mir, nicht wahr?«

»Rede nicht mit mir, als wäre ich ein zwölfjähriges Mädchen, *König!*«, rief ich aus.

»Verzeih mir.« Ich blinzelte verblüfft, da ich mit allem, nur nicht mit einer Entschuldigung gerechnet hatte. Seine braunen Augen, die viel dunkler waren als meine, erwiderten meinen Blick ruhig und offen, als hätte er nicht tausend Geheimnisse vor mir. Trotzdem wurde ich etwas von der Ruhe angesteckt und atmete ein paar Mal tief durch, während ich mir seine Worte ins Gedächtnis rief.

»Was … meinst du damit? Wir werden morgen die Stadt verlassen?«

»Es gibt einen Ort, der geeigneter für dich und meine Pläne ist. Dorthin werden wir uns morgen begeben.« Er rieb mit dem Daumen einen unsichtbaren Fleck auf seiner Weste fort. »Ich kann dir aber versichern, dass es dir dort genauso wie hier an nichts fehlen wird.«

»Du meinst, bis auf meine Freiheit?« Ich schüttelte ironisch lächelnd den Kopf.

»Genau wie hier, ja.« Zumindest war er ehrlich genug, mir keine falschen Wahrheiten vorzugaukeln.

»Was auch immer«, verwarf ich unser Gespräch, während sich die Panik in mir langsam, aber stetig ausbreitete. Die Flamme hatte sich tief in meinem Bauch entzündet und gewann von Minute zu Minute an Kraft. »Kann ich jetzt gehen?«

»In dein Zimmer?«, stellte er mit hochgezogenen Augenbrauen klar. »Aber sicher. Vielen Dank für das Gespräch, Alison.«

»Als ob ich eine Wahl gehabt hätte«, grummelte ich und zog mich in den Flur zurück.

Ein wenig überrascht, dass er mich so ganz ohne Wächter zurückgehen ließ, beeilte ich mich, davonzukommen. Natürlich wusste ich, dass der Zeitpunkt für eine Flucht gerade nicht der günstigste war, aber ich nutzte den Moment des Alleinseins, um mich genau umzusehen.

Die Flure sahen sich allesamt sehr ähnlich und unterschieden sich lediglich durch die Anzahl der Türen, die von dort abzweigten, oder die Gaslampen, die funktionierten. Leider kannte ich mich nur halbwegs auf der Westseite des Hauses aus, was im Endeffekt vielleicht gar nicht so schlimm war. Es reichte, wenn ich wusste, wie ich in den Garten kam, und dorthin hatte man mich gleich am ersten Tag meiner unfreiwilligen Ankunft geführt.

Schließlich, als ich Schritte vernahm, die sich mir von hinten näherten, machte ich mich tatsächlich zurück auf den Weg in mein Zimmer. Beinahe wäre ich einfach so hineingestürmt, doch da bemerkte ich, dass die Tür lediglich angelehnt und nicht geschlossen war. Ich hätte schwören können, dass ich sie vorhin ganz sicher hinter mir zugezogen hatte, um kein vorzeitiges Aufsehen zu erregen.

Vorsichtig stieß ich die Tür mit der Schuhspitze auf. Der Eindringling versteckte sich nicht vor mir. Natürlich hatte er auch keinen Grund.

»Du bist zurück«, kommentierte ich Gareths Anwesenheit. Elle hatte mir erzählt, dass er die Stadt verlassen hatte. Natürlich hatte sie mir keine Gründe nennen können, allem voran, weil sie selbst keine Ahnung davon hatte, was hier im Rathaus vor sich ging.

»Offensichtlich.« Er hatte am Fenster gestanden und drehte sich nun langsam zu mir um. Seine grünen Augen waren dunkler als sonst, als hätte sich ein Gewitter in ihnen zusammengebraut. »Ich nehme an, Dorian hat gerade mit dir gesprochen. Bezüglich unserer Abreise?«

»*Unserer* Abreise?« Ich trat endlich weiter in den Raum, steuerte jedoch das Bett am, um mich Gareth nicht weiter nähern zu müssen. »Sag bloß, ich werde dich immer noch nicht los, Dämon.«

Er presste seine Kiefer so fest zusammen, dass der Umriss deutlich unter der Haut hervortrat.

»Pass auf, sonst beißt du dir noch deine Zunge ab.« Ich schüttelte den Kopf. Was war nur in ihn gefahren? So langsam glaubte ich, dass er psychisch wirklich was an der Waffel hatte.

Ohne ein weiteres Wort zu verlieren, stürmte er davon und knallte die Tür so heftig hinter sich ins Schloss, dass sie wieder aufsprang. Er kümmerte sich nicht darum. Als ich die Tür erreicht hatte, um sie richtig zu schließen, war er bereits verschwunden.

Es gab viel zu tun in den nächsten Stunden, schließlich musste ich mir einen Plan überlegen, wie ich von hier fliehen konnte.

Einen richtigen Plan.

Einen Plan, der funktionieren musste, denn wir würden Ascia auf unbestimmte Zeit verlassen und dort, an diesem unbekannten Ort, würde ich bestimmt keine Gelegenheit mehr bekommen.

Heute Nacht würde ich fliehen.

14. Kapitel

Liliana brachte mir abends um kurz nach sechs ein dampfendes Menü, an das ich mich nur zu schnell gewöhnt hatte. Wie sollte ich nach diesen köstlichen warmen Mahlzeiten hier wieder so genügsam wie zuvor werden? Zugegeben, ich schämte mich nicht, dass dies ein Aspekt meiner Gefangenschaft war, den ich tatsächlich vermissen würde.

»Wo ist Elle?«, fragte ich nach zwei Bissen und versuchte, möglichst normal zu klingen. Natürlich hatte ich bisher kaum freiwillig mit Liliana geredet, aber vielleicht lenkte es sie von meinem nervös wippenden Fuß ab.

»Bei ihrem Vater. Adam«, antwortete sie und faltete meine Kleidung zu einem ordentlichen Haufen zusammen. Es war beinahe schon faszinierend zu sehen, wie eine *adlige Königsdämonin* meine Wäsche faltete. Es hätte sie mir fast sympathisch werden lassen, denn Liliana war in allem, was sie tat, besonnen und liebenswürdig. Ich hätte sie gernhaben können. *Wenn* sie nur ein Mensch gewesen wäre.

»Er war wohl nicht so erfreut, dass Lystra wieder da ist, hm?« Ich lachte leise, doch als ich den Blick der Schwester des Königs bemerkte, blieb mir das Lachen im Halse stecken.

»Du solltest nicht über Dinge sprechen, von denen du nichts weißt«, wies sie mich leise zurecht. Ich schluckte schwer, da ich sie noch nie so … strikt gesehen hatte. Sie war nicht wirklich wütend, aber sie war auch nicht ihr normales liebes Selbst. »Bist du fertig?« Sie deutete mit einem Kopfnicken auf das Tablett, auf dem das Geschirr stand.

»Ja. Danke«, murmelte ich kleinlaut, erhob mich vom Stuhl und packte den Stapel Kleidung, den Liliana so sorgfältig gefaltet hatte, in eine Tasche, die sie für mich besorgt hatte. Am liebsten hätte ich natürlich meine eigenen Sachen gehabt, aber ich würde den Dämonen garantiert nicht verraten, wo ich wohnte. Insbesondere nicht, wenn ich morgen schon wieder da sein würde. Vorausgesetzt, es lief alles nach Plan.

»Ich schaue später noch mal rein«, sagte sie noch, bevor sie aus dem Zimmer verschwand.

Warum hatte ich plötzlich ein schlechtes Gewissen? Mein Kommentar über Adam und Lystra war nicht böse gemeint gewesen, aber anscheinend war das Thema ein sehr sensibles. Am besten, ich hielt mich da raus.

Gut, dass ich nur noch wenige Stunden hier mit ihnen ausharren musste.

Da ich nichts Besseres zu tun hatte, packte ich auch die restliche Kleidung, die mir Liliana nach und nach gebracht hatte, in die Tasche und gestattete mir einen Moment des Wehmuts. Wie sehr ich meine Waffen, mein Waidblatt vermisste. Was würde ich alles dafür tun, es wieder in meinen Händen halten zu können!

Nachdem ich fertig gepackt hatte, löschte ich alle Kerzen bis auf eine, die direkt neben meinem Bett stand, und kuschelte mich voll bekleidet in die weiche Decke. Ich hatte mich dazu entschieden, erst nach Mitternacht zu fliehen. Dadurch erhoffte ich mir, dass die meisten Dämonen bereits außerhalb des Rathauses ihren Geschäften nachgehen und meine Chancen damit steigen würden, niemandem zu begegnen. Außerdem würde Liliana noch einmal nach mir sehen und das tat sie meist kurz *vor* Mitternacht.

Obwohl ich eigentlich hatte wach bleiben wollen, fielen mir irgendwann die Augen zu und ich versank in der Welt meiner üblichen Albträume. Es war nicht sonderlich schwer, aus ihnen zu erwachen, aber es war beinahe unmöglich, dies zu tun, ohne einen Mucks zu machen.

Ich riss die Lider auf, unterdrückte aber ein Wimmern, als ich hörte, wie die Tür geöffnet wurde. Jemand, wahrscheinlich Liliana, sah in den Raum hinein. Alles in mir sträubte sich, still liegen zu bleiben, während der Terror des Traumes noch in meinen Gliedern saß, doch ich konnte nicht riskieren, dass Liliana mich aufhielt.

Schließlich registrierte ich sich entfernende Schritte und ich wusste, dass ich die erste und leichteste Hürde überstanden hatte. Jetzt wurde es ernst.

Ich schlug die Decke nach hinten und setzte mich aufrecht hin. Mit den Beinen voran rutschte ich bis zur Bettkante, bis meine Schuhe ein paar Zentimeter über dem Boden schwebten. In dieser Position verharrte ich eine Weile, um mich von den letzten Spinnweben des Traumes zu befreien und um sicherzugehen, dass Liliana verschwunden war. Beides war gleich wichtig.

»Es muss klappen«, wisperte ich und knetete meine Hände. Ich wollte mir nicht ausmalen, was geschehen würde, sollte ich versagen.

Lautlos schlüpfte ich ins Bad und holte den Rasierer hervor, den ich vor ein paar Tagen wohlweislich hinter dem Spiegel versteckt hatte. Mit wenigen Handgriffen hatte ich beide Klingen herausgeschoben und eine davon in Stofffetzen von einem der Kissenbezüge gehüllt, sodass ich mich selbst nicht aus Versehen damit verletzte, die andere behielt ich in der Hand.

Ich klappte meine Kapuze hoch und stellte mich dann lauschend an die Tür. Ein Ohr presste ich an das lasierte Holz und versuchte herauszufinden, ob wieder ein Wächter für mich abgestellt worden war. Das würde die ganze Operation unnötig erschweren – sogar unmöglich machen, wenn es sich bei dem Wächter um einen Königsdämon handelte.

Als ich auch nach fünf Minuten kein Geräusch vernehmen konnte, entschied ich mich, es zu wagen. Es brachte nichts, weitere wertvolle Zeit zu verlieren.

Tief durchatmend griff ich nach dem Handknauf und drehte ihn einmal herum, bevor ich die Tür aufzog. Dämmriges Licht empfing mich, aber kein Lebewesen schien in unmittelbarer Nähe zu sein. Ich konnte mein Glück kaum fassen! Hatte Dorian so viel Stress gehabt, dass er vergessen hatte, sich um mich zu kümmern? Noch einmal?

Halleluja!

Ich ergriff die Chance, schloss die Tür leise hinter mir und ging die ersten Schritte über den hölzernen Boden. Mit meinen schweren Schuhen war es unmöglich, lautlos aufzutreten.

Hektisch presste ich die Lippen zusammen. Eine Entscheidung musste her und das *pronto!*

In Rekordgeschwindigkeit hatte ich die Schürsenkel gelöst und meine Schuhe ausgezogen, die ich nun mit einer Hand trug, damit ich mit der anderen die Rasierklinge halten konnte.

Lautlos erreichte ich die Treppen, die ich recht zügig, aber stets an die Wand gepresst herunterschlich. Mir kam niemand entgegen, was ich als ein gutes Omen wertete.

Kurz bevor ich den ersten Stock erreichte, hörte ich sich unterhaltende Stimmen. Es handelte sich dabei vielleicht um zwei, höchstens drei Personen, die sich von mir wegbewegten. Trotzdem hielt ich ein paar Atemzüge lang inne, damit ich sie nicht durch einen blöden Fehler auf mich aufmerksam machte.

Als die Luft wieder rein war, floh ich die letzten Stufen hinab und bewegte mich nach rechts, wo sich das Zimmer befand, das einen Ausgang zum Garten besaß. Ich betete, dass sie die Tür nicht abgeschlossen hatten.

Wieder einmal sollte ich Glück haben. Damit ich nicht erwischt wurde, schlüpfte ich eilig in den leeren, kargen Raum und rannte beinahe zur Terrassentür, die sich mit einem Drehen der Klinke öffnen ließ. Hektisch zog ich meine Schuhe wieder an, griff nach der Klinge, die ich auf dem Boden abgelegt hatte, und schlich nach draußen.

Ich gestattete mir lediglich einen kurzen musternden Blick, um sicherzugehen, dass sich keine Person in unmittelbarer Nähe zu mir befand und sprang dann geschwind die Stufen hinab. Hier oben auf dem Podium war ich zu leicht zu entdecken.

Als ich mir, unten angekommen, endlich einen Moment der Pause gönnte, erlaubte ich mir sogar, die Hoffnung zuzulassen, die ich bisher gut verschlossen hatte. Ich war draußen! Natürlich war das erst einmal nur die halbe Miete. Aufgrund der Mauern und des Wachpersonals war es ein unmögliches Unterfangen, in den Garten hineinzukommen. Allerdings wollte ich ja nicht hinein, sondern hinaus.

Die Schultern straffend trat ich hinter dem dicken Stamm einer Eiche hervor und suchte die Gegend nach einem Orientierungspunkt ab. Welcher wäre der kürzeste Weg zu einer Mauer? Sollte ich es wagen, das Haus zu umrunden, um vorne herum zu fliehen? Nein, da würde ich sicherlich direkt einem Dämon in die Arme laufen.

Nach kurzem Zögern entschied ich mich, nach Westen aufzubrechen. Wenn ich recht hatte, würde ich dort am ehesten auf eine Mauer treffen und könnte sie an einer wenig einsehbaren Stelle überklettern. Es wäre so einfach.

Es war von Vorteil, dass Dorian anscheinend einen Großteil seines Vermögens, das er einfach nur besaß, weil er in Billings' Gunst stand, für den Bau seines Gartens eingesetzt hatte. Er war ein regelrechtes Labyrinth und offenbarte mir dadurch mehrere Verstecke, an denen ich jeweils einige Sekunden ausharrte. Ich wollte nicht von irgendjemandem überrascht werden.

Ich war vielleicht zehn Minuten unterwegs, die Hälfte der Zeit hatte ich auf der Stelle gestanden, als ich leises Stimmengewirr vernahm. Zunächst überlegte ich, einfach abzudrehen und einen Bogen um die Gruppe zu machen, doch da näherten sie sich mir auch schon.

Was sollte ich tun?

Ich kniff die Lippen zusammen und lehnte mich an einen großen Stamm, der mich vollkommen verdeckte. Für die Suche nach einem anderen Versteck war es bereits zu spät, da ich nun Schritte auf dem Kiesweg hörte, der sich nur zwei Meter von meinem Standpunkt aus durch das Gehölz schlängelte.

»Nach allem, was wir für dich und deinen Clan tun, bist du nicht gewillt, uns bei der Suche zu helfen?« Ich erstarrte, als die Stimme klar und deutlich zu mir durchdrang. Die Schritte brachen abrupt ab, als hätten die Personen ihren Zielort erreicht. Vielleicht war auch der Anführer von *Arias'* Worten nicht gerade begeistert.

Arias. Ja, er war es. War das wirklich möglich?

Ich strengte mein Gehör weiter an und drückte mich enger an den Stamm. Die Dunkelheit lag wie eine Mauer zwischen mir und der Gruppe, doch das sanfte Mondlicht flimmerte über uns hinweg.

»Ihr tötet meinesgleichen, Arias. Ich glaube nicht, dass meine Familie das als sehr hilfreich empfindet«, entgegnete Dorian kühl. Deutlich kühler, als wenn er mit mir sprach.

Was hatte das zu bedeuten? Wieso redete der Anführer der Gilde mit dem König der Dämonen in Ascia?

»Wir töten Schattendämonen. Sie sind wohl kaum deinesgleichen«, spuckte Arias aus. Ich rang mit mir. Sollte ich einen Blick riskieren? Ich konnte einfach nicht glauben, was ich da hörte. Das konnte nicht wahr sein. »Außerdem halten wir uns an die Liste deiner Verbrecher. Das war unsere Abmachung.«

»Du meinst *wir* außer Talbot«, korrigierte ihn Dorian. »Sie hat sich nie daran gehalten und willkürlich Dämonen ausgelöscht.«

Ich biss die Zähne zusammen. Natürlich hatte er recht, aber irgendwie war mir zuwider, dass er in dieser kalkulierten Art und Weise über mich sprach.

»Weil sie nichts davon weiß.« Beinahe hätte ich meine eigene Zunge verschluckt.

Nein. Nein. Nein.

Jetzt, nachdem ich Evans Stimme gehört hatte, hielt ich es nicht mehr aus. Ich drehte mich um, schmiegte mich eng an die raue Rinde und schob mich dann langsam um den Stamm herum. Sollte es die Situation verlangen, würde ich mich schnell wieder zurückziehen können.

»Das ist nicht mein Problem«, hörte ich Dorian sagen, während ich aus meinem Versteck hervorlugte. Ich erhaschte einen Blick auf den Weg, der links und rechts von Dorian durch Gaslampen erhellt wurde, die zwei fremde Königsdämonen hochhielten.

Arias und sein Sohn standen ihnen in einer recht abweisenden Haltung gegenüber. Evan wirkte vielleicht noch etwas aggressiver als sein Vater.

Mein Herz sank in meiner Brust.

»Heißt das, du hast sie selbst aus dem Weg geräumt?«, forderte Evan wie ein Ritter in glänzender Rüstung zu erfahren. Aber wie glanzvoll konnte sie schon sein, wenn es für ihn anscheinend normal war, sich mit Dorian Ascia zu unterhalten, als wären sie alte, wenn auch nicht gerade liebevolle Bekannte?

»Nein, Junge, das heißt, dass sie kein Teil eurer Gilde ist. Nicht in meinen Augen.« Ich konnte Dorians Gesicht nicht sehen, da er mit dem Rücken zu mir stand, aber seine geraden Schultern und die locker herabhängenden Arme verrieten mir, dass er sich pudelwohl fühlte. Nun, vielleicht nicht wirklich *pudelwohl,* aber er schien sich auch keiner Gefahr bewusst zu sein. »Daraus folgt, dass unsere Abmachung sie auch in keinster Weise betrifft und ihr bei der Suche nach ihr auf euch allein gestellt seid.«

Dieser Mistkerl!

Es wunderte mich nicht, dass Dorian den Jägern eiskalt ins Gesicht log. Was mich mehr irritierte, war die Tatsache, dass er sich überhaupt damit abgab, mit ihnen zu reden. Was ging hier nur vor sich?

Ich überlegte, ob ich mich zu erkennen geben sollte. Dann würde Dorian an seinen eigenen Lügen ersticken und zu dritt hätten wir möglicherweise eine Chance zu fliehen, bevor Dorian Zeit hatte, genügend Wächter zu alarmieren. Vorausgesetzt, er würde uns nicht alle so von innen abfackeln lassen, wie er es bei den Schattendämonen getan hatte. Aber vielleicht war das auch nur bei ihnen und nicht bei Menschen möglich? So oder so, ich wollte es riskieren.

Einen Schritt hatte ich in Richtung Freiheit getan, als ich grob von hinten gepackt und mit der Wirbelsäule gegen den Baum geschleudert wurde. Bevor auch nur ein Laut meine Lippen verlassen konnte, wurde mir eine Hand auf den Mund gepresst.

»Das wolltest du doch nicht wirklich tun, oder?«, erklang Gareths dunkle Stimme mit diesem seltsamen Akzent.

Ich versuchte mich aus seinem eisernen Griff zu befreien, aber er bewegte sich keinen Zentimeter.

»Komm mit«, knurrte er. »Und kein Mucks.«

Wütend über meinen gescheiterten Fluchtversuch hätte ich beinahe die Klinge vergessen, die ich noch in meiner Hand hielt. Sobald sich mir eine Möglichkeit bot, würde ich sie einsetzen.

Er schob mich wieder zurück in Richtung Haus, mein ganzer Erfolg fiel in sich zusammen. Mittlerweile hatte er zwar seine Hand von meinem Mund genommen, aber dafür hielt er mich an den Oberarmen fest und schob mich wie etwas Unliebsames vor sich her.

»Weißt du, was du da gerade getan hast?«, raunte er, als wir die Treppe erreichten, die zurück in mein Gefängnis führte.

»Ja«, stieß ich zornig hervor. »Wenn ich nicht so lange gezögert hätte, wäre ich jetzt vermutlich frei.«

Er löste seine Hände, gab mir aber einen kräftigen Schubs, sodass ich auf die Stufen fiel. Mühselig rappelte ich mich auf und griff unauffällig nach der Klinge, die bei dem Versuch, meinen Aufprall abzumildern, aus meiner Hand geflogen war. Gareths Augen entging jedoch nichts.

»Verfluchter Mensch«, zischte er, packte die Klinge und steckte sie ein. Was für ein Mistkerl! »Steh auf, verdammt.« Er riss mich an meinem Arm hoch und setzte noch ein paar Flüche in dieser fremden melodischen Sprache hinterher.

Wir durchquerten das karge Zimmer und erreichten den Flur. Zurück. Ich war wieder zurück in meiner Gefangenschaft. Es war alles umsonst gewesen. Nun, nicht alles. Immerhin wusste ich jetzt, dass ich nicht auf Arias oder Evan zählen konnte, die beide offensichtlich schon seit Längerem gemeinsame Sache mit Dämonen machten. Wer hätte das gedacht? Der Anführer unserer Gilde verbündete sich mit ebenjenen, die wir zu töten geschworen hatten.

»Was denkst du, wäre passiert, wenn du vorgetreten wärst?« Gareth ließ immer noch nicht locker, aber anstatt die Treppe nach oben in den dritten Stock zu nehmen, führte er mich ins Erdgeschoss.

»Wohin gehen wir?«, verlangte ich zu wissen, als er auch hier keinen Halt einlegte, sondern eine unscheinbare Tür öffnete und mich weitere Stufen hinabstieß. Hätte er mich nicht weiterhin am Arm festgehalten, wäre ich vornüber gestürzt.

»Antworte mir!«, brüllte er.

Es war düster hier unten. Einzelne Fackeln erleuchteten den Weg, während ich erkannte, dass ich hier schon einmal gewesen war. Dann führte Gareth mich tatsächlich in den Raum, in dem ich von Camun gefoltert worden war. *Wunderschöne* Erinnerungen wurden wach …

»Ich wäre davongelaufen. Scheiße, Gareth«, spuckte ich und stolperte in die Mitte des Raumes, als er mich endlich losließ.

»Denk nach!« Er baute sich wie ein Riese vor mir auf. Breite Schultern, Muskeln und das alles. Würde er sich wandeln? Würden seine Hände zu schwarzen Klauen werden? Seine Zähne sich verlängern und seine Pupillen verschwinden?

»Okay«, sagte ich langsam, als würde ich mit einem tollwütigen Hund sprechen. »Ich hätte Evan und Arias mit mir genommen.«

»Verdammt, bist du wirklich so naiv?« Er schüttelte den Kopf und fuhr sich mit den Fingern durch sein kastanienbraunes Haar, das dadurch noch wirrer wirkte als zuvor. »Dorian hätte dich niemals gehen lassen. Du hättest ihn dazu gezwungen, beide zu töten, um jegliche Beweise für deinen Aufenthalt hier geheim zu halten.«

»Das ist absurd«, stotterte ich, wusste aber gleichzeitig, dass ich wirklich, wirklich dumm gewesen war. Gareth hatte recht und das nicht nur, weil er Dorian am besten kannte. Ich hätte als Anführerin, die ein Geheimnis hegte, vermutlich ganz genauso gehandelt. Doch ich hatte es vorhin nicht sehen wollen, weil ich zu sehr auf mich konzentriert gewesen war. Auf mich und meine Flucht.

»Ach ja?« Er hob eine Augenbraue und wirkte plötzlich sehr zufrieden mit sich. Die Aggression, die er ausstrahlte, schwand aber nicht. Die Situation war noch nicht überstanden.

»Schön. Du hast recht. Bist du jetzt zufrieden? Können wir jetzt wieder nach oben in die Zivilisation gehen?« Ich wollte mich an ihm vorbeidrängen, doch er musste nur einen Arm ausstrecken und schon stand ich wieder an derselben Stelle wie zuvor.

»Es wird Zeit, dir etwas Verstand einzubläuen«, sagte er leise und ruhig, als würde er übers Wetter reden.

Mir schwante Böses. Oh ja. Ich war Gareth nicht gewachsen. Es fiel mir zwar unglaublich schwer, das einzugestehen, aber letztendlich war ich doch ein rationaler Mensch, der wusste, wann er das schlechtere Los gezogen hatte.

»Okay.« Ich hob meine Handflächen und hoffte, dass diese Geste, warum auch immer, beruhigend auf ihn wirkte. »Mach mal langsam. Ich habe einen Fehler begangen. Schön und gut, aber das heißt noch lange nicht, dass du jetzt den Folterknecht raushängen lassen musst.«

Er trat einen Schritt näher.

Ich trat einen zurück.

»Du hast gegen einen von Dorians Befehlen verstoßen.«

»Er hat mir nicht klar befohlen, dass ich nicht fliehen darf, wenn du schon so korrekt sein willst«, erwiderte ich. Nun war die Panik deutlich aus meiner Stimme herauszuhören. Das Schlimme war, ich wusste, dass er mich nicht töten würde, aber das war keine Erleichterung. Er würde mich zu Brei schlagen, nur um mir danach sein Blut zu geben und von vorn anzufangen.

»Details«, verwarf er meinen Einwand.

»Weißt du …« Ich sah mich hektisch in dem mit Fackeln beleuchteten Raum um, doch es befanden sich nach wie vor nur die Ketten hier. »Du hättest in meiner Situation das Gleiche getan!«

Das ließ ihn zum ersten Mal, seit wir hier waren, innehalten. Ich konnte ihm ansehen, dass ich ihn mit meiner Aussage überrascht hatte, also nutzte ich die Gelegenheit und redete weiter drauflos.

»Du wärst kein zuvorkommender Gefangener. Du würdest jede Möglichkeit zur Flucht ergreifen.«

Ich konnte förmlich beobachten, wie das Zögern aus seinen Augen schwand.

»Und ich bin mir sicher, dass du an meiner Stelle genauso handeln würdest wie ich«, erwiderte er eiskalt, bevor er zu seinem ersten Schlag ausholte, den ich bereits erwartet hatte.

Ich drehte mich zur Seite, griff nach der klirrenden Kette und schlug damit in Gareths Richtung. Es war kein Problem für ihn, auszuweichen und sofort wieder dort anzugreifen, wo ich mich nicht schützte. Meine linke Seite war ungeschützt, da ich die Kette mit beiden Händen festhielt. Er stieß seine flache Hand gegen meine Rippen.

»Hör auf, Dämon!«, stieß ich atemlos hervor, bevor ich einen Purzelbaum machte und auf der anderen Seite des Raumes zurück auf die Beine sprang. Er war mir immer einen Schritt voraus und schien jede meiner Bewegungen vorauszuahnen.

Gareth war sofort wieder bei mir. Ich drehte mich halb und begrüßte ihn mit einem Frontalkick, den er verhinderte, indem er rasend schnell mein Fußgelenk packte und daran zog. Ich wurde nach vorn geschleudert. Er rammte seine Faust gegen meine Wange, als er mich festhielt, bevor ich wieder auf den Boden fallen konnte. Mit dem Rücken zu ihm hob ich meinen Arm und stieß meinen Ellbogen gegen seine Schulter, was leider keine Wirkung zeigte.

Schließlich zog ich einen Vorteil daraus, dass er mich noch immer festhielt, packte seine Schultern und nutzte diese als Gegengewicht. Tief einatmend hob ich meine Beine bis über meinen Kopf, um den seinen einzuklemmen, doch er hatte diese Bewegung geahnt und wand sich umständlich aus meinem Griff. Ich verlor meinen Anker, konnte mich aber zur Seite hin abrollen und mir so etwas Platz verschaffen.

Gareth sah mich mit glühenden Augen an, bevor er leicht den Kopf schüttelte.

»Ich verstehe dich einfach nicht«, gab er zu.

»Was meinst du?« Schwer atmend hielt ich meine Hände noch immer zur Verteidigung gehoben.

»Ist es allein dein Durst nach Rache, der dir diese Kraft verleiht, oder …« Er ließ den Satz ins Leere laufen.

Ich hob argwöhnisch beide Augenbrauen. »Bist du blind? Ich habe dich nicht mal richtig getroffen. Glaub mir, gerade in diesem Moment fühle ich mich nicht sonderlich stark.« Ich ließ meine Schultern ein Stück sinken. »Außerdem … wir beide haben sicherlich dieselbe Quelle.«

»Wie bitte?«

»Du sagtest doch selbst, wir würden uns nicht unterscheiden, obwohl ich das für Blödsinn halte. Aber wenn du das glaubst, dann nehme ich meine Kraft auch daher, wo du deine hernimmst.«

»Möglich.« Seine ganze Haltung sprach noch immer von Anspannung und Wut. Zorn.

»Was für einen Grund hat ein Dämon wie du, so viel Hass in sich zu tragen?« Ich tat einen minimalen Schritt nach links, den Gareth scheinbar nicht wahrnahm. Sein Blick bohrte sich tief in meine Augen. »Dir scheint es hier doch gut zu gehen. Du hast Geld, eine hohe Stellung, bist ein Vertrauter des Königs und kannst Menschen herumkommandieren. Der Traum eines jeden Dämons!«

»Wir sollten …«, begann er, doch ich ließ ihn nicht ausreden. In Windeseile hatte ich mich weggedreht und war durch die Tür hinausgeprescht. Entgegen meiner Instinkte stoppte ich meine Flucht, um die Tür hinter mir zu verbarrikadieren. Es würde mein Davonkommen um einiges erleichtern und ich sollte Glück haben. Das schwere Schloss rastete genau eine Sekunde, bevor Gareths Körper mit voller Wucht gegen die Tür stieß und das Metall zum Erzittern brachte, ein.

»War schön mit dir!«, rief ich noch, bevor ich auf dem Absatz kehrtmachte und nach oben rannte.

Als ich den ersten Stock erreichte, überlegte ich noch kurz, einen weiteren Fluchtversuch zu starten, doch da begegnete ich schon Lily, die mich mit einem überraschten Ausdruck musterte. Da ich keine Lust hatte, mich mit ihr zu unterhalten, rannte ich einfach an ihr vorbei und die Treppen hoch in mein Zimmer.

Ich hatte versagt. Wieder einmal.

»Scheiße«, stieß ich wütend hervor, als ich die Tür hinter mir schloss. Ein lauter Knall hallte durch die Wände des Rathauses und ich wusste, dass Gareth aus dem Kerker entkommen war.

Eilig stellte ich mich hinter die Kommode, um diese vor die Tür zu schieben. Sie würde Gareth möglicherweise nicht lange fernhalten, mir aber ein paar Momente geben, in denen ich mich von meinem heilen Körper verabschieden konnte. Nicht dass sich mein Körper gerade besonders gut anfühlte. Ich spürte schon jetzt diverse Prellungen.

Ein wenig ängstlich ließ ich mich auf dem Boden vor meinem Bett nieder, schlang die Arme um meine Beine und behielt die Kommode die ganze Zeit über in den Augen. Es tat sich nichts und die Stunden vergingen, bis ich schließlich nicht mehr gegen die Müdigkeit ankämpfen konnte und einschlief.

15. Kapitel

»Alison.« Lautes Klopfen ließ meinen selbst im Schlaf angespannten Körper zusammenzucken. Ich öffnete träge die Augen, ehe ich von einer Sekunde auf die andere hellwach war, da ich von den Erinnerungen der vergangenen Nacht überschwemmt wurde. »Alison? Wärst du bitte so freundlich und würdest die Tür öffnen?«

Seufzend erhob ich mich aus der unbequemen Position auf dem Boden, massierte meinen Hüftknochen, auf dem sich bereits ein blauer Fleck gebildet hatte, und trat an die Kommode.

»Einen Moment«, rief ich Liliana zu, die sich hoffentlich nicht in Gesellschaft befand. In dieser Minute fühlte ich mich ganz und gar nicht ausreichend für ein Aufeinandertreffen mit Gareth oder Dorian gewappnet.

Sobald die Kommode aus dem Weg geräumt war, öffnete die Königsdämonin die Tür und trat ein. Hinter ihr standen zwei Männer, die ich nicht einmal vom Sehen her kannte. Da ich jedoch nicht gerade viel Zeit außerhalb dieser vier Wände verbracht hatte, war das wohl nicht weiter verwunderlich.

»Dorian hat mich geschickt. Wir machen uns auf den Weg, allerdings …« Sie sah mich entschuldigend an, bevor sie einen der Wächter zu sich heranwinkte. »Rafe wird dir Handschellen anlegen. Es tut mir leid, aber es ist Dorians Anordnung.«

Es überraschte mich nicht wirklich nach dem gestrigen Desaster, trotzdem trug es nicht gerade zu meiner guten Laune bei. Widerstandslos streckte ich Rafe meine Hände hin.

»Oh, darf ich vorher noch auf die Toilette?« Ich wartete natürlich keine Antwort ab, sondern raste schnell ins Bad. Bevor ich später versuchen musste, das mit Handschellen zu erledigen, wollte ich es jetzt hinter mich bringen. Nachdem ich mir gründlich die Hände gewaschen hatte, fiel mir wieder die übrig gebliebene Klinge ein. Ich beschloss, sie zu behalten. Für den Fall der Fälle.

Nachdem mir Rafe die Handschellen angelegt hatte, nahm Liliana die Tasche an sich, die ich tags zuvor gepackt hatte. Ich wollte hier nicht weg. So sehr ich die Stadt Ascia auch verabscheute, sie war doch so etwas wie ein Zuhause geworden. Vor allem beherbergte sie Evan, der mich und alle anderen Jäger zwar offensichtlich verraten hatte, aber für eine Sicherheit stand, die ich nicht verlieren wollte. Ganz egal, wie enttäuscht und verletzt ich von seinem Verhalten war, er war mir ein guter Freund gewesen. Zumindest eine Zeit lang.

Lily ging voran, während wir uns auf den Weg nach unten machten und dabei mehrere Dämonen passierten, die mir neugierige Blicke zuwarfen. Die Wächter sorgten dafür, dass wir schnell vorbeihuschen konnten. Zu schnell, als dass die Fremden einen guten Blick auf mich hätten erhaschen können. Durfte niemand wissen, dass ich hier war? Wäre damit die Allianz zwischen Dorian und Arias zerstört? Ohnehin, was hatte es damit auf sich? So wie ich das sah, brauchte Arias den Dämon mehr, als es andersherum der Fall war. Trotzdem hatte der König nicht gewollt, dass Arias von meinem Aufenthalt hier erfuhr. Sehr seltsam.

Schließlich erreichten wir das Foyer, in dem rege Geschäftigkeit herrschte und mir zur Abwechslung niemand Beachtung schenkte. Nun, von meinen persönlichen Bodyguards mal abgesehen.

Lily öffnete eine Seite der breiten Doppeltür und wir wurden in warmes Sonnenlicht getaucht, bevor ich ihr nach draußen folgte. Vor den steinernen Treppen warteten mehrere Kutschen, die allesamt voll beladen schienen. Die hinterste wurde nun von der Schwester des Königs angesteuert, die sich im Licht genauso elegant bewegte wie bei Nacht. Natürlich hatte ich auch schon andere Dämonen bei Tageslicht gesehen, trotzdem war es kein Geheimnis, dass sie die Sonne mieden, wenn sie es konnten.

Die Tür der Kutsche wurde von innen geöffnet und Lily unterhielt sich mit der Person, die im Schatten saß. Sie reichte ihr meine Tasche, bevor auch ich endlich ankam.

»Wir sehen uns später«, versprach mir Lily, drückte aufmunternd meinen Oberarm und ließ mich dann mit den beiden Wächtern allein zurück.

»Rein da«, brummte Rafe und gab mir einen kleinen Schubs.

Leise grummelnd hob ich meine Hände, um mich an einem der Haltegriffe hochzuziehen, und betrat dann das dämmrige Innere. Rafe schlug die Klappe hinter mir zu, sodass es sogleich noch etwas dunkler wurde, da die Vorhänge zugezogen waren und das Licht kaum durch den dicken Stoff drang. Trotzdem spürte ich Gareths Anwesenheit sofort und nur einen Moment später konnte ich ein Veilchen um sein linkes Auge erkennen.

»Du hast dich wohl mit dem Falschen angelegt«, verhöhnte ich ihn lachend. »Schade nur, dass ich es nicht gewesen bin.« Ich stieß ein bedauerndes Seufzen aus, während ich es mir auf der gepolsterten Bank gemütlich machte. Gareth saß mir gegenüber.

»Dorian war nicht mit den Methoden einverstanden, die ich an dir erprobt habe«, war seine ehrliche Antwort.

»Ich weiß zwar nicht, wieso du mir das sagst, aber … vermutlich willst du mir nur deutlich machen, dass du das anders sieht«, führte ich an, als mir der Gedanke kam. »Bereust du es?«

»Nein«, war seine Antwort, bevor er sich in eisernes Schweigen hüllte. Er schloss seine Augen, lehnte den Kopf zurück und schien einzudösen.

Kopfschüttelnd hielt ich mit zwei Fingern den Vorhang beiseite und beobachtete, wie sich die Dämonen und menschlichen Angestellten allmählich verstreuten. Dorian und Lily entfernten sich aus meinem Sichtfeld, als sie sich einer anderen Kutsche näherten. Minuten später war niemand mehr zu sehen.

Zögerlich biss ich mir auf die Unterlippe und sah von Gareth zum Eingang.

»Versuch es«, raunte der Dämon plötzlich. Beinahe wäre ich vor Schreck zusammengezuckt, doch ich konnte gerade noch so meine Fassung bewahren.

»Was?«

»Gib mir nur einen Grund, dich zu bestrafen.« Er öffnete endlich seine Lider. »Also, versuch zu fliehen.«

»Vielleicht ist mir ja gar nicht danach«, erwiderte ich genervt, legte die Hände in meinen Schoß und sah ihn stur an. »So sehr es dich auch danach verlangt, du kannst meine Gedanken nicht lesen.«

Die Kutsche setzte sich ruckelnd in Bewegung, während das monotone Klappern der Pferdehufe auf dem Stein erklang.

»Ich verspüre keinerlei Verlangen danach.« Er schnaubte.

»Jaja.« Wir ließen das Rathaus hinter uns und fuhren durch die gepflasterten Straßen Ascias. Hier und dort hörte ich lautes Stimmengewirr, doch die meisten Geräusche wurden von denen der Kutsche verschluckt. »Sag mal, wieso habt ihr Elektrizität verboten?«

Ich hatte die Frage nur gestellt, weil sie mir plötzlich in den Sinn gekommen war. Es war nicht aller Tage, dass ich in einer Kutsche saß. Wenn ich genau darüber nachdachte, hatte ich vorher noch nie in einer gesessen. Selbst das Verbot hatte mich nie davon abgehalten, in den Rayons ein Auto kurzzuschließen und mich darin fortzubewegen. Außerdem waren mir Pferde nicht geheuer und reiten konnte ich sowieso nicht.

»Es schwächt uns«, kam erneut Gareths ehrliche Antwort. Es beruhigte mich nicht sonderlich. Was, wenn er mir einfach die Wahrheit sagte, weil er ohnehin vorhatte, mich zu töten?

Ich rückte etwas weiter von ihm weg, verzog dann aber stöhnend das Gesicht, als ich dabei meine geprellten Rippen streckte. Gareths Blick schoss sofort zu mir und ich wusste, dass ich einen gravierenden Fehler begangen hatte.

Bis gerade hatte er keine meiner Verletzungen wahrgenommen, doch nun war ihm offenbar wieder in den Sinn gekommen, wie er mich gestern Nacht zugerichtet hatte.

»Denk gar nicht erst dran«, stieß ich hervor, obwohl es zwecklos war. Ich konnte ihn nicht mal fernhalten, wenn ich beide Hände zur Verfügung hatte, doch jetzt trug ich zu allem Übel auch noch Handschellen.

Die Rasierklinge!, fiel mir ein und ließ mich kurzzeitig Hoffnung schöpfen. Ich kramte umständlich in meiner Jackentasche herum, bis ich die in Stoff eingewickelte Klinge fand.

»Du bist echt ein sadistisches Arschloch«, zischte ich, als er seine dünne Jacke auszog und diese neben sich auf die Bank legte. Er trug ein T-Shirt, über dem sich ein Waffengurt spannte, an dem mehrere kleine Messer hingen.

»Sadistisch?« Seine Mundwinkel zuckten. »Dabei will ich dich doch nur heilen und glaub mir, wenn ich sage, dass mir das genauso sehr gegen den Strich geht wie dir.«

»Warum nur glaube ich dir das nicht?«

Er setzte sich neben mich. Ich zögerte keine Sekunde, sondern hob meine Hände und stieß die Klinge in seinen Hals. Zumindest war es das, auf was ich gezielt hatte. Ich traf ihn zwar, was uns beide überraschte, aber ich fügte ihm lediglich einen Schnitt an der Kehle zu. Dunkelrotes Blut quoll gemächlich daraus hervor, bis der Tropfen zu groß wurde und seinen Hals hinabrann.

»Das hättest du nicht tun sollen«, wisperte er und hatte die Klinge aus dem Fenster geworfen, bevor ich überhaupt realisierte, dass er sie mir abgenommen hatte.

»Dämon«, sagte ich, wusste aber selbst nicht wirklich, was ich damit ausdrücken wollte. Ich war zu hypnotisiert von dem Blut, das nun sein T-Shirt befleckte.

Gareth legte eine Hand an meinen Hinterkopf und drückte mein Gesicht an seinen Hals, ohne dass er sich großartig anstrengen musste. Ich fühlte mich wie ein Junkie, der sein nächstes High kaum erwarten konnte. Sobald meine Lippen seine salzige Haut berührten und das Blut meine Zunge benetzte, war ich verloren. Ganz und gar.

Ich rutschte näher an ihn heran, saugte wie ein Vampir an seiner Wunde und presste meinen Oberkörper an den seinen. In meinem Kopf herrschte trügerische Stille, die verschwinden würde, sobald sich meine Lippen von Gareths Haut lösten. Die Ruhe vor dem Sturm, wie man so schön sagte.

Mein Körper wurde warm und schien zu heilen. Wohlig schloss ich meine Lider und genoss das Gefühl von Schwerelosigkeit und absoluter Zufriedenheit.

Schließlich holte mich Gareth wieder aus meinem zeitweiligen Paradies hervor, indem er meine Schultern umfasste und mich zurückschob. Er wandte nicht viel Kraft auf, aber es reichte, um mich zumindest für wenige Sekunden von seiner Haut zu lösen. Blinzelnd, als würde ich gegen die Nachwehen eines Traumes ankämpfen, hob ich meine Augen und erwiderte Gareths intensiven Blick, der alles andere als kalt und grausam war. Er schien genauso aufgewühlt zu sein wie ich in meinem Inneren.

Jedes Wort wäre zu viel gewesen und ich war unglaublich froh, dass er nichts sagte. Während ich mit dem Handrücken das Blut von meinem Mund wischte, zog er seine Jacke über und rückte weiter von mir ab, sodass er aus dem anderen Fenster hinaussehen konnte. Die Vorhänge schwangen im Takt der wackelnden Kutsche hin und her.

Es war die Hölle.

Ich befand mich in der Hölle.

Es musste so sein.

Die Fahrt war für mich der reinste Horror. Gareth beachtete mich zwar nicht mehr, seit sich seine Wunde wieder geschlossen hatte, aber das machte die Spannung nicht gerade erträglicher. Die Handschellen juckten an meinen Gelenken und rieben diese nach ein paar Stunden bereits wund. Gegen Mittag hielten die Kutschen an, Gareth stieg aus und kam mit einem Stück Brot, Käse und Wasser zurück. Er löste eine Seite der Handschellen und machte diese an einem der Holzstäbe, die das Dach unterstützen, fest, um mir das essen zu erleichtern.

Die Pferde wurden erneut zur Bewegung angetrieben, bevor sie abrupt zum Halten kamen. Beinahe wäre ich nach vorne geschleudert worden, doch der Stab, an dem ich nun befestigt war, hielt mich zurück. Jemand riss unsere Tür auf und blickte hinein. Es handelte sich um den Wächter, der im Rathaus Rafe und Lily auf mein Zimmer begleitet hatte.

»Ascia möchte dich sprechen, Gareth«, erklärte er, bevor er wieder verschwand.

Ich biss unschuldig dreinblickend ein Stück vom dunklen Brot ab und beobachtete erfreut, wie Gareth das Innere verließ und die Kutsche sich gleich darauf erneut ruckelnd in Bewegung setzte.

Vor Erleichterung seufzend schloss ich die Augen und lehnte meinen Kopf an. Es war ein Segen, die Präsenz des Dämons einmal nicht zu spüren. Ich verabscheute, dass er die Macht über mich hatte, all meine Vorsätze zu ignorieren, wenn ich nur einen Tropfen seines köstlichen Blutes auf meiner Zunge wahrnahm. Es war wie verhext! Wie zum Teufel war es möglich, dass es nicht nach Blut schmeckte? Es sah nicht anders aus oder fühlte sich anders an, aber irgendetwas war darin enthalten, das mich komplett einnahm.

Ich nahm den letzten Schluck Wasser aus der ledernen Trinkflasche und legte diese dann beiseite, als mir bewusst wurde, dass ich tatsächlich *allein* war.

Es wurde Zeit, das Suhlen in meinem Selbstmitleid zu beenden. Wenn Dorian mich schon nicht gehen lassen wollte, musste ich ihm eben zeigen, dass ich niemals davon ablassen würde zu fliehen.

Mein Blick fuhr in dem dämmrigen Licht durch den Innenraum, über die Bänke und Vorhänge, bis ich fand, was ich suchte. Es gab mehrere lange Nägel, an denen die Bänke auf dem Boden und an den Seiten befestigt waren, und einer von ihnen, der sich mir am nächsten befand, schien nicht ganz eingeschlagen worden zu sein. Ich beugte mich mit der freien Hand nach unten und begann, mit meinen Fingernägeln an dem Kopf des Nagels zu ziehen und zu drehen, bis er sich zu bewegen schien. Leider riss ich mir damit meine Haut an mehreren Stellen ein und das Blut ließ das Eisen glitschig werden, aber ich war nicht bereit aufzugeben.

Ich nahm die Trinkflasche zur Hand und schraubte den Deckel ab, den ich als Werkzeug benutzte, um den Nagel weiter hochzudrücken. Es klappte um einiges besser als mit meinen blutverschmierten Fingerkuppen. Schließlich sprang der Nagel hoch und wäre beinahe aus meiner Reichweite geflogen, bevor ich ihn noch rechtzeitig zu fassen bekam.

Schwer atmend wischte ich mir mit dem Handrücken den Schweiß von der Stirn. Es hatte viel mehr Zeit in Anspruch genommen, als ich mir gewünscht hätte, was bedeutete, dass ich mich jetzt beeilen musste.

Ich versuchte, das Blut an meinen Kleidern abzureiben und nahm dann den Nagel erneut zur Hand, um damit das Schloss der Handschellen zu knacken. Gut, dass ich das nicht zum ersten Mal versuchte und das wie so oft Lucy zu verdanken hatte, die mir mehr als nur Martial Arts beigebracht hatte.

Ein leises, aber entschiedenes Klicken ertönte und meine Hand war befreit. Ich hielt den Nagel fest umklammert, als ich einen Blick hinter den wehenden Vorhang warf. Wir befanden uns gerade mitten in einem Wald, was perfekt für eine Flucht war. Es würde viele Verstecke für mich geben.

Ich atmete ein letztes Mal tief durch, dann öffnete ich leise die Tür und sprang hinaus. Da die Kutsche relativ schnell war, musste ich meinen harten Aufprall durch das Abrollen meines Körpers auf dem erdigen Boden abfedern. Es kostete mich ein paar Sekunden Zeit, aber die nahm ich mir, um mich nicht unnötig zu verletzen.

Ohne mich umzusehen, rannte ich los, duckte mich um einen Baum herum und kämpfte mich durch niedriges Gestrüpp. Leider war der Wald weniger dicht, als ich gehofft hatte, trotzdem hielt es mich nicht auf. Eher im Gegenteil. Ich hatte viel mehr Platz, um schneller zu laufen. Leider vernahm ich schon bald die Schritte eines Verfolgers und ich konnte mir auch schon denken, wer dieser war.

Hektisch keuchend sprintete ich über das Laub, das bei jedem Schritt hinter mir aufwirbelte, und gab jeden Versuch der Heimlichkeit auf. Gareth konnte mich so oder so hören, aber durch meinen Vorsprung hatte ich vielleicht eine Chance, ihn abzuhängen.

Angestrengt versuchte ich zu hören, ob er den Abstand zwischen uns verkleinerte, als ich einen Moment nicht aufpasste und mein Fuß in einer hervorstehenden Wurzel stecken blieb. Mein Körper schien in der Mitte auseinandergerissen zu werden, als ich hart auf dem Boden aufschlug und für wenige Sekunden Sterne sah.

»Steh auf!«, ermahnte ich mich selbst, rappelte mich schon hoch und wäre beinahe wieder umgefallen, als ich mein rechtes Bein belasten wollte.

Verfluchter Mist!

Ich konnte nicht aufgeben. Nicht jetzt, da ich so weit gekommen war und die Freiheit schon spüren konnte.

Ich biss die Zähne zusammen und kämpfte mich weiter voran, nun erheblich langsamer als noch vor meinem heftigen Sturz. Ich war mir sicher, dass Gareth immer weiter zu mir aufschloss und mich schon bald einholen würde. Ich hatte nicht mal mehr meinen Nagel, um mich zu verteidigen, da er mir vorhin aus der Hand gefallen war.

Wütend wischte ich mir die aufkommenden Tränen aus den Augen, da ich ganz sicher nicht wollte, dass Gareth sie sah. Unfähig aufzugeben, kämpfte ich mich weiter vor, bis der Dämon von hinten auf mich zustürzte und ich ein zweites Mal unsanft auf den Boden fiel. Durch Gareths Gewicht entwich die Luft mit einem Zischen aus meiner Lunge.

»Geh runter von mir, Dämon!«, keuchte ich und trommelte gegen seine Brust, ohne ihm wirklich wehzutun.

»Das hat mir wieder einmal gezeigt, dass man dir nicht trauen kann«, stieß er hervor, bevor er sich aufrichtete, aber weiter auf mir sitzen blieb, als würde er mir dadurch zeigen wollen, wer der Boss war.

»Leck mich!« Ich hörte auf, mich zu wehren, als ich erkannte, dass es zwecklos war.

»Glaub ja nicht, dass ich dein Spiel von gestern Nacht vergessen hätte.« Seine grünen Augen glühten im schwachen Schein der Sonne, der durch das Grün des Blätterdachs bis nach hier unten reichte.

»Dann bestraf mich doch.« Ich lachte hohl. »Darin bist du doch so gut.«

»Das werde ich noch früh genug.« Endlich stieg er von mir herunter, machte aber keinerlei Anstalten, mir beim Aufstehen zu helfen. Nicht dass ich seine Hilfe angenommen hätte. »Menschen sind schwache Wesen und du bist keine Ausnahme. Ich weiß nicht, was sich Dorian dabei denkt, aber früher oder später wirst du zerbrechen. Du bist eine Versagerin, Alison.« Ich konnte meinen Blick aus unerklärlichen Gründen nicht von dem seinen lösen. »Nicht einmal deine Familie hast du retten können.«

Bevor ich reagieren konnte, schoss seine Faust vor und traf mich mitten ins Gesicht. Ich verlor das Bewusstsein, was für beide Parteien vermutlich das Beste war.

Fig I
Fig II

16. Kapitel

Der König

Taio Billings war ein Königsdämon durch und durch. Schon als Kind war er fähig gewesen, weniger starke Schattendämonen zu manipulieren und ihnen seinen Willen aufzuzwingen. Je älter er wurde, desto konzentrierter konnte er diese Fähigkeit anwenden. Seine Eltern ermahnten ihn beinahe täglich, nicht der Verführung zu erliegen, die diese Manipulation ausstrahlte, doch erkannten sie nicht, was ihn antrieb: Macht.

Schon sehr früh meldete er sich als Soldat, um Triste ein für alle Mal zu besiegen. So schnell wie er war noch niemand vor ihm zum Unteroffizier und schließlich zum General befördert worden. Sein Talent in der taktischen Ausarbeitung von Angriffen hatte ihn weit gebracht, aber nicht weit genug. Der damalige König Benymn hatte ihn bemerkt und geschätzt, aber immer mit einem sorgenvollen Auge beobachtet, als würde er ihm nicht ganz trauen.

Natürlich hatte Benymn recht. Billings' Ehrgeiz versiegte nicht, als er die Position des Generals innehatte, und wurde weiter angefeuert, als sich die Dimensionen öffneten und der Krieg auf der Erde ausgetragen wurde.

Benymn und Nion benutzten die Menschen als Puppen, um weitere Siege zu erringen, die in Billings' Augen sinnlos waren. Was wollten sie mit Menschen? Diese Siege bedeutete kaum etwas, da sie aus Manipulationen entstanden waren, die Sechsjährige praktizieren konnten. Nein. Billings sah mehr als die alten Könige und so verbündete er sich mit Louisa Tanner, die damals noch den Namen Liure getragen hatte. Sie war auf der Seite der Tristaner. Sie war Nions rechte Hand und genauso unzufrieden mit der Situation wie Billings.

Obwohl sie auf verschiedenen Kontinenten lebten, fanden sie eine Möglichkeit, miteinander zu kommunizieren. Die menschliche Erfindung eines Telefons machte es möglich, trotz der anhaltenden Schwäche, die sie in der Nähe von elektronischen Geräten erfuhren. Sie einigten sich darauf, Nordamerika und Europa unter sich aufzuteilen und Benymn und Nion zu töten. Die Könige waren zu alt und zu schwach. Sie sahen nicht die Möglichkeiten eines neuen Zuhauses.

Während der Nacht der Assassinen wurden beide von bezahlten Schattendämonen getötet und Louisa und Billings erhoben sich, noch bevor das Blut geronnen war.

Wenn er an den Moment seines Triumphs dachte, breitete sich ein Lächeln auf Billings' Lippen aus. Der menschliche Sklave, der vor ihm kniete und seine Schuhe auf Hochglanz polierte, schien noch kleiner zu werden. Es waren seit dem Ende des Krieges viele Jahre vergangen und Billings war stolz auf das, was er geleistet hatte, vor allem auf seine eigene Stadt und dieses pompöse Rathaus, das für ihn wie ein modernes Schloss war. Wer hätte gedacht, dass Menschen so effektiv sein konnten?

Sein Blick wanderte zum mannshohen Spiegel und er sah die zwei Menschenfrauen, die noch in seinem Bett lagen, als wäre ihre Nacht nur zum Faulenzen da.

»Geht euren Arbeiten nach. Los!«, befahl er augenblicklich, da er Faulheit nicht ausstehen konnte. In seinem Bett waren sie immerhin recht aktiv.

Natürlich hätte er am liebsten seinesgleichen als Liebespartner, aber Königsdämoninnen waren so gerissen wie alle ihrer Art. Schattendämoninnen würde er nicht mal mit einer Kneifzange anfassen. Sie waren schwächelnde Mischlinge aus Dämon und Mensch, was er am allermeisten verabscheute. Deshalb achtete er auch penibel darauf, dass er sich stets schützte. Er wollte keine neue Rasse kreieren, die eine Mischung aus königlichem Dämonenblut und Mensch war. Es reichte schon, dass er sich mit der Auslöschung der Schattendämonen beschäftigen musste. Das war sein ultimatives Ziel. Oder eines von ihnen.

Sein Lächeln wurde breiter, als der Sklave seine Aufgabe endlich zu seiner Zufriedenheit erledigt hatte. Er schubste ihn beiseite, überprüfte noch einmal im Spiegel sein Aussehen und als er zufrieden mit dem langen purpurnen Umhang und der goldenen Krone auf seinem Haupt war, verließ er seine privaten Gemächer.

Es könnte alles so gut sein, wenn da nicht gewisse andere starke Dämonen wären, die eine Schwäche für Mensch und Schattendämon besaßen. Einer von ihnen war Dorian Ascia, dem er als Letzten von den neunzehn anderen Dämonen die Erlaubnis erteilt hatte, eine Stadt zu errichten.

In Ascia, so hörte er andauernd, lebten Menschen Seite an Seite mit Schattendämonen und einige von diesen wohnten sogar im Rathaus von Dorian. So etwas würde Billings in seiner Stadt nie dulden. Das Rathaus durfte nur mit ausdrücklicher Erlaubnis von Schattendämonen betreten werden und die Menschen hier waren allesamt versklavt und gehörten ihm oder anderen Königsdämonen. So hatte alles seine Richtigkeit.

Er erreichte schließlich den Thronsaal, in dem es nur ein einziges Möbelstück gab: seinen eigenen massiven und goldenen Thron. Er war eines der wenigen Dinge gewesen, die Benymn aus Duster mitgebracht hatte. Heute würde er sich darauf aber nicht ausruhen können, da sich bereits seine Gäste davor versammelt hatten.

Monteo, Schwab, Fargo und Sierra, die einzige Frau in der Runde, warteten schweigend auf ihn, als wären sie beleidigte Kinder, die nicht mehr miteinander sprachen. Manchmal fragte sich Billings, ob er nur von Idioten umgeben war.

»Sire«, begann Schwab, der Billings' Cousin war und ihm am nächsten stand. Er war der Erste gewesen, dem er eine Stadt zugewiesen hatte. »Wir …«

»Nicht hier, Schwab. Im Ratssaal.« Er deutete mit einer Handbewegung in die ungefähre Richtung, in der das kleinere Zimmer lag, das den Titel Saal wohl nicht wirklich verdiente. »Weniger Augen. Weniger Ohren.«

Sie betraten den Raum, in dem sich eine lange Tafel befand, an der gut zwei Dutzend Personen Platz finden konnten. Billings zog es heute allerdings vor zu stehen und verhinderte damit auch, dass sich seine Untertanen, die sich ihm gegenüber nicht despektierlich verhalten sollten, hinsetzen.

»Was habt ihr für mich?«, fragte Billings nun, da sie mit Sicherheit allein waren.

»Die Vollendung der ersten Maschine nähert sich«, sprach Sierra, der er als einer der wenigen Frauen unter den Königsdämonen Bewunderung zukommen ließ. Sie ähnelte ihm, trotz ihrer dümmlichen Phasen, in Aspekten der Grausamkeit und des Ehrgeizes.

»Uns fehlen nur Arbeiter, um auch die restlichen Maschinen zu bauen«, ergänzte Schwab.

»Darüber haben wir doch gesprochen.«

»Wäre es nicht einfacher, uns bei den Menschen in unseren eigenen Städten zu bedienen?« Monteo hatte die Stirn gerunzelt. Sein schönes Gesicht wirkte schon beinahe so, als wäre er in Gedanken versunken. Wie amüsant!

Billings spürte, wie seine Geduld auf die Probe gestellt wurde. Diese Themen hatten sie doch bereits zur Genüge durchgekaut, oder hatte er lediglich mit lebensechten Puppen gesprochen?

»Nein.« Er knirschte mit den Zähnen. »Die Sklaven sind bereits gebrochen und gehorchen uns. Wir müssen die Miliz dorthin schicken, wo sich die meisten Menschen in den Rayons versammelt haben. Sie denken, sie sind frei, dabei sind sie nur zu einer guten Zielscheibe geworden.« Zustimmendes Gemurmel, das in Billings die Hoffnung aufkommen ließ, dass doch irgendetwas von seinem Gesagten in ihren Köpfen hängen blieb. »Es muss ein konzentrierter Schlag sein. Niemand darf entkommen, damit keine Gerüchte entstehen. Ascia würde mir damit nur wieder in den Ohren liegen.«

»Wir sollten ihn und seine Menschenstadt von der Landkarte streichen«, forderte Fargo, der Hitzkopf unter ihnen.

»Noch nicht.« Billings schüttelte den Kopf und dachte an die Zeit zurück, als Ascia seine rechte Hand gewesen war. Wo hatten sich ihre Wege getrennt? »Descar, Banph und vor allem Keplinger würden rebellieren. Wir müssen erst sie davon überzeugen, dass wir für eine bessere Zukunft sind. Eines nach dem anderen.«

Kurzes Schweigen breitete sich aus, während sie seine Worte sacken ließen. Das hoffte er zumindest.

»Was ist mit unserem Spion?«, erkundigte sich Sierra scheinbar beiläufig. Billings kannte sie jedoch gut genug, um sagen zu können, dass an ihr und dem, was sie sagte, nichts beiläufig war.

»Was soll mit ihm sein?« Er hob eine grauschwarze Augenbraue.

»Ist er noch vor Ort?« Ungeduld klang in ihren Worten mit und ließ den König lächeln.

»In der Tat. Und das wird er auch erst mal bleiben«, war alles, was er zu diesem Thema mit ihnen zu besprechen hatte.

Er verschränkte die Hände hinter seinem Körper und schritt gemächlich aus dem Saal. Sollten sie sich doch nun mit sich selbst beschäftigen. Er hatte ihnen Anweisungen erteilt. Jetzt mussten sie abliefern.

17. Kapitel

Mein Kopf dröhnte, als ich wieder in der klappernden Kutsche erwachte. Ich bemerkte noch mit geschlossenen Augen die Ketten an meinen Handgelenken und wusste außerdem instinktiv, dass Gareth seinen kalten Blick auf mich gerichtet hielt, als würde er befürchten, ich wäre dumm genug zu versuchen, samt Ketten zu fliehen. *Also bitte.*

Stöhnend hob ich meine Hände und rieb mir die brennende Wange, die am meisten von Gareths Schlag abbekommen hatte.

»Es war nicht nötig, mich k. o. zu schlagen«, grummelte ich, obwohl ich ihm am liebsten die Augen ausgekratzt hätte, denn trotz meiner Ohnmacht hatte ich nicht vergessen, was er als Letztes zu mir gesagt hatte.

Nicht einmal deine Familie hast du retten können.

Das Schlimme war, es war die Wahrheit. Ich war dumm und unfähig ins Haus gegangen, hatte nach meinen Eltern gerufen und war den Dämonen direkt ins Netz gegangen. Wenn sie mich damals doch nur auch getötet hätten, dann wäre mir einiges erspart geblieben.

Nein! So durfte ich nicht denken. Mein Tod hätte nur sichergestellt, dass sie ihr Leben in Ruhe und Frieden verbringen konnten. Zwar taten sie das wohl jetzt auch, aber nur so lange, bis ich sie fand und zerschmetterte. Zumindest sah es in der Theorie so aus. In meinen finstersten Träumen, in denen ich schwelgte, um neue Kraft zu tanken. Ich würde niemals von meiner Rache ablassen. Ganz egal, wie viele Steine mir in den Weg gelegt würden und wie viel Zeit verging. Rache war mein Lebenselixier.

»Wir sind da«, verkündete Gareth und zog den Vorhang auf seiner Seite auf, sodass ich einen großen Platz aus gestampfter Erde ausmachen konnte. Mitten im Wald. *Halleluja.*

Ich erkannte in der einsetzenden Dunkelheit ein paar Objekte, die mir seltsam bekannt vorkamen. Der Ort wirkte wie ein Trainingsplatz mit Zielscheiben, Dummys und allem Drum und Dran. Was hatte das zu bedeuten? War es Dorian wirklich ernst damit, dass er sehen wollte, wie viel ich kämpferisch draufhatte? Aus irgendeinem Grund fiel es mir schwer, das zu glauben. Er hatte so viele gut ausgebildete Kämpfer seiner eigenen Rasse unter sich. Was sollte ich ihm da noch zusätzlich geben?

Schließlich hielt die Kutsche an und Gareth stieg aus, bevor er sich um meine Handschellen und die Kette, mit der ich nun zusätzlich an dem Stab festgemacht worden war, kümmerte. Ich kam mir vor wie ein Schwerverbrecher.

Ungeduldig wippte ich mit meinem unverletzten linken Fuß, bemerkte dabei aber, dass das Gelenk um meinen rechten Fuß geschwollen war und bei jeder noch so kleinen Belastung schmerzte.

Ich horchte auf besondere Geräusche und versuchte, die Stimmen den einzelnen Dämonen zuzuordnen. Liliana und Dorian konnte ich eindeutig bestimmen, während sie sich immer weiter von meiner Position entfernten. Truhen wurden abgeladen und fortgetragen, bis die Geräusche verstummten und Gareth zu mir zurückkehrte.

»Wo sind wir hier?«, fragte ich, als er die Kette von dem Stab löste, jedoch keine Anstalten machte, auch meine Handschellen zu öffnen. Er griff nach meiner Tasche und zog mich dann kommentarlos wie einen Hund an der Kette nach draußen.

Als ich das große, aus hellem Holz gefertigte Haus erblickte, in das offensichtlich die meisten unserer Mitreisenden verschwunden waren, wurden meine Augen groß vor Erstaunen. Mit allem hatte ich gerechnet, nur nicht mit so etwas Edlem mitten in der Walachei.

Gareth zog grob an den Ketten. Unwillkürlich war ich stehen geblieben, doch nun stolperte ich wieder vorwärts vom Haus weg. Mein Knöchel protestierte.

»Kannst du bitte langsamer gehen? Ich glaub, ich hab mir den Fuß verstaucht«, maulte ich, nicht wirklich überrascht, dass er sein Tempo nicht anpasste, sondern immer wieder an der Kette zog, sobald ich ihm zu langsam wurde.

Wir ließen den Platz hinter uns und schritten über einen schmalen Pfad, der sich durch den Wald schlängelte und nach rund dreißig

Metern in einer zweiten Lichtung mündete, auf der drei kleine einstöckige Häuser standen, die einander ähnelten wie ein Ei dem anderen.

Gareth führte mich zu dem Haus, das am weitesten von dem Pfad entfernt lag. Mehrere Fackeln brachten etwas Licht in die sich niedersenkende Dunkelheit.

»Verdammt noch mal, du Folterknecht!«, zischte ich und riss selbst mal an den Ketten. »Kannst du bitte langsam machen? Herrgott!«

Ich erkannte sofort das wütende Funkeln in seinen Augen, als er sich abrupt zu mir umdrehte, aber bevor er etwas nicht sehr Nettes sagen konnte, vernahmen wir beide Stimmen. Sein Blick wanderte zu dem ersten Haus und ich folgte ihm, um eine Gruppe bestehend aus fünf Jugendlichen zu erkennen.

Menschen? Ich wusste nicht, warum ich das dachte, vertraute aber meinen Instinkten mittlerweile gut genug, um das nicht auszuschließen. Die Frage, die sich daraufhin nur stellte, war, wieso waren sie hier? Sie wirkten locker und frei, nicht wie Angestellte.

»Hey, Davenport!«, rief eines der Mädchen, das kurze braune Haare hatte.

»Oh, Frischfleisch«, kommentierte der Junge mit einem ähnlichen Haarschnitt neben ihr und lachte.

»Warum seid ihr hier?«, fragte ich, alles andere als ruhig. Ich hatte mit vielem gerechnet, aber nicht mit der Anwesenheit von Menschen in meinem Alter, die hier auch noch *gerne* zu sein schienen.

»Sie weiß es nicht?«

»Das wird ein Spaß«, lachte das Mädchen mit den kurzen Haaren und dem spitz zulaufenden Gesicht. Sie erinnerte mich an einen Fuchs.

»Müsst ihr nicht irgendwo sein?«, sagte Gareth leise, aber autoritär.

»Stimmt. Essen. Ich verhungere auch schon.« Sie zischten recht widerwillig ab und warfen uns noch neugierige Blicke zu, bis sie im Wald verschwanden.

Gareth beugte sich vor, stellte meine Tasche ab und band meine Kette an dem kleinen Geländer fest, das die Veranda umfasste.

»Was soll das jetzt werden?«, schrie ich außer mir, verzweifelt meine Würde suchend und vergeblich an den Ketten zerrend.

Der Dämon entfernte sich wortlos von mir und betrat das zweite Haus, aus dem er glücklicherweise keine zwei Minuten später schon wieder hervorkam. Er war jedoch in Begleitung einer älteren, ebenfalls menschlichen Frau mit weißem dichtem Haar, das sie zu einem langen geflochtenen Zopf trug. Sie wirkte nett und fürsorglich. War sie etwa auch gegen ihren Willen hier? Wieso hatte er mich nicht einfach mitgenommen, um sie zu holen? War er ihr gegenüber, einem Menschen, rücksichtsvoll gewesen? Schwer zu glauben.

»Eliza, das ist Alison«, stellte uns Gareth vor, bevor er mir die Handschellen abnahm und sie griffbereit in seine Hosentasche steckte. »Dorians neue Rekrutin.«

»Freut mich, dich kennenzulernen«, lächelte Eliza und reichte mir die Hand, die ich nicht annahm. Es war nicht so, dass sie mir nicht freundlich vorkam, aber ich vertraute niemandem, der sich so lässig in der Gegenwart eines Dämons bewegte.

Gemeinsam gingen wir ins Haus, wobei ich eher humpelte, da mein Knöchel sich anfühlte, als stünde er in Flammen. Das Innenleben sah genau so aus wie erwartet. Viel Holz und wenig Schnickschnack. Gareth führte uns in die Küche, in der ich mich ungefragt zunächst auf einen der Stühle fallen ließ. Ich konnte keinen Schritt mehr gehen und ja, ich war mir im Klaren, dass die Verletzung meine Schuld war.

Das hier war einfach nur ein Desaster!

»Wart ihr lange unterwegs?«, erkundigte sich Eliza, während sie sich bereits geschäftig in den Küchenschränken umschaute. Gareth hatte sich mir gegenüber niedergelassen, machte aber eine Kunst daraus, mich nicht anzuschauen. Umso besser.

»Ein paar Stunden. Es gab Komplikationen.« Das sollte offensichtlich ein an mich gerichteter Seitenhieb sein, aber Gareth lag falsch, wenn er dachte, es würde mir etwas ausmachen. Ganz im Gegenteil. Ich war froh, eine Komplikation in seinen Plänen zu sein.

»Hast du auf etwas Besonderes Appetit, Alison?«

Ich erstarrte. Hatte sie mich gerade gefragt, was *ich* wollte? Es war schon einige Zeit her, seit mir das passiert war. Ich öffnete den Mund, um zu antworten, doch Gareth fuhr hastig dazwischen.

»Alles ist uns recht, Eliza«, raunte er forsch und bohrte seinen Blick, der in mir schon das eine oder andere Mal Unwohlsein hervorgerufen hatte, in den ihren. Eliza schien jedoch unbeeindruckt zu sein, zuckte mit den Achseln und schürte das Feuer im Ofen, bevor sie einen Topf mit Wasser aufsetzte. Es wurde allmählich zu warm und zu stickig in dem kleinen Raum. Wenn es draußen nicht genauso gewesen wäre, hätte es mir vermutlich nichts ausgemacht, aber so steigerte es nur meine Rastlosigkeit.

Eliza servierte uns nach kurzer Wartezeit Kartoffeln, gebratenen Schinken und gekochte Möhren, und ich machte mich hungrig über das Essen her. So sehr von dem vorzüglichen Geschmack eingenommen, bemerkte ich überhaupt nicht, dass sie die Küche verließ. Gareth und ich blieben allein zurück. Mein Herz pumpte heftig, nachdem mich diese Erkenntnis getroffen hatte und ich befürchtete schon Schlimmes.

Seit ich in Ascias Gewalt war, hatte ich mich öfter der Angst stellen müssen als in den sieben Jahren davor insgesamt. Ich hasste es. Ich hasste es so sehr. Er war einfach unberechenbar und das war etwas, das ich bei Schattendämonen nie erlebt hatte. Man könnte natürlich argumentieren, dass Gareth kein Schattendämon war und ich deshalb damit hätte rechnen sollen, aber das machte die Sache nicht erträglicher.

Gareth erhob sich schließlich, nahm unsere nunmehr leer geputzten Teller und stellte diese in die Spüle, ehe er mich abwartend ansah.

»Komm«, sagte er, als ich keine Anstalten machte, mich zu bewegen.

Die Augen verdrehend erhob ich mich und verzog vor Schmerzen das Gesicht, als ich meinen Fuß wieder belasten musste. Glücklicherweise hatte sich Gareth bereits abgewandt, sodass ich meine Schmerzen verbergen konnte.

Es war überraschend, dass er voranschritt. Normalerweise achtete er darauf, immer hinter mir zu gehen. Dachte er, ich wäre bereits gebrochen? Das war Blödsinn, oder? Ich würde immer wieder versuchen zu fliehen.

Der Flur wirkte gemütlich, wenn auch recht karg, als ich ihn so entlanghumpelte und Gareth schließlich in ein rechts abzweigendes Zimmer folgte, das ein Bett, eine Kommode und einen Tisch beherbergte. Es strotzte nicht gerade vor Leben, aber durch kleine Dinge wie ein herumliegendes Hemd oder ein schmales, in Leder eingebundenes Buch, das auf dem Nachttisch lag, war klar, dass hier jemand wohnte.

Als ich die Mitte des rechteckigen Raumes erreicht hatte, schloss Gareth die eine Tür hinter mir, um eine zweite zu öffnen, die mir bei meiner Erstinspektion entgangen war. Sie führte in ein Badezimmer und besaß ebenfalls eine Extratür, die in einen fast identischen Schlafraum führte.

»Du wirst keinen Schritt mehr allein machen, solange ich dir nicht trauen kann«, sagte Gareth mit seiner dunklen Stimme, die wie immer von einem leichten Akzent begleitet wurde. »Und damit meine ich, dass ich mir sicher sein muss, dass du nicht bei der erstbesten Gelegenheit abzuhauen versuchst.«

Ich drehte mich mit erhobenen Augenbrauen zu ihm um. »Dann wirst du wohl ganz schön beschäftigt sein in den kommenden Wochen. Ich gebe nämlich nicht auf.«

»Wir werden sehen«, entgegnete er lässig, als würde er mir das Versprechen nicht abkaufen. »Das hier wird dann jedenfalls dein Zimmer sein, aber bis dahin …« Er bedeutete mir, zurück ins Bad zu gehen, wo er die Tür zu meinem potenziellen Zimmer abschloss. »Wenn du dich waschen musst, du hast zehn Minuten Zeit. *Diese* Tür …«, er schritt erneut in seinen Raum und zeigte auf die Tür neben ihm, »… bleibt geöffnet. Wenn du es wagst, sie zu schließen, zerre ich dich einfach raus. Hast du verstanden?«

Er meinte es wirklich ernst! Wollte er sein eigenes Leben aufgeben, nur um Dorian zu dienen und auf mich aufzupassen? Ich war fassungslos. Wie konnte man jemandem so blind folgen?

»Jaja«, murmelte ich schließlich, bevor ich die Tasche annahm, die er mir einen Moment später reichte. Die Tür zog er ein Stück weit zu, sodass sie noch etwa zwanzig Zentimeter geöffnet war.

Verdammte Scheiße.

Nachdem ich mich eilig entkleidet hatte, stieg ich unter die eiskalte Dusche, die sich jedoch mit zunehmender Dauer erwärmte. Verwundert genoss ich das ungewohnt warme Wasser auf meiner Haut. Anscheinend hatten sie hier eine Lösung gefunden, das Wasser ohne Elektrizität zu erwärmen. Daran könnte ich mich fast gewöhnen.

Ich ließ mir nicht allzu viel Zeit, da ich keine Lust hatte, Gareth in all meiner Nacktheit ausgeliefert zu sein, und zog mir schnell wieder Unterwäsche, Jeans und Pulli an. Mein Knöchel war mittlerweile nicht mehr nur angeschwollen, sondern zudem auch noch grün und blau verfärbt. Entschlossen streifte ich eine Socke darüber und hoffte, dass der Dämon meine Verletzung vergessen hatte.

Anschließend kehrte ich wieder ins Zimmer zurück, wo Gareth auf dem Bett in einem Buch las. Er sah kurz auf, legte das Buch beiseite und erhob sich.

»Was jetzt?«, grummelte ich. »Widmen wir uns einer Lesestunde? Schätzen Dämonen menschliche Groschenromane?«

»Das ist kein Groschenroman.«

Ich versuchte einen Blick auf das Cover zur erhaschen, aber es lag leider auf der falschen Seite.

»Setz dich.« Er deutete auf den Boden neben dem Bett. Ich tat wie geheißen, weil ich wusste, dass ich heute Abend keinen Kampf mehr überstehen würde. Ich hörte das Rasseln der Ketten, noch bevor ich sie in Gareths Händen sah. Er hockte sich neben mich und wartete geduldig, bis ich ihm brav meine Hände entgegenstreckte. Die Kette befestigte er anschließend leider nicht an dem hölzernen Bettpfosten, den zu zerbersten für mich eine Leichtigkeit gewesen wäre. Nein, er brachte das Ende der Kette an einem Haken an, der sich *unter* dem Bett befand und mit einer metallenen Leiste verbunden war.

»Ehrlich? Was habt ihr sonst noch für Gefangene hier, dass ihr so etwas installieren musstet?«, fragte ich entgeistert.

»Alles nur für dich«, antwortete er beinahe zuckersüß. »Genieß die Nacht. Es wird die letzte sein, in der du schlafen wirst.«

Dann verschwand er und ließ mich mit den Ketten allein zurück.

Wundervoll.

18. Kapitel

Ich erwachte mit dem Geschmack von Blut in meinem Mund. Es gelang mir nur nach und nach, mich aus dem wohltuenden Schlaf zu lösen, während ich mich blinzelnd an das sanfte Morgenlicht, das durch die Fenster drang, zu gewöhnen versuchte.

»Los, auf«, erklang auch schon Gareths Stimme in seinem typischen Befehlston. Seine Anwesenheit war nicht überraschend, aber der Geschmack des Blutes umso mehr.

Ich hob meine Hände, die nicht mehr in Schellen lagen, an meine Lippen und spürte die warme Flüssigkeit auf meinen Fingerkuppen.

»Du hast mir dein Blut gegeben, während ich geschlafen habe?«, stieß ich fassungslos hervor und sprang auf. Mein Knöchel war geheilt und die Ketten verschwunden.

»Im Schlaf bist du nicht ganz so widerspenstig«, war seine abschätzige Antwort, bevor er sich ein enges dunkelgraues T-Shirt über den Kopf zog. Erst jetzt bemerkte ich die Jogginghose und die Turnschuhe, die er trug.

Ich beschloss, ihm diese Sache einmal durchgehen zu lassen. Vor allem, da ich ja doch nichts dagegen tun konnte und im Schlaf konnte ich meine Gier auf sein Blut einfach auf … eben meinen Schlaf schieben.

»Wohin gehst du?«, fragte ich misstrauisch, verschränkte die Arme vor meinem Oberkörper und beobachtete ihn mit hochgezogenen Augenbrauen.

»Die Frage lautet, wohin gehen *wir*«, klärte er mich, so nett wie er war, auf.

»Also?« Obwohl ich ihn nicht sonderlich gut kannte, war es seltsam, dass er plötzlich so redselig war. Erst jetzt fiel mir auf, dass das Veilchen um sein Auge vollkommen verheilt war. Verdammte Königsdämonen!

»Laufen.« Seine Ein-Wort-Antwort brachte mich zwar auf die Palme, aber das war ich immerhin von ihm gewohnt. »Zieh dich um.« Er deutete in Richtung Badezimmer. Ich erkannte sofort, dass dies ein Test war.

Würde ich mich daran erinnern, die Tür nicht vollständig zu schließen? Liebend gern hätte ich mich geweigert, diesem Befehl zu gehorchen, aber die Aussicht, frische Luft zu schnappen, war einfach zu verführerisch. Also ließ ich die Tür rund fünfzehn Zentimeter weit offen stehen, putzte mir die Zähne und zog mich um. Ich hatte auch ein paar Trainingsklamotten in die Tasche gepackt. Es hätte mich auch nicht gestört, in Jeans zu trainieren, allerdings besaß ich hier nur zwei davon und ich wollte sie nicht schon am ersten Tag durchschwitzen.

»Können wir nicht einfach eine Runde spazieren gehen?«, schlug ich vor, als ich in einer eng anliegenden schwarzen Leggings und einem dunkelblauen Trainingstop zurück ins Schlafzimmer schlurfte, um mir Turnschuhe anzuziehen. Ich setzte mich dazu auf das Bett, in dem Gareth scheinbar nicht geschlafen hatte. Die Decken waren noch unberührt.

»Du läufst freiwillig oder ich ziehe dich hinter mir her«, stellte er erbarmungslos klar. Mittlerweile hatte er sich im Türrahmen positioniert, die muskulösen Arme vor der Brust verschränkt und seine moosgrünen Augen auf mich gerichtet.

»Herrgott noch mal«, grummelte ich und zog mir den zweiten Schuh an. »Ich will dich nur vorwarnen, dass ich Laufen hasse.«

Er sagte nichts. Natürlich, ihm war es total schnuppe, was ich hasste oder nicht.

Im Kopf ging ich meine Optionen durch. Entweder ich stellte mich quer und er würde mich, wie vorgewarnt, hinter sich herzerren und die ganze Prozedur ins Schmerzhafte gleiten lassen, oder ich gab einfach nach. Laufen war nichts Schlimmes. Beim Joggen konnte ich die Kraft, die mir der Schlüssel verlieh, nicht preisgeben. Nicht dass es mich interessieren würde, wenn ich dadurch die Freiheit erlangte.

Wir verließen also gemeinsam das kleine Cottage und atmeten den Morgen in vollen Zügen ein. Ich schloss für einen Moment die Augen, genoss das Prickeln des Sonnenlichts auf meinen Wangen und ließ mich dann von Gareth hinter das Haus in den Wald führen.

Ohne weitere Zeit zu verschwenden, legte Gareth ein Tempo vor, dem ich problemlos folgen konnte. Nur weil ich Laufen verabscheute, hieß das nicht, dass meine Kondition schlecht war. Die Flucht, so ungern ich sie auch antrat, hatte mir schon mehr als einmal das Leben gerettet und Laufen war natürlich ein großer Bestandteil davon. Das Problem war nur, dass ich nicht wusste, weshalb ich *hier* laufen sollte. Wieso wollte Ascia mich trainieren? Ich hasste es, weiterhin im Dunkeln zu tappen. Und dann waren da auch noch die Menschen, die ich bei meiner Ankunft gesehen hatte, die sich hier so natürlich bewegt hatten, als würde ihnen die Anwesenheit der Dämonen nicht das Geringste ausmachen. Es war also insgesamt gesehen zum Verrücktwerden.

Ich wusste nicht, wie lange wir im Wald über Stock und Stein liefen, nur dass ich irgendwann meine Grenzen erreichte. Als ich jedoch stehen blieb, sah mich Gareth düster an. Seine Brust hob und senkte sich kaum, als wäre er gerade nicht die gleiche Strecke wie ich gerannt.

»Weiter«, knurrte er, drehte sich um und lief los, ohne auf mich zu warten. Er war sich so sicher, dass ich nachkommen würde, und er hatte recht. Die wenigen Sekunden hatten ausgereicht, ein bisschen besser zu Atem zu kommen.

Mittlerweile schaffte ich es nicht mehr, direkt neben ihm zu laufen, aber das schien er auch nicht zu erwarten. Zumindest sagte er nichts, wenn ich ein paar Sekunden hinter ihm her torkelte, irgendwann war ich aber am Ende meiner Kräfte angelangt.

Ich stützte mich mit einer Hand an einem Baum ab, beugte mich vornüber und übergab mich ausgiebig, obwohl ich doch viel lieber geatmet hätte. Es war ein schreckliches Gefühl und erinnerte mich viel zu sehr an das Training mit Tante Lucy, das ich vor so vielen Jahren regelmäßig verflucht hatte.

Gareths Anwesenheit spürte ich wie einen finsteren Schatten in meinem Rücken. Ich fragte mich, warum er nicht einfach versuchte, mich zu kontrollieren. Es war doch ein Klacks für Königsdämonen! Gut, Menschen waren während der Manipulation unfähig, ihre volle geistige und körperliche Kraft abzurufen, aber es würde doch wohl für seine Zwecke reichen, mich ein wenig gefügiger zu machen. Möglicherweise lag dort die Antwort begraben: Er wollte mich überhaupt nicht fügsam haben, da er meinen Widerstand genoss. Widerstand, den ich Mal für Mal aufgeben musste, sodass die Scham am Ende umso größer war.

»Weiter«, forderte er schließlich, als ich nicht mehr von Krämpfen geschüttelt wurde.

»Folterer«, nuschelte ich, nachdem ich mir den Mund abgewischt und mich erneut in Bewegung gesetzt hatte. Entweder bildete ich es mir nur ein oder er hatte das Tempo tatsächlich etwas gesenkt, denn wie durch ein Wunder hielt ich durch, ohne mich noch ein weiteres Mal übergeben zu müssen, bis wir das Camp erreicht hatten.

»Ich hole etwas zu trinken. Beweg dich nicht vom Fleck«, wies mich der Dämon an und ging in Richtung Haus.

»Selbst wenn ich wollte, ich könnte nicht«, keuchte ich, bevor ich mich rücklings ins Gras fallen ließ. Ich war fix und fertig.

Gareth kehrte mit zwei Trinkflaschen zurück, eine davon warf er mir zu. Ich konnte sie gerade noch so vor meinem Gesicht auffangen.

»Danke«, sagte ich mit einem leicht sarkastischen Unterton, setzte mich auf und leerte die Flasche innerhalb weniger Minuten. Der Dämon trank da schon etwas langsamer, während er auf den Stufen zur Veranda saß und mich emotionslos musterte.

Ich legte die Flasche schließlich beiseite, wischte mir den Schweiß von der Braue und verfluchte die Sonne, da sie mir die Haare zu verbrennen schien, obwohl es nicht mal sonderlich heiß war.

Sobald Gareth entschied, dass die Pause lang genug gedauert hatte, drängte er mich aufzustehen und mit ihm Hampelmänner zu machen, bis ich mich nicht mehr koordiniert bewegen konnte. Er wechselte diese Übung mit Liegestütz, Push-ups und Planke ab. Es kam öfter vor, dass ich mich weigerte, noch eine Übung mehr zu machen, doch seine Standardantwort war: »Wenn du es nicht freiwillig machst, zwing ich dich dazu.« Und mir war klar, dass er es ernst meinte. Das *Wie* wollte ich also nicht wirklich herausfinden.

Am Nachmittag, als die Sonne bereits hinter den Wipfeln der Tannen verschwand, war es mir endlich erlaubt, meinen nagenden Hunger zu stillen. Dieses Mal schlang ich Wasser und Brot nicht herunter, sondern genoss jeden Schluck, jeden Bissen, obwohl es mir beinahe zuwider war.

Nach dem Essen ruhten wir uns aus. Ich hatte nicht das Gefühl, dass ich an diesem Tag noch einen Schritt würde tun können, aber Gareth schaffte es, mich zu weiteren Hampelmännern zu zwingen.

Als die Abenddämmerung einsetzte, traten die Jugendlichen von einem Dämon begleitet aus ihrem Haus. Ich konnte aus der Ferne nicht bestimmen, ob es sich dabei um einen Königs- oder einen Schattendämon handelte.

Neugierig sahen sie wieder zu uns herüber, kamen dieses Mal aber nicht näher. Stattdessen verließen sie die Lichtung in Richtung Haupthaus.

»Warum sind sie hier?«, fragte ich Gareth zwischen zwei Übungen. Meine Kleidung war mehrmals an diesem Tag nass geschwitzt worden und wieder getrocknet. Ich wollte nicht wissen, wie sehr ich stank, aber da ich Gareth nicht beeindrucken wollte, sollte es mich wohl nicht weiter beschäftigen.

»Aus dem gleichen Grund wie du«, antwortete er kurz angebunden, bevor er mir das Springseil reichte, das er bis dahin selbst benutzt hatte. Daran, dass sich Schweißflecken auf seinem Shirt gebildet hatten und sein Atem nicht mehr ganz regelmäßig ging, erkannte ich, dass auch ihm langsam die Kraft ausging. An seinen Armen und dem Hals traten die Sehnen und Muskelstränge deutlich hervor. Die Nacht würde ihm aber sicherlich seine Macht zurückgeben.

»Und der wäre?«, hakte ich nach, wurde aber mit einer Geste daran erinnert, dass ich springen sollte. Widerwillig tat ich wie geheißen, bis Gareth den Tag und damit meine Folter endlich beendete.

Im Haus durfte ich als Erste duschen, bevor Gareth mich wieder ankettete, damit er sich selbst waschen konnte. Die Tür durfte *er* ganz schließen. Ich wollte ihn nicht unbedingt nackt sehen, aber hey, ich dachte, gleiches Recht für alle! Gut, er war kein Gefangener, aber trotzdem.

Er hatte mir erlaubt, die Haarbürste zu behalten, sodass ich immerhin die Knoten auskämmen konnte, auch wenn die Bürste durch die Handschellen umständlich zu handhaben war.

Als der Dämon ins Zimmer zurückkehrte, dampfte die Haut an seinem freien Oberkörper. Eine Hose hatte er sich bereits übergezogen. Ich war schon dabei einzuschlafen, allerdings musste ich anerkennen, dass Gareth einen fantastischen Körper hatte und wenn er ein Mensch gewesen wäre, zudem noch anständig und kein Folterknecht, hätte ich mich durchaus zu ihm hingezogen gefühlt. So wie die Sache aber aussah, ignorierte ich meinen plötzlich trockenen Mund und kuschelte mich tiefer in die Decke.

»Du brauchst gar nicht erst einzuschlafen«, sprach er mich völlig unerwartet an.

Überrascht setzte ich mich wieder auf und sah, dass er sich eine braune Weste über sein Shirt gezogen hatte.

»Wieso nicht?«

»Es gibt Abendessen im Haupthaus. Dorian möchte dich dabeihaben«, erklärte er, fuhr sich mit einer Hand durch sein feuchtes Haar und beugte sich dann nach unten, um sich Socken überzuziehen.

»Ich bin müde«, erklärte ich und hoffte, dass dies für ihn Grund genug war, mich hierzulassen. Ich wusste, wie sehr er meine Nörgelei hasste. Jedes Mal presste er daraufhin seine Lippen in missbilligender Weise zusammen.

»Ich habe dir gestern gesagt, dass du keine Nacht mehr durchschlafen wirst.« Er schlüpfte in seine Schuhe. »Wir leben hier nach einem anderen Zeitplan.«

Dämonen bevorzugten die Nacht, was keine Überraschung für mich war. Allerdings … »Wir haben den ganzen Tag trainiert!«

»Du musst einen großen Rückstand zu den anderen aufholen.« Als er seinen Kopf schüttelte, wirkte er menschlicher als je zuvor. »Du solltest mir also danken, dass ich mir Zeit für dich genommen habe.«

»Dir danken? Bist du wahnsinnig?« Er beugte sich zu mir und löste die Kette von der Eisenschlaufe, damit er mich wie ein Tier hinter sich herschleifen konnte. »Warte, beantworte die Frage nicht. Sie war rein rhetorisch gemeint!«

Auf dem Weg zum Haupthaus flocht ich meine Haare zu einem Zopf zusammen und band sie mit einem Gummi fest, das ich in der Tasche gefunden hatte. Gareth ging neben mir und passte sich sogar meinem langsamen Schritt an. Mir war nicht danach, sonderlich schnell zu laufen, zudem besaß ich kürzere Beine und kleinere Füße und für einen normalen Schritt, den er tat, brauchte ich beinahe zwei.

Das Haupthaus war von innen beleuchtet, wirkte lebendig und wunderschön in dieser naturbehafteten Umgebung. Ich hätte einen Aufenthalt hier durchaus genießen können, wenn ich nicht die Gefangene von Dämonen gewesen wäre.

Am liebsten hätte ich wieder kehrtgemacht und mich in meiner Decke zusammengerollt, aber Gareth würde auch hier wieder seinen Willen durchsetzen. Wenn ich ihm nicht freiwillig ins Innere folgte, würde er mich vermutlich an den Ohren hinter sich herzerren und es auch noch genießen.

Schon im Flur, der von schwarz eingerahmten Gaslampen erhellt wurde, vernahm ich die Stimmen von mehreren Leuten. Gareth führte mich durch den Gang bis ans Ende und bog dann nach links durch eine breite Doppeltür ab in einen größeren Raum. Mehrere runde Tische befanden sich dort, an denen rund zwei Dutzend Dämonen und Menschen ihren Platz gefunden hatten. An dem Tisch, der dem Eingang am nächsten war, saßen Dorian, Liliana und ein paar andere, weniger bekannte Gesichter.

Die Jugendlichen saßen für sich an dem letzten Tisch im Raum und starrten mich wie alle anderen an, als wäre ich die neueste Zirkusattraktion. Gareth schritt gerade mit mir im Schlepptau in diese Richtung, als wir von Dorian aufgehalten wurden.

»Sie wird bei uns sitzen«, erklärte er über die Stille hinweg und deutete mit einer Handbewegung auf zwei freie Stühle ihm gegenüber. »Und die Ketten sind heute Abend wirklich nicht notwendig, Gareth.«

Ich schmunzelte, als ich spürte, wie sich der Dämon neben mir versteifte. Es schien, dass, ganz egal, wie er sich mir gegenüber verhielt, er in Dorians Augen immer etwas falsch machte. In meinen zwar auch, aber das schien ihn nicht wirklich zu interessieren.

Nachdem er mich von meinen Handschellen befreit hatte, ließ ich mich auf einen Stuhl plumpsen und betrachtete das hochwertig aussehende Porzellan. Am meisten wollte ich zwar nur Antworten, aber als das dampfende Essen von menschlichen Kellnern serviert wurde, konnte ich nicht einmal das abschlagen. Durch das Training und die unzureichende Nahrung, die mir Gareth gestattet hatte, war ich kurz vorm Verhungern. Sobald ich aber die ersten zwei Gänge verschlungen hatte, begann ich, Dorian in seinem Gespräch mit Liliana zu unterbrechen und nach Antworten zu verlangen.

»Was hast du mit mir vor?«, fragte ich laut und deutlich. Gareth versteifte sich. Was hatte er schon wieder? Dieses Mal hatte ich seinen König doch wirklich nicht beleidigt. Er war wie ein übertrainierter Wachhund.

»Jägerin«, knurrte Gareth. Ich warf ihm einen wütenden Blick zu, die Gabel in meiner Hand fast zerquetschend.

»Nein, *Gareth*«, betonte ich seinen Namen in der Art, wie es Dorian immer tat, wenn er unzufrieden mit ihm war. »Ich habe ein gutes Recht darauf zu erfahren, was ihr mit mir vorhabt. Also? Wozu brauchst du mich? Wieso muss ich den ganzen Tag mit bescheuertem Lauftraining verbringen?«

Dorian seufzte tief, bevor er seine Serviette auf den nunmehr leeren Teller vor sich legte und sich erhob.

»Lass uns in mein Arbeitszimmer gehen, bitte«, sagte er leise und wartete, bis Gareth und ich uns erhoben hatten, um ihm zu folgen.

Es stellte sich heraus, dass das Arbeitszimmer bloß eine Tür weiter war und dieselbe Gemütlichkeit ausstrahlte wie der Rest des Hauses, den ich bisher gesehen hatte. Dorian setzte sich hinter seinen massiven Schreibtisch und bat Gareth dann, die Tür hinter sich zu schließen. Ich war froh, dass er mich nicht wieder aufforderte zu sitzen, denn dafür war ich einfach zu unruhig. Stattdessen verschränkte ich die Arme vor meinem Oberkörper und bedachte den König mit einem düsteren Blick.

»Wieso lässt dir die Frage nach dem Warum keine Ruhe?«, leitete er das von mir so sehnsüchtig erwartete Gespräch ein.

Ich stieß einen ungläubigen Laut aus. »Ist das dein Ernst?« Kopfschüttelnd löste ich meine Arme und begann dann, hektisch zu gestikulieren. »Ihr seid Dämonen! Ich will euch töten. *Das* ist meine Aufgabe! Ich möchte euch keine Hilfe sein.«

»Was ist aber, wenn ich dir sage, dass du uns töten und uns damit gleichzeitig helfen kannst?«, stellte er absolut ungerührt von meinem Ausbruch eine Gegenfrage.

Blinzelnd blieb ich zwischen ihm und Gareth stehen. »Was meinst du damit?«

»Lass uns bitte für einen Augenblick allein, Gareth«, bat Ascia und überraschte anscheinend nicht nur mich damit. Ich sah den anderen Dämon an, dem es die Sprache verschlagen zu haben schien. Statt zu protestieren, obwohl ich ihm das Verlangen deutlich vom Gesicht ablesen konnte, drehte er sich abrupt um und verließ das Arbeitszimmer. Langsam wandte ich mich wieder Dorian zu. »Also …« Er stützte seine Ellbogen auf der Tischplatte auf und legte dann seine Fingerkuppen aneinander. »Wenn du mir dein Versprechen gibst, dein *ehrliches* Versprechen, alles im Training zu geben und nichts mehr zurückzuhalten, werde ich dir die Namen derer geben, die deine Familie getötet haben.«

»Du … du weiß, wer sie sind«, flüsterte ich überwältigt.

»Ich werde es dann wissen«, wich er mir aus, aber es reichte, um mich am Haken zu behalten.

»Wann?«

»Wenn die Zeit gekommen ist.« Das Blut rauschte in meinen Ohren. So nah wie heute war ich meiner Rache noch nie gekommen. Ganz gleich, was ich von Dorian hielt, ich wusste, dass er die Ressourcen besaß, jene Dämonen ausfindig zu machen. »Dir sind bereits die anderen Menschen aufgefallen?« Er wartete mein Nicken ab. »Nun, sie werden von meinen Leuten zu den besten Jägern ausgebildet und mit jedem von ihnen habe ich eine Abmachung geschlossen. Sie sind freiwillig hier.«

»Aber … wieso brauchst du dann noch mich?«, hakte ich weiter verzweifelt nach. Dorian besaß diese unglaublich nervenaufreibende Gabe, viel zu reden, ohne viel zu sagen.

»Sie sind nicht wie du.« Er erhob sich und trat hinter dem Schreibtisch hervor, bis er direkt vor mir stand und meine Schultern berührte. Ich ließ diese Nähe nur zu, weil ich nicht wollte, dass er aufhörte zu reden. »Du bist das Zünglein an der Waage, was meine Pläne angeht.«

»Beinhalten diese Pläne das Töten von Menschen?« Ich kniff die Augen zusammen, um keine Regung in seiner Miene zu übersehen.

»Nein.« Er ließ seine Arme fallen. »Sie beinhalten das Töten von Dämonen.«

19. Kapitel

Vor einer Woche hätte ich nicht mal im Traum daran gedacht, einem Königsdämon die Hand zu schütteln, und jetzt tat ich genau das. Damit waren die Konditionen unseres Handels erst einmal genau abgesteckt.

»Und Alison?«, fügte er noch hinzu, als ich mich bereits Richtung Tür wandte. »Ich denke, ich muss es eigentlich nicht mehr aussprechen, aber das, was hier besprochen wurde, bleibt unter uns.«

»Sicher«, antwortete ich langsam, weil mir wirklich nicht einfallen wollte, was wir so Geheimes besprochen hatten.

Gareth wartete auf mich, ohne die Miene zu verziehen, dabei war es zu offensichtlich, dass er sich ärgerte, von der Unterhaltung ausgeschlossen worden zu sein. Das schadenfrohe Grinsen, das sich daraufhin auf meinen Lippen ausbreitete, ließ sich einfach nicht unterdrücken.

»Wohin gehen wir?«, erkundigte ich mich gekonnt beiläufig, als er sich wortlos in Bewegung setzte. Trotz meiner Abmachung mit Dorian bildete sich ein heißer Knoten in meinem Magen, da ich das Selbstmordtraining von vorhin noch immer nicht vergessen hatte.

Wenig überraschend antwortete mir der Dämon nicht, sondern führte mich tiefer ins Haus, bis wir Umkleidekabinen und dann eine Trainingshalle erreichten, in der sich die anderen Menschen bereits mit zwei Königsdämonen tummelten. Zumindest nahm ich an, dass sie welche waren, da sie ebenfalls an Dorians Tisch gesessen hatten. Irgendwie konnte ich mir nicht vorstellen, dass er Schattendämonen die gleiche Ehre erweisen würde. Andererseits hatte er es auch mir erlaubt … Wie immer wurde ich aus Dorian nicht schlau.

»Was soll ich hier?«, fragte ich und blieb am Rand der Halle stehen. »Wir haben schon trainiert, falls ich dich daran erinnern darf, Dämon.«

Gareth stieß ein genervtes Stöhnen aus, bevor er sich zu mir umdrehte, um mir seine volle Aufmerksamkeit zu schenken. Danke, aber nein, danke. Was bildete sich dieser Vollpfosten eigentlich ein?

»Ich sagte dir bereits, dass du einiges aufzuholen hast. Doppeltes Training also für dich.« Das Grün seiner Augen blitzte auf, als würde er sich köstlich über mich amüsieren. Die Rollen hatten sich gerade viel zu schnell vertauscht.

»Was?«, stieß ich atemlos hervor. Meine Knochen und Muskeln taten immer noch weh und ich war mir sicher, dass ich um zehn Jahre gealtert war. »Das ist Folter!«

»Du hast ja keine Ahnung«, verwarf Gareth meine Anschuldigung und schritt auf die anderen zu. Natürlich folgte ich ihm, auch wenn er die Ketten im Speisesaal zurückgelassen hatte.

»Das sind deine Trainer. Ty«, Gareth deutete auf den Bärtigen mit Massen an Muskeln und dann auf den eher schlanken, aber genauso athletisch wirkenden Dämon. Denn dass sie Dämonen waren, wurde mir klar, sobald ich das kurze Aufblitzen ihrer nach der Wandlung pupillenlosen Augen sah. Sie *wollten* es mich wissen lassen. »Und Clarke.«

Die fünf Menschen stellten sich ebenfalls vor, aber ich konnte mir nur die Namen der beiden Mädchen merken. Dasjenige, das seine Haare sehr kurz trug, beinahe hohle Wangen hatte und knochig dünn war, hieß Ophelia und musterte mich, als wäre ich ein ungeliebter Fleck auf seinen weißen Turnschuhen. Das zweite Mädchen war Asiatin und hatte blondierte Haare. Sein Name war Bird. Zumindest stellte es sich so vor.

Während sich Gareth mit den Trainern unterhielt, schob sich Ophelia näher an mich heran und bedachte mich mit einem abschätzigen Blick. »Wieso rennst du andauernd mit Ketten herum?«

»Ich trage keine Ketten«, erwiderte ich, bereits genervt von ihr.

»Gerade nicht, aber sonst«, kam ihr der Junge zu Hilfe, der genauso groß und schlaksig war wie sie.

Ich deutete mit dem Daumen über meine Schulter zu Gareth. »*Er* hat Angst, dass ich davonlaufe«, antwortete ich schließlich, weil ich hoffte, früher in Ruhe gelassen zu werden.

»Das ist bescheuert«, schüttelte Ophelia ihren kleinen Kopf. »Wieso solltest du das tun?«

Ich blinzelte verblüfft. »Die Frage lautet eher, wieso zum Teufel sollte ich bleiben? Diese Leute hier … diese *Dämonen* haben Millionen von Menschen auf dem Gewissen.«

»Was auch immer«, winkte die mutmaßliche Anführerin ab. »Mach, was du willst, aber halt uns da raus.«

Gareth positionierte sich am Ausgang und sah uns dabei zu, wie wir ein paar Runden zum Aufwärmen drehten. Herrgott noch mal, als ob ich das nicht schon genug getan hätte. Ich musste mich in jeder Minute erneut daran erinnern, dass ich Dorian ein Versprechen gegeben hatte. Es war unabdinglich, dass ich darauf vertraute, dass er seinen Teil der Abmachung einhalten würde. Und solange ich den Menschen keinen Schaden zufügte, sollte es doch kein Problem darstellen, nach ihren Regeln zu spielen, oder nicht?

Mein Blick fiel im Vorbeilaufen auf Gareth. *Oh Mann.* Das würde schwerer werden als zunächst angenommen, und ich hatte kein Zuckerschlecken erwartet.

Als Ty entschied, dass wir alle warm genug waren, war Gareth endlich verschwunden und ich konnte mich auf die aktuelle Situation konzentrieren – nämlich auf meinen erschöpften Körper. Wie sollte ich diese Nacht noch überstehen? Ich war fertig.

Wir bekamen die Aufgabe, die blauen Matten zu Pärchen zusammenzulegen, sodass wir rund sechs Meter von einem Ende zum anderen gehen konnten. Bird wurde mir als Partnerin zugeteilt, worüber ich recht froh war. Bei Ophelias Visage hätte ich mich nicht zurückhalten können.

Ich erinnerte mich an Dorians Worte. Jedem von ihnen hier hatte er etwas angeboten, was den Grund ihres Aufenthaltes erklärte. Trotzdem wunderte ich mich, mit welcher Fügsamkeit sie sich hier eingegliedert hatten.

Bird reichte mir hellblaues Tape, das ich mir eilig um die Handgelenke und Knöchel band, damit sie sich nicht aufrieben und gleichzeitig unterstützt wurden.

»Gut. Jetzt stellt ihr euch eurem Partner gegenüber und wechselt Angriff und Verteidigung ab«, erklärte Clarke, während Ty den Raum durchquerte und dabei jeden von uns Novizen musterte. »Ihr werdet euch spontan gegen diese Schlagfolge eures Gegners verteidigen.« Er zog seine Arme hoch, ballte seine Hände zu Fäusten und ließ erst die Linke, dann die Rechte nach vorne schnellen, bevor er sein rechtes Bein hob, dabei seinen Oberkörper leicht zurücklehnte und anschließend seinem imaginären Kontrahenten einen Tritt versetzte. »Los geht's!«

Bird griff als Erste an. Ich wehrte ihre Schläge mit meinen Unterarmen ab, was unerwarteterweise schon ziemlich wehtat. Ich hätte nicht gedacht, dass sie so kraftvolle Schläge austeilen konnte. Den Tritt führte sie dann jedoch etwas zaghafter aus, obwohl wir als relativ kleine Personen mit weniger Muskulatur im Oberkörper dadurch doch unsere größte Stärke mobilisieren konnten. Ich griff reflexartig nach ihrem Fußknöchel, zog daran und brachte sie somit zu Fall.

»Sehr gut«, lobte mich Clarke, der neben Bird und mir stehen geblieben war.

Leichte Röte stieg mir in die Wangen, da ich Komplimente keineswegs gewohnt und deshalb nicht immun gegen ihre Wirkung war. Selbst wenn sie von einem Dämon kamen.

»Jetzt andersherum«, bat er, nachdem Bird sich mit einem entschuldigenden Lächeln erneut aufgerappelt hatte.

Wir verbrachten mehrere Stunden damit, verschiedene Angriffstaktiken zu entwickeln und zu verteidigen. Für mich war das natürlich nichts Neues, doch es machte wider Erwarten Spaß. Schon seit einer geraumen Weile hatte ich nicht mehr nur trainiert um des Trainieren willen und Bird war eine hervorragende Sparringspartnerin.

Ich versuchte mich schließlich noch einmal an der ersten vorgeführten Schlagfolge. Sobald Bird in Position war, ließ ich erst meine Linke, dann meine Rechte nach vorne schnellen, die sie beide erstklassig abwehrte, doch meine Siegeschancen setzte ich ohnehin auf den Kick. Ich drehte mich leicht zur Seite, neigte meinen Oberkörper und hob das Bein. Bevor ich es jedoch ganz strecken konnte, verlor ich das Gleichgewicht, da der Fuß meines Standbeines auf der Kante der Matte stand. Ich hatte den Blick für meine Umgebung verloren. Im nächsten Augenblick hatte mein Hintern Bekanntschaft mit der Matte gemacht und ich war der Grund für Ophelias gehässiges Gelächter.

Sie hatte nur ein paar Meter weiter von mir mit ihrem Sparringspartner geübt und war deshalb im Bruchteil von einer Sekunde bei mir, nur um mich von oben herab auszulachen. Als ob sie die ganze Zeit auf einen Fehler meinerseits gewartet hätte.

Miststück.

»Was?«, fragte sie atemlos. »Das da ist die legendäre Jägerin, von der ihr gesprochen habt?« Sie zeigte mit der Handinnenfläche nach oben auf mich. »Lächerlich. Einfach nur lächerlich.«

Ich stieß unwillkürlich ein tiefes Knurren aus, sprang auf und stürzte mich auf diese dämliche Pute. Mein Gehirn schien sich selbst ausgeschaltet zu haben, sodass ich meine Glieder nur noch in ihren gewohnten Kampfbewegungen führen konnte.

Ophelia hatte keine Chance gegen mich.

Hier und dort versagte ich zwar, meine Technik war nicht die beste und auch die Anzahl meiner Schläge, die danebengingen, war ziemlich hoch, doch all dies machte ich mit meinem Eifer, meiner Wut und der Kraft des Schlüssels in mir wett.

Meine Kontrahentin war so perplex über diesen Angriff, dass sie die erste Angriffssalve nur mit einem Rückzug ihrerseits überstehen konnte. Ich verfolgte sie erbarmungslos, traf sie an den Schultern, ihrer Schläfe und in den Magen. Packte sie an ihrem linken Ellbogen, wirbelte sie herum und stieß ihr mein Knie in die Seite, bevor sie sich wieder aus meinem Griff herauswinden konnte. Dann begann sie zurückzuschlagen, wenn auch mit wenig Erfolg. Bevor ich ihr jedoch einen endgültigen Schlag verpassen konnte, der sie zumindest für eine Weile ausgeknockt hätte, wurde mein rechter Arm, den ich gerade zum Schwung ausholte, gepackt und nach hinten gerissen. Ich hatte das Gefühl, dass meine Schulter ausgekugelt wurde und sollte mit dieser Ahnung recht behalten.

Blinzelnd erkannte ich, dass mich nicht Ty oder Clarke, sondern Gareth gestoppt hatte, der offensichtlich wieder zurückgekehrt war.

Er gab mir keine Zeit, diese Erkenntnis zu verarbeiten, sondern verdrehte meinen jetzt nutzlosen Arm weiter, bis ich vor Schmerzen einen Aufschrei nicht mehr unterdrücken konnte. Trotzdem hörte er nicht auf, also kämpfte ich verzweifelt gegen seinen Griff an und schreckte auch nicht davor zurück, meine Fingernägel gegen ihn einzusetzen. Als sich seine Hand lockerte, entwand ich mich ihm, holte mit dem Ellbogen meines gesunden Arms aus und rammte ihm diesen zwischen Schulter und Schlüsselbein. Er zuckte zusammen, bevor er wieder die Überhand gewann, mich herumwirbelte und einen Schlag in meinen oberen Rücken setzte, während er mich festhielt, sodass ich nicht aus seiner Reichweite verschwinden konnte. Der nächste Schlag traf mich mitten ins Gesicht und ich hörte das Brechen meiner Nase. Eine Sekunde später sah ich nur noch Blut und dunkle Schatten.

Schließlich schmiss mich der Dämon ohne Gegenwehr meinerseits auf eine der Matten, die ich nun mit meinem Blut vollspritzte. Ich kauerte auf meinen Knien und dem Arm, der nicht ausgekugelt worden war.

»Verliere niemals, *niemals* wieder die Kontrolle in deinem Training«, brüllte er, während er über mir aufragte.

»Ich nehme keine Befehle von dir entgegen!«, schrie ich trotz meiner Schmerzen, trotz des Blutes.

Er beugte sich hinab und riss an meinen Haaren, sodass ich seinen Blick erwidern musste. Seine Miene war wutverzerrt. Ich hatte ihn noch nie so in Rage gesehen.

»Du gehorchst mir und jedem anderen, der hier lebt«, stellte er mit tödlicher Ruhe klar. »Du bist das unterste Glied, Jägerin. Du bist *nichts.*«

Ganz egal, wie oft er mir das weiszumachen versuchte, ich würde es ihm niemals glauben.

Oder?

Er verschwand, um wenig später mit meinen altbekannten Handschellen und Ketten zurückzukehren. Ohne sich um meine Wunden zu kümmern, brachte er die Schellen an, riss mich hoch und führte mich wie einen Schwerverbrecher ab. Aus dem Augenwinkel sah ich die entsetzten Gesichter der anderen Jäger.

Gareth brachte mich in der Dunkelheit zurück in unser Häuschen. Ich torkelte hinter ihm her. Mir war schlecht und ich hatte das Bedürfnis, mich zu übergeben, unterdrückte es aber mit aller Macht. Ich wollte dem Dämon nicht noch mehr zeigen, wie sehr er mir zugesetzt hatte. Der Geruch und Geschmack meines eigenen Blutes machte die Sache nicht gerade einfacher.

Schließlich erreichten wir das Schlafzimmer, wo ich mich auf den Boden setzen sollte. Gareth löste die Handschelle von meiner linken Hand.

»Ich muss deine Schulter wieder einrenken«, erklärte er, bevor er sich vor mich hinstellte. Ich griff unwillkürlich nach meiner Decke, die ich mir zwischen die Zähne schob. Gareth fackelte nicht lange und im nächsten Moment stieß ich einen erstickten Schrei aus. Der Schmerz war blendend und scharf, verschwand aber genauso schnell, wie er gekommen war.

Während ich noch blind vom Schmerz war, kettete er mich wieder an der Eisenschlaufe fest. Ich dachte, er würde mich blutend und verletzt zurücklassen, doch da setzte er sich neben mich.

»Kannst du nicht einfach abhauen?«, fragte ich erschöpft, lehnte meinen Hinterkopf an das Bett und schloss für einen Moment die Augen. Meine Nase pochte.

»Du hättest nicht so ausrasten dürfen«, sagte er leise.

»Verfluchte Scheiße.« Ich riss die Lider auf und erwiderte seinen emotionslosen Blick. Das Grün seiner Augen schien umherzuwirbeln. Würde er sich wandeln? »Was geht dich das an? Das Miststück hat es verdient. Genauso wie du eigentlich, aber da du ja offenbar nicht in meiner Liga spielst, kann ich da nicht viel ausrichten.«

»Du hättest sie umbringen können.« Er schüttelte seinen Kopf. »Es wird Zeit, dass du lernst, mit deiner Macht umzugehen.«

Ich hielt inne, während ich den Saum meines Shirts an meine blutende Nase hielt. Es war zwecklos. Konnte man an einem Nasenbruch verbluten?

»So in etwa wie du, meinst du?«, verhöhnte ich seine Worte. »Das ist echt das Lächerlichste, was ich bisher von dir gehört habe. Wirklich.«

Er zuckte lediglich die Schultern, bevor er eine Klinge unter seinem T-Shirt hervorholte und damit seinen Unterarm aufschnitt.

Ich wollte mich wehren. Wollte es wirklich, aber ich war sowohl körperlich als auch seelisch zu schwach und so konnte ich an nichts anderes mehr denken als an diese warme Flüssigkeit, die über meine Zunge rann. Sie beruhigte mich. Sie heilte mich.

Als Gareth sich von mir löste, um sich zu erheben, war ich körperlich zwar wieder in Ordnung, innerlich brodelte ich jedoch.

»Ich hoffe, du stirbst«, stieß ich wütend hervor und sah ihm zu, wie er ungerührt ins Badezimmer ging.

Er ließ mich nicht mal duschen oder überhaupt auf die Toilette gehen. Weiterhin war ich an diese dämliche Kette gebunden. Blutüberströmt und voller Schweiß.

»Ich habe Dorian versprochen, nicht wegzulaufen. Wir haben eine Abmachung«, versuchte ich Gareth klarzumachen, dass die Handschellen nicht mehr nötig waren.

Er war aus dem Bad gekommen, hatte sich seiner Schuhe und des Shirts entledigt und in das Bett gekuschelt.

»Ich glaube dir nicht«, beehrte er mich dann doch mit einer Antwort.

»Wie unerwartet«, grummelte ich, gab aber auf und machte es mir irgendwie auf dem Boden gemütlich. Gareths Anwesenheit erschwerte das Ganze etwas, allerdings siegte schon bald die Erschöpfung.

20. Kapitel

Gareth ließ mich tatsächlich bis zur Mittagsstunde schlafen. Ich wusste nicht, wie lange er selbst schon wach gewesen war, als er mich unsanft aus dem Schlaf riss, aber ich war froh, etwas von meinem Schlaf nachgeholt zu haben.

»Beweg dich«, sagte er, nachdem er mich von meinen Handschellen erlöst hatte. »Du hast fünf Minuten im Bad. Dann gehen wir Laufen.«

Noch nicht ganz wach rappelte ich mich auf, torkelte ins Badezimmer und erinnerte mich in letzter Sekunde daran, die Tür nicht ganz zu schließen. Blöder Mist. Gareth hatte mich bereits wirklich gut trainiert.

Nachdem ich mich von dem ganzen Blut gesäubert hatte, zog ich mich in Rekordgeschwindigkeit an und folgte Gareth nach draußen, wo es um einiges kälter war als noch am Tag zuvor. Die Sonne verbarg sich hinter dicken Wattewolken und ein frischer Wind wehte, als wir uns auf den Weg in den Wald machten.

Anfangs konnte ich wieder gut mithalten, doch je länger mich Gareth durch das Unterholz quälte, desto schwächer kam ich mir vor. Und ich hatte mich stets für so stark gehalten! Lächerlich. Sämtliche Muskeln schmerzten.

»Du solltest mich schon etwas mehr motivieren«, keuchte ich in einer unserer Pausen. Ich stützte die Hände auf meinen Oberschenkeln auf, während ich hektisch nach Atem rang.

»Wie bitte?« Er blinzelte gespielt irritiert. »Du denkst also nicht, dass drohende Strafen genug Motivation sind?«

»Nein«, entgegnete ich. »Zuckerbrot wirkt besser als Peitsche. Oder die Androhung einer.«

Er lehnte sich vollkommen entspannt an einen Baum und verschränkte die Hände vor seiner Brust, die sich langsam hob und senkte. Er schien mich mit seinen Augen auszulachen.

»Ich habe bisher noch nichts über Peitschenhiebe gesagt, aber ein sehr guter Vorschlag. Danke.« Er zwinkerte mir tatsächlich zu!

»Ich meine es ernst!«, rief ich genervt und richtete mich auf.

»Ich auch.«

»Du verstehst es einfach nicht.« Ich hob die Arme in Verzweiflung.

»Warum erklärst du's mir dann nicht?« Er beobachtete mich so intensiv, dass sich die kleinen Härchen in meinem Nacken aufrichteten.

»Aus irgendeinem bescheuerten Grund, den vermutlich nur Dorian selbst kennt, bist du mein Wächter. Oder Babysitter. Such dir aus, was dir besser gefällt«, redete ich sofort los, bevor er es sich anders überlegte und unsere Pause verkürzte. »Die Pointe ist, du hasst es genauso sehr wie ich. Wenn ich falschliege, fühl dich frei, mich zu korrigieren.« Er sagte nichts. »Jedenfalls, ich denke, wenn Dorian sieht, dass ich in Topform bin, wird er dich gehen lassen und du und ich«, ich deutete auf ihn und dann auf mich, für den Fall, dass er schwer von Begriff war, »werden uns nie wieder sehen oder miteinander reden müssen. Zumindest in der Theorie. Denke ich. Oder wenn wir uns sehen, können wir uns einfach ignorieren. Also solltest du mich etwas motivieren, damit wir das schneller hinkriegen. So. Was denkst du darüber?«

Er löste sich von dem Baum, ließ seine Arme hängen und verringerte die Distanz zwischen uns, bis er nur wenige Zentimeter vor mir zum Stehen kam. Ich musste meinen Kopf in den Nacken legen, um seinen Blick weiterhin zu erwidern.

»Das ist ein Haufen Scheiße. Das denke ich darüber«, knurrte er. »Lauf!«

Obwohl er mich weiterhin gekonnt quälte, war ich mir sicher, zu ihm durchgedrungen zu sein. Vor dem Abendessen erlaubte er mir das erste Mal, bei geschlossener Tür zu duschen. Also, wenn das mal kein Fortschritt war!

Im Haupthaus warteten die anderen wie auch am vorigen Abend nur noch auf uns. Ich sah nur einen kurzen Moment zu dem Tisch der Novizen, an dem auch Ophelia saß, die wirkte, als hätte sie einen Käfer in ihrer Suppe gefunden, als sie meinen Blick auffing. Ihr Gesicht war grün und blau. Schade, dass ich ihre Nase nicht getroffen hatte.

Mit leichter Genugtuung setzte ich mich wieder zu Gareth und Dorian an den Tisch. Dieses Mal sogar ohne Ketten.

Das Essen verlief ziemlich ereignislos, da ich mich aus den Gesprächen ausklinkte. Dorian hatte mir alle Antworten gegeben, die er für den Moment zu geben bereit war. Heute konzentrierte ich mich allein auf das gute Essen, nach dem es mich schon den ganzen Tag verlangt hatte. Gareths Kochkünste beschränkten sich ausschließlich auf trockenes Brot, Käse und Wasser. Nährreich war da was anderes.

Nachdem die Novizen den Saal bereits verlassen hatten, standen auch Gareth und ich auf. Ich nahm an, ich würde das Training in der Halle fortsetzen müssen, doch da führte er mich bereits wieder nach draußen.

»Wohin gehen wir?«, stellte ich eine meiner Standardfragen. Es nervte mich, dem Dämon stets alles aus der Nase ziehen zu müssen.

»Zum Waffentraining.« Bildete ich es mir nur ein oder war Gareth noch griesgrämiger als sonst? Ich musterte ihn möglichst unauffällig von der Seite und ja, er wirkte durchaus angespannter. Seine ganze Haltung wirkte, als würde er jeden Moment angegriffen werden. Sehr komisch.

Ich versuchte, Gareths offensichtlichen Missmut zu ignorieren und mich auf das Positive zu konzentrieren: Waffen. Training. Vielleicht würde ich ja mein Waidblatt wiederbekommen!

Plötzlich war ich tierisch aufgeregt. Mein Gang bekam wieder eine ganz eigene Leichtigkeit und zum ersten Mal seit … einer langen Zeit fühlte ich so etwas wie Freude in mir aufkommen.

Die anderen Novizen hatten sich samt Ty und einem anderen Dämon auf dem Vorplatz versammelt, auf dem ich schon bei der Ankunft Zielscheiben und Strohpuppen bemerkt hatte. Aus den Ställen links und rechts wehte der Geruch von Pferden zu uns herüber.

»Endlich alle da?«, fragte der fremde Dämon, den ich von Nahem als einen von Dorians Tischgästen identifizierte. Seine dunklen Augen richteten sich erst auf mich, dann auf Gareth und schienen eine Emotion zu beinhalten, die ich nicht genau benennen konnte.

Bei einer Sache war ich mir jedoch sicher: Gareth und er konnten sich nicht ausstehen.

»Vermassele es nicht, Schattendämon«, knurrte Gareth, als wir den inneren Kreis erreicht hatten.

Schattendämon? Ich kniff die Augen zusammen und versuchte die Aura von Schatten und Finsternis zu erkennen, die bei Nacht eigentlich jeden Schattendämon umgab, aber nicht diesen hier. Irgendetwas war hier definitiv faul.

»Was?« Er stieß ein höhnisches Lachen aus. »So wie deine Eltern?«

Gareth ballte seine Hände zu Fäusten und stieß ein warnendes Knurren aus, als sich der Schattendämon wandelte. Er selbst blieb weiterhin in seiner Menschenform, während die Fingernägel seines Gegenübers zu Krallen wurden, seine Pupillen sich weiß verfärbten und er seine verlängerten Reißzähne fletschte.

»Noah, Gareth. Beruhigt euch«, mischte sich Ty ein, ohne sich körperlich zwischen die beiden zu drängen. Das war aber auch nicht notwendig, denn Gareth überließ Noah das Feld, drehte sich um und stapfte davon.

Ich war, gelinde gesagt, sprachlos. Noch nie hatte ich erlebt, dass Gareth nachgab. Hatte der Fremde was gegen ihn in der Hand? Was auch immer es war, ich wollte es auch haben.

Während sich Noah wieder beruhigte, schlossen sich die Novizen zu einem Kreis zusammen. Ophelia blieb im Hintergrund, konnte mich aber nicht täuschen. Ihre Ohren waren gespitzt.

»Wo sind deine Verletzungen?«, fragte Bird ehrfürchtig.

»Ist doch klar«, winkte der Junge mit den hellbraunen Haaren ab. »Sie muss sein Blut getrunken haben. Das haben wir doch erst vor Kurzem gelernt.«

»Auf keinen Fall, Ian«, zischte Ophelia da. »Gareth würde ihr das niemals erlauben.«

»Und warum nicht?«, provozierte ich sie, aber eigentlich interessierte mich die Antwort darauf wirklich.

»Weil er Menschen hasst, natürlich«, erklärte mir einer der anderen beiden Jungen. Dieser hatte schokoladenbraune Haut und lange Dreadlocks. Er wirkte sehr stark. »Er spricht nur mit Ophelia, und das auch nur, wenn er wirklich muss.«

Ophelia schenkte mir bei den Worten einen weiteren gehässigen Blick und drehte sich dann weg. Mir wurde plötzlich bewusst, warum sie mich so hasste und es bereitete mir Übelkeit.

Sie war eifersüchtig, weil Gareth allein mir seine Aufmerksamkeit schenkte und sie deshalb offensichtlich zurückstecken musste.

Wenn sie ihn so unbedingt haben wollte, bitte sehr, ich würde ihn ihr auf dem Silbertablett überreichen, wenn ich könnte. Die zwei hatten sich durchaus verdient.

21. Kapitel

Noah befahl uns, die Strohpuppen, von denen es insgesamt sechs gab, in eine Reihe zu stellen, was schwieriger war als erwartet. Wenn ich es nicht besser gewusst hätte, hätte ich gesagt, sie wogen jeweils mehr als eine Tonne.

Keuchend stellte ich meine Puppe an das linke Ende und beobachtete, wie der Schattendämon jedem rund ein Dutzend schmale Wurfmesser reichte.

Jedem außer mir.

»Warum bekomme ich keine?«, fragte ich empört, als er bei mir mit leeren Händen ankam.

Er rieb sich über seinen dunklen Stoppelbart, während sich ein breites Lächeln auf seinen Lippen ausbreitete.

»Du gehst Gareth unter die Haut, was bedeutet, dass du es faustdick hinter den Ohren hast.« Er ließ seine Hand fallen. »Und das wiederum bedeutet: Für dich nur ein Messer, wenn ich dich im Auge habe.«

»Wie bitte?« Ich blinzelte ungläubig wegen dieser verschrobenen Logik.

»Obwohl ich sagen muss, dass es zur Abwechslung mal ganz spannend ist, dass *du* diesem Mistkerl auf die Nerven gehst und nicht ich.« Keine Antwort abwartend, wandte er sich abrupt ab, um die anderen Novizen mit seiner Anwesenheit zu beehren.

»Ihr erinnert euch, was wir das letzte Mal geübt haben?« Er nahm einen Dolch aus einer Halterung an seinem Gürtel, trat auf Ians Strohpuppe zu und punktierte deren Milz. Vorausgesetzt, sie hätte eine gehabt. »Milz«, sprach er meinen Gedanken laut aus. »Leber, Herz und Kehle. Vier tödliche Ziele, die ihr am leichtesten und mit möglichst wenig Kraftaufwand erreichen könnt. Versucht, Milz, Leber und Herz erst einmal mit den Wurfmessern zu treffen. Nach drei Durchgängen bitte den Nahkampf.«

Grummelnd verschränkte ich die Arme und beobachtete, wie sich die anderen übereifrig an die Arbeit machten. Was sollte das? Ich verstand ja, dass wir von Königsdämonen trainiert wurden, da sie uns in allem überlegen waren, aber jetzt musste ich auch noch vor einem Schattendämon kuschen? Ich hätte ihn innerhalb von fünf Minuten mit jeder Waffe erledigt.

Nachdem er bei jedem mindestens zehn Minuten gestanden hatte, während ich nichts weiter tat, als den Dreck vor mir aufzuwirbeln, trat er endlich wieder an meine Seite. Mit Messern.

»Warum zeigst du mir nicht einfach erst mal, was du so kannst?« Er sah mich durchdringend an.

»Oh, ich kann es nicht erwarten, dir in den Hintern zu treten«, verkündete ich beinahe feierlich.

»Nein.« Er schüttelte vehement den Kopf, sodass ihm sein braunes Haar leicht ins Gesicht fiel und er die Strähnen mit einer lässigen Bewegung zurückstreichen musste. »Ich habe von deinem gestrigen Stunt mit Gareth gehört und *so* wird es hier nicht ablaufen.«

Ich war so verblüfft, dass mir erst mal keine Erwiderung einfiel und ich ihn wie ein Fisch auf dem Trockenen ansah. »Wie läuft es dann ab?«

Die Frage schien ihn zufriedenzustellen, denn seine Schultern lockerten sich deutlich.

»Zeig mir, wie du den Dolch hältst und ihn wirfst.« Er reichte mir die schmale, leichte Klinge, die ein anderes Gewicht als normale metallene Wurfmesser besaß. »Ziel auf das Herz.«

Ich positionierte mich rund acht Meter vor meiner Strohpuppe, zielte und warf. Das Messer traf sein Ziel und kam nach leichtem Vibrieren zum Stillstand. Noah kommentierte den Wurf nicht, sondern bat mich, näher an die Puppe zu treten, um ihm meine Stoßtechnik vorzuführen. Ich kam mir etwas lächerlich vor, da dies eine der Techniken war, die mir Lucy direkt am Anfang meiner Ausbildung beigebracht hatte. Sie waren mir mittlerweile alle in Fleisch und Blut übergegangen.

Schließlich hatte ich ihm alles gezeigt, was er von mir verlangte, und wir kehrten zurück zum Ausgangspunkt.

»Es ist beachtlich, was für eine herausragende Armarbeit du hast, wenn man bedenkt, wie grässlich deine Hüft- und Beinstellung ist«, gab er sein vernichtendes Urteil preis.

Sprachlos erwiderte ich seinen Blick. Hatte er gerade etwa nicht gesehen, dass ich jedes Ziel sauber und klar getroffen hatte?

»Dein rechter Fuß nach vorn«, wies er mich an, nachdem er sich vor mir aufgebaut hatte. »Du brauchst einen festen Stand. Ich dachte, dass dir das mal jemand beigebracht hätte.«

»Hat sie auch«, grummelte ich, versuchte aber, seinen Vorschlag in die Tat umzusetzen. Immerhin drohte er mir nicht wie Gareth, dass er es selbst für mich tun würde, wenn ich nicht gehorchte.

»Sie?«, erkundigte sich Noah, scheinbar ehrlich interessiert, während er meine Beine intensiv musterte. Ich konnte nicht verhindern, dass mir bei dem Blick warm wurde, warum auch immer. Es war ja nicht so, als würde er mich attraktiv finden. Verflucht, er achtete auf meine Kampftechnik!

»Ja. Meine Tante«, antwortete ich leise, als er mir eines der Wurfmesser gab, die vom Gewicht her ausbalancierter waren, da sie über keinen schweren Griff verfügten.

»Versuch es noch mal«, bat er mich, bevor ich meinen rechten Arm hob und mit der Hand das Messer wog. »Sie hat dich ausgebildet?«

Ich öffnete die Augen möglichst weit, zielte und warf. »Ja. Sie war eine der ersten Jägerinnen.« Ich hatte das Ziel verfehlt, aber Noah schien sich nicht im Geringsten darum zu kümmern.

»Das war schon besser. Du bist dieses Mal standfest geblieben und hast die Kraft aus deinem ganzen Körper geholt. Nur deine Hüften sind dieses Mal zu steif gewesen.« Er schüttelte den Kopf. »Du musst die Balance zwischen Härte und Sanftheit finden.«

Irritiert verfolgte ich seine Bewegungen, als er die Messer aus dem Stroh der Puppe zog und wieder zu mir schritt.

»Sie hat dich einiges gelehrt, aber es wird Zeit, dass du dein Training auf ein neues Level bringst«, setzte er noch nach, ehe er sich samt Messer von mir abwandte, um sich wieder den anderen zu widmen.

Was auch immer dieses Waffentraining war, es gefiel mir um einiges besser als das Training mit Gareth.

Wir erprobten uns noch ein paar Stunden weiter, bis wir um Mitternacht eine Pause einlegten, um unseren Hunger zu stillen. Die menschlichen Bediensteten versorgten uns mit leckeren Broten und viel Wasser.

Ich war zufrieden damit, allein vor meiner Puppe auf dem Boden zu hocken und die Gesellschaft der anderen Novizen zu meiden, allerdings rettete mich das nicht vor der Tiefe meiner Gedanken.

Ich hatte Noah eigentlich überhaupt nicht von Lucy erzählen wollen. Jedes Detail, das ich diesen Dämonen offenbarte, war eines zu viel, vor allem, wenn sie über den Schlüssel Bescheid wussten. Sie hatten vielleicht keine Ahnung, dass ich ihn nun besaß, aber was war, wenn eine Spur zu Lucy führte? Sie brauchten nur etwas tiefer zu graben und schon würden sie auf unsere Verwandtschaft stoßen. Himmel, glücklicherweise hatte ich Noah nicht ihren Namen genannt. Das wäre ja noch schöner gewesen!

Plötzlich senkte sich ein Schatten über mich. Es war zwar ohnehin dunkel, aber die Fackeln rundherum hatten bisher genügend Licht gespendet. Gareth war es anscheinend gleich, ob er mir meine Lichtquelle mit seiner Anwesenheit stahl oder nicht.

Abwartend sah er auf mich hinab.

»Was?«, fauchte ich ihn an.

»Das Training geht in der Halle weiter«, erklärte er mir.

»Was auch immer«, nuschelte ich, erhob mich aber schwerfällig und klopfte den Dreck von meiner schwarzen Trainingshose. Als ich wieder aufblickte, waren die anderen bereits im Haus verschwunden. Nur noch Gareth und ich waren noch hier draußen.

»Ist irgendwas?«, erkundigte er sich scheinbar gelassen, dabei hatte ich seine geballte Faust längst bemerkt. Da ich aber keine Lust hatte, mich um ihn zu kümmern, hatte ich sie ignoriert.

»Ich möchte nicht wirklich mit dir reden, okay?« Ich war stehen geblieben, um ihn direkt anzusehen. »Obwohl … ich kann sagen, dass ich mit Noah definitiv in einer Sache übereinstimme.«

Mir war klar, was auch immer Gareth störte, Noah war ein Teil dessen. Es lenkte mich etwas von meinen trübsinnigen Gedanken ab, mir einen Spaß daraus zu machen.

»In welcher Sache?« Seine Augen verengten sich.

»In der Sache, dass du ein Mistkerl bist, Gareth. Was sonst?« Ich verdrehte die Augen und ging ins Haus.

22. Kapitel

Der Jäger

Evan saß im Grimmer an der Bar, hatte das Gesicht in den Händen vergraben und war kurz davor, vor Verzweiflung den Verstand zu verlieren. Er hatte alles, absolut *alles* getan, um herauszufinden, wo Alison war.

Seit ihrem Verschwinden hatte er kaum eine Stunde Schlaf gehabt. Er war die engen Straßen Ascias auf und ab gelaufen, doch von ihr war keine Spur zu finden. Selbst vor den Friedhöfen, den unbekannten Leichen und den stinkenden Slums am Rande der Stadt hatte er nicht haltgemacht. Es gab keinen einzigen verfluchten Flecken an diesem Ort, den er nicht mehrmals mit seiner Anwesenheit beehrt hätte. Sogar im Rathaus waren sein Vater und er gewesen, auch wenn sie das genauso gut hätten sein lassen können. Der König der Dämonen hatte sich so hilfreich wie eine Kakerlake erwiesen. Nämlich gar nicht.

Es war frustrierend und kräfteraubend.

Innerlich fluchend griff er über die Theke hinweg nach einer Whiskyflasche und schenkte sich selbst Nachschub ein, ehe er die Sinnlosigkeit dessen erkannte und direkt aus der Flasche trank. Er verzog das Gesicht, als der Alkohol ihm scharf die Kehle hinabrann.

Die Versammlung war heute genauso ergebnislos verlaufen wie die Tage zuvor auch. Selbst Arias wurde allmählich unruhig und Evan erkannte, dass sein Vater kaum noch damit rechnete, Alison lebend wiederzufinden. Aber das konnte es doch nicht wirklich gewesen sein, oder? Gerade, wo er wieder Hoffnung geschöpft hatte, sie erneut für sich gewinnen zu können.

Gut, sie hatte ihn nicht mal mit dem Arsch anschauen wollen, aber immerhin hatte sie seine Existenz anerkannt. Damit hätte er arbeiten können. Er …

»Verfluchte Scheiße!«, knurrte er, stellte die Flasche zurück und kämpfte sich seinen Weg aus dem berstend vollen Club. Mit dem Handrücken wischte er sich grob über den Mund. Wo sollte er jetzt weitermachen? Wo sollte er jetzt noch suchen? Es war, als wäre sie von Schatten gefressen worden.

Bei dieser Sache war er auf sich allein gestellt und es war ihm noch nie ein so großes Hindernis gewesen. Er brauchte Freunde und Verbündete, aber die Jäger, die Teil der Gilde waren, waren alle der gleichen Meinung: Alison war entweder tot oder sie wollte nicht gefunden werden. Kein Grund, Ressourcen zu verschwenden. Pah! Sie waren nur alle glücklich, endlich mal nicht von ihr in die Schranken verwiesen zu werden. Sie wollten ihre Stunden im Licht des Triumphs, wenn sie es denn mal schafften, einen lächerlichen Dämon abzuschlachten.

Fluchend ging er die gepflasterte Straße in eine unbestimmte Richtung entlang und dachte fieberhaft über einen alternativen Plan nach. Es musste doch noch eine Lösung geben, eine Idee existieren, die er noch nicht ausgeschöpft hatte. *Irgendwas.*

Aber da war nichts. In seinem dröhnenden Kopf herrschte gähnende Leere. Er musste sich der Tatsache stellen, dass er Alison Talbot für immer verloren hatte.

»Ich kann nicht«, sprach er mit sich selbst, als er vor dem Tempel des Aeshma zum Stehen kam. Es war eines dieser Gebilde, die von den Dämonen errichtet worden waren, um ihrem Ursprung zu huldigen.

Er verabscheute dieses düstere, aus grauem Stein gefertigte Gebäude mit den zwei imposanten Säulen, an denen sich fremde Buchstaben hochschlängelten. Das Innere hatte er noch nie gesehen, da es Menschen nicht erlaubt war, den Tempel zu betreten.

Wütend machte er kehrt, durchstreifte die vor dämonischem Leben pulsierende Stadt, bis er, ohne es geplant zu haben, in Alisons Wohnung landete. Er hatte ihr noch einmal einen Besuch abgestattet, als er nach weiteren Hinweisen Ausschau gehalten hatte. Natürlich war er nicht fündig geworden.

Heute aber wartete jemand auf ihn. Im ersten hoffnungsvollen Moment dachte er, es handele sich um Alison selbst, doch da hatte er auch schon das hellblonde, fast weiße Haar und die zierliche Statur erkannt, die keineswegs Alison gehören konnte. Alison war zwar nicht dick, aber sie besaß Kurven. Richtige Kurven. Nicht so wie Crystal James.

»Was machst du hier?«, blaffte er sie an, sobald sie sich zu ihm umgedreht hatte. Erst vor einer Stunde hatte er bei der Versammlung der Gilde beobachten müssen, wie sie mit seinem Vater taktische Pläne durchgegangen war.

»Ich wusste, dass ich dich hier finden würde«, sprach sie, ohne auf seine Frage einzugehen.

Ihre blauen Augen wirkten in dem schwachen Licht des Mondes, das durch die Fenster in die Wohnung drang, ungewohnt dunkel.

»Du hast auf mich gewartet. Finden würde ich das jetzt nicht gerade nennen«, entgegnete er unbarmherzig, schlug die Tür hinter sich zu und trat langsam näher. Er wusste nicht, was es war, aber dieses Mädchen ließ in ihm den Impuls aufkommen, davonzurennen. Sie war nicht normal. Alison hatte immer gesagt, dass Crystal eben eine Vergangenheit hatte wie jeder andere auch und dass sie die Auswirkungen dessen offen zeigte, aber er konnte das nicht als Entschuldigung nehmen. Crystal war seltsam.

»Vielleicht hast du recht«, murmelte sie und brachte ihn damit augenblicklich auf die Palme. Er konnte nicht verstehen, wie sein Vater mit ihr zurechtkam. Es war ja nicht mal so, dass sie als Jägerin arbeitete. Nein, sie widmete sich lediglich dem theoretischen Kram, von dem Evan seinem Vater zufolge keine Ahnung hatte.

»Was zum Teufel machst du hier?«, fragte er drohend, als er nur noch wenige Schritte vor ihr zum Stehen kam. Sie war recht groß, aber unglaublich dürr und kantig.

»Ich möchte dir helfen, Alison zu finden«, platzte sie heraus und traf ihn damit völlig unvorbereitet.

»Was? Wie?« Er schüttelte den Kopf und überlegte hektisch, ob er nicht halluzinierte. Vielleicht war der Whisky doch zu viel gewesen. Sein Blick wanderte zum Futon. Sollte er sich vielleicht einfach hinlegen und warten, bis die Halluzination verschwand?

»Wenn ich richtigliege, dann darfst du Dorian Ascia nicht vertrauen«, redete die Einbildung, die aussah wie Crystal, weiterhin vollkommenen Unfug. »Ich denke, dass er ziemlich genau weiß, wo sich Alison befindet, weil er es war, der sie entführt hat.«

»Ja, sicher«, schnaubte Evan und bewegte sich langsam auf die Matratze zu.

»Was machst du?« Crystal ging um ihn herum und umfasste dann seine Schultern, um ihn zum Stehenbleiben zu zwingen.

Stirnrunzelnd fragte er sich, ob Halluzinationen Dinge berühren konnten. Er entschied sich dagegen, was bedeutete, dass er sich diese Sache nicht einbildete. Oder diese Person.

»Nichts.« Er schüttelte ihre Arme ab, bevor er sich heftig übers Gesicht rieb. Für den Fall der Fälle, dass doch alles nur ein Traum war. Nope. Er öffnete die Augen. Crystal war noch immer da. Dann sollte er sich besser auf das Gesagte konzentrieren. »Und woher willst du das alles wissen?«

Was hatte sie gesagt? Dorian hatte Alison?

»Lass mich dir helfen und ich gebe dir Antworten«, sagte sie laut und deutlich, als hätte sie diesen Satz mehrmals geprobt.

»Wieso?« Stirnrunzelnd fing er ihren Blick auf.

»Weil ich auch deine Hilfe brauche.«

23. Kapitel

Gareth traute mir auch nach zwei Wochen nicht über den Weg. Ich durfte nach wie vor nur angekettet vor seinem Bett auf dem Boden schlafen, während er sich auf seiner Matratze räkelte, als würde er mich absichtlich neidisch machen wollen. Er schürte damit weiter meine Abneigung gegen ihn, aber ich hatte aufgehört, mich zu beschweren, da meine Worte bei ihm keinerlei Wirkung erzielten.

Nachts hingegen ließ er mich immer öfter aus den Augen, sodass ich mir auch einmal ein paar private Minuten nehmen konnte, ohne von seiner Präsenz eingeschränkt zu werden.

Gerade half ich Bird dabei, einen komplizierten Ausfallschritt zu üben, damit sie meinem Angriff von links ausweichen konnte, als ich bemerkte, dass der Königsdämon immer noch nicht da war, um mich abzuholen. Das Training war gleich vorbei. Bisher war Gareth immer rund zehn Minuten vor Abschluss da gewesen. Hieß das, dass er mir endlich vertraute?

»So müsste es eigentlich gehen«, sagte ich noch einmal, bevor mir Bird meine Hilfe mit einem Lächeln dankte. Ich hatte mich halbwegs mit ihr angefreundet. Eigentlich waren sie alle, auch Ian, Clay und Hadley, ziemlich okay und gute Sparringspartner. Ophelia hingegen blieb die Hexe, für die ich sie von Anfang an gehalten hatte.

Wenn man vom Teufel sprach – oder dachte. Ophelia fiel neben mir vornüber und lief rot wie eine Tomate an. Das konnte nur eines bedeuten. Bird und ich blickten gleichzeitig zum Eingang der Halle, in dem nun Gareth stand, der leider nur Augen für mich hatte.

»Ist das wirklich ihr Ernst?«, wisperte ich zu Bird, während Ian Ophelia wieder auf die Beine half. »Ich meine, steht sie wirklich auf ihn?« Unglaube zeichnete sich deutlich in meiner Stimme ab.

Um nicht von einem unserer Trainer angeschnauzt zu werden, versuchte ich, Birds Füße vom Boden wegzuziehen. Natürlich taten wir beide nur so, da wir vielmehr an unserem Gespräch interessiert waren.

»Sieht wohl so aus.« Sie zuckte mit ihren schmalen Schultern.

»Aber er ist ein *Dämon!*«, rief ich so energisch aus, dass es mit mir durchging und Bird tatsächlich auf dem Hosenboden landete. »Sorry.« Ich reichte ihr entschuldigend lächelnd die Hand.

»Schon okay«, lachte sie, während ich ihr aufhalf. »Warum findest du das so schlimm?«

»Muss ich das jetzt wirklich noch näher erklären?«, stellte ich eine Gegenfrage.

»Klar, er ist ein Dämon, aber sieht er aus wie einer? Nein. Und ich denke mal, dass auch der Rest seines wunderbar trainierten Körpers aussieht wie der eines jeden anderen Mannes«, schloss meine Kontrahentin und hob zur Unterstreichung ihrer Worte ihre klar geschwungenen Augenbrauen.

»Du bist verrückt«, lachte ich, bevor Clarke uns anwies, für heute Schluss zu machen und die Matten wegzuräumen.

Heute war das Waffentraining nach hinten geschoben worden, weshalb ich nicht überrascht war, dass neben Gareth auch Noah auf dem Vorplatz auf uns wartete. Ich hatte aber nicht mit den fünf anderen Dämonen gerechnet, die ich zwar vom Sehen kannte, die bisher aber nie Trainingskleidung getragen hatten.

Mittlerweile waren die Nächte etwas kühler, sodass ich dazu übergangen war, mir ein langärmeliges Shirt überzuziehen. Bird und ich sahen uns fragend an, bevor Noah vortrat, um die Situation zu erklären.

»Ihr werdet heute jeweils einem von uns zugeteilt und dann gegeneinander kämpfen. Wir wollen sehen, was ihr bisher gelernt habt.« Er nannte die Namen der jeweiligen Pärchen. Als er bei mir angelangt war, stellte er sich lediglich neben mich.

»Was soll das bedeuten?«, fragte ich genervt, da ich bereits erwartete, nicht mitkämpfen zu dürfen. Die Begeisterung hatte mich schon fest im Griff gehabt.

»Wir kämpfen gegeneinander«, sagte er dann jedoch, was mich auf der einen Seite ungemein freute, da ich ihm nun endlich zeigen konnte, wie viel besser als er ich war. Auf der anderen Seite bemerkte ich seinen Blick in Richtung Gareth durchaus.

»Wieso denkst du, dass du ihn damit provozieren kannst?«, entschlüpfte es mir, bevor ich nachdenken konnte.

»Provozieren?«, stellte er sich dumm. In seinen Augen blitzte aber der Schalk.

»Ja«, sagte ich gedehnt. »Das ist es doch, was du tust, oder nicht?«

Er wandte seinen Blick zu Ophelia und Derek, einem Königsdämon, die als Erste gegeneinander kämpfen würden. Alle sollten zuschauen.

»Nun ja, er sieht dich als seinen Besitz an, da du ja irgendwie seine Aufgabe bist.« Ich spürte den musternden Blick, den er mir von der Seite zuwarf, beschloss aber, ihn zu ignorieren. »Und er verabscheut es, wenn irgendjemand und erst recht ich mit seinem Besitz spielt.«

»Ich bin niemandes Besitz«, presste ich wütend hervor. »Ich freue mich schon darauf, dir gleich beim Grasfressen zuzusehen.«

»Wir werden sehen«, sagte er lediglich, bevor er die Stimme erhob und damit uns alle adressierte. »Das ist eure Chance, euch zu beweisen. Es kann nur derjenige gewinnen, der seinen Gegner und seine Bewegungen durchschaut hat. Wir werden euch keine Waffen geben und … nun ja, verloren hat wohl der, der aufgibt.«

Ophelia war flink und wendig, Derek dafür stark und ausgefuchst. Er schien jede ihrer Attacken vorherzusehen, sodass sie schon bald außer Puste war und ihm nur noch nachrannte. Es kam mir so vor, als sähe ich ein Spiegelbild meiner Kämpfen gegen Gareth. Wenn ich Ophelia ein wenig Sympathie entgegengebracht hätte, hätte sie mir sogar leidgetan, aber wie die Dinge nun mal standen, genoss ich den Augenblick ihrer Niederlage. Dieser kam, als Derek sich endlich dazu entschloss, seinen Angriff zu starten, und dann gab es kein Halten mehr. Schon nach wenigen Schlägen hatte er sie so weit, dass sie auf dem Boden lag, Blut spuckte und flehte, in Ruhe gelassen zu werden.

Schadenfreude stieg in mir hoch.

Auch den anderen Jägern erging es nicht besser, sondern eher schlechter. Sie wurden noch viel früher niedergeschlagen als Ophelia. In meinen Augen hatte das aber nicht an ihr gelegen, sondern an

Derek, der einfach von ihren Versuchen, ihn zu attackieren, amüsiert gewesen war.

Dann kam der Zeitpunkt, an dem Noah und ich vortreten mussten. Ich schob die Ärmel runter, damit sie mich nicht störten, während Noah seine Weste zur Seite warf. Sie wurde von Bird aufgefangen.

»Na, ist dir jetzt schon warm?«, höhnte ich.

»Das ist nur das Vorspiel, Jägerin«, lachte er lediglich, bevor er sich mir gegenüber positionierte und Ty den Kampf für eröffnet erklärte.

Keiner von uns griff an.

Es war wenig überraschend, obwohl ich Noah für einen Hitzkopf hielt, aber anscheinend hatte er sich viel für diesen Kampf vorgenommen. Wir umkreisten uns, während ich seinen Körper noch einmal genau studierte.

Er war rund zwei Köpfe größer als ich, aber immer noch kleiner als Gareth. Ich war es zwar gewöhnt, gegen Dämonen zu kämpfen, die größer waren, weil es bei meiner Größe nicht ausblieb, allerdings war jeder Zentimeter, den sie kleiner waren, ein gewonnener. Seine Schultern waren muskulös, breit, aber nicht ungelenk. Dasselbe galt auch für seine Arme und Beine. Die Hüften waren schmal und ich wusste, dass hier seine Stärke lag – Wendigkeit, die er mir in jedem Training einzuprägen versuchte.

Unsere Blicke trafen sich, als wir die gegenseitige Musterung gleichzeitig abschlossen. Ich lächelte, bevor ich einen Schritt nach vorne setzte, mich halb nach links drehte, seinem Schlag duckend auswich und meinen Ellbogen in seine Brust rammte. Er hatte damit aber gerechnet und sprang zurück. Die Geschwindigkeit nahm stetig zu, während ich versuchte, seine Verteidigung zu durchbrechen und gleichzeitig seinen Schlägen zu entkommen, was unglaublich schwer war. Noah benutzte niemals zweimal dieselbe Schlagfolge hintereinander, sodass ich stets auf die kleinen Bewegungen achten musste, die mir verrieten, was er als Nächstes tun würde.

Wir waren für eine Weile ziemlich ebenbürtig, bis ich dann doch ein Schema erkannte. Jedes Mal, wenn er mich erst mit seiner linken, dann seiner rechten Faust angriff, machte er einen halben Schritt nach vorne, was mir seine linke Seite auf dem Silbertablett servierte. Das Problem war nur, dass ich schnell sein musste. Sehr schnell.

Ich wartete noch ein paar Minuten ab, bis ich merkte, dass ich handeln musste, sonst würde ich zu viel Kraft verlieren. Er hob seine linke Faust, ich wich ihr aus, die rechte folgte und ich duckte mich, stieß mit der Handfläche gegen seine Rippen, packte mit der anderen seine Schulter, hakte meinen Fuß um den seinen und zog ihn vor. Er hielt sich gerade noch so auf den Beinen, sah dadurch aber meinen Ellbogen nicht kommen, der ihm eine schöne Platzwunde auf seinem Wangenknochen bescherte.

Bevor ich meinen Triumph auskosten konnte, sah ich das wütende Aufblitzen in seinen Augen und ich wusste, dass ich es zu weit getrieben hatte.

Seine Schnelligkeit wäre bewundernswert gewesen, wenn ich nicht gerade das Gefühl gehabt hätte, um mein Leben zu kämpfen. Schluss war mit meinen eigenen Angriffen, ich konnte mich nur noch verteidigen und selbst das gelang mir nicht. Immer mehr Lücken entstanden, die Noah sogleich ausnutzte.

Als er mir seine Fußspitze gegen das Kinn rammte, sah ich bereits Sterne, doch er setzte mit einem Schlag auf meinen Solarplexus nach und bediente mich mit einer Faust gegen die Wange, dass mir die Ohren klingelten.

»Schluss!«, ertönte es plötzlich. Ich erkannte Gareths Stimme sofort, vor allem, da er augenblicklich bei mir war, um mich zu stützen. »Sie ist ein Mensch, Noah!«, rief er offensichtlich aufgebracht.

Ich vernahm Noahs Schnauben. »Das habe ich nicht vergessen.«

Gareth sagte nichts mehr dazu oder ich hörte ihn nur nicht. Im nächsten Moment trug er mich bereits in seinen Armen vom Platz, sodass ich vor Scham beinahe vergangen wäre. Das kam wohl davon, wenn man über den Schmerz anderer lachte. Andererseits war Ophelia gerade wohl ziemlich eifersüchtig auf mich.

Erst als wir zurück in unserem kleinen Häuschen waren, ließ Gareth mich auf das Bett plumpsen, obwohl ich den ganzen Weg bis hierher darum gebettelt hatte, selbst gehen zu dürfen. Er hatte mich nicht mal einer Antwort gewürdigt.

»Ich will dein Blut wirklich nicht mehr.« Ein leichtes Lallen hatte sich über meine Stimme gelegt. Ich hatte das Gefühl, dass mein Kiefer nicht mehr richtig arbeitete. »Es ist ekelhaft.«

Er kniete vor mir auf dem Boden. Seine Augen funkelten amüsiert. Mistkerl.

»Ist es nicht«, widersprach er mir, nachdem er meinen Kiefer eingerenkt hatte und ich vor Schmerzen beinahe ohnmächtig geworden war. Er richtete sich auf, um sein T-Shirt auszuziehen.

»Was?« Ich blinzelte verwirrt, da ich mich nicht mehr an das Thema unseres Gesprächs erinnern konnte.

»Für Menschen schmeckt unser Blut nach Glück.«

Ich zog peinlich berührt den Kopf zurück und versuchte, Gareth so abwertend wie möglich anzusehen. »Tut es ganz sicher nicht.«

»Wirklich nicht?« Seine Miene verriet mir deutlich, was er von meinem Widerspruch hielt, und ich gab mir nicht mal mehr die Mühe, mich gegen sein Blut zu wehren, als er seinen Unterarm vor mein Gesicht hielt. Ich griff danach und nahm das köstliche Elixier in mir auf.

Gareth brachte mich nach dem Trinken in das Zimmer, das ich seit meiner Ankunft hier nicht noch mal betreten hatte. Mein Zimmer.

Ich sah mich in dem ordentlichen Raum um, bevor ich Gareths Blick auffing, der die ganze Zeit über auf mir gelegen hatte.

»Also … du traust mir jetzt?«, fragte ich leise, da ich mich daran erinnerte, unter welcher Bedingung ich hier schlafen durfte.

»Genug.« Typisch. Wieder mal eine seiner Ein-Wort-Antworten. Aber das war es nicht mal, was mich am meisten störte.

»Warte, was?«, rief ich erbost. »Ich muss mich nur von Noah zusammenschlagen lassen und schon schenkst du mir dein so wertvolles Vertrauen? Du verarschst mich doch«, fügte ich noch leise grummelnd hinzu.

»Noah, hm?«

Ich hob verzweifelt die Arme. »Meine Güte, was ist zwischen euch passiert?«

»Interessieren dich wirklich Dämonenangelegenheiten?« Er hob beide Augenbrauen und wartete auf eine Antwort. Ich schwieg, da er mich mit dieser Frage ziemlich unerwartet getroffen hatte. »Hab ich's mir doch gedacht. Ich hol dich in fünf Stunden ab. Dorian möchte noch vor unserem Training mit dir reden.«

»Kann's kaum erwarten«, murmelte ich, konnte aber nicht verhindern, dass ich mich glücklich in meinem neuen eigenen Zimmer umsah.

»Ach, und Alison?« Er hatte bereits die Tür erreicht, die in den Flur führte, blieb aber jetzt mit einer Hand am Türrahmen stehen und sah mich über seine Schulter hinweg an. »Ich hatte unrecht.«

»Womit?«

»Du hättest nichts tun können, um deine Familie zu retten. Du warst nur ein Kind.«

Ich schnaubte. »Du meinst wohl, ein schwaches Menschenkind.«

»Nein. Einfach ein Kind.« Er wandte sich ab und verschwand.

Ich konnte nicht schlafen, dabei war ich unglaublich erschöpft. Außerdem durfte ich zum ersten Mal seit über zwei Wochen allein in einem Raum in einem weichen, komfortablen Bett schlafen. Vielleicht lag ja genau darin das Problem begraben.

Wütend drehte ich mich zur Seite, malträtierte das Kissen und kniff meine Augen zusammen. Das konnte nicht das Problem sein. Ich vermisste weder den harten Boden noch Gareths leise Atmung beim Schlafen.

Auf gar keinen Fall.

Und schon gar nicht dachte ich darüber nach, wie er sich sozusagen entschuldigt hatte. Natürlich hatte er nicht wirklich das Wort ›Entschuldigung‹ benutzt, aber man konnte es da hineininterpretieren.

»Ach, verdammt«, schrie ich in das Kissen, bevor ich endlich aufgab und das Bett verließ.

Mein Blick wanderte zur geschlossenen Badezimmertür. War Gareth bereits in seinem Zimmer? Oder hatte er beschlossen, mich hier allein zurückzulassen?

»Ist das wirklich wichtig, Alison Talbot?«, fragte ich mich selbst, bevor ich entschlossen meine Boots überzog. Es konnte nicht schaden, etwas zu trinken. Der Geschmack von Gareths Blut war zwar längst vergangen, aber trotzdem hatte ich das Bedürfnis, meinen Mund auszuwaschen.

Der Flur lag ruhig und leblos da, als ich ihn durchquerte, um zur Küche zu gelangen, wo ich auf Eliza traf, die mich zunächst nicht bemerkte. Sie war gerade dabei, ein paar Lebensmittel in die Schränke zu räumen.

Ich hatte sie während meines Aufenthaltes des Öfteren gesehen, aber kaum mit ihr gesprochen. Wenn, dann war es nur um meine Wäsche oder das Essen gegangen, das sie hin und wieder für Gareth und mich zubereitet hatte.

»Hey«, machte ich sie schließlich auf mich aufmerksam und trat weiter in den Raum hinein, bis ich die Spüle erreicht hatte.

»Durstig?«, fragte sie und reichte mir schon ein Glas, das ich dankend annahm. »Ich habe gehört, du hast dich gut geschlagen beim Training mit Noah.«

»Ach ja?« Ich hob skeptisch beide Augenbrauen. »Dann hast du bestimmt irgendwas missverstanden. Noah hat mir ziemlich den Hintern versohlt.« Es fiel mir nicht leicht, das zuzugeben.

»Sein Temperament geht manchmal mit ihm durch«, lachte sie leise. »Bist du hungrig? Dann bereite ich dir was Kleines zu.«

Ich wollte schon ablehnen, doch mein Magen grummelte in genau diesem Augenblick. Gutes Timing.

»Danke. Das wäre nett.« Ich ließ mich mit dem Glas in der Hand an dem rechteckigen Tisch nieder und sah der älteren Frau dabei zu, wie sie uns beiden jeweils ein Sandwich mit Käse und Wurst zubereitete.

»Wie lange lebst du hier schon?«, fragte ich leise, als mir die Stille zu drückend wurde. Außerdem brannten diese und einige weitere Fragen schon seit Wochen auf meiner Zunge. Bisher hatte ich mich aber nie getraut, sie zu stellen. Insbesondere, da Gareth immer in der Nähe gewesen war.

»Oh, schon ein paar Jahre«, antwortete sie. »Dorian kam erst später dazu und hat höflich gefragt, ob er die Räumlichkeiten nutzen darf. Natürlich lag die Entscheidung nicht bei mir, aber das wusste er damals noch nicht.«

»Was meinst du damit? Die Entscheidung liegt nicht bei dir?« Sie reichte mir einen Teller mit einem darauf thronenden Sandwich, bevor sie sich ebenfalls zu mir an den Tisch setzte.

»Nicht so wichtig«, speiste sie mich ab. Das weiße Haar leuchtete orange durch das Licht der aufgehenden Sonne, das durch zwei Fenster in den Raum drang. »Ich bin jedenfalls froh, dass er hier ist.«

»Aber wieso bist *du* hier?«, hakte ich nach. »Das sind Dämonen. Du lebst sicherlich schon lang genug, um zu wissen, was sie getan haben.«

»Sie sind nicht alle schlecht.«

»Das ist …« *Bescheuert? Naiv zu glauben? Ignorant?*

»Aber ja, ich hatte auch meine Zweifel. Dann lernte ich jedoch Ty kennen und er hat mir gezeigt, dass Dämonen durchaus dazu in der Lage sind, uns zu lieben.« Ihr Geständnis verschlug mir die Sprache. Ich starrte mein Sandwich an und dann die ältere Frau vor mir.

»Ty? Du meinst … du liebst einen Dämon?«

Sie nickte, während ihre Mundwinkel amüsiert zuckten.

»Er ist meine große Liebe und wir sind seit fünfundzwanzig Jahren zusammen«, erklärte sie in einem Ton, als sei sie auf nichts stolzer. »Da er ein Königsdämon ist, sieht er zwar noch etwas jünger aus, als er eigentlich ist, aber nach einer Weile hat es mich nicht mehr gestört. Und ihn offenbar auch nicht.«

»Wie alt ist er?«, fragte ich mit erstickter Stimme. Ich war vollkommen überfordert mit der Vorstellung, dass ein Mensch und ein Dämon eine Beziehung führten.

»So alt wie ich. Siebenundsechzig. Allerdings sieht er aus wie Ende dreißig.« Sie kicherte wie ein kleines Schulmädchen. »Er ist einer deiner Trainer, du weißt, wie jung er wirkt.«

Ich widmete mich schweigend dem Sandwich. In meinem Kopf herrschte Chaos. Natürlich wusste ich, dass Königsdämonen nur halb so schnell alterten wie wir Menschen, was einer der Gründe ihrer Unnatürlichkeit war, aber jetzt verriet mir Eliza, dass nicht mal dies Grund genug war, Abstand von ihnen zu halten.

»Aber …«, begann ich, doch da wurde ich von lautem, aufgeregtem Stimmengewirr gestört, das von draußen zu uns herüberwehte.

»Was ist da los?«, murmelte Eliza noch, während ich schon längst aufgesprungen war und nach draußen stürmte.

Ian winkte mich aufgeregt zu sich, während die anderen schon auf dem Weg zum Haupthaus waren. Eliza folgte mir dicht auf den Fersen.

»Was ist los?«, fragte ich, als ich ihn erreicht hatte und wir zu dritt den Pfad entlangliefen.

»Wir haben Besuch«, antwortete er mit aufgerissenen Augen, beließ es aber bei dieser kryptischen Aussage.

Stirnrunzelnd entschloss ich mich, nicht weiter nachzuhaken. Ich würde es ja schon selbst mit eigenen Augen sehen. Und das sollte ich, sobald wir den Rand des Platzes erreicht hatten.

Gareth, Liliana, Dorian und ein paar seiner Männer standen bereits in der Mitte, direkt vor einer fremden Frau mit langem, glänzend schwarzem Haar, das bis zu ihren Hüften fiel. Sie war in Begleitung zweier muskelbepackter Männer in zerrissenen braunen Tuniken gekommen. Ich starrte die Fremden mit offenem Mund an. Sie wirkten wie aus einer anderen Zeit. Wild und frei.

»Sousha«, begrüßte Dorian die junge Frau mit den mandelförmigen Augen, deren Blick nur auf ihm lag. »Ich habe nicht mit deinem Besuch gerechnet.«

»Warum auch?« Ihre Stimme war volltönig und melodiös, trotzdem verursachte sie mir eine Gänsehaut. »Wir haben ihn nicht angekündigt.«

»Was wollt ihr?«, war Dorians wenig freundliche Antwort. Es schien, als würden nur er und sie existieren und uns Schaulustige überhaupt nicht wahrnehmen. Die Spannung, die in der Luft lag, knisterte gefährlich.

»Meine Herrin hat euch diesen Ort überlassen und dabei nur eine einzige Bedingung gestellt«, sprach Sousha sanft.

Jeder schien den Atem anzuhalten, aus Angst, die Situation zu verschärfen. Wer auch immer die Fremden waren, Dorian schien sie nicht als Freunde zu betrachten.

»Das ist wahr«, nickte Ascia vorsichtig.

Sousha trat einen Schritt vor. Ihre Füße waren nackt und staubig, so wie auch ihre lange lederne Tunika.

»Wie kommt es dann, dass wir aus zweiter Hand erfahren müssen, dass ihr die Jägerin habt?« Die Sanftheit war verschwunden und durch Schärfe ersetzt worden.

Mein Herz setzte aus, um dann mit doppelter Geschwindigkeit weiter zu schlagen, bevor sich meine Hand unwillkürlich über die Stelle legte, an der ich den Schlüssel der Dimensionen spüren konnte.

»Sie ist noch nicht sehr lange hier.« Dorian schien die Ruhe selbst zu sein, aber ich glaubte zu sehen, wie sich sein Kiefer anspannte.

»Lange genug«, zischte die Fremde und trat noch weiter vor, bis sie und Dorian nur noch ein Abstand von einem Meter trennte. »Sie hat zwei Tage Zeit nach A'Muén zu kommen. Pilgrim will sie sehen.«

Sie wartete keine Antwort ab, sondern drehte sich herum, bis ein kleiner Wirbelsturm entstand und sie als brauner Falke emporstieg. Die Männer taten es ihr nach und folgten ihr mit lautem Kreischen.

»Wer zum Teufel war das?«, wisperte ich zu niemand Bestimmtem, bevor Dorian sich in meine Richtung wandte.

»Wir müssen reden.«

Oh ja!

24. Kapitel

Der Jäger

Die Welt war in undurchdringliche Finsternis getaucht, während eine kühle Brise die aufgestaute Hitze des Tages vertrieb. Evan vergrub die Hände in seinen Jackentaschen und umfasste gleichzeitig die Klinge in seiner linken Hand etwas fester.

Crystal und er hatten sich vor zwei Stunden von Ascia aus zu Pferd auf den Weg in die Rayons gemacht, da sie ihn dort mit ein paar Leuten bekanntmachen wollte. Leute, die jemanden kannten, der für Dorian arbeitete und bereit wäre zu reden. Natürlich war Evan mit einem gewissen Misstrauen gesegnet, sodass er nicht unbewaffnet in diese Sache hineinging, doch er fühlte, wie die Hoffnung in ihm bereits neue Nahrung fand.

Sie hatten das Pferd am Rande der Stadt festgebunden, um weniger Aufsehen zu erregen, und sprangen nun von Schatten zu Schatten, bis sie eine der heruntergekommenen Villen erreicht hatten. Er konnte sich kaum vorstellen, wie diese Stadt noch vor zehn Jahren ausgesehen hatte. Es musste eine jener Städte gewesen sein, in die jede neu gegründete Familie ziehen wollte, um ihren Nachwuchs aufzuziehen. Heute war sie karg, zerfallen und in Schmerz getränkt.

»Darin leben sie?«, erkundigte sich Evan, während er das Haus weiterhin musterte. Er war sich nicht ganz sicher, was er erwartet hatte, aber eine heruntergekommene Villa war es nicht gewesen.

»Jap«, antwortete Crystal lediglich und stieg scheinbar gelassen die Treppen zur Vordertür hinauf.

Zögernd folgte er ihr. Ein paar Zweifel, die er während des Rittes hierher erfolgreich verdrängt hatte, stoben an die Oberfläche. War seine Entscheidung, sich mit Crystal zu verbünden, richtig gewesen?

Er konnte sie ja nicht mal leiden, vor allem, da sie immer recht distanziert wirkte und wenn sie sich mit jemandem unterhielt, waren ihre sozialen Fähigkeiten eher unbeholfen und eingerostet, als hätte sie keine Ahnung, wie Menschen miteinander kommunizierten.

»Komm schon«, drängte sie ihn, wartete aber nicht, bis er sie eingeholt hatte, und verschwand im Haus.

Den Kopf schüttelnd setzte er ihr nach und betrat einen unbeleuchteten Flur. Crystal stand vor einer Treppe und winkte ihn zu sich heran. Gemeinsam erklommen sie die Stufen und als sie den ersten Stock betraten, vernahm Evan das erste Mal leises Stimmengewirr und Geräusche, die von Leben zeugten.

Crystal öffnete eine der hölzernen Türen und zusammen traten sie ein.

Anscheinend hatten sich alle Personen in diesem Raum versammelt, denn er schien aus allen Nähten zu platzen. Dass es keine Menschen waren, die ihn umstanden, erkannte Evan sofort an den weißen Pupillen und den verlängerten Zähnen und Krallen.

»Was ist hier los?«, fragte er, nachdem er vergeblich versucht hatte, umzukehren. Man hatte ihm den Weg verstellt. Seine Hand hielt das Messer fest umfasst.

Crystal sah ihn milde lächelnd an, bevor sie sich neben einen fettleibigen Schattendämon stellte, der auf einem thronähnlichen Stuhl saß und ziemlich zufrieden mit sich selbst wirkte.

»Du bist ein gutes Mädchen, Crys«, grunzte er und tätschelte ihren Arm, als sei sie sein Haustier. »Ich muss zugeben, ich war nicht ganz davon überzeugt, dass du es wirklich schaffen könntest. Und jetzt, siehe da! Arias' Sohn direkt vor mir. In meinem Heim!« Er warf den massigen Kopf zurück und stieß ein bellendes Lachen aus.

»Crystal?«, wisperte Evan, der einfach nicht glauben konnte, was sich da gerade vor ihm abspielte. Das konnte nur ein Albtraum sein!

»Du bist einfach zu vertrauensselig.« Sie legte den Kopf schief und musterte ihn absolut losgelöst von jedweder Emotion. »Oder zu verzweifelt, deine Frau zu finden. Was immer du lieber magst.«

»Ich … verstehe nicht.« Seine Worte schienen sich in seiner Aufregung zu überschlagen. »Du bist ein Mensch. Das hier sind Schattendämonen!«

Crystal schwieg. Der Widerling grinste so breit, dass Evan seine verfaulten Zähne sehen konnte, die mittlerweile wieder zu ihrer normalen Größe geschrumpft waren.

»Ich denke, ich muss deine Leine etwas verlängern.« Bei diesen Worten schoss Evans Blick zu Crystals Hals, um den sie ein breites rotes Band trug, das er bisher immer für Schmuck gehalten hatte. Erst jetzt bemerkte er die eiserne Schlaufe, passend als Halterung für eine echte Leine. Seine Augen wurden groß.

»Bringt ihn weg. Wir müssen ihn erst mal etwas weichklopfen!«, befahl der Widerling.

Evan reagierte augenblicklich, stieß seine Klinge in den Magen des Dämons, der ihm am nächsten stand, bevor er sich drehte und seinen Ellbogen gegen den Kiefer eines anderen rammte. Den dritten Dämon sah er jedoch nicht kommen und wurde von ihm niedergeschlagen. Er spürte, wie seine Glieder taub wurden und sich sein Bewusstsein kurzzeitig verabschiedete.

Man hatte ihn in eine Art Kerker gebracht. Vielleicht war es auch nur ein sehr leerer Keller und es fühlte sich lediglich an wie ein Kerker, denn richtig viel konnte er nicht sehen. Es gab eine Fackel, an die er nicht herankam, da sie sich hinter dem Gitter befand. Oder vor dem Gitter. Je nachdem, welche Perspektive man einnahm. Evans Perspektive war die eines Gefangenen.

Er könnte sich selbst ohrfeigen für seine Dummheit. Wer auch immer Crystal war und was auch immer sie mit ihm vorhatte, in einem Punkt hatte sie recht gehabt: Er war zu vertrauensselig *und* zu verzweifelt, Alison zu finden. Dadurch hatte er sein angeborenes Misstrauen und die Zweifel ignoriert.

Nachdem er erst einmal eine Weile hin und her gelaufen war, setzte er sich irgendwann auf den kalten Steinboden und weinte seinen Waffen hinterher, die man ihm während seiner Ohnmacht abgenommen hatte. Er kam nicht umhin, sich seinen Vater vorzustellen, der ihn vermutlich mit einem enttäuschten Ausdruck in den Augen mustern und den Kopf schütteln würde. *Warum überrascht mich das nicht, dich hier zu sehen, Junge? Du warst noch nie der Schlauste.*

Und so vergingen die Stunden, die irgendwann mehr waren als das. Evan wusste nicht, wie lange er in dem engen Raum hockte und auf Erlösung wartete. Man brachte ihm Essen und Trinken, aber es kam ihm nie vor, als würde dies in einem bestimmten Rhythmus geschehen.

Seine Lippen platzten auf, die Fingerkuppen wurden vom Staub ganz rau, die Haare starrten vor Dreck und sein Bart wucherte.

Schließlich wurde er wieder nach oben geholt. Er konnte sich noch recht gut auf den Beinen halten, da er als Übung mehrere Stunden oder Minuten, er wusste es nicht genau, in seiner Zelle herumlief. Es half ihm dabei, bei Verstand zu bleiben.

Der Dämon, dessen Namen Alasdair war, was er erfahren hatte, als dieser mit einem Freund über ihn gesprochen hatte, wartete bereits auf ihn. Gerade knabberte er noch die letzten Reste Fleisch von einem Knochen ab, der gefährlich menschlich aussah, dann bewarf er Evan mit den Überresten.

»Wie ich sehe, hat dir der Aufenthalt in meinem Heim gutgetan. Der arrogante Ausdruck ist verschwunden«, brummte der Widerling, schnalzte mit der Zunge und deutete dann auf den Stuhl links neben Evan. Dieser wurde gezwungen, sich darauf niederzulassen. »So, Junge, und jetzt wirst du mir sagen, was dein Vater vorhat und wie Ascia da ins Bild passt. Dann steht natürlich noch die Jägerin im Raum … na, wie heißt sie noch gleich?« Er schnippte mit seinen Fingern. Jemand warf Alisons Namen in den Raum. »Richtig, Alison. Was hat es mit dieser Kleinen auf sich?«

Evan schwieg.

»Nun, jammerschade. Es ist ja nicht so, dass ich mit deiner Kooperation gerechnet hätte, aber man darf ja noch hoffen, nicht wahr?« Er grinste, bevor er eine Geste mit seiner Hand vollführte, woraufhin ein recht junger Dämon vortrat. Er griff nach Evans linker Hand und drückte sie auf den Tisch. »Wie sieht's aus? Welchen Finger kannst du am ehesten entbehren? Hmmm …« Er rieb sich nachdenklich über sein fettig glänzendes Kinn, während Evan aufzuspringen versuchte, aber er wurde erbarmungslos niedergedrückt. »Fangen wir mit dem kleinen Finger an. Damit unser Junge sieht, dass wir es ernst meinen.«

Der Dämon vor ihm nickte, zauberte ein Messer hervor und hielt es über Evans Hand, die er panisch zu einer Faust ballte. Alasdair lachte dramatisch auf.

»Oh, du willst die ganze Hand verlieren? Das nenn ich mal Engagement!« Natürlich wollte er das nicht und das wusste der Widerling ganz genau. »Entscheide dich.«

Gegen sämtliche Instinkte ankämpfend öffnete er seine Hand. Übelkeit durchströmte ihn, als der junge Dämon das Messer niedersausen ließ. Er schrie so lange, bis er heiser war, dabei wusste er nicht, was ihm mehr zusetzte: der Schmerz oder der Anblick des abgetrennten Fingers.

»So, da wir das nun geklärt hätten«, Alasdair beugte sich so weit vor, dass Evan seinen Hals nicht mehr sehen konnte und der Kopf direkt seiner fülligen Brust zu entwachsen schien. Er hätte gelacht, wenn er nicht fast blind vor Schmerz gewesen wäre. »Hätte ich gerne Antworten auf meine Fragen.«

Tatsächlich zog Evan für eine Sekunde in Erwägung, sämtliche Informationen herunterzurasseln, doch dann erschien Alison vor seinem inneren Auge und er wusste, er wusste einfach, dass sie niemals aufgeben würde. Sie würde bis zum letzten Atemzug kämpfen und das wollte er auch. Nein, das *musste* er auch.

»Du wirst nichts aus mir herausbekommen«, flüsterte er, die blutende Hand eng an seinen Körper gepresst.

Alasdairs kleine Augen verengten sich noch mehr, sodass Evan nicht einmal mehr das Weiß seiner Pupillen erkennen konnte, als sich der Dämon zu einer grässlicheren Version seiner selbst wandelte.

»Du wirst sprechen, Junge«, brüllte er so laut, dass die Wände erzitterten. Der Dämon zupfte an Evans Schatten, um sich daran zu nähren, doch durch das sichelförmige Tattoo, das sich hinter Evans Ohr befand, war es ihm nicht so ohne weiteres möglich. Seine Frustration erreichte ein neues Level. »Den nächsten Finger, Brom!«

Brom griff nach Evans Hand und wiederholte die Prozedur, nun um einiges blutiger. Dieses Mal musste sich der Jäger von seinem Ringfinger verabschieden. Der Schmerz war allumfassend und fraß Evan innerlich auf. Nicht nur körperlich fühlte er sich verstümmelt, auch im Inneren wurde ihm etwas Wichtiges genommen. Seine

Zukunft schien mit einem Mal in sich zusammenzuschrumpfen, als würde es keine mehr für ihn als Jäger, für ihn als Menschen geben.

»In den Kerker mit ihm. Wir wollen mal sehen, wie lange er durchhält«, bellte Alasdair und stampfte wie ein wütender Elefant aus dem Raum.

Man riss Evan hoch und zerrte ihn aus dem Zimmer, weg von seinen abgetrennten Fingern. Er fragte sich, ob es heutzutage eine Möglichkeit gab, sie wieder anzunähen. Vermutlich nicht. Die Medizin war nicht mehr das, was sie einst gewesen war. Außerdem würde man seine Finger wohl alsbald entsorgen und Evan in dem Kerker schmoren lassen. Er sollte sich an seine restlichen acht Finger gewöhnen. Oder, besser noch, sich auch von ihnen verabschieden, denn er würde nicht reden. Und wenn es ihn das Leben kosten würde.

Er blinzelte gegen das Licht der Flamme an und versuchte mit aller Kraft seinen Kopf zu heben, doch es fiel ihm so unglaublich schwer. Seine Wange schien auf dem Boden zu kleben, der Schweiß tropfte von seiner Stirn. Dann packte man ihn an den Schultern und riss ihn grob hoch.

»Zeit für dein nächstes Date«, lachte Brom und schleppte ihn neben sich die Treppe nach oben.

Evan hatte keine Ahnung, wie viel Zeit vergangen war, nachdem man ihm auch den Mittel- und Zeigefinger abgetrennt hatte. Trotz der Schmerzen und des Fiebers, das ihn seit einer Weile heimsuchte, hatte er kein Wort verloren. Er war stolz auf sich und er wusste, dass er damit auch Alison stolz gemacht hätte. Schade nur, dass sie nie von seinem Opfer erfahren würde. Er machte sich keine Illusionen mehr darüber. Dieses Höllenloch würde er nicht mehr lebend verlassen.

Man führte ihn in den üblichen Raum, wo er vor Alasdair auf die Knie fiel, da er sich nicht mehr selbst auf den Beinen halten konnte. Oder wollte. Vielleicht spielte ja auch beides eine Rolle. Sein trockener Hals kratzte und juckte. Er wurde von einem grausamen Husten durchgeschüttelt.

»Nun, mein Junge. Ich bin ganz Ohr«, grunzte der Schattendämon, der mit jedem Mal fetter zu werden schien. Hörte er überhaupt mal auf, etwas zu essen?

Wenn Evan ehrlich war, beneidete er ihn. Was würde er jetzt für einen schmackhaften Fleischeintopf tun!

»Crys, Liebling. Er möchte noch immer nicht reden.« Bei den Worten hob Evan den Kopf und ließ die Traumwelt, in die er für kurze Zeit geflohen war, zurück.

Crystal hatte die letzten Male während der Folter mit Abwesenheit geglänzt. Heute war sie zurück. Wahrscheinlich war sie nach Ascia gegangen, um sich vor seinen Vater zu stellen und unschuldig bei der Suche nach ihm zu helfen. Vorausgesetzt, Arias scherte sich um sein Verschwinden.

»Er ist eben ein Sturkopf«, kicherte sie so hoch, dass es Evan in den Ohren wehtat. »Erzähl uns von den Plänen deines Vaters. Wieso vertraut er Ascia und wie lautet ihre Abmachung? Warum ist Alison so wichtig?«

»Du müsstest es doch wissen«, krächzte Evan, bevor ihn die Kraftlosigkeit wieder erfassen konnte. »Schließlich warst du seine rechte Hand. Oder bist es wohl noch immer.«

»Schon richtig«, nickte sie und hockte sich vor ihn hin. »Allerdings vertraut er mir nicht, was sehr schade ist. Ich bin doch so vertrauenswürdig, oder nicht?«

»Du kleines Luder«, lachte Alasdair amüsiert. »Es führt wohl nichts um eine weitere Bestrafung drum herum. Nun ja. Ist ja nicht so, als würde es mir keinen Spaß bereiten.«

Brom zerrte Evan zurück zum Stuhl, packte unsanft die schmerzende Hand und knallte sie auf die Tischplatte. Vor Evans Augen wurde es kurzzeitig schwarz, als der Schmerz ihn übermannte. Ihm war heiß und kalt zugleich.

»Warum übernimmst nicht du die Ehre, Crys?«, schlug der Dämon vor.

»Sicher«, lächelte sie und trat vor ihn. Sie nahm eine lange Klinge von Brom entgegen, in der sich das Flackern der Flammen spiegelte. »Wie wäre es mit der ganzen Hand? Die braucht er ja ohnehin nicht mehr.«

Evan riss die Augen auf, als zustimmendes Gelächter ertönte. Alasdair sah so aus, als hätte er Crystal am liebsten umarmt. Er hüpfte wie ein kleines Kind auf seinem Thron auf und ab.

Sie wich seinem Blick aus, als sie die Klinge hob und in der nächsten Sekunde auf Evans Handgelenk niedersausen ließ. Er hörte das Knacken von Knochen.

Im nächsten Moment verlor er das Bewusstsein.

25. Kapitel

Ich stand mit Gareth und Noah im Arbeitszimmer und hoffte, dass sich die beiden einfach gegenseitig zerfleischen würden. Dann wäre ich sie immerhin los und könnte mein Leben wieder genießen. Gut, hier im Camp war das sicherlich nicht komplett möglich, aber dann müsste ich wenigsten nicht weiterhin Gareths Blut zu mir nehmen.

Dorian und Liliana traten ein und zogen somit die Aufmerksamkeit auf sich. Auch Gareth und Noah schienen ihren schweigenden Disput zur Seite zu legen. Die Spannung zwischen ihnen hätte mich beinahe erstickt.

Nachdem Liliana die Tür geschlossen hatte, schritt Dorian bis zu seinem Schreibtisch, um sich dann umzudrehen und mich mit einem nachdenklichen Blick zu bedenken.

»Wer waren sie?«, stellte ich die erste Frage, da niemand sonst etwas sagte. Was sollten wir sonst hier? Uns gegenseitig anschmachten?

»Gesandte der Kaskaden«, antwortete er, hätte aber genauso gut in seiner komischen Dämonenzunge sprechen können. Ich verstand nichts.

»Kaskaden?« Ich ließ meinen Blick von ihm über Liliana zu den beiden Herren neben mir wandern.

»Sie sind ein uraltes magisches Volk, das schon lange Zeit unter euch Menschen lebte, bevor wir durch die Dimensionen hierhergelangt sind«, erklärte er mir langsam und ohne eine Spur von Ungeduld. Dann konnte es ja nicht so schlimm sein, oder? »Ihnen gehört dieses Land hier. Die Oberste Pilgrim hat uns erlaubt, hier unsere Zelte aufzuschlagen. Es gab jedoch eine Bedingung. Wir dürfen menschliche Jäger ausbilden, aber nur, wenn wir sie den Kaskaden vorstellen. Das war ein Punkt, von dem sich Pilgrim nicht abbringen ließ.«

»Okay«, sagte ich gedehnt, noch immer nicht ganz verstehend. »Und warum hast du ihnen dann verschwiegen, dass ich hier bin?«

Dorian schien sich tatsächlich zu winden. Sein Blick fuhr an die Decke, als würde er den Gott der Menschen um Beistand anflehen. »Sie haben mir explizit gesagt, dass sie dich nicht hierhaben wollen.«

»Was? Wieso nicht?« Ich blinzelte überrascht und ignorierte die Hitze, die mir bei diesen Worten durch den Körper fuhr. Es konnte nicht sein. Diese Kaskaden konnten unmöglich etwas über den Schlüssel wissen.

»Anscheinend hast du einen ihrer Leute getötet.«

Ich atmete aus und stieß dann ein nervöses Lachen aus. Glücklicherweise etwas, das mir keine Panik bereitete.

»Ich töte keine Menschen«, erwiderte ich in einem Ton, der vermitteln sollte, dass allein die Vorstellung absurd war.

»Er war vermutlich in seiner Tierform«, bohrte Dorian weiter.

»Urgh!« Ich keuchte, legte die Hände auf meinen Magen und wünschte, ich könnte mich irgendwo übergeben. »Ich habe einen Menschen gegessen?« Gott, mir wurde schlecht. Wenn ich mich in den Rayons befand, kam es schon mal vor, dass ich als Nahrung Tiere jagte. Oft nahm ich sie auch mit in die Stadt, um etwas Geld zu sparen, das für mich nicht wirklich auf Bäumen wuchs.

»Sie sind nicht wirklich menschlich«, war Dorians wenig erfolgreiche Beschwichtigung. Er fügte dann aber hinzu: »Wenn sie sich in Tiere wandeln, sind sie auch wirklich Tiere. Ihr Verstand arbeitet anders. Sie sind der menschlichen Sprache nicht länger mächtig. Du hast also tatsächlich ein Tier gejagt und gegessen, dessen solltest du dich nicht schämen.«

»Ich schäme mich nicht, Ascia, mir ist verdammt noch mal kotzübel«, stieß ich zwischen zusammengebissenen Zähnen hervor.

Er schüttelte den Kopf, als würde er meine Reaktion damit einfach abtun. Kein Wunder. Ich sollte nicht vergessen, dass er ein Dämon war und Menschen wahrscheinlich aus Spaß tötete.

»Wichtig ist nur, dass sie jetzt herausgefunden haben, dass du hier bist und sie dich sehen wollen«, lenkte Dorian das Gespräch wieder in geregelte Bahnen. Ich versuchte, mich zusammenzureißen.

»Das bedeutet?«

»Es bedeutet, dass du gemeinsam mit Noah nach A'Muén reisen musst. Die heilige Stätte ist eine Zweitagesreise von hier entfernt«, erklärte er so beiläufig, als hätte er den Plan schon seit Tagen in petto gehabt.

»Wieso Noah?« Ich warf dem Schattendämon aus den Augenwinkeln einen kurzen Blick zu. Er wirkte unglaublich selbstzufrieden.

»Königsdämonen ist es nicht erlaubt, A'Muén zu betreten.«

»Verstehe«, murmelte ich, auch wenn ich das keinesfalls tat. Ich atmete einmal zur Beruhigung tief durch die Nase, um mich wieder auf das Wichtige konzentrieren zu können »Ascia, was sind Kaskaden wirklich?«

Dorian wandte sich um, verschränkte die Hände hinter seinem Rücken und schritt langsam zum Fenster, aus dem er eine Weile schweigend hinaussah. Liliana sah mich betrübt an, sagte aber ebenfalls nichts.

»Wie ich schon sagte, sie sind ein uraltes Volk, das sich vor Jahrtausenden hier angesiedelt hat«, begann Dorian leise, aber eindringlich. »Sie besitzen mächtige Blutmagie, die stärker ist als die Magie, derer wir Dämonen uns bedienen.« Ich schluckte. Wieso wussten wir Jäger nichts von ihrer Existenz? Waren sie den Menschen feindlich gesinnt? »Aber mit jedem Bannspruch, mit jedem Funken Magie, den sie beschwören, gehen sie einen neuen Pakt mit dem Teufel ein, wie ihr ihn nennt. Sie erleiden Qualen sowohl seelischer als auch körperliche Natur, tragen ihre Narben aber mit Stolz.« Dorian drehte sich wieder zu seinen Zuhörern um. »Für uns und vermutlich auch für dich ist diese Art von Leben wohl schwer zu begreifen.«

»Aus diesem Grund dürfen wir sie nicht gehen lassen«, kämpfte sich nun endlich Gareth aus seiner schweigenden Starre. »Sie ist nicht bereit für eine Konfrontation. Wir wissen nicht, was sie mit ihr machen werden.«

»Wenn ich es nicht besser wüsste, würde ich sagen, du machst dir Sorgen um mich«, lachte ich trocken.

»Er hat recht, Alison«, stimmte ihm ausgerechnet Liliana zu. Sie streckte einen ihrer schlanken Finger aus und stupste mit der Kuppe die kupferne Waage an, die am Rand des ordentlich gehaltenen Schreibtisch stand.

»Pilgrim wird es nicht wagen, die Jägerin zu verletzen«, verteidigte Noah unser Vorhaben.

»Was wird sie dann tun?«, fragte Gareth provozierend.

»Ich nehme an, sie wird eines ihrer Rituale durchführen müssen, um der Seele des Tieres ihren Frieden zu geben«, antwortete Dorian ruhig. »Noah wird sie im Notfall dort herausholen können.«

»Redmond wird nicht mal seinen eigenen Arsch retten können«, knurrte Gareth und wurde mit einem drohenden Blick Noahs belohnt. Seine Pupillen blitzten für eine Sekunde weiß auf.

»Rede nicht über mich, als wäre ich nicht hier«, stieß der Schattendämon wütend hervor.

»Das wäre vermutlich das Beste«, erwiderte Gareth nicht minder aufgebracht und fletschte die Zähne wie das Raubtier, das er im Inneren war.

»Reißt euch zusammen!«, sprach Dorian ein Machtwort. »Ich habe entschieden und so soll es sein. Noah, Alison, packt alles Nötige zusammen. Euch bleibt nicht viel Zeit.«

»Warte einen Moment«, warf ich kleinlaut ein, da ich die Wut im Raum nicht erneut anfeuern wollte. »Was wäre, wenn ich einfach hierbleibe? Wenn ich mich weigere? Was sollen sie schon tun?« Ich wollte nicht zu diesem bescheuerten A'Muén gehen. Nicht, wenn dadurch ein Risiko für den Schlüssel entstand. Was wusste ich schon über Blutmagie? Vielleicht würden sie erkennen, was ich in mir trug und würden versuchen, es aus mir herauszureißen. Bei lebendigem Leib.

»Lasst uns allein«, befahl Ascia harsch, bevor er näher an mich herantrat. Sein Blick wurde weich, als könnte er meine Angst spüren. Er wirkte beinahe wie ein Vater, der sich um seine Tochter sorgte. »Es ist besser, wenn du deine Schuld bei ihnen begleichst, Alison. Ganz egal, welchen Feinden du dich schon gegenübergesehen hast, die Kaskaden willst du auf deiner eigenen Seite wissen. Oder zumindest nicht auf der feindlichen.«

Er drückte beschwichtigend meine Schulter, als würde das alles wiedergutmachen. Ich seufzte tief.

»Na schön. Ich will die Sache nur hinter mich bringen«, gab ich schließlich nach.

»Das wirst du. Und jetzt los.« Er schenkte mir ein aufmunterndes Lächeln und ließ mich dann gehen.

Von Gareth und Noah war draußen nichts zu sehen, weshalb ich mich allein auf den Weg zurück zum Haus machte. Natürlich kam mir kurzzeitig der Gedanke, einfach einen Fluchtversuch zu wagen, aber als ich die Königsdämonen vor den Ställen herumlungern sah, entschied ich mich dagegen. Ich würde vermutlich eh nicht weit kommen.

Zurück in meinem Zimmer begann ich, meine Tasche mit ein paar Wechselklamotten zu füllen, in der Hoffnung, dass ich nicht ganz so viele brauchen würde. Klar war ich froh, hier mal rauszukommen, aber es wäre mir lieber gewesen, zurück nach Ascia zu reisen und nicht zu einem seltsamen Magievolk.

Jemand klopfte an den Türrahmen und als ich aufblickte, erkannte ich Ophelia und Ian. Mit Ian hätte ich vielleicht noch gerechnet, aber ganz sicher nicht mit dieser Pute.

»Ascia lässt dich zu den Kaskaden reisen?«, fragte Ian mit großen Augen, bevor er sich auf mein Bett pflanzte. »Krass.«

Ich beobachtete Ophelia, die ihrerseits überall hinsah, nur nicht in meine Richtung. Was tat sie dann überhaupt hier?

»Hm, ja«, murmelte ich unbestimmt. »Ihr müsstet doch auch dagewesen sein, oder nicht? Dorian sagte mir, dass sie jeden Jäger und jede Jägerin kennenlernen wollen.«

»Schon, aber die Kaskaden sind hierhergekommen und haben uns angeschaut. War eine Sache von fünf Minuten«, erklärte Ian achselzuckend.

»Was ist mit Gareth? Begleitet er dich?«, waren die ersten Fragen, die Ophelia an mich richtete.

Ich verdrehte die Augen und zog den Reißverschluss der Tasche zu. »Keine Sorge. Dein Schätzchen bleibt hier.« Ich schulterte das Gepäckstück und deutete dann mit einem Kopfnicken zum Flur hinaus. »Noah kommt mit.«

Ian und Ophelia verzogen sich schließlich, als ich begann, mir in der Küche ein paar Sandwiches zu schmieren. In Gedanken hing ich aber noch immer bei Ophelias Vernarrtheit in Gareth. Was fand sie so toll an ihm, das aufwog, dass er ein Dämon war?

Kopfschüttelnd packte ich noch einen Beutel Wasser ein und verließ dann das Haus, in der Hoffnung, Noah würde mich finden. Ich verspürte keine Lust, das Camp nach ihm zu durchforsten.

Gerade als ich meine Tasche auf eine Stufe fallen gelassen hatte, hörte ich Gareths Stimme. Neugierig folgte ich ihr, bis ich das Haus einmal umrundet hatte und ihn vor Noah stehend fand. Natürlich stritten sie wieder. Wie konnte es auch anders sein?

»Es geht dir doch einzig und allein darum, dich selbst zu retten«, unterstellte Gareth gerade dem Schattendämon. »Dorian wird wohl kaum milder mit deinesgleichen umgehen, nur weil du aktuell hoch im Kurs stehst«, höhnte er weiter. Das konnte er ziemlich gut.

»Glaubst du, ich bin zum Spaß hier?«, konterte Noah und hob anklagend einen Finger. Sie waren so in ihr eigenes Universum eingetaucht, dass sie meine Anwesenheit immer noch nicht bemerkt hatten. Verdammt, sie konnten sich wirklich, wirklich nicht ausstehen. »Wenn es nach mir ginge, wäre ich schon längst über alle Berge. Also nehme ich das Angebot an und lasse für ein paar Tage diesen grässlichen Ort voll stolzer Königsdämonen hinter mir.« Er spuckte die letzten Worte aus.

»Und dir ist es vollkommen egal, dass du sie dabei in Gefahr bringst?«

»Du übertreibst. Hör dir mal selbst zu, Davenport.« Noah schüttelte fassungslos den Kopf. »Sie ist nur ein Mensch. Hast du mir deshalb nicht ständig in den Ohren gelegen?«

»Das ist …«, begann Gareth, nahm aber endlich meine Wenigkeit wahr.

Ich winkte, unsicher darüber, was ich sonst tun sollte. »Äh, ich bin fertig.«

Noah warf dem Königsdämon einen letzten, finsteren Blick zu, dann stob er an mir vorbei. Vermutlich war *er* noch längst nicht fertig mit dem Packen.

Gareth rieb sich über die glatten Wangen. »Pass auf dich auf, Alison«, sagte er schließlich und es schien ihn einige Überwindung zu kosten.

Als er auf meiner Höhe war, hielt ich ihn mit meinen Worten zurück. »Warum sorgst du dich so plötzlich?«

Seine Lippen wurden zu einer dünnen Linie, bevor er die angehaltene Luft ausstieß.

»Es ist nur … Ich bin einfach nicht fertig mit dir. Noch nicht.«

26. Kapitel

Am Nachmittag brachen wir auf, ohne uns von irgendjemandem zu verabschieden. Gareth war mir aus dem Weg gegangen, was für alle Beteiligten vermutlich das Beste war. Ich konnte noch immer nicht glauben, was er da gesagt hatte. Er hatte mich gebeten, auf mich aufzupassen. Er hatte zugegeben, mich noch nicht loswerden zu wollen.

Das war ganz und gar nicht, wie ich mir unseren vorläufigen Abschied vorgestellt hatte. Mir waren da eher lachen und Party in den Sinn gekommen. Warum also fühlte ich mich dann so, als würde ich am liebsten wieder kehrtmachen, um mit Gareth mein Training fortsetzen zu können?

Oh Mann. Am besten nicht weiter darüber nachdenken. Es war alles schon verkorkst genug.

Noah hatte darauf bestanden zu Fuß zu gehen, da unser Weg durch unwegsames und damit für Pferde ungeeignetes Gelände führte. Sollte mir recht sein. Ich konnte ohnehin nicht reiten. Außerdem fand ich so endlich ein paar dankbare Worte für Gareth, die ich natürlich nicht laut aussprach. Hätte er mich in den letzten Wochen nicht so angespornt, hätte ich das schnelle Tempo, das Noah vorlegte, wahrscheinlich nicht durchhalten können.

Ich kämpfte mich durch das Gestrüpp und nahm erleichtert wahr, dass Noah im Gegensatz zu Gareth zumindest *versuchte*, mir den Weg etwas zu erleichtern, indem er die Zweige zur Seite schob, damit sie mich nicht störten. Hin und wieder wechselten wir uns ab, sodass wir uns gegenseitig helfen konnten.

Der Weg zog sich trotz oder gerade wegen der Anstrengung in die Länge. Noah und ich tauschten kaum ein Wort miteinander aus, selbst nicht in den kurzen Pausen, die wir einlegten, um zu verschnaufen. Es hätte mich nicht wirklich gestört, da es sich hierbei schließlich um einen Schattendämon handelte, allerdings wurde jeder einzelne Schritt in der Stille schwerer zu bewältigen.

Kurz vor Mitternacht, zumindest nahm ich das an, da ich keine Uhr besaß, richteten wir unser Lager mitten im Wald auf dem Laubboden ein. An dieser Stelle standen die Bäume nicht ganz so dicht, was es uns erlaubte, unsere Decken auszubreiten und ein kleines Feuer zu entzünden, an dem ich meine Hände wärmte.

»Was hat Gareth damit gemeint?«, durchbrach ich schließlich unser bisher einvernehmliches Schweigen und knibbelte etwas von dem Brot ab, das er mir gereicht hatte. »Ich dachte, dass gerade Dorian Schattendämonen als gleichwertig ansieht.«

»Belauschst du oft anderer Leute Gespräche?«

Ich vollführte eine wegwerfende Handbewegung. »Kann ich doch nichts dafür, wenn ihr so laut redet.«

»Gareth hasst mich einfach«, kam Noah wieder auf das eigentliche Thema zu sprechen und nahm einen Schluck aus seiner Flasche. Er klang wie ein nörgelndes Kind, als er dann weitersprach: »Er wünscht sich, dass Dorian alle Menschen und Schattendämonen auslöscht.«

»Das glaub ich nicht«, entschlüpfte es mir, bevor ich weiter darüber hätte nachdenken können.

Noah hob hämisch eine Augenbraue. Sein Gesichtsausdruck wirkte in dem Licht der Flammen unnahbar und irgendwie gefährlicher als sonst. »Wieso nicht?«

»Weil …«, begann ich, ohne recht zu wissen, was ich sagen sollte. »Okay«, setzte ich noch mal neu an. »Er sagt normalerweise mindestens zweimal am Tag, dass Menschen schwache Wesen sind, aber … keine Ahnung, es wirkt so, als würde er eher sich selbst als jemand anderen überzeugen wollen. Und was dich angeht …« Ich legte den Kopf schief und blickte Noah direkt in die Augen. Er wich meinem Blick aus. »Ich glaube, da steckt mehr dahinter, als du mir weismachen willst. Irgendetwas ist zwischen euch passiert …«

»Du bist wohl sehr schlau, hm?« Er murmelte noch etwas, das ich nicht verstand, bevor er sich zurücklehnte, um es sich in seinen

Decken gemütlich zu machen. »Versuch, etwas zu schlafen, okay? Wir haben noch einen weiten Weg vor uns.«

Kurz war ich versucht, mehr aus ihm herauszukitzeln, entschloss mich dann aber, mein Glück nicht überzustrapazieren. Ich kuschelte mich eng in die Decke und schloss die Augen, um sofort in einen meiner Albträume gezogen zu werden.

Es war nicht so, dass sie mich in den letzten Wochen in Ruhe gelassen hätten. Gareth war Zeuge, dass sie mich des Öfteren schreiend aufwachen ließen, aber sie waren schon lange nicht mehr derart heftig gewesen.

Ich warf mich hin und her. Auf irgendeinem Level meines Unterbewusstseins realisierte ich, dass ich träumte, aber es drang nicht bis zu mir durch und so wurde ich immer wieder von den Bildern meiner sterbenden Familie gequält.

»Wach auf«, zischte Noah und riss mich damit mit einem Mal aus den Fängen des Albs. »Ich hab was gehört.« Seine Hand war auf meinen Mund gepresst, damit ich uns nicht durch ein unbedachtes Geräusch verriet.

Ich nickte schließlich, um ihm zu bedeuten, dass ich verstanden hatte. Zögerlich entließ er mich aus seinem Griff und begann dann, seine Sachen einzupacken, den Blick immer wieder in die Dunkelheit richtend. Der Morgen konnte nicht mehr fern sein, da das Feuer erloschen war und auch die Sterne mittlerweile verblasst waren. Hektisch rollte ich meine Decken zusammen, befestigte sie an meinem Rucksack und schulterte diesen.

Gerade als ich Noah meine Überzeugung mitteilen wollte, niemanden gehört zu haben, bewegte sich doch etwas links hinter ihm. Dann vernahm ich das Geräusch von schweren Hufen und abknickenden Zweigen.

»Bleib hinter mir«, zischte mein Begleiter, zog sein Schwert und baute sich direkt vor mir auf, als sich das Gestrüpp teilte und ein riesiges Wildschwein schnaubend zum Vorschein kam.

»Was zum …?«, wisperte ich mit erstickter Stimme, als ich die wabernden Schatten wahrnahm, die den Körper des Tieres umgaben. Seine Hauer waren riesig und dunkel verfärbt, als wären sie in Tinte getaucht worden. Aus seinem Maul dampfte eine schwarze Wolke, die kein Gas, aber auch keine Flüssigkeit war. Es scharrte mit seinen Vorderhufen, bis eine kleine Kuhle entstanden war, dann senkte es den Kopf und lief los. Direkt auf uns zu.

»Pass auf, dass es dich nicht berührt«, rief mir Noah noch zu, ehe er sein Schwert niedersausen ließ und ich weiter nach hinten wich.

Ich besaß nicht mal eine Waffe! Verdammt noch mal. Wie sollte ich mich verteidigen, wenn Noah etwas zustieß?

Der Schattendämon aber war nicht so leicht zu besiegen. Diese Erfahrung hatte auch ich schon machen müssen und nun war das Wildschwein an der Reihe, das schmerzvoll aufjaulte, als Noah die Schwertspitze in seine Flanke stieß. So schnell gab es sich allerdings nicht geschlagen und startete einen erneuten Angriff.

Mit weit aufgerissenen Augen beobachtete ich die beiden Kontrahenten in ihrem tödlichen Tanz. Noah konnte jedem Angriff ausweichen, doch dadurch kam er nicht oft genug so nah an das Wildschwein heran, um ihm zu schaden. Schließlich aber siegten Klugheit und die Schärfe eines Schwertes und das tödlich verwundete Tier fiel schwerfällig zur Seite, wo es seine letzten Atemzüge tat.

Der Boden erzitterte.

Noah trat näher, hob das Schwert und köpfte das Schwein mit einem Schlag. Im nächsten Augenblick zerging der Körper zu einer eigenartigen Flüssigkeit.

»Was war das?«, stieß ich atemlos hervor, obwohl Noah den Kampf ausgetragen hatte.

»Ein Tier, das mit einem L'Uchra in Berührung gekommen ist«, erklärte er mir. Er musterte mich von oben bis unten. »Geht's dir gut?«

Ich nickte ungeduldig. »Was ist ein L'Uchra?«

»Ich glaube, ihr Menschen nennt diesen Dämon Schattenblut. Er ist nicht viel mehr als Schatten und eben Blut und kann mir deshalb nichts anhaben. Er ist damals mit uns in diese Welt gekommen.« Er drehte sich um und hob seinen Rucksack auf. »Kommen andere Tiere mit ihm in Berührung, werden sie wahnsinnig. In manchen Fällen sterben sie sofort oder verändern sogar ihr Aussehen. Menschen macht die Berührung krank. Es ist gut, dass sich L'Uchra in dieser Welt nicht fortpflanzen können. Leider sind sie auch ziemlich schwer zu vernichten und leben um die dreihundert Jahre.« Er zuckte mit den Schultern. »Wir müssen vorsichtig sein. Vielleicht gibt es hier noch mehr infizierte Tiere.«

Wir zogen das Tempo an, frühstückten im Gehen und unterhielten uns, wenn überhaupt, nur im Flüsterton. Ich ließ nie mehr als einen Meter Distanz zwischen Noah und mir, da er derjenige mit den Waffen war.

»Warum gibst du mir nicht mal ein kleines Messer?«, bettelte ich zum gefühlt tausendsten Mal.

»Dorians Anordnung«, war seine immergleiche Antwort. Ich schätzte, ich sollte dankbar sein, dass er mir überhaupt noch eine gab.

Schließlich, als der Abend sich erneut über das Land senkte, begegneten wir den ersten Anzeichen von Zivilisation. Nun, mehr oder weniger.

»Sind das … Tiere?«, fragte ich entsetzt, obwohl ich es bereits erkannt hatte. In unregelmäßigen Abständen waren Tierkadaver verkehrt herum an den Bäumen aufgehängt worden. Unter ihnen befanden sich hin und wieder bräunliche Keramikschüsseln, in denen sich das Blut der Tiere sammelte.

»Die Kaskaden glauben, dass sie in dem Blut der Tiere die Zukunft lesen können«, erläuterte Noah und zupfte dann an meinem Ärmel, um mich zum Weitergehen zu bringen.

Ich versuchte, den Schock ob dieser Grausamkeit abzuschütteln. Es gelang mir nicht sehr gut.

»Also glaubst du es nicht?« Ich umrundete eine Schüssel und hielt den Blick starr auf Noahs Rücken gerichtet, der mir einen kurzen Blick über die Schulter zuwarf.

»Es ist nicht wichtig, was *ich* glaube. Oder du. Wenn wir schon mal dabei sind.« Er hielt auf einem kleinen Felsen inne, drehte sich zu mir um und reichte mir die Hand. Ohne zu zögern ergriff ich sie und ließ mir von ihm hochhelfen. Nicht dass ich seine Hilfe wirklich benötigt hätte, aber ich wollte ihn jetzt nicht kurz vor unserem Ziel verärgern. »Alles, was wir tun können, ist, ihre Religion zu respektieren.«

Karkadanvolk

27. Kapitel

Hinter den Felsen ging es wieder bergab. Die Heilige Stätte der Kaskaden lag direkt vor uns und begrüßte uns mit einem Trommelschlag, der meine Knochen vibrieren ließ. Durch die weit auseinanderstehenden Fichten konnte ich bereits die unzähligen Lagerfeuer und die halbnackten Menschen, die sich tanzend darum versammelt hatten, erkennen. Es war faszinierend und beängstigend zugleich. Funken stoben in den schwarzen Himmel, als jemand neues Holz nachlegte, an dem sich die Flammen gütlich taten.

Auf den ersten Blick erkannte ich, dass kaum Männer anwesend waren, obwohl ich zuerst anderer Meinung gewesen war. Die Frauen trugen beinahe ausnahmslos tätowierte Glatzen zur Schau, wirkten stolz unter ihrer blauen Kriegsbemalung, als sie ihre nackten Füße im Takt der Musik vom staubigen Boden lösten und wieder in Kontakt mit ihm traten. Manche von ihnen, diejenigen, die mich am meisten einschüchterten, trugen Tierschädel wie Masken vor ihren Gesichtern. Ochse. Schakal. Hirsch. Adler. Nur Knochen, Schnäbel, Zähne und Schatten.

»Wow«, entschlüpfte es mir, was Noah zum Lachen brachte.

»Ich weiß.« Er umfasste sanft meinen Unterarm und zog mich weiter vorwärts. »Komm. Wir sollten die Sache schnellstmöglich hinter uns bringen.«

Ich war noch immer so von seiner Berührung überrascht, dass ich ihm fügsam gehorchte. Wann hatte mich jemand das letzte Mal in Freundlichkeit berührt? Ich konnte mich schon nicht mehr daran erinnern. Die letzten Wochen waren einzig und allein von Gareth bestimmt gewesen, dessen Berührungen ganz bestimmt nicht liebevoll gewesen waren.

Als wir den inneren Kreis der Versammlung betraten, wurden wir zwar von neugierigen Blicken verfolgt, das Tanzen und die Gespräche versiegten jedoch nicht. Ein paar Älteste saßen um eines der Feuer und sangen in ihrer eigenen Sprache, die ich nicht verstand.

Noah brachte mich schließlich zu einem erhöhten Punkt, auf dem eine dunkelhäutige Frau im Schneidersitz vor einem der kleineren Feuer saß. Die Schatten der Flammen schienen die Tätowierungen auf ihrem Schädel lebendig werden zu lassen und ließen die Piercings an Mund und Nase aufschimmern. Ich konnte meinen Blick nicht abwenden, bis die Oberste, die Stammesführerin, ihre klangvolle Stimme erhob.

»Wir haben lange auf dich gewartet, Jägerin«, begrüßte sie mich, bevor sie sich aus ihrem Schneidersitz schlängelte und aufstand. Sie beugte sich vor, um erst mir und dann auch Noah einen Kuss auf die Stirn zu hauchen.

»Sie … Sie müssen wissen, dass ich das nicht absichtlich gemacht habe«, rechtfertigte ich mich augenblicklich. Ihre schwarzen Augen machten mich nervös. »Es tut mir wirklich leid.«

»Du hast Glück, dass er kein Teil unseres Stammes mehr war, sonst würdest du mit deinem Leben dafür bezahlen«, sagte sie gnadenlos.

»Okay«, nuschelte ich mangels einer wirklichen Antwort und rückte näher zu Noah.

Pilgrim ignorierte mich und deutete mit einer Handbewegung zu einem der größeren Feuer, an das sich nun auch einige Stammesmitglieder gesetzt hatten. Noah berührte mich leicht am Ellbogen, als befürchtete er, ich würde auf dem Absatz kehrtmachen und wieder abhauen.

Damit läge er wohl gar nicht so falsch.

Wir ließen uns zwischen zwei in Wildleder gekleideten, glatzköpfigen Frauen ohne angsteinflößende Knochenmasken nieder. Auch auf ihren Schädeln befanden sich Tätowierungen, aber nicht in demselben Ausmaß wie bei Pilgrim. Ihre Kleidung hingegen ähnelte sich sehr. Sie hatten ihren Busen mit einem breiten Streifen Wildleder bedeckt und trugen Röcke ohne einen klaren Schnitt. Solange es noch so warm war wie jetzt Anfang Dezember, war das wohl kaum ein Problem, aber ich fragte mich insgeheim, was sie trugen, wenn der erste Schnee fiel.

Der Baumstamm, auf den wir uns setzten, fühlte sich rau und unangenehm an. Ich war nicht zimperlich, aber die allgemeine Situation schlug mir schwer aufs Gemüt. Klar, ich war seit Wochen eine

Gefangene der Dämonen, aber immerhin wusste ich, wer und was sie waren. Die Kaskaden hingegen waren ein großes Geheimnis.

Geheimnisse machten mir Angst.

»Esst«, sagte die junge Frau neben mir und reichte Noah und mir jeweils eine Schüssel mit einem dampfenden, grünlich schimmernden Brei.

Ich warf Noah einen zweifelnden Blick zu, während ich mit dem hölzernen Löffel die Pampe durchmischte. Wollte ich das wirklich essen?

Möglichst unauffällig beugte ich mich seitlich zu Noah. »Was ist, wenn es vergiftet ist?«, zischte ich ihm ins Ohr, in der Hoffnung, mich würde niemand außer ihm hören.

»Wenn du nicht isst, beleidigst du sie in ihrer Gastfreundschaft.« Seine hellgrünen Augen wirkten in dem Licht des Feuers ungewohnt dunkel. »Glaub mir, das willst du wirklich nicht tun.« Er aß einen Löffel. »Schmeckt gar nicht mal so übel.«

Ich stieß ein genervtes Schnauben aus, entschied aber, dass Noah wohl recht hatte. So wie es aussah, hatte ich zwei Optionen: Ich weigerte mich, von dem Essen zu kosten und würde wegen Beleidigung gefoltert und getötet werden. Oder ich aß und überlebte Schrägstrich starb an einer Vergiftung.

Seufzend führte ich den Löffel an die Lippen, pustete etwas, um mich nicht an dem Eintopf zu verbrennen, und nahm dann den ersten Bissen.

Es schmeckte überraschenderweise so gut wie die Mahlzeiten, die Eliza zubereitete, was mich hoffen ließ, dass es vielleicht doch nicht vergiftet war.

Die Frau neben mir reichte uns einen Trinkbeutel und sah mich so lange durchdringend an, bis ich einen Schluck des bitteren Weins genommen hatte. Ich lächelte sie gezwungen an, bevor ich den Beutel an Noah weiterreichte, der viel mehr als ich davon trank.

»Ich beginne zu verstehen, wieso Gareth mich hier nicht haben wollte«, flüsterte ich mit einem Blick auf die noch immer wogende, tanzende Masse. Es schien, als würden sie in eine Art Trance verfallen, sobald sie sich dem Rhythmus der Musik hingaben. »Sie sind verrückt.«

»Tust du nicht«, widersprach mir Noah abrupt in einem ungewohnt ernsten Ton.

Erstaunt suchte ich seinen Blick, doch er hatte seine Augen fest auf die Schüssel gerichtet.

»Wie bitte?«

Endlich hob er den Kopf. Seine sonst so fröhliche Miene wirkte distanziert und unnahbar.

»Du denkst, er kümmert sich um dich? Schert sich um dein Wohl?«, stieß er beinahe zornig hervor.

Verwirrt runzelte ich die Stirn. Ich verstand nicht, womit ich diesen Zorn hervorgerufen hatte.

»Ich habe nicht …«, begann ich, aber er ließ mich nicht ausreden.

»Er sorgt sich einzig und allein um sich selbst und ganz sicher nicht um einen Menschen. Weißt du, was er mir sagte, kurz nachdem du zu uns gekommen bist?« Nicht dass das freiwillig geschehen wäre … Das hätte ich gerne gesagt, doch meine Neugier ließ mich den Mund halten. »Er sagte, dass du wie ein Zweig brechen würdest und er liebend gerne dabei zusehen wird.«

Ich schüttelte den Kopf. »Anscheinend lag er ja falsch. Das ist nichts Neues. Ich bin noch hier, wie du siehst.«

»Ja, und das ist ganz sicher nicht ihm zu verdanken. Er hat alles versucht, um dich niederzumachen, um dich zu brechen, oder nicht?«, presste er hervor.

»Warum erzählst du mir das jetzt alles?« Klar, die Nachricht, dass er und Gareth sich nicht leiden konnten, war mittlerweile auch bei mir angekommen, aber das hatte ihn bisher auch nicht veranlasst, so schlecht über Gareth zu reden.

»Weil du es verdienst zu erfahren, wem du vertrauen kannst und wem nicht«, schloss er, bevor er seine Schüssel auf den Boden warf, sich erhob und davonstapfte.

»Was zum Teufel …?«, murmelte ich, vollkommen fassungslos über dieses Gespräch. Ich hatte nicht den blassesten Schimmer, woher das auf einmal gekommen war. Wieso führte ich plötzlich ernste Gespräche mit einem Dämon?

Ich legte meine Schüssel gerade kopfschüttelnd beiseite, als ich die Präsenz von jemand anderem direkt hinter mir spürte. Ich sah auf und blickte in das Gesicht von Sousha. Ihre Augen verrieten ihre Abscheu nur zu deutlich, während ihr langes Haar in der leichten Brise wehte.

»Ich bringe dich zur Vorbereitung zu unserer Stätte«, erklärte sie mir und wartete, bis ich meinen Rucksack aufgegabelt hatte, um ihr zu folgen.

Gemeinsam bewegten wir uns durch die vielen Menschen, bis wir den Lagerplatz hinter uns gelassen und die Zelte erreicht hatten. Die Leinenwände wirkten unnatürlich weiß in der Dunkelheit.

Sousha führte mich in ein großes Zelt, das sich auf der linken Seite befand, und hielt freundlicherweise die Plane, die den Eingang verdeckte, für mich auf. Im Inneren hatten sich ein paar Frauen versammelt, die auf Decken und Teppichen knieten, plauderten und Tee zu trinken schienen. Bei unserem Eintreten versiegte ihr Gespräch und ihre Blicke fuhren neugierig zu uns.

»Setz dich.« Sousha deutete auf eine Stelle neben den Frauen. Ich gehorchte, da ich keine Ahnung hatte, was ich sonst tun sollte.

Sie selbst setzte sich mir gegenüber und sagte etwas in dieser fremden Zunge. Die Frauen kicherten, antworteten und eine von ihnen begann damit, Soushas langes Haar zu kämmen.

»Du bist anders als die restlichen Jäger«, meinte eine der älteren Frauen. Zwischen ihren blau übermalten Brauen prangte ein kleines Sternentattoo und sie trug lange, aus Knochen geschnitzte Ohrringe. »Mein Name ist Lou.«

»Freut mich, dich kennenzulernen, Lou«, sagte ich und meinte es ehrlich. Sie war die Erste, die mich freundlich ansprach. »Was … was genau meinst du damit? Ich dachte, sie wären nie hier gewesen?«

»Oh, das waren sie auch nicht«, lächelte sie. »Aber Sousha und Cora haben uns anderen davon berichtet.«

Cora schien die Frau mit den stechend blauen Augen und der gepiercten Unterlippe zu sein, die links neben Lou saß. Ihr Lächeln schien von Herzen zu kommen. Zumindest soweit ich das beurteilen konnte.

»Oh, okay«, murmelte ich und hielt weiter meinen Rucksack umklammert, als würde er mir Kraft geben. »Seid ihr nicht … keine Ahnung, wütend auf mich, weil ich einen der euren getötet habe?« Noch immer fiel es mir schwer, mit dem Gedanken zurechtzukommen, einen Menschen gegessen zu haben.

»Er war keiner mehr von uns«, antwortete Lou, hob ihren dampfenden Holzbecher und legte ihn an ihre vollen Lippen. »Pilgrim brauchte einfach nur einen Grund, dich hierherzubekommen.«

Überrascht riss ich die Augen auf. »Was? Wieso?«

»Sagte sie nicht.« Sie stellte den Becher wieder ab und verschränkte dann ihre hellbraun bemalten Hände in ihrem Schoß. »Sie sieht mehr als wir. Die Vergangenheit, die Gegenwart und die Zukunft.«

Ich schluckte heftig und kämpfte gegen den inneren Drang an, mit meinen Fingern über die Erhebung des Schlüssels zu streichen. Sie konnte nicht davon wissen, oder?

Obwohl ich keine Möglichkeit sah, wie sie das in Erfahrung hätte bringen können, beruhigte es mich keineswegs.

Lucy hatte mir gesagt, dass sie den Schlüssel von einer Fremden bekommen hatte, die die Last nicht länger tragen konnte. Die Fremde war auf der Flucht vor bösen Menschen, hatte Lucy gesagt, ein paar Monate, bevor ich zur Trägerin des Schlüssels geworden war. Damals war ich nicht klug gewesen, nicht bedacht, nicht vorausschauend. Ich hatte bloß den Durst nach Rache verspürt, mit dem mich Lucy infiziert hatte, und da war kein Platz mehr gewesen für Fragen nach diesem seltsamen, mächtigen Schlüssel.

Die Stirn runzelnd versuchte ich mich wieder auf die Gegenwart zu konzentrieren. Cora reichte Sousha ein Haarband, mit dem sie den geflochtenen Zopf befestigte.

»Wieso hast du lange Haare und ihr alle … nun ja, nicht?«, fragte ich und hoffte, niemanden unabsichtlich zu beleidigen.

Sousha warf mir einen zornigen Blick zu, den sie mit aller Macht niederzukämpfen schien. Den hatte sie im Bruchteil einer Sekunde durch milde Missbilligung ersetzt und ich war mir nicht mehr sicher, ob ich die Wut wirklich gesehen hatte.

»Pilgrim hat Großes mit mir vor«, antwortete sie distanziert, bevor sie sich erhob und das Zelt verließ.

Entschuldigend blickte ich in die Frauenrunde. »Es tut mir leid. Ich wollte sie nicht …«

»Schon in Ordnung«, beschwichtigte mich Lou. »Wenn wir das Ritual der Reife vollziehen, werden wir unserer Haare beraubt, da wir sie nicht länger brauchen, um unsere Kräfte zu bewahren. Pilgrim muss dafür jedoch ihr Einverständnis geben und das hat sie bei ihr noch nicht getan.«

»Ist das so ungewöhnlich?« Ich lockerte den Griff um meine Tasche etwas. Sousha schien die Spannung in meinen Gliedern mitgenommen zu haben.

»Normalerweise vollziehen wir das Ritual im Alter von sechzehn Jahren.« Lou neigte leicht den Kopf. »Sousha ist bereits neunzehn.«

»Oh.« Dann wäre ich vermutlich auch beleidigt. Ich kannte mich leider zu wenig aus und wusste nicht, was dieses Ritual der Reife bewirken sollte, aber es war klar, dass es von unschätzbarem Wert war.

Arme Sousha. Jetzt konnte ich ihren Zorn ein wenig besser verstehen.

»Möchtest du dich ausruhen, während wir dich vorbereiten?«, schlug Lou vor.

»Danke, aber ich denke, ich würde eh kein Auge zukriegen«, gestand ich und erntete sanftes, sympathisierendes Lachen.

»Fouri, bring uns bitte die Farbe, ja?«

Die scheinbar Jüngste in der Runde erhob sich und schlich geschwind auf nackten Füßen zum hinteren Teil des Zeltes. Auf ihren Hinterkopf war ein sehendes Auge tätowiert, das die Wirkung entstehen ließ, sie würde uns auch jetzt noch beobachten. Ein eiskalter Schauer rann mir den Rücken hinab.

Fouri kehrte schließlich mit drei Tontöpfen Farbe und mehreren Pinseln zurück. Lou breitete die Utensilien vor sich auf einer ledernen Unterlage aus, während sie mich bat, meine Hände nach vorne zu strecken.

»Das sind heilige Symbole, die dir bei dem Ritual helfen werden, deine Kraft zu fokussieren«, erklärte sie mir, bevor ich die kühle rote Farbe auf meinem Handrücken spürte.

»Meine Kraft?« Meine Stimme klang viel zu hoch in meinen Ohren.

Lou lächelte bloß verständnisvoll, bevor sie weitere Linien zog und dann den Pinsel wechselte, um die schwarze Farbe zu benutzen. Als meine linke Hand bereits trocknete und sie sich der rechten widmete, ertönten die Trommeln, die irgendwann nach meiner Ankunft versiegt waren.

»So. Es ist vollendet«, verkündete Lou, lehnte sich ein Stück weit zurück und betrachtete ihr Kunstwerk.

Ganz fasziniert hob ich die Hände näher an mein Gesicht und beobachtete die intensiven Linien, die sich wie Schlangen über meine Haut zu bewegen schienen.

Unwillkürlich war ich aufgestanden und ließ mir nun von Lou die Jacke abnehmen. Die Trommeln brachten mein Blut zum Singen.

»Es ist Zeit«, sagte Lou mit gedämpfter Stimme und wirkte plötzlich Welten entfernt, als sie mich zum Zeltausgang führte.

Ich blickte noch einmal zurück in die zuversichtlichen Gesichter der Frauen, holte tief Luft und trat dann nach draußen in die warme Nacht, die von nach Kräutern duftendem Rauch und nackten, schwitzenden Körpern erfüllt war. Nun ja, fast nackt.

Am liebsten hätte ich direkt auf dem Absatz kehrtgemacht.

28. Kapitel

Vor mir eröffnete sich ein Pfad, der von Menschen flankiert wurde, die allesamt auf mein Erscheinen gewartet hatten. Ich zwang mich, nicht mit meinen frisch bemalten Händen über meine nackten Oberarme zu reiben. Schließlich wollte ich nicht riskieren, meine Kraft deshalb nicht richtig fokussieren zu können. Was auch immer das letztendlich zu bedeuten hatte.

Hinter mir schlossen die Menschen die Lücke wieder und folgten mir zum Mittelkreis, in dem sich Pilgrim, Sousha, eine weitere Frau und Noah befanden. Ich wurde schnell von dem Falken abgelenkt, den Noah in seinen Händen hielt, als würde er ihn gleich in die Lüfte entlassen.

Noah trug mit Hose und Schuhe von allen noch am meisten Kleidung. Sein Hemd schien er offensichtlich irgendwo verloren zu haben. Nicht dass er es brauchen würde. Seine gebräunte Haut und die Muskeln darunter waren durchaus anschmachtwürdig. Zum ersten Mal fiel mir auf, dass er eine Kette trug. Bei dem silbernen Anhänger handelte es sich um eine Erkennungsmarke, wie sie menschliche Soldaten trugen. Ich fragte mich, was sie für ihn bedeutete.

»Willkommen, Jägerin«, begrüßte mich Pilgrim und die Trommeln erstarben abrupt. Auch der Singsang stoppte. »Du bist hier, um deine Schuld zu begleichen und die Seele deines Opfers zu befreien. Shinu war ein freier Falke, der unserem Volk viel Ehre erwiesen hat. Dies ist sein Totem.« Shinu war anscheinend mein Opfer gewesen. Noah übergab ihr den Falken, dessen Augen plötzlich groß und schwarz aussahen, als würden sie gleich aus seinem Kopf fallen. »Der Falke muss geopfert werden, denn er ist Shinus Schutzgeist und nur er kann seiner Seele den richtigen Weg weisen.«

Sousha streckte mir ihre Hände mit den Flächen nach oben entgegen. Auf ihnen lag ein rund fünfzehn Zentimeter langer Dolch, dessen Klinge spitz und gefährlich aussah.

»Es ist deine Aufgabe, dieses Opfer zu bringen, um dein erstes zu sühnen«, erklärte Pilgrim, als ich mich nicht bewegte.

Mein Herz raste. Ich sollte das Tier töten? Dabei konnte ich mich nicht mal daran erinnern, jemals einen Falken getötet zu haben. Es kam des Öfteren vor, dass ich in den Rayons jagen musste, um Nahrung zu beschaffen, aber darunter war doch noch nie ein Jagdvogel gewesen, oder? Vielleicht interpretierte ich die Sache auch falsch und Shinu war nie ein Falke gewesen, aber der Falke war trotzdem sein Schutzgeist?

Ich hatte nicht den blassesten Schimmer, wie das hier funktionierte und musste mich dieser Tatsache stellen. Ich presste die Lippen zusammen, dann griff ich nach dem Messer, das leicht und komfortabel in meiner Hand lag.

Pilgrim streckte mir den Vogel entgegen. Ich fing seinen verschreckten Blick auf, bevor ich mit meinen Fingerkuppen sein Gefieder berührte und mit der anderen Hand dann sein Herz durchstieß. Er war sofort tot und ich fühlte mich keineswegs besser.

Erst recht nicht, als ich sah, was Pilgrim tat.

Die Trommeln und der unheimliche Singsang schwollen erneut an, packten meinen Kopf in Watte und brachten gleichzeitig mein Blut zum Kochen.

Pilgrim drehte den blutenden Vogel in ihren Händen, schlitzte ihm mit dem Messer die Brust auf, bevor sie die Klinge fallen ließ, um ihre Finger darin zu vergraben. Mir entfuhr ein schockiertes Keuchen, als sie das Herz herausriss, um es so eingehend zu betrachten, als wäre in ihm die Zukunft eingeritzt.

Meine Finger verkrampften sich, dann schob sie sich das kleine, einstmals lebendige Herz in den Mund und kaute es genüsslich.

Mir wurde schlecht und ich war kurz davor, mich zu übergeben, doch da erhoben sich Rasseln zu den Trommeln, der Singsang wurde drängender und gewaltiger, als sich Pilgrims Augen drehten, bis nur noch das Weiß sichtbar war. Ihre Hände schossen hervor und sie versenkte ihre Fingernägel in meine Schultern.

Ihre Augen rollten wieder nach vorn und ihre schwarzen Pupillen bohrten sich in meine. Ich konnte nicht wegschauen, war gefangen in ihrem Blick und ließ sie in meinen Kopf hinein, ohne es zu wollen. Alles in meinem Körper wehrte sich gegen ihr Eindringen, doch es schien, als wäre ich losgelöst von ihm.

Ich war im wahrsten Sinne des Wortes in mir selbst gefangen und ich ahnte, dass ich sterben würde, sollte es mir nicht gelingen, mich zu befreien.

Meine Gedanken galten einzig und allein dem Schlüssel, von dessen Existenz Pilgrim nichts erfahren durfte. Ich konnte ihr nicht vertrauen, denn ich wusste nicht, was dieses Wissen in ihr auslösen würde. Was sie tun würde, wenn sie erkannte, welche Macht in mir wohnte.

Also entschied ich mich dafür, nicht aufzugeben, selbst als sie immer tiefer und tiefer in mir grub, um sich das anzueignen, was mich ausmachte.

Ich kämpfte.

Ich schrie.

Ich kratzte.

Und weinte.

Gerade als sie ihre Finger nach dem Schlüssel in mir ausstreckte, fand ich meinen Körper wieder und schubste Pilgrim so heftig von mir fort, dass sie rücklings auf den Boden fiel.

Die Geräusche um mich herum versiegten. Spannung, Schock und Angst lagen in der Luft, bevor die Ersten aufschrien und sich um Pilgrim versammelten, während mein Blickfeld verschwamm.

Ich starrte heftig atmend in die Gegend, ohne wirklich etwas wahrzunehmen, bis Noah wieder an meiner Seite war und mich einmal kräftig schüttelte. Sein Gesicht nahm endlich wieder Konturen an.

»Lass uns gehen. Sofort«, drängte er mich, umfasste meine Hand und führte mich aus dem Mittelkreis hinaus. Einige schienen unsere Flucht zu bemerken, aber niemand wagte es, uns aufzuhalten. Die allgemeine Aufmerksamkeit galt weiterhin Pilgrim.

»Meine Sachen sind dort.« Ich deutete auf das Zelt.

»Geh rein, hol sie und triff mich wieder hier. Lass dich nicht aufhalten, okay?« Seine Hand berührte sachte meine Wange, ehe er sich abwandte.

Ich nickte, da war ich schon auf dem Weg in die entgegengesetzte Richtung. Schnell lief ich zum Zelt, stürmte hinein und erkannte mit Erleichterung, dass das Innere verlassen war. Draußen ertönten erneut Trommeln. Oder war es Donner?

»Keine Zeit«, spornte ich mich selbst an, zog meine Jacke über, schulterte meine Tasche und floh wieder nach draußen, wo ich nur ein paar Sekunden auf Noah warten musste. Er hatte sich auch wieder angezogen, packte mich unsanft am Oberarm und drehte mich in die Richtung, aus der wir vor ein paar Stunden gekommen waren.

Wir liefen so schnell wir konnten, bis wir den Felsen auf der anderen Seite hinabklettern konnten und den Wald erreichten. Dort mussten wir unser Tempo etwas drosseln, doch als wir erneut von lautem Donnergrollen verfolgt wurden, trieben wir uns selbst weiter an.

»Was zur Hölle war das?«, verlangte Noah zu wissen. Er schien kaum außer Atem zu sein.

»Ich … ich weiß es nicht«, gestand ich keuchend zwischen mehreren Atemzügen. »Sie war irgendwie in meinem Kopf und …«

»Und was?«, rief er und brachte mich dadurch beinahe zum Stolpern.

Warum, warum, warum? Wieso hatte Pilgrim mich gewollt? War es wirklich der Schlüssel oder steckte noch etwas anderes dahinter?

»Eine der Frauen, Lou, sagte etwas zu mir«, gestand ich und duckte mich unter einem dicken Ast hinweg. »Dass der Tod von Shinu nur eine Ausrede war, mich nach A'Muén zu locken.«

Noah warf mir über seine Schulter einen musternden Blick zu. »Was könnte Pilgrim denn sonst von dir wollen?«

»Ich weiß es nicht«, log ich, denn natürlich wusste ich, worauf sie es abgesehen hatte. Sie wollte den Schlüssel. Ganz sicher.

Das Gewitter kam immer näher und schon bald zuckten die ersten Blitze über den Himmel. Es dauerte nicht lange, bis wir vom Regen eingeholt wurden. Unser Tempo hatte sich mittlerweile deutlich verlangsamt. Ganz egal, wie gut Noahs Kondition war, auch er hielt die Geschwindigkeit mit so vielen Hindernissen nicht konsequent durch. Immerhin trug ich die Schuld an unserer verlangsamten Flucht nicht allein.

Schon nach wenigen Minuten war meine Kleidung komplett vollgesogen und klebte und rieb über meinen Körper. Ich nieste heftig.

»Meinst du nicht, wir haben genügend Abstand zwischen uns gebracht?«, fragte ich erschöpft. »Ich meine, ich habe getan, was sie von mir verlangt haben. Das mit Pilgrim war nicht meine Schuld. Sie werden mich … uns wohl kaum deswegen verfolgen, oder?«

»Willst du das wirklich riskieren?«, rief er über den tosenden Sturm hinweg, als der Abstand zwischen den Bäumen weiter wurde und wir einen anschwellenden Bach erreichten. Schon bald würde er einem reißenden Fluss gleichen.

»Den Weg haben wir aber vorher nicht genommen«, krächzte ich.

»Das ist eine Abkürzung. Ich habe Dorian versprochen, dich unverletzt zurückzubringen und das werde ich tun«, erklärte er mit voller Inbrunst. Er machte sich bereit dafür, zum rutschigen Ufer hinabzusteigen, als ich ihn panisch an seiner Jacke zurückhielt.

»Ich kann aber nicht schwimmen!«, schrie ich über das schwere Donnergrollen hinweg.

Er riss vor Überraschung die Augen auf, dann wurde diese von Verärgerung abgelöst.

»Wo hast du gewohnt? Hinterm Mond?«, brüllte er, zog seinen Rucksack aus und bedeutete mir, ihn über den meinen zu ziehen. »Du hältst dich mit allem, was du hast, an mir fest, okay?«

Nein. Nicht okay.

Trotzdem nickte ich, ließ mich von ihm zum Ufer führen und klammerte mich, sobald unsere Füße von Wasser umfasst wurden, an seinen Schultern fest. Es wurde von Schritt zu Schritt tiefer und schon bald hatte ich keinen Boden mehr unter den Füßen. Noah berührte mich an meinen Oberschenkeln und zog sie hoch, sodass ich verstand, dass ich meine Beine um seine Mitte schlingen sollte. Das gab mir tatsächlich mehr Sicherheit.

»Das ist Wahnsinn«, nuschelte ich, bevor mich eine kleine Welle, die mir bis zu den Schultern reichte, erzittern ließ. Ich presste mich noch enger an Noah, als er kurz seinen Halt verlor, abrutschte und wir beide komplett vom Bach umspült wurden.

Ich spürte, wie er sich wieder an die Oberfläche kämpfte und wollte es ihm erleichtern, indem ich mich von ihm löste, doch er erkannte meine Absichten, noch bevor ich es tat, und umklammerte meine Hand, die auf seiner Brust lag. Im nächsten Augenblick füllte wieder Luft unsere Lungen und wir erreichten das gegenüberliegende Ufer.

Keuchend zogen wir uns an den Grasbüscheln nach oben, ungeachtet des Matsches, bis wir wieder festen Boden unter den Füßen hatten.

»Danke«, hustete ich, reichte Noah seinen Rucksack und kämpfte mich dann zurück auf die Beine.

»Wir müssen noch ein gutes Stück zurücklegen, okay?« Er war vor mir stehen geblieben und blickte mich durch den Regen hindurch an. Es war so dunkel, dass ich kaum die Hand vor Augen sehen konnte, aber irgendwie spürte ich, dass er mich sorgenvoll ansah.

»Alles gut«, versicherte ich ihm, irgendwie gerührt von seiner Rücksicht, und setzte mich dann wieder in Bewegung, vor allem, da ich wie Espenlaub zitterte. Ich war mir sicher, nie wieder trocken zu werden.

Der Wald war hier wieder etwas dichter als vorher, sodass wir langsamer vorankamen, dafür mussten wir uns aber weniger mit dem Regen herumschlagen, der von den dichten Baumkronen abgehalten wurde. Nass war ich durch den Bach trotzdem bis auf die Knochen.

Ich wollte nur noch zurück ins Camp. Dieser Ausflug war das totale Desaster gewesen und Gareth war vermutlich der Erste, der uns bei unserer Rückkehr vorhalten würde, dass er es uns ja gesagt hätte. Aber selbst die Aussicht darauf dimmte meine Sehnsucht nicht. Wie schön es jetzt wäre, in mein Bett zu fallen, die Augen zu schließen und einmal keinen Albtraum zu haben.

Noah war plötzlich stehen geblieben, sodass ich von hinten gegen ihn prallte und ihn dabei beinahe umstieß. Er konnte sich gerade noch halten.

»Was ist los?«, fragte ich und sah mich hektisch um, konnte aber nichts außer Regen und Schatten erkennen.

»Sei still«, befahl er mir forsch. Etwas beleidigt wegen seines Tonfalls verschränkte ich die Arme vor meinem Oberkörper, sah mich aber etwas aufmerksamer um. Dann hörte ich es auch. Es klang, als würde sich uns ein Schwarm Enten nähern. »Verdammt!«, fluchte er.

»Noah?« Meine Stimme zitterte nicht mehr nur vor Kälte.

»Plucks«, erklärte er und ich wusste augenblicklich, dass er recht hatte. Ich hatte schon des Öfteren Bekanntschaft mit den dämonenartigen Viechern, sogenannten Plucks, gemacht. Sie waren fiese kleine Dinger, die sich auf sechs stelzenartigen Beinen fortbewegten und die große schwarze Augen sowie ein riesiges Maul mit vier Reihen rasiermesserscharfer Zähne besaßen. Zudem pflanzten sie sich fort wie die Karnickel.

Noah umfasste meine Hand und zerrte mich nach links. Ich konnte nicht sagen, woher er wusste, dass wir den Plucks dann nicht direkt in die Arme laufen würden, aber ich vertraute ihm. Ein Blitz erhellte die Nacht, als ich gerade über meine Schulter blickte, während wir weiterliefen. Ich keuchte entsetzt. Das Bild, das ich während des kurzen Aufblitzens erhaschte, ließ mir einen Schauder über den Rücken laufen.

»Sie haben uns bald eingeholt, Noah!«, rief ich und legte noch einen Zahn zu. »Es müssen zehn oder zwölf sein.«

Die Dinger waren zwar nicht sonderlich groß, gerade mal etwa dreißig Zentimeter breit und hoch, aber sie waren flink und bösartig.

»Scheiße«, knurrte Noah und blieb stehen. Er zog mich an seine Seite. »Nimm das. Verteidige dich, so gut es geht.« Zwei Klingen landeten in meinen ausgestreckten Händen. Noah verlor keine Zeit, sondern begann sich sofort zu wandeln. Seine Augen wurden augenblicklich weiß und er entwickelte sich zu einem Raubtier. Knurrend lief er direkt auf die Plucks zu, die vor Schreck quakten. Offenbar hatten sie nicht mit einer direkten Attacke gerechnet.

Ich konnte Noah nur wenige Sekunden in seinem Kampf beobachten, da wurde ich auch schon selbst mit hineingezogen. Entschlossen befreite ich mich von meinem Gepäck und attackierte dann einen Pluck, der auf mich zugesprungen kam. Sie konnten fast zwei Meter hoch springen, was ein ganz schöner Vorteil für sie war, aber ich hatte damit gerechnet. Das war nicht mein erster Kampf mit ihrer Art.

Ich hob meine linke Hand als Köder und als es sich in diese Richtung wandte, stieß ich mit dem Messer in der rechten von unten zu. Sein Quaken verebbte. Ich schüttelte den Kadaver vom Messer und musste mich dann schon gegen den nächsten Pluck verteidigen.

Aus den Augenwinkeln stellte ich immer wieder fest, dass Noah sich gut hielt und einen Pluck nach dem anderen abfertigte, bevor sich ein weiteres unnatürliches Geräusch in das Ensemble des Sturms mischte. Es hätte leicht mit dem Wind verwechselt werden können, doch dazu war es zu durchdringend und zu kalt. Das Böse war auf dem Weg zu uns und hatte uns fast erreicht. Ein Blick zu Noah verriet mir, dass er es auch gehört hatte. Meine Nackenhaare stellten sich auf, bevor ich den nächsten Pluck erst verletzte und dann an seinen pelzigen Fühlern hochriss, um ihm das Messer von unten ins Herz zu rammen. Ihre Panzer auf der Rückseite waren fast undurchdringbar.

Dann sah ich zum allerersten Mal ein L'Uchra und es war keine schöne Erfahrung. Das Wesen schwebte links neben mir zwischen den Bäumen hervor, bestand aus einem festen schwarzen Schattenkörper und dann wieder nicht. Unter ihm sammelte sich dieser eigenartige Dampf, den ich schon bei dem infizierten Wildschwein gesehen hatte. Schwarz, weder Gas noch Flüssigkeit.

»Du darfst es nicht berühren!«, brüllte Noah in meine Richtung. Ich konnte mich nicht mal bewegen, so ängstlich war ich in diesem Augenblick.

Tentakel stoben aus dem Schattenblut hervor, als würden sie den Regen abtasten, und es kam immer näher und näher. Der Körper schien sich zu verformen, wurde länger und dann wieder breiter. Ich konnte weder Augen noch Mund erkennen, bevor meine Starre endlich nachließ und ich geistesgegenwärtig zurückwich. Doch da wurde ich von hinten von einem Pluck angegriffen, der seine Zähne in meine Schulter rammte. Ich schrie auf. Meine Beine klappten zusammen und ich fand mich auf dem Boden kniend wieder. Unwillkürlich riss ich an dem Körper des Viehs, obwohl ich mir dabei nur selbst wehtat. Seine Zähne gaben nicht nach, also stieß ich blind vor Schmerz mit dem Messer gegen seinen Panzer, immer in der Angst, dass mich das Schattenblut jeden Moment erreichen würde. Schließlich traf ich den Anus des Tieres, das aufjaulte und dadurch seinen Biss löste. Ich zog den Körper vor mir auf den Boden, damit ich ihm die Klinge in den Bauch stechen konnte.

Erleichtert drückte ich eine Hand auf meine blutende Wunde, nahm das zweite Messer in die andere Hand, blickte auf und sah direkt ins Nichts.

Die Tentakel des L'Uchra holten aus und schmetterten auf mich zu. Instinktiv ließ ich die Messer fallen und rollte mich zur Seite ab, doch die Spitze eines Tentakels bekam mein Fußgelenk zu fassen und zog mich daran zurück. Ich kämpfte und trat, doch es half alles nichts. Ein zweiter Tentakel fuhr schmerzhaft über meine Wange. Es brannte wie Feuer.

»Noah!«, rief ich und er eilte mir zu Hilfe.

Was auch immer er tat, es schien die Bestie zu verjagen. Kraftlos blieb ich auf dem nassen Boden liegen, fasste an meine verwundete Schulter und die brennende Wange. Mir war schlecht und heiß. Ich zitterte, obwohl ich die Kälte nicht mehr spürte.

»Lass mich mal sehen.« Noah war wieder bei mir, griff beinahe zärtlich nach meiner Hand und hob sie von meinem Gesicht, damit er sich selbst ein Bild machen konnte. »Es hat dich getroffen?« Ich nickte, bevor er die Wunde begutachtete, die der Pluck in meine Schulter gerissen hatte. »Scheiße.«

Er verschwand, um mit einem Tuch zurückzukommen. Vorsichtig half er mir auf, zog meinen Ärmel aus der Jacke und schlug das Tuch um meine Wunde, um die Blutung zu stillen.

»Ich fühl mich nicht gut, Noah«, murmelte ich. Ein Schwindelgefühl ergriff mich.

»Wir müssen hier endlich weg. Komm schon.«

Widerwillig stand ich auf, musste aber von ihm gestützt werden, nachdem er beide Taschen geschultert hatte.

Ein paar Meter, vielleicht waren es auch mehr, konnte ich noch gut mithalten. Der Regen hatte nachgelassen und die aufgehende Sonne erhellte den Wald. Schließlich aber begann ich so heftig zu zittern, dass Noah mich tragen musste. Am liebsten hätte ich dagegen protestiert, aber ich war kaum noch bei Bewusstsein.

»Halte durch.«

29. Kapitel

Ich erwachte immer mal wieder aus der Ohnmacht. Noah legte irgendwann eine Pause ein, entzündete ein Feuer und befeuchtete meine Stirn, flößte mir Wasser ein und setzte den Weg dann wieder fort, bis wir das Camp erreichten.

Der Schattendämon erreichte die Häuser der Novizen zuerst. Im gleißenden Licht der Septembersonne sah ich die bekannten Cottages und fühlte mich fast schon besser, bevor ich wieder in ein Delirium fiel. Als ich das nächste Mal die Augen öffnete, lag ich nicht mehr in Noahs, sondern in Gareths Armen, was ich sofort an seinem Geruch erkannte, der doch eigentlich nichts Besonderes war.

»Gareth?«, wimmerte ich kläglich und hasste mich selbst am meisten dafür. Ich erwartete schon ein höhnisches Lachen, stattdessen wurde sein Griff um meinen Körper jedoch fester.

»Was ist passiert?«, knurrte er so laut, dass ich das Vibrieren seiner Brust an meiner Wange spüren konnte.

»Wir sind einem Schattenblut begegnet«, erklärte Noah hektisch atmend. Wir hatten uns wieder in Bewegung gesetzt. »Sie wurde von ihm berührt.«

»Das ist …« Gareth beendete den Satz nicht. Anscheinend fehlten ihm die Worte.

Ich blickte gen Decke und bemerkte, dass wir das Haus längst betreten hatten. Gareth ließ mich langsam auf das Bett nieder. War es mein Zimmer oder seines? Ich konnte es nicht genau bestimmen.

»Was ist geschehen?« Dorian und Liliana waren zu uns gestoßen. Mir war es zu anstrengend, die Lider zu öffnen, also ließ ich sie geschlossen und versuchte stattdessen, mich allein auf mein Gehör zu verlassen.

Noah erzählte noch einmal, was geschehen war, nachdem wir die Kaskaden verlassen hatten.

»Du hättest sie beschützen müssen, Redmond!«, brüllte Gareth, sodass die Wände erzitterten. Vielleicht lag es auch nur an mir.

»Ich weiß«, war Noahs kleinlaute Antwort. Ich wollte ihm sagen, dass es nicht seine Schuld war, dass ich nicht achtgegeben hatte. Aber kein Wort kam über meine trockenen Lippen, die schon bald nicht mehr trocken waren. Ich schmeckte Blut, das meine Kehle hinabfloss. Ich hustete, aber es hörte nicht auf. Dann begann das Feuer von Neuem in mir zu brennen und ich fürchtete, es würde nicht mehr als ein Haufen Asche von mir zurückbleiben.

»… von Noah funktioniert nicht«, sagte Dorian.

Worum ging es gerade? Ich hatte den Faden verloren. Warum war mir nur so heiß? Vergeblich versuchte ich, mich von meiner Jacke zu befreien, aber meine Finger fühlten sich taub an. Ich konnte sie nicht richtig bewegen.

»Warum nicht?« Eine verzweifelte Note mischte sich in Noahs Stimme.

»Weil Gareths Blut sie bereits für sich selbst beansprucht hat. Es würde das deine bekämpfen und sie würde dabei sterben«, erklärte Dorian. Ich verstand die Worte, aber nicht den Sinn dahinter.

»Vielleicht, wenn wir das Blut vorher miteinander vermischen? Mein Blut würde die Schattenmoleküle übernehmen und nicht bekämpfen.« Gareth schien so nah und doch so fern. Saß er an meiner Seite oder widerte ihn meine Schwäche an? Warum machte ich mir überhaupt Gedanken darüber?

»Wir können es sicherlich versuchen und auf das Beste hoffen.«

Jemand legte eine Hand an meine Stirn. Im nächsten Augenblick verlor ich vollends das Bewusstsein.

30. Kapitel

Der Jäger

Evan kauerte in der Ecke, presste seinen Rücken so fest es ging an die Steinmauer, in der blinden Hoffnung, darin zu verschwinden. Seine rechte Hand umklammerte den linken Arm, der nunmehr in einem blutenden Stumpf endete.

Er würde sterben. Wenn nicht durch einen gezielten Stich ins Herz, dann durch eine Blutvergiftung oder durch den Blutverlust. War es wirklich wichtig, *wie* sein Ende aussah? So oder so, er hatte es verdient. Wer so dumm war, Crystal zu vertrauen, der konnte auf keine Gnade mehr hoffen.

Seine Lider wurden immer schwerer und schwerer. Er fühlte sich bereit, erneut in einen wenig erholsamen Schlaf abzudriften, als er plötzlich laute Schreie vernahm. Verzweifelte Schreie von Männern und Frauen gleichermaßen. Nackte Angst lag in ihnen.

Er setzte sich abrupt auf und stierte in die Dunkelheit, die ihm nichts verriet. Die Fackel war schon vor einer Weile abgebrannt und seitdem nicht mehr erneuert worden. Er spitzte die Ohren, doch die Schreie versiegten und er war wieder allein im Nichts.

Bis die Tür quietschend geöffnet wurde und Licht aus dem oberen Stockwerk die Treppen flutete. Jemand Leichtes stieg die Stufen hinab, bis dieser direkt vor seiner Zelle zum Stehen kam und mit einem Schlüsselbund klimperte.

Evan rieb sich erst das rechte, dann das linke Auge, da er befürchtete, nun auch noch zu halluzinieren. Die Szene vor ihm veränderte sich aber nicht. Crystal schob einen Schlüssel in das Schloss und zog geräuschvoll die Tür auf.

»Evan? Komm schon. Wir haben nicht viel Zeit«, drängte sie ihn dazu, zu … ja, zu was eigentlich? Er runzelte die Stirn, was sie die Geduld verlieren ließ. Sie stürmte auf ihn zu und packte ihn an seinem gesunden Arm. »Steh auf! Wir müssen hier weg, okay?«

Er nickte, obwohl eigentlich nichts okay war, aber die Chance zur Flucht würde er nicht verstreichen lassen. Und so ließ er sich von ihr nach draußen und die Treppen hochziehen.

Was, wenn dies eine Falle war? Wie würde er sich da herauswinden? Würde Alasdair tatsächlich auf die Idee kommen, seine Hoffnung auf Rettung gegen ihn zu verwenden, was so viel grausamer war als körperlicher Schmerz? *Nein*, entschied Evan. Dazu war Alasdair zu sehr Dämon und zu wenig Mensch.

Oben angekommen stampfte Crystal durch den leer gefegten Flur. Es war unheimlich still, als sie an den geschlossenen Türen vorbeischritten.

»Was hat dich dazu gebracht, noch mal die Seiten zu wechseln?«, stellte Evan dann doch die Frage, die ihn am meisten beschäftigte. Vorausgesetzt natürlich, sie legte ihn nicht erneut rein.

Sie blieb stehen und starrte ihn kopfschüttelnd an. »Ich war die ganze Zeit auf deiner Seite, Dummkopf.« Er kam nicht umhin, laut aufzulachen. »Sei still und warte hier. Ich muss noch etwas holen.«

Natürlich wartete sie seine Antwort nicht ab, sondern drehte sich auf dem Absatz um und verschwand um die nächste Ecke. Er selbst blieb eine Sekunde lang schwankend stehen, seinen malträtierten Arm umklammernd, und blickte um sich, bis er das Blut auf dem Teppich und hinten an den Wänden und einer Tür bemerkte.

Auch wenn sich so ziemlich jedes Molekül in seinem Körper gegen die Entscheidung wehrte, setzte er einen Fuß vor den anderen, bis er die Tür, hinter der er gefoltert worden war, erreichte und sie mit einem leisen Klicken öffnete. Ihm wurde die Hölle offenbart.

Leichen, zerstückelte Leichen.

Arme, Köpfe und Beine lagen überall verstreut und es war unmöglich zu bestimmen, was zu wem gehörte.

Die Galle kam ihm hoch. Dann erblickte er Alasdairs Kopf, thronend auf seinem Stuhlpolster. Sein Mund war weit aufgerissen, als würde er noch im Tode weiterhin schreien. Die Galle verebbte und wurde durch Genugtuung ersetzt.

»Hey!«

Er wirbelte herum. Crystal war zurück und bleich wie eh und je, als sie sah, was er entdeckt hatte.

»Warst du das?«, rief er leise, doch sie antwortete nicht, sondern lief in Richtung Ausgang.

»Komm schon. Hier fliegt jeden Moment das ganze Haus in die Luft.«

Das ließ er sich nicht zweimal sagen und folgte ihr möglichst schnell. Draußen war es dunkel und ungewöhnlich kühl.

»Wir müssen zu Fuß gehen. Die Pferde zu holen, wäre zu riskant«, erklärte sie ihm und begann dann, ihn zu stützen, damit sie schneller vorankamen. Gerade als sie den Rand der Stadt erreicht hatten, wurde die Welt von einer Explosion erschüttert.

Eine dicke Rauchwolke stob in den Himmel und ließ die beiden Flüchtlinge noch schneller rennen.

»Wer bist du?«, keuchte Evan, der sich diese Frage Minute um Minute gestellt hatte.

»Mehr, als du denkst.«

31. Kapitel

Meine Wimpern klebten aneinander, was das Öffnen der Lider erschwerte. Vielleicht war ich auch einfach nur erschöpft. Letztendlich stieß ich einfach nur ein Seufzen aus, dachte kurz darüber nach, wie warm und kuschelig es gerade war, und drehte mich auf die Seite, um weiterzuschlafen. Zumindest hatte ich das vor, doch ein scharfer Schmerz durchzuckte meinen linken Arm und ließ mich innehalten.

Es half ja alles nichts. Ich hatte keine Ahnung, was hier vor sich ging, und um das herauszufinden, musste ich meine Lider heben. Ich kämpfte und kämpfte und schließlich gelang es mir.

Das sanfte Licht der Abenddämmerung begrüßte mich in meinem Zimmer, das ich sofort an der weißen Deckenlampe erkannte, die in Gareths Raum blau war. Gut, ich erkannte schon mal, wo ich mich befand. Jetzt musste ich nur noch wissen, wie ich hierhergekommen war. Das Letzte, woran ich mich erinnerte, war, dass ich mit Noah bei den Kaskaden gewesen war und wir gemeinsam geflüchtet waren. Was war dann passiert?

Mein Blick wanderte zu meinem linken Arm, der über der Decke lag und in den eine Infusionsnadel eingeführt worden war. Neben dem Bett stand ein Gestell, an dem ein Beutel hing, in dem sich noch ein paar Milliliter Blut befanden. Ich hatte von dieser Art der Medizin gehört, wenn auch noch nicht selbst gesehen, da sie für mein Volk verloren war, seit wir keinen Strom mehr hatten. Die Medizin und das Wissen darum schien danach rasch eingebrochen und verschwunden zu sein.

Ich hob meinen anderen Arm und versuchte, die Nadel herauszuziehen.

»Das würde ich nicht tun.« Ich zuckte ertappt zusammen und blickte in Richtung Badezimmer. Gareth lehnte mit verschränkten Armen im Türrahmen und lächelte mich selbstgefällig an.

Moment. Er lächelte?

»Warum nicht?«, fragte ich, bewegte mich aber nicht weiter. »Was ist passiert?« Mein Mund war trocken und rau. Ich blickte auf den Nachttisch und sah ein Glas Wasser, nach dem ich vorsichtig griff.

»An was kannst du dich noch erinnern?« Gareth trat näher, um mir beim trinken zu helfen. Meine Hand zitterte. Fürsorglich schüttelte er die Kissen in meinem Rücken auf, sodass ich mich aufsetzen und besser trinken konnte. Ich versuchte, nicht zu genau über seine Hilfe nachzudenken.

»Die Kaskaden. Unsere Flucht«, murmelte ich, nachdem er das Glas wieder weggestellt und sich einen Stuhl herangezogen hatte. Er setzte sich neben das Bett, ohne mich mehr als zwei Sekunden aus den Augen zu lassen.

»Du wurdest von einem L'Uchra berührt. Es hat dich infiziert«, klärte er mich auf. Sobald mich seine Worte erreichten, kämpfte sich die Erinnerung daran wieder an die Oberfläche. Bilder der düsteren Gestalt stoben in meinem Kopf umher. »Normalerweise hätte es gereicht, wenn wir dir das Blut eines Schattendämons gegeben hätten, da es ein Gegengift ist, aber …« Seine Stimme verlor sich und er wandte seine smaragdgrünen Augen ab.

Was? Smaragdgrüne Augen? Hast du sie eigentlich noch alle, Alison?, ermahnte ich mich selbst.

»Aber was?«, versuchte ich mich auf das Wesentliche zu konzentrieren.

Gareth schien sich innerlich zu winden. Seine Antwort ließ ungewöhnlich lange auf sich warten.

»Dadurch, dass ich dir regelmäßig mein Blut verabreicht habe, das Blut eines Königsdämons …« Er rieb sich über seine Wangen, die dunkle Schatten aufwiesen, als hätte er seit Langem vergessen, sich zu rasieren. »Also, anscheinend haben ich oder mein Blut Anspruch auf dich und deinen Körper erhoben.«

Ich blinzelte verwirrt. »Ich hab kein Wort verstanden.«

Er legte seine Unterarme auf seine Knie und beugte sich etwas vor, sodass er mich von unten herauf ansehen musste. Bei diesem Blick wurde mir plötzlich warm.

»Mein Blut ist in deinem Körper und es wird keinem anderen Blut erlauben, sich mit deinem zu mischen.« Er klang sehr ruhig, als würde ihm dieses Wissen nicht das Geringste ausmachen.

»Für wie lange?«

»Es ist nichts, das man kontrollieren oder rückgängig machen könnte.«

»Warte …« Der Horror des Ganzen schien endlich meinen Kopf erreicht zu haben. Mir wurde übel, wenn ich nur an die Konsequenzen *dachte*. »Du meinst, … nein. Ich versteh das nicht.« Ich schüttelte den Kopf. Verleugnung war gut!

»Von nun an bist du blutsgebunden.«

»Was genau bedeutet das? Einmal abgesehen von dieser Blutmisch-Sache.«

»Es bedeutet zum größten Teil, dass ich immer wissen werde, wo du dich gerade aufhältst.«

Ich starrte den Dämon einfach nur mit offenem Mund an, denn ich war unfähig, irgendetwas anderes zu tun. Meine Gedanken rasten, ohne mir behilflich zu sein. Vielleicht träumte ich ja gerade noch? Es musste ein weiterer meiner Albträume sein. So überraschend wäre das ja nicht, oder?

»Du verarschst mich«, stieß ich schließlich hervor, als mich die Wut und der Zorn, die sich allmählich aufgestaut hatten, zu übermannen drohten. Ohne zu überlegen, griff ich nach der Kanüle und zog sie heraus. Blut floss in kleinen Wellen aus der Wunde und färbte die Decke rot. »Das ist einfach lächerlich.«

Gareth war aufgesprungen und hatte geistesgegenwärtig nach einem Oberteil von mir gegriffen, das über der Stuhllehne gehangen hatte. Dieses presste er nun auf die Wunde, ohne auf meine Proteste zu achten.

»Es ist die Wahrheit«, raunte er nicht länger ungerührt. In seinen Augen wütete ein Sturm, als er sich über mich beugte.

»Aber … wie konnte das passieren?« Ich hörte für einen Moment auf, mich zur Wehr zu setzen. »Du hast es vorher nicht gewusst, oder? Du hättest mir doch bestimmt etwas davon erzählt!«

Er sah mich nicht an. »Wir wussten, dass eine geringe Wahrscheinlichkeit besteht. Aber nachdem du gestern so heftig auf Noahs Blut reagiert hast, hatten wir Gewissheit.«

Ich konnte nicht glauben, dass er mich derart hintergangen hatte und doch, ich hätte damit rechnen sollen. Das hier war schließlich Gareth. Ein Königsdämon. Natürlich war er mir nichts schuldig und natürlich hasste er Menschen, vor allem mich.

»Das ist einfach nur krank!«, rief ich und begann, um mich zu treten und auf ihn einzuschlagen, damit er meinen Arm endlich losließ. »Du wusstest davon und du hast es mir nicht gesagt! Bastard!«

»Alison …«, versuchte er, mich zu beschwichtigen. Er presste auch meinen anderen Arm auf die Matratze, damit ich ihn nicht weiter schlagen konnte.

»Nein!«, schrie ich außer mir. »Ich will nicht an jemanden wie dich gebunden sein, was auch immer das bedeutet. Du hattest kein Recht, mir so etwas anzutun, ganz egal, was du von mir oder Menschen im Allgemeinen hältst!«

»Ich hatte das nicht vor! Das war nicht geplant!«, brüllte er zurück. Der Griff um mein rechtes Handgelenk wurde fester.

»Doch, das hast du! Und jetzt verschwinde hier verdammt noch mal, bevor ich dich dazu bringe!« Das war vermutlich nur eine leere Drohung, aber es schien trotzdem zu funktionieren. Er ließ mich endlich los, ohne mich anzusehen, und verließ das Zimmer zum Flur hinaus.

Tränen der Wut stiegen in mir hoch und rannen schließlich meine Wangen hinab, während ich weiterhin das Shirt auf meine kleine Wunde gedrückt hielt.

Irgendwann musste ich wieder eingeschlafen sein, denn als ich das nächste Mal die Augen öffnete, herrschte draußen bereits finstere Nacht. Seufzend rieb ich mir die Wangen, bevor ich die blutbefleckte Decke zurückwarf und meine nackten Beine über die Kante schob. Anscheinend hatte mich jemand ausgezogen und vom Schlamm befreit, um mich anschließend in ein übergroßes T-Shirt zu kleiden. Ich hoffte, dass es Eliza gewesen war. Andererseits sollte es mir wohl egal sein, was Gareth gesehen hatte oder nicht. Ich war fertig mit ihm.

Ich nahm mir fest vor, bei Dorian um einen neuen Trainer zu bitten, der nicht mental verfolgen konnte, ob ich mich gerade am Hintern kratzte oder in der Nase bohrte. Gott, was, wenn Gareth das tatsächlich konnte?

Am liebsten hätte ich mich wieder rücklings auf die Matratze fallen gelassen, aber ich musste dringend auf die Toilette.

Versuchsweise berührte ich mit den nackten Sohlen den kalten Holzfußboden und stand auf, während ich mich an der Stuhllehne festhielt. Meine Knie zitterten und vor meinen Augen tanzten schwarze Punkte, aber es verbesserte sich nach ein paar Sekunden und schon wenig später konnte ich problemlos bis zur Badezimmertür gehen. Wenn auch in einem sehr langsamen Tempo.

Ich öffnete die Tür, trat ein und sah mich einer fremden, wunderschönen Frau gegenüber, die lediglich in ein weißes Flanellhandtuch gekleidet war, als wäre sie gerade aus der Dusche gestiegen. Allerdings war ihr schwarzes Haar trocken, wenn auch hochgebunden. Sie sah mich mit einem perfekt geformten, geöffneten Mund an und hob ihre ebenfalls perfekt geschwungenen Augenbrauen.

»Kann ich dir helfen?«, fragte sie ausgerechnet mich. Ihrer Stimme haftete der dämonische Akzent an, was mir augenblicklich verriet, wen ich hier vor mir hatte. Eine weitere Dämonin.

»Wer zum Teufel bist du und was machst du in meinem Badezimmer?«, presste ich zornig zwischen zusammengebissenen Zähnen hervor und stieß meine Hände in die Hüften.

Ihr Gesichtsausdruck wechselte von Überraschung zu Hochnäsigkeit. »Es ist auch Gareths Badezimmer, oder nicht?«

Ich starrte sie mit aufgerissenen Augen an, bevor sich Gareth dazugesellte, der den Aufruhr offensichtlich aus seinem Zimmer gehört hatte. Mein Herz klopfte plötzlich schneller und das Blut rauschte mir in den Ohren. Immerhin war er bekleidet.

»Bring dein verdammtes Haustier hier raus oder ich kann für nichts garantieren«, zischte ich ungehalten. Seine Anwesenheit erinnerte mich wieder an die Art und Weise, wie er mich betrogen hatte und dass ich nun für immer damit würde leben müssen.

Gareth deutete mit einem Kopfnicken in Richtung Zimmer. »Komm, Vitória«, sprach er sanft und wartete, bis sie an ihm vorbeistolziert war, bevor er mir einen finsteren Blick zuwarf.

Was sollte das? Welches Recht hatte *er*, wütend auf *mich* zu sein? So wie ich das sah, war ich die Einzige, die betrogen worden war. Er zog die Tür hinter sich zu, damit ich endlich allein war. Vielleicht war er ja genervt, weil er eigentlich geplant hatte, die Dusche gemeinsam mit *seiner Vitória* zu benutzen!

Wütend riss ich mir das T-Shirt vom Körper und stellte mich vor den Spiegel, berührte mit den Fingern meine Rippen, bis ich die leichte, kantige Wölbung darunter wahrnahm. Die Berührung des Schlüssels gab mir etwas meiner Ruhe und Selbstkontrolle zurück, die ich seit Gareths Offenbarung verloren hatte.

Verzweifelt stützte ich mich auf dem Waschbeckenrand ab und ließ den Kopf hängen.

Was war nur passiert? Wie hatte ich meine Ziele so aus den Augen verlieren können? Ich war nur aus einem Grund hier: Dorian zu helfen, damit er mir die Namen derer gab, die meine Familie auf dem Gewissen hatten. Darauf musste ich mich konzentrieren. Alles andere war unwichtig.

Schön und gut, dann wusste Gareth eben immer, wo genau ich mich aufhielt, aber das war bedeutungslos, wenn sich unsere Wege endlich wieder trennen würden. Dann hätte er keinen Grund mehr, mich zu suchen oder überhaupt nach mir zu sehen.

Mit neuer Zuversicht stieg ich in die Dusche, wusch das Blut von meinem Arm und kam als neuer, stärkerer Mensch daraus hervor. Sozusagen.

Zurück in meinem Zimmer zog ich blaue eng anliegende Jeans, ein Top und einen dünnen Pulli an, der eine Kapuze besaß, die ich mir auf dem Weg nach draußen über den Kopf zog. Ein Blick aus meinem Fenster hatte mir bereits verraten, dass es nieselte.

Ich hatte richtigen Kohldampf, aber vorher wollte ich noch mit Dorian reden. Wenn Gareth von der Möglichkeit gewusst hatte, an mich gebunden zu werden, musste Dorian auch darin eingeweiht gewesen sein. Wer weiß, ich hatte sogar den Verdacht, dass er genau dies beabsichtigt hatte.

»Hey! Alison! Hey!«, rief mich Ian, der auf dem Platz mit Ophelia stand und offensichtlich nichts zu tun hatte. War das Training ausgefallen?

»Was ist?«, grummelte ich unhöflich, machte mir aber nicht die Mühe, stehen zu bleiben.

»Ist es wahr?« Beide hatten zu mir aufgeholt und versperrten mir nun den Weg.

»Was? Dass es regnet? Dass der Herbst eingezogen ist? Dass ihr mir beide auf den Keks geht?«, zählte ich aufgebracht auf. »Ja, das ist leider Gottes alles wahr!«

Ophelia verdrehte die Augen. Das kurze Haar lag matt an ihrem Kopf. »Bist du wirklich blutsgebunden? An Gareth?«

»Ich bin müde und hungrig. Das ist es, was ich bin.« Ich wollte mich an ihnen vorbeidrängen, doch Ophelia schubste mich.

Ich stolperte ein paar Schritte zurück und ballte vor neu aufflammendem Zorn die Hände zu Fäusten. Was bildete sich dieses Mädchen eigentlich ein? Nur weil es eifersüchtig war?

»Was? Willst du mich wieder zusammenschlagen?«, fragte sie provozierend und plötzlich wusste ich, dass sie genau das wollte. Sie wollte, dass ich sie schlug, damit sie erneut von Gareth gerettet werden konnte.

»Du bist einfach nur krank«, zischte ich.

Ihr Blick verdüsterte sich und ich sah, dass es sie in den Fingern juckte, mir den ersten Schlag zu verpassen, doch da wurden wir schon von Noah gestört, der hinter ihr und Ian aus dem Haus trat.

»Gibt es ein Problem?«

Wir schüttelten gleichzeitig den Kopf.

»Wir müssen reden«, sagte ich, die unerwartete Chance, ihn getroffen zu haben, ergreifend. Er nickte, umrundete die zwei Novizen und trat an meine Seite.

»Wir sind noch nicht fertig«, presste Ophelia hervor.

»Und ob«, erwiderte ich bloß, wandte mich ab und ging neben Noah her.

32. Kapitel

Der Regen hatte mein Shirt mittlerweile komplett durchweicht, aber es machte mir kaum etwas aus. Solange meine Füße in den schwarzen Schnürboots trocken waren, konnte ich mit einem nassen Oberteil leben.

Noah schien sich auch nichts aus dem Nieselregen zu machen, da er weiterhin ein gemütliches Tempo beibehielt, während wir recht ziellos über den Platz schlenderten, der von ein paar Gaslampen rechts und links erhellt wurde.

»Ich nehme an, du weißt jetzt Bescheid?«, durchbrach er das Schweigen endlich, obwohl ich die Hoffnung darauf schon fast aufgegeben hatte.

»Jemand hätte es mir erzählen sollen«, sagte ich ihm das Gleiche wie zuvor Gareth. Ich versenkte meine Hände in den Taschen des Shirts und blieb neben einer der hängenden Gaslampen stehen, deren Schein Noahs Gesicht in ein unheimliches Licht tauchte. Sein Blick wich meinem aus.

»Wahrscheinlich.« Er stieß ein leises Seufzen aus, fuhr mit einer Hand durch sein nasses dunkles Haar und sah mich dann endlich an. »Aber dann noch mal, du bist nur ein Mensch.« Er vollführte eine wegwerfende Handbewegung.

»Halt' die Klappe!«, schnauzte ich ihn an. »Diese Begründung wird langsam wirklich langweilig.«

Er schüttelte milde lächelnd den Kopf. »Aber es ist die Wahrheit, oder nicht? *Du* bist ein Mensch und *wir* sind Dämonen.«

»Stimmt, aber das bedeutet nicht …«, begann ich meinen Protest, aber er ließ mich nicht ausreden.

»Was? Hast du wirklich geglaubt, wir wären anders? Zuvorkommender? Ehrlicher? Liebevoller? Ich dachte, du würdest gerade *daran* nicht glauben.«

Das verschlug mir für einen Moment die Sprache.

Dann wurde mein Blick von zwei Gestalten angezogen, die sich dem Haupthaus näherten. Gareth und diese blöde Ziege, die nun ein wallendes dunkelrotes Kleid trug, bei dem es ihr anscheinend egal war, dass es nass wurde. Eigentlich hätte mir diese Eigenschaft sie sympathisch werden lassen, doch ich konnte mich einfach nicht für sie erwärmen. Warum auch immer.

»Wer ist das?«, fragte ich Noah, der sich nun ebenfalls zum Eingang gedreht hatte.

Gareth schien sich zu versteifen, als sie die unterste Treppenstufe erreicht hatten, bevor er sich in meine Richtung drehte. Er war zu weit entfernt, um seine Miene zu lesen, aber ich war mir sicher, es ohnehin nicht wissen zu wollen. Dann gingen die beiden hinein.

»Oh, das ist Vitória. Gareths Freundin.«

Ich fühlte mich plötzlich genauso angespannt, wie Gareth vorhin ausgesehen hatte.

»Freundin?«

»Wieso klingst du so überrascht?« Ein amüsiertes Lächeln bildete sich auf seinen Lippen, als er auf mich hinabsah. »Und, na ja, seine Freundin für zwischendurch. Ich komme nicht mehr hinterher, wann sie zusammen sind und wann nicht. Nicht dass mich das wirklich interessieren würde.«

Ich machte ein unbestimmtes Geräusch, ehe wir uns einvernehmlich auf den Weg zum Haus begaben. Ich hatte zwar keine Lust, Gareth und Vitória beim Rumknutschen zuzusehen, aber ich konnte mich ja auch einfach abwenden.

Als wir endlich im Trockenen waren, hielt mich Noah am Arm zurück. Sein Blick war wieder ernst.

»Ich habe mich noch nicht entschuldigt.«

»Für was?« Stirnrunzelnd blickte ich von ihm zu der Tür, die zum Essensaal führte, und wieder zu ihm. Ich vernahm lautes Stimmengewirr, was bedeutete, dass sich wahrscheinlich alle zum Essen versammelt hatten, dabei war nicht einmal offiziell Essenszeit.

»Es war mein Auftrag, dich zu beschützen und ich habe versagt. Es tut mir leid.« Seine Augen wirkten ehrlich und aufrichtig, was mich mehr störte, als wenn ich den Schalk darin erblicken konnte.

Ich löste mich von ihm. »Ich bin nur ein wertloser Mensch, nicht wahr? Mach dir keinen Kopf.«

Bevor er noch etwas anderes Nettes sagen konnte, schritt ich eilig in Richtung Saal, wo sich tatsächlich bereits alle hingesetzt hatten und auf das Essen zu warten schienen. Heute war wohl so etwas wie eine freie Nacht.

Ich steuerte bereits entschlossen den Tisch der Novizen an, als mich Dorian mit klaren Worten zu seinem Tisch beorderte, an dem nun auch Vitória saß. Ich ignorierte sie, um stattdessen Dorian mit meinem funkensprühenden Blick zu bedenken.

»Warum sollte ich mich zu euch setzen? Ihr seid alle nur Lügner und Betrüger!«, platzte es aus mir hervor. »Ihr hättet mich deshalb fast umgebracht!«

Der König von Ascia sprang auf und wandelte sich in unser aller Anwesenheit. Seine Pupillen verschwanden, seine Hände wurden zu schwarzen Klauen und seine Fangzähne wirkten rasiermesserscharf in dem Licht der Kerzen.

»Setz dich hin, Alison!«, knurrte er so tief, dass ich seine Worte bis in mein Innerstes spüren konnte, und ich wusste instinktiv, dass das eine Warnung gewesen war. Wenn ich nicht gehorchte, würde er mich manipulieren und dafür sorgen, dass ich es tat.

Ich schluckte, trat vor und ließ mich neben Gareth und Noah nieder. Jeglicher Respekt, den ich für Dorian empfungen hatte, war in diesem Moment verschwunden. Er hatte mir mit der einzigen Sache gedroht, die mir eine Heidenangst einjagte. Außerdem war es das Einzige, das ich ihm nicht würde verzeihen können. Manipulation hatte meine Familie aus dem Leben gerissen und das hatte Ascia nicht vergessen.

Das Essen wurde serviert, doch ich rührte es nicht an, obwohl sich mein Magen danach verzehrte. Ich verschränkte meine Hände ineinander und legte sie in meinen Schoß, während ich die anderen am Tisch beobachtete, dabei Gareth aber penibel ausließ.

»Was ist los mit dir?«, maulte Vitória plötzlich mit einem Blick auf mich. Ihre Miene spiegelte ihre Abneigung gegen mich nur zu deutlich wider. Sie saß als Ehrengast zwischen Gareth und Ascia. »Hast du zu wenig geschlafen?«

»Ist das dein Ernst?« Ich stieß ein höhnisches Lachen aus und wandte mich das erste Mal Gareth zu, dessen Brauen sich in düsterer Vorahnung zusammengezogen hatten. »Ist das ihr Ernst?«, wiederholte ich die Frage.

»Alison«, zischte Gareth. Es war eines der wenigen Male, dass er meinen Namen aussprach. Wie immer war das nichts Positives.

»Du datest wirklich jemand Hohles wie sie? Wow, richtig stilvoll, Gareth.« Ich klatschte Beifall.

»Könntest du einfach mal die Klappe halten?«, grollte er ungehalten.

»Warum?« Ich drehte mich ganz zu ihm herum. »Weil ich die Wahrheit sage? Ist es dir unangenehm, da du selbst keine Ahnung davon hast, wie man das tut?«

Er stand abrupt auf und da ich ihm nicht den Vorteil verschaffen wollte, auf mich hinabzusehen, verminderte ich die Distanz, indem ich ebenfalls aufsprang.

»Pass auf, was du da sagst. Ich lasse mich nicht gerne als einen Lügner bezichtigen.«

»Und dabei beschreibt es dich doch so verdammt gut!«, lachte ich trocken, obwohl ich am liebsten davongelaufen wäre. Hatte ich nicht vorgehabt, ihn einfach zu ignorieren? Nicht mal eines Blickes zu würdigen? Der Plan war wohl nach hinten losgegangen.

»Schön«, mischte sich Dorian ein und erhob sich nun ebenfalls. »In mein Arbeitszimmer. Noah und Ty, die anderen Jäger auch.«

Eilig drängte ich mich an Gareth vorbei, damit er nicht die Hitze in meinen Wangen sehen konnte. Was war nur in mich gefahren?

Ich musste an Noahs Worte zurückdenken, dass ich doch nichts anderes außer Lug und Betrug von Dämonen erwartet hatte, oder nicht? Aber wieso hatte der Verrat dann so wehgetan?

Wir versammelten uns im Arbeitszimmer, was mit so vielen Leuten doch recht kuschelig wurde. Ich schob mich weit nach vorne, damit ich möglichst viel Abstand von Gareth hatte. Das Problem war aber leider, dass er ebenfalls nach vorne kam.

Dorian stellte sich vor seinen Schreibtisch und wartete, bis Ty die Tür hinter sich geschlossen hatte. Ich verschränkte die Arme und versuchte, den König so missbilligend wie möglich anzusehen.

»Ihr fragt euch sicher alle, wieso ich Alison hergeholt und euch erst in allerletzter Minute davon erzählt habe.« Er legte seine Hände aneinander. »Zum einen hatte sich die Situation zufällig ergeben«, er setzte eine Pause. Ja, ich erinnerte mich. Meine dämliche Entführung. »Zum anderen ist sie nicht hier, um Teil eures Teams zu werden.« Damit hatte ich nun wirklich nicht gerechnet. Unwillkürlich sah ich Gareth an, doch er hatte seinen Blick starr auf Dorian gerichtet. »Sie wird eure Anführerin sein.«

Tumult brach unter den Novizen aus, während Noah, Ty und Gareth von diesem Plan bereits gewusst zu haben schienen. Oder sie waren ziemlich gut darin, sich nichts anmerken zu lassen.

»Das ist doch bescheuert«, meldete sich, wenig überraschend, Ophelia zu Wort. Sie sollte ich anführen? Sollte das ein Scherz sein? Die erste Amtshandlung, die ich als Anführerin dieser tollen Jägertruppe vollführen würde, wäre, sie aus dem Team zu werfen. Und das mit großer Befriedigung.

»Ophelia«, zischte Ty, der offensichtlich nicht begeistert davon war, dass einer seiner Schützlinge so mit seinem König sprach.

»Schon in Ordnung, Tyson«, beruhigte ihn Dorian, der daraufhin Ophelia mit seinem Blick durchbohrte. »Wenn Alison fit ist, kann sie jeden schlagen. Das ist alles, was wir brauchen.«

»Warum?«, entfloh es mir unabsichtlich. Nun, jetzt war die Frage schon draußen, also zog ich einen Vorteil daraus und trat noch einen Schritt weiter vor. »Warum brauchst du mich hier? Bitte, sag es mir einfach«, flehte ich schon beinahe.

»Ich brauche dich, euch, um bestimmte Schattendämonen zu töten«, wiederholte er die Worte, die ich schon einmal in ähnlicher Weise von ihm gehört hatte.

Meine Schultern sanken. »Das habe ich bereits getan.«

»Nein. Das ist was anderes.« Dorian lehnte sich an seinen Schreibtisch. »Diese Dämonen sind nicht mehr klar bei Verstand. Irgendetwas hat sie in den Wahnsinn getrieben, sie aber gleichzeitig stärker gemacht. Wir nennen sie *Vessen*.«

»*Vessen?*«

»Es ist ein altes Wort in unserer Sprache und bedeutet Wahnsinn.«

Von so etwas hatte ich noch nie gehört, beschloss aber, für den reibungslosen Fortgang des Gesprächs darauf einzugehen. »Warum tötet ihr sie nicht einfach selbst?«

»Das ist kompliziert.«

»Versuch es zu erklären«, bat ich ihn. Die Spannung, die im Raum herrschte, verriet mir, dass auch die anderen atemlos auf seine Offenbarung warteten.

»Taio Billings, unser Herrscher, verleugnet ihre Existenz und er wird jeden in Ascia bestrafen, wenn er erfährt, dass meine Dämonen andere ihrer Art töten.«

»Das ist doch bescheuert!« Ich schüttelte vehement den Kopf, bevor ich ihn in den Nacken legte, um meine Gedanken zu sammeln. »Also willst du, dass wir Jäger sie für dich töten? Damit du dich, wenn es hart auf hart kommt, von uns distanzieren und sagen kannst, dass es nicht deine Jungs waren, die diese Dämonen getötet haben?«

Er nickte langsam. »Im Grunde, ja.«

Das war ein echt dummer, dummer Plan.

33. Kapitel

Noch einmal sah ich mich in meinem Zimmer um und überlegte, ob ich auch nichts vergessen hatte. Ich war eine Stunde früher aufgestanden als sonst, da ich Gareth aus dem Weg gehen wollte. Ich entschied schließlich, dass ich nur meine Sportbekleidung brauchte, die nach meinem Training in der Nacht gewaschen auf meinem Bett gelegen hatte. Eliza war wirklich ein Herz.

Meine Miene verdüsterte sich jedoch wieder, als ich an das gestrige Training zurückdachte, das wir alle nach Dorians großartiger Enthüllung über uns hatten ergehen lassen müssen. Weder ich noch die anderen Novizen hatten sich so recht konzentrieren können und so kam es, dass ich zum allerersten Mal seit den frühesten Anfängen mit der Armbrust mein Ziel verfehlt hatte. Ich war so erstaunt gewesen und gleichzeitig so betroffen, dass ich die Armbrust beinahe in die Ecke gepfeffert hätte. Ein Blick auf Noah hatte mir allerdings gezeigt, dass das nicht mit einem Lächeln toleriert worden wäre. Also hatte ich mich zusammengerissen und die Stunden irgendwie hinter mich gebracht. Meine Gedanken waren dabei überall gewesen, nur nicht bei der Sache.

Schließlich hatte mich Gareth abgeholt und wir waren, ohne ein einziges Wort zu wechseln, zurück ins Haus gegangen, wo ich mich sofort in meinem Zimmer eingeschlossen hatte. Sozusagen. Es besaß keine Schlösser, aber es hatte mir schon Genugtuung bereitet, die Tür zuzuknallen.

Als ich vorhin erwacht war, hatte ich nur daran gedacht, Gareth weiterhin aus dem Weg zu gehen, weshalb ich mich angekleidet hatte, um ohne ihn mit dem Laufen zu beginnen. Ich hoffte einfach, er würde den Hinweis verstehen und mich in Ruhe lassen.

Sicherheitshalber suchte ich Eliza in ihrem eigenen kleinen Häuschen auf, in dem ich bisher noch nicht gewesen war. Es ähnelte dem meinen vom Grundriss her stark, das Mobiliar und die Dekorationen hätten jedoch nicht unterschiedlicher sein können. Alles hier war perfekt aufeinander abgestimmt und unglaublich gemütlich. Ein paar Mal hatte ich auch schon Ty ein und aus gehen sehen. Ich hatte mich jedoch noch immer nicht an dieses ungleiche Paar gewöhnt und ich war mir nicht sicher, ob ich es jemals tun würde.

Ich fand Eliza in einem kleinen Zimmer, das sie offensichtlich als Nährefugium benutzte. Sie saß in einem komfortabel aussehenden Sessel und hielt Nadel und Kleidungsstück in Händen. Überrascht sah sie mich an.

»Alison. Alles in Ordnung?«

»Ja. Ich wollte dir nur Bescheid geben, dass ich joggen gehe. Du weißt schon, falls Gareth mich sucht.« Ich zog die Schultern hoch, als müsste ich mein Vorhaben verteidigen. »Ich bin im Wald.«

»Ich werde es ihm ausrichten«, nickte sie mit einem sorgenvollen Ausdruck in ihren braunen Augen. »Sei vorsichtig.«

Ich presste die Lippen zusammen und verließ dieses schöne Haus, in dem ich mich wohlfühlen könnte. Es war freundlich und voller Wärme. Ich fragte mich, ob auch Elizas dämonischer Freund dort lebte, wenn er hier war.

Zurück im Freien genoss ich die sanften Sonnenstrahlen, die sich durch die dicken Wolkenmassen kämpften. Ich hoffte, dass es nicht schon wieder zu regnen beginnen würde, als ich mich in Bewegung setzte und die Häuser hinter mir ließ.

Ich nahm eine der Strecken, die ich bereits gemeinsam mit Gareth abgelaufen war, da ich keine Lust hatte, mich zu verlaufen. Während mein Körper die Bewegung auszukosten schien, wanderten meine Gedanken zu Dorians Vorhaben.

Das war komplett verrückt, oder? Dachte er wirklich, dass das funktionieren würde? Wenn Billings davon erfuhr, dass eine erhöhte Anzahl von Schattendämonen getötet wurde, würde er da nicht sofort seine Augen auf Ascia richten? Oder wäre vielmehr die Gilde der Jäger in Gefahr? Das würde ich nicht zulassen. Ich musste mich den Plänen wohl oder übel beugen, allerdings beschloss ich, nicht alles mit mir geschehen zu lassen. Irgendwie würde ich Dorian dazu bringen, mir zuzuhören und seine Pläne diesbezüglich mit mir abzusprechen, wenn ich angeblich die Anführerin sein sollte.

Das war auch total lächerlich. Ich wollte niemandes Anführerin sein, geschweige denn für die Schicksale von anderen verantwortlich sein. In meinem Leben gab es keinen Platz dafür.

Auch nicht für einen gewissen herrschsüchtigen Dämon mit einem Hang zu Aggressionen.

Ich rannte schneller, um die Tränen, die sich in meine Augen stahlen, dem Wind zuschreiben zu können. Warum war ich so durcheinander? Endlich hatte ich meine Antworten und trotzdem, vielleicht auch gerade deswegen, war nichts mehr so, wie es einmal war. Das Schlimmste war, ich wollte Dorian helfen. Aber ich wollte definitiv nicht Gareth dabeihaben.

Atemlos und keuchend hielt ich schließlich an einer bekannten Stelle inne, die Gareth und ich oft für unsere Pausen nutzten. Ich streckte eine Hand aus, berührte damit die raue Rinde eines nahe stehenden Baumes und versuchte meinen Herzschlag zu beruhigen.

»Warum bist du gejoggt?«

Ich erstarrte. Wie hatte er mich gefunden? Ich riss mich zusammen und drehte mich zu Gareth um, der ebenfalls seine Trainingsbekleidung trug und gerade auf die kleine Lichtung trat.

»Vielleicht, weil wir das die letzten drei Wochen beinahe täglich getan haben?«, gab ich ihm die Antwort, die er verdiente.

»Ja. *Wir*«, betonte er.

Möglichst lässig löste ich mich von dem Stamm und zuckte mit den Schultern. »Ich wollte dich und deine Freundin nicht stören.«

»Sie ist nicht meine Freundin.« Er klang mit jeder Sekunde irritierter.

»Aha. Was auch immer. Interessiert mich nicht die Bohne«, verwarf ich die Aussage, die mein Herz wieder zum Rasen gebracht hatte. Die Arme verschränkend beobachtete ich, wie er sich langsam näherte, als wäre er das Raubtier und ich seine anvisierte Beute.

»Aber irgendwie schon«, widersprach er mir mit einem Zucken um seine Mundwinkel. Erst jetzt fiel mir auf, dass der Schatten seines Bartes noch immer da war und seine kastanienbraunen Haare ungekämmt und zerzaust wirkten. Hatte er sich nicht mal fünf Minuten Zeit im Bad genommen?

»Nein. Auf keinen Fall«, stellte ich klar. »Aber was mich tatsächlich interessiert, ist die Tatsache, dass du mich belogen hast.« Das ließ ihn rund zwei Meter vor mir innehalten. »Ich verstehe ja, dass du mich hasst und Menschen im Allgemeinen auch nicht sonderlich gut leiden kannst, aber trotzdem … nach all den Stunden, die wir gemeinsam trainiert haben, dachte ich, du würdest mich zumindest genügend respektieren, um mir die Wahrheit über diese Blutsache zu erzählen.«

Er rieb sich die Wangen, wich meinem Blick aus und sah stattdessen gen Himmel, während er sich anscheinend eine Antwort zurechtlegte. »Dorian hat mir befohlen, es dir nicht zu erzählen.«

»Und das macht es für dich einfach so okay?« Ich schüttelte den Kopf.

»Du verstehst nicht.« Er trat einen weiteren Schritt vor. »Die Chance, dass das wirklich geschehen würde … sie war sehr gering, fast schon überhaupt nicht existent! Ich wollte einfach nicht, dass du mich noch stärker bekämpfst. Ich wollte nicht, dass du dir noch mehr Sorgen machst.«

Ich schnaubte. »*Oder* vielleicht hattet ihr beide, du und Dorian, das auch einfach geplant.«

»Was?« Er blinzelte erstaunt, aber ich ließ mich nicht von seiner Schauspielkunst beeinflussen.

»Jetzt brauchst du dir ja nicht mal mehr Sorgen zu machen, dass ich weglaufe, weil du einfach *immer* wissen wirst, wo ich mich aufhalte.« Meine Stimme zitterte wegen dieser Ungerechtigkeit, aber ich würde den Teufel tun und vor ihm in Tränen ausbrechen.

»Das ist nicht wahr«, war seine wenig überzeugende Verteidigung.

»Welcher Teil davon?«

»Ich hätte mir auch so Sorgen gemacht. Immer.«

Dieses Mal war ich diejenige, die nicht verstand. »Ich … wie bitte?«

»Du hast recht«, begann er nun, da er direkt vor mir stand. Ich musste meinen Kopf in den Nacken legen, um seinen Blick weiterhin zu erwidern. »Ich habe keinen großartigen Respekt vor Menschen und du hast mich vom ersten Moment an noch mehr gestört. Du hast einfach nie aufgehört zu kämpfen, obwohl du keine Chance gegen mich hattest. Du hast nie aufgegeben.« Er schüttelte den Kopf und lachte trocken auf. »Ich konnte einfach nicht verstehen, wie jemand so dumm sein kann.«

»Wow, vielen Dank. Du machst die Sache nicht gerade besser.« Und doch tat er es irgendwie. Wieso ließ er mich auf einmal an seinen Gedanken teilhaben?

Er redete unbeirrt weiter: »Schließlich aber verstand ich, dass du nicht dumm bist. Du warst … bist einfach nur nicht bereit zu sterben. Dein Leben aufzugeben. Ich … ich sehe das jetzt.«

»Gareth, das ändert nichts.« Ich streckte meine Hand unwillkürlich aus, um ihn zu berühren, hielt mich dann aber im letzten Moment zurück. Seine Augen hatten diese Bewegung durchaus registriert, aber er sagte nichts. »Ich möchte trotzdem nicht an dich gebunden sein.«

»Es tut mir leid, Alison.«

»Ja. Mir auch.«

Nach diesem seltsam bedrückenden Gespräch herrschte erst einmal Funkstille zwischen uns. Es war nicht so, dass wir uns nichts mehr zu sagen hätten – denn das hatten wir beide in Form von derben Flüchen –, sondern es lag vielmehr daran, dass wir die Unterhaltungen oberflächlich hielten. Ich fiel wieder in die Rolle der nörgelnden Jägerin und er war kurz davor, einen Preis für seine überzeugende Darbietung eines Folterknechts zu gewinnen.

In einer Nacht, als das Training mit Noah ausfiel, da er zusammen mit den anderen Dämonen eine Art Ratssitzung besuchen musste, versammelte Eliza alle Novizen und zeigte uns eine Stelle am Bach, der ich zuvor kaum Beachtung geschenkt hatte. Ein Baumstamm reichte von einem grasbewachsenen Ufer zum anderen, während das Wasser darunter munter unter dem Licht der Sterne plätscherte.

»Genießt die freie Zeit. Ihr seid noch so jung und verdient ein paar Stunden nur für euch«, erklärte sie uns, bevor sie einen geflochtenen Korb hinstellte und eine Decke auseinanderfaltete. Ich tat es ihr mit der Decke nach, die sie mir zuvor in die Hände gedrückt hatte.

Die Novizen und ich schienen anfangs alle noch zu perplex und misstrauisch zu sein, um das Angebot anzunehmen, doch spätestens als Eliza fortging, um sich um andere Dinge zu kümmern, verschwand auch der letzte Zweifel.

Hadley stürzte als Erster ins Wasser, das ihm kaum bis an die Hüften reichte. Sein T-Shirt zog er erst dann aus und schleuderte es zurück in unsere Richtung. Es traf Ophelia an der Schulter und es überraschte mich, wie gelassen die Jägerin es nahm. Anstatt auszurasten und loszuschreien, legte sie das T-Shirt auf eine der Decken und schnappte sich dann ihren besten Freund Ian.

»Du, ich und der Stamm. Wer zuerst fällt, hat verloren!«, forderte sie ihn heraus. Hadley, Clay und Bird begannen aufgeregt zu jubeln. Auch ich spürte, wie mich freudige Erwartung überkam.

»Ich werde dich nicht trösten, wenn du verloren hast«, lachte Ian und zog sich Schuhe und Shirt aus.

Ophelia hob abschätzig beide Augenbrauen, ehe sie ihren braunen Pulli, Socken und die schwarzen Boots auszog. Sie fuhr sich mit einer Hand durch ihre raspelkurzen Haare, um dann herausfordernd ihr spitzes Kinn zu heben. Es war faszinierend zu sehen, wie mich ihr Gesicht plötzlich weniger an ein Wiesel als vielmehr an eine Raubkatze erinnerte.

Wir klatschten in die Hände, als beide Novizen barfuß auf den rauen Baumstamm stiegen. Ich konnte mir vorstellen, dass er an den meisten Stellen bereits glatt war und dies eine der entscheidenden Gegebenheiten im Kampf sein würde. Wer konnte seine Umgebung besser einschätzen und sich zu Nutzen machen?

Hadley blieb weiterhin im Wasser stehen, entfernte sich aber etwas vom Stamm, um nicht aus Versehen von einem fallenden Körper getroffen zu werden. Bird, Clay, der sich sein Unterhemd um den Kopf gebunden hatte, als wäre es besonders heiß, und ich blieben am Ufer stehen und bejubelten Ophelia und Ian. Es musste wohl nicht mehr ausgesprochen werden, für wen ich die Daumen gedrückt hielt.

Hadley stieß ein ohrenbetäubendes Pfeifen aus und erklärte damit den Kampf für eröffnet.

Die ersten Minuten waren ein Schauspiel für die Götter. Weder Ophelia noch ihr bester Freund konnten einen Treffer landen, ohne beinahe ins Wasser zu fallen.

»Auf wen setzt du?«, fragte ich Bird lachend, bevor ich jubelte und in die Hände klatschte, als Ian endlich einen Treffer mit seinem Ellbogen landete.

»Ophelia natürlich«, lachte sie verschmitzt. »Du weißt ganz genau, dass sie gewinnt, aber weil du sie nicht leiden kannst, bist du für Ian.«

»Wow, ich bin wirklich so durchschaubar, hm?«

»Nur ein ganz klein wenig.«

Wir waren so in unser Gespräch vertieft, dass wir beinahe übersehen hätten, wie Ophelia Ian einen Kinnhaken verpasste, sich drehte und seinen Körper über sich zog. Der Arme hatte keine Chance und fand sich Augenblicke später prustend im Wasser wieder.

Um kein Spielverderber zu sein, klatschte ich in die Hände und zollte Ehre, wem Ehre gebührte.

Ophelia verbeugte sich gespielt ernst, bevor sie zu Ian in den Bach hüpfte und eine Wasserschlacht begann. Ich hatte sie noch nie derart ausgelassen gesehen. Vielleicht lag es daran, dass sich keine Dämonen in unserer Nähe befanden. Mir fiel auf, dass dies tatsächlich das erste Mal war, dass ich die anderen Novizen ohne Dämonen sah.

»Hast du Lust auf eine Runde?«, fragte Bird und sah mich erwartungsvoll an.

»Lieber nicht. Ich finde es ganz cool, einfach nur zu entspannen.« Erst nachdem die Worte aus meinem Mund geschlüpft waren, erkannte ich, was ich gesagt hatte. Bird hatte sich schon wieder abgewandt, um Clay um einen Kampf zu bitten und sah deshalb meinen verblüfften Ausdruck nicht.

Langsam und etwas verwirrt ließ ich mich auf einer Decke nieder und beobachtete das ausgelassene Spiel der anderen. Etwas wie Sehnsucht zog an meinem Herzen.

Training und Kampf hatten in den letzten Jahren nahtlos meinen Alltag gebildet, sodass ich nicht mal auf die Idee gekommen war, mir etwas anderes von meinem Leben zu wünschen. Möglicherweise war meine Reaktion auf die Verbindung zu Gareth auch deshalb so heftig ausgefallen, weil unsere Leben nun für immer miteinander verwoben waren. Die Option auf eine Zukunft ohne all dies hier war plötzlich verschwunden, ohne dass ich auch nur geahnt hatte, dass sie je da gewesen war.

»Alles in Ordnung?« Hadley war vor mir aufgetaucht. Wasser tropfte von seinen Dreadlocks auf meine Hose, während er mich breit lächelnd ansah.

»Ja, klar.«

»Sehr gut.« Sein Grinsen wurde breiter und der Schalk blitzte in seinen Augen auf. Zu spät erkannte ich, was er vorhatte. Ian war plötzlich auch da und beide packten mich nach einem stillen Countdown, zogen mich trotz meiner Proteste zum Bach, um mich dort mehr oder weniger sanft fallen zu lassen.

Natürlich wäre ich stark genug gewesen, sie abzuschütteln, aber das hätte bloß den Spaß verdorben. Zudem *wollte* ich kein Außenseiter sein. Ich *wollte* gewissermaßen dazugehören, auch wenn das nicht meine vorgesehene Rolle war.

Prustend saß ich an einer niedrigen Stelle und wischte mir die nassen Haare aus dem Gesicht. Immerhin musste ich nicht zugeben, dass ich nicht schwimmen konnte. Ich sollte schnellstmöglich etwas gegen meine Defizite unternehmen, bevor ich noch einmal in eine so brenzlige Situation kam wie auf der Flucht vor den Kaskaden.

Nach einer ausführlichen Wasserschlacht, bei der niemand trocken blieb, räkelten wir uns auf den Decken, taten uns an den Sandwiches gütlich, die uns Eliza gebracht hatte, und genossen die angenehme Kühle der Nacht.

»Wo kommst du ursprünglich eigentlich her?« Ophelia beäugte mich misstrauisch, als Ian die Frage an mich richtete.

»Kalifornien«, antwortete ich wahrheitsgemäß, verschlang den letzten Bissen meines Sandwiches und drehte mich dann auf den Rücken. »Ich habe eine Weile mit meiner Familie in den Rayons gelebt, bevor ich zu meiner Tante nach Billings gezogen bin.«

»Wer hat dich ausgebildet?« Clay schüttelte sein blondes Haar und ärgerte Bird mit den herumfliegenden Tropfen. Sie quietschte auf und wäre fast aufgesprungen, wenn der braunäugige Junge mit den Sommersprossen nicht aufgehört hätte. »Deine Tante?«

Ich nickte langsam, mich gegen die aufsteigenden Erinnerungen wehrend. Jetzt war nicht der richtige Zeitpunkt, um diesen Pfad zu betreten. »Lucy. Sie war eine der ersten Jägerinnen überhaupt. Anfangs wussten wir aber nicht, dass sich Schattendämonen ziemlich oft von eigentlich tödlichen Verletzungen erholen«, fügte ich leise hinzu und in meiner Stimme schwang ein Teil der Trauer mit, die ich bei ihrem Verlust verspürt hatte. »Wie habt ihr es herausgefunden?«

»Wir sind in den Tempel des Aeshma in Keplinger eingebrochen, bevor sie die Mauern um die Stadt errichtet hatten«, antwortete Hadley und klang noch trauriger, als ich mich fühlte.

»Nicht *wir*«, korrigierte ihn Clay. »George.«

»George?«, fragten Bird und ich wie aus einem Munde. Anscheinend war auch sie nicht dabei gewesen.

»Wir kommen ursprünglich aus Washington. Ophelia, Clay, Hadley und ich waren alle in einem Waisenhaus, als die Dämonen kamen«, schilderte Ian, als hätte er die ganze Zeit darauf gewartet. »Wir haben die erste Chance, die sich uns bot, genutzt und sind abgehauen. George war unser Anführer.«

»Wohin?«, fragte ich stirnrunzelnd. Sie waren kaum älter als ich und mussten sehr jung gewesen sein. Ich selbst war erst sechs Jahre alt gewesen, als der Krieg begonnen hatte.

»Überall und nirgends. Später sind wir dann in den Rayons geblieben und haben Jagd auf Schattendämonen gemacht«, erklärte Hadley mit vollem Mund und wurde von Ophelia mit einem rügenden Blick bestraft. Er schluckte eilig runter. »George hatte nicht aufgegeben, nach einer Möglichkeit zu suchen, Schattendämonen tödlich zu verletzen. Also sind er und zwei andere in den Tempel eingebrochen und haben heilige Schriften gestohlen. Das meiste konnten wir nie entziffern, da es in ihrer Sprache geschrieben war, aber die Symbole waren fast schon eindeutig und nach ein wenig Herumprobieren waren wir uns sicher.«

»Wow«, äußerte ich meine Bewunderung und meinen Respekt. »Das war sehr mutig von ihm.«

»Deine Tante müsste doch auch einen ähnlichen Weg gegangen sein, oder nicht? Woher hättet ihr es denn sonst wissen können?«, hakte Hadley mit vollem Mund nach. Sein ohnehin schon dunkles Gesicht lag im Schatten der Nacht, sodass ich seine Miene kaum lesen konnte.

»Nein. Wir hatten Glück. Ein anderer Jäger schloss sich uns für eine Weile an und klärte uns auf.« Ich zuckte mit den Schultern. »Ich hab keine Ahnung, woher er sein Wissen hatte, ehrlich gesagt.«

»Er hieß nicht zufällig George, oder?« Hoffnung war nun deutlich aus Hadleys Stimme herauszuhören. Clay stieß ihn mit seinem Ellbogen in die Seite.

»George ist tot, Had«, zischte er. Hadley rieb sich die Rippen.

»Wir haben seine Leiche nie gefunden«, grummelte er, aber die Hoffnung war verschwunden.

»Was ist mit ihm passiert?«, fragte ich so beiläufig wie möglich.

»Wir haben ein Haus überfallen, in dem sich Dämonen aufhielten. Er hat es nicht herausgeschafft, bevor es in die Luft flog«, berichtete Clay emotionslos, als würde er das Thema schnell abhaken wollen.

»Das tut mir leid.«

»Schon okay. Ist lange her.« Hadley winkte ab.

Stille breitete sich aus. Ich konnte sie gerade schlecht ertragen und stellte deshalb eine weitere Frage. »Dann hat euch Dorian gefunden?«

»Warum so neugierig, *Anführerin*?« Anscheinend hielt es die in Dämonen vernarrte Prinzessin nicht länger aus, nicht im Mittelpunkt zu stehen. Ich verdrehte genervt die Augen.

»Ich weiß nicht, wie es dir geht, aber ich würde gerne wissen, wem ich in den folgenden Wochen mein Leben anvertrauen soll«, konterte ich und sah sofort, dass mir alle zustimmten. Selbst Ophelia schien diese Antwort unerwartet zu treffen, denn sie hatte ihre Miene nicht sofort unter Kontrolle.

»Ja. Er hat von uns gehört, suchte uns auf und unterbreitete uns ein Angebot«, erläuterte sie, als wäre nichts gewesen.

»Was für ein Angebot?«, hakte ich weiter nach, da ich mich daran erinnerte, dass der König etwas Ähnliches zu mir gesagt hatte. Mit jedem Einzelnen hatte er einen Pakt geschlossen.

»Das geht dich nichts an«, protestierte sie energisch, bevor sie aufstand und zurück ins Wasser sprang. Die anderen folgten ihr, um erneut eine Wasserschlacht zu beginnen, aber mir war nicht mehr danach und Bird anscheinend auch nicht. Sie blieb neben mir sitzen und schaute nachdenklich auf einen Grashalm in ihren Händen.

»Du warst also nicht im Waisenhaus?«

Sie schüttelte den Kopf. »Nein. Ich habe … woanders gelebt. Ascia und ich sind uns zufällig begegnet.«

Wir schwiegen ein paar Minuten. Ich dachte, das Gespräch wäre bereits zu Ende, als sie es doch noch fortsetzte. »Er hat mir ein Haus versprochen«, gestand sie. In der Dunkelheit konnte ich mir nicht sicher sein, aber ich glaubte, sie errötete. »Wenn ich ihm zwei Jahre diene, wird er mir ein Haus in Ascia schenken und genug Geld, bis ich einen Job gefunden habe.«

»Wow«, sagte ich mangels einer Alternative.

»Was hast du dir gewünscht?« Ihre schräg stehenden Augen musterten mich intensiv, aber nicht misstrauisch oder gar feindselig. »Es ist okay, wenn du es nicht sagen willst. Ophelia gibt sich auch sehr geheimniskrämerisch. Die Jungs erhoffen sich am meisten Erfahrung und irgendwie auch einen Platz in Ascias Armeestab, dabei besitzt er nicht mal eine eigene Miliz.«

»Armee? Sie würden für ihn kämpfen?«, rief ich aufgebracht.

»Ich glaube, es geht weniger darum, für ihn zu kämpfen, als zu etwas Größerem dazuzugehören. Sicherheit zu erfahren.« Sie lächelte zögerlich.

»Bird! Bird! Bird!«, brüllten die Jungs im Chor und winkten sie zu sich. Die Japanerin schien sich irgendwie geehrt zu fühlen.

»Ich geh dann mal ... Kommst du mit?«, fragte sie schüchtern.

»Nein, geh nur.« Sie erhob sich und wandte sich bereits ab, als ich sie noch einmal zurückhielt. »Rache. Dorian hat mir Rache versprochen.«

Bird blickte von oben auf mich herab. »Ich hoffe, du bekommst sie.« Die Worte hingen zwischen uns, bevor sie sich den anderen anschloss, um ausgelassen zu toben, als würden wir unsere Energie nicht für das tägliche Training brauchen.

Irgendwann wurde es mir zu kalt in der nassen Kleidung, also nahm ich meine Schuhe und ging gemächlich zurück zum Haus. Meine Gedanken kreisten um die Geschehnisse der vergangenen Stunden und die Gefühle, die sie in mir ausgelöst hatten. Natürlich war ich meinen Mitschülern in den letzten Wochen in gewisser Weise näher gekommen, schon allein durch die unzähligen Stunden des Trainings, doch es schien, als wäre in dieser Nacht ein weiteres Band zwischen uns gewoben worden. Wir befanden uns auf Augenhöhe, hatten Gedanken ausgetauscht und würden uns einander auf diese Weise erinnern.

Als ich die Lichtung erreichte, auf der die Häuser standen, sah ich als Erstes Eliza, die auf der Veranda Wäsche in einem Bottich wusch. Oftmals wurden wir Novizen eingesetzt, ihr dabei zu helfen, wenn andere Bedienstete keine Zeit hatten. Ich wollte mich ihr gerade anschließen, da ich ohnehin nass war, als Gareth mit zwei Gläsern Wasser aus ihrem Haus heraustrat. Von Vitória war nichts zu sehen.

Zögerlich ließ ich meine Schuhe und Socken vor der Treppe zu meinem Haus fallen, um dann entgegen meiner Instinkte Eliza und Gareth Gesellschaft zu leisten.

Ich war noch immer wütend auf den Dämon und glaubte nicht, dass die Verbindung zwischen uns zufällig war. Wie ich ihm schon gesagt hatte, entweder er oder Dorian hatte es geplant.

»Kann ich dir helfen?« Ich nahm meine feuchten Haare zu einem Pferdeschwanz zusammen und lehnte mich dann gegen einen der Holzpfosten, die das Dach der Veranda stützten.

»Habt ihr euch schon genug ausgetobt?«, grummelte Gareth so leise, dass ich ihn fast nicht verstanden hätte.

»Wir sind keine Kinder«, ließ ich ihn wissen. »Eliza?«

»Alles gut, Liebes, ich bin fast fertig«, winkte sie ab und beugte sich wieder etwas tiefer über den Bottich. Das seifige Wasser schlug Blasen.

»Sicher?«

Ich merkte ihr Zögern und wartete geduldig, Gareths bohrenden Blick ignorierend. »Nun ja, vielleicht könntest du die Wäsche aufhängen? Dann kann ich mich um die Auflistung der Vorräte kümmern.«

»Kein Problem.« Ich lächelte und nachdem sie die letzte Jeans fertig gewaschen hatte, nahm ich den Korb, um ihn hinters Haus zu tragen. Dort war die Wäscheleine zwischen zwei Ästen angebracht.

Leider folgte mir Gareth keine zwei Minuten später, um das Wasser aus dem Bottich zu kippen, aber anstatt mich allein zu lassen, lungerte er unschlüssig hinter mir herum, ehe er mir bei der Arbeit half. Kein Wort fiel zwischen uns.

Ich war mir nicht sicher, wie ich mich fühlte. Es war schon ungewöhnlich genug, dass er mir die Nacht freigegeben und nicht darauf gepocht hatte, die Chance zu nutzen, den Trainingsrückstand aufzuholen, aber jetzt half er mir auch noch bei der Hausarbeit? Einem Menschen? Unvorstellbar.

Als wir aus Versehen nach dem gleichen Kleidungsstück griffen, fuhren wir auseinander, als hätten wir uns daran verbrannt. Unsere Blicke trafen sich. Ich war unfähig, mich aus dem Grün seiner Augen zu befreien und ihm schien es ganz genauso zu gehen. In meinem Bauch kribbelte es. Mit meiner Atmung stimmte etwas nicht. Sie kam plötzlich schwer und unregelmäßig, je länger ich von Gareths Blick gefangen war. Meine Hand kribbelte, als würde es sie nach einer Berührung verlangen und dann … hörten wir das vergnügte Geschrei der anderen.

Der Bann war gebrochen.

»Ich …«, begann Gareth rau, räusperte sich und fuhr sich durch sein Haar. »Bis später.«

Bevor ich auch nur ein Wort sagen konnte, hatte er kehrtgemacht und war davongestampft. Blinzelnd blieb ich zurück. Lange Zeit rührte ich mich nicht und starrte bloß den Wäscheberg vor mir an.

Was auch immer das gewesen war, es machte mir panische Angst.

34. Kapitel

Der Jäger

Evan kauerte in Alisons Wohnung auf dem niedrigen Futon und hielt seinen Armstumpf fest an sich gepresst. Crystal hatte ihm dabei geholfen, die Wunde zu desinfizieren und sich währenddessen auch gleich mehrmals entschuldigt.

»Aber sieh es mal positiv, du hattest bereits eine Blutvergiftung und hätte ich deine Hand nicht abgeschnitten, wärst du vermutlich in wenigen Tagen daran zugrunde gegangen.«

»Abgehackt ist wohl der bessere Ausdruck«, hatte er gegrummelt, ihr insgeheim aber recht gegeben. Das Fieber war Anzeichen genug gewesen.

»Also, wann erzählst du mir endlich, wer du bist und was zur Hölle in den letzten Wochen passiert ist?«, verlangte er nach Antworten.

Sie reichte ihm eine Tasse Tee, bevor sie sich ihm gegenüber auf dem Boden niederließ. Sie wirkte so zerbrechlich und klein. Er konnte noch immer nicht glauben, was sie mit den Dämonen angestellt hatte.

»Das Leben hat sich für uns alle verändert, als die Dämonen in unsere Welt Einzug hielten«, begann sie langsam und mit trauriger Stimme. Evan war fasziniert von ihrem Mienenspiel, das nicht länger nur starr und höhnisch war wie in Alasdairs Anwesenheit. Es wirkte offener und wilder. »Meine Eltern wurden ganz am Anfang gegen ihren Willen unter Tage geschickt. Seit zehn Jahren habe ich sie nicht mehr gesehen und ich weiß nicht, ob sie noch leben oder längst tot sind. Ich hoffe, sie haben immer noch einander, ob nun im Tod oder im Leben …« Sie holte tief Luft. »Nachdem man sie geholt hatte, waren meine Schwester Amethyst und ich auf uns allein gestellt. Sie trug die Verantwortung, weil sie die ältere von uns beiden war … ist.

Wir kamen ziemlich gut über die Runden, bis sich die einundzwanzig Städte erhoben und die meisten Schattendämonen leer ausgingen. Soweit ich weiß, haben sich viele damit abgefunden, nur die zweite Geige zu spielen und keine eigenen Städte anzuführen, aber andere … andere sind von ihrer Wut beinahe verzehrt worden.«

»Alasdair?«, schlug Evan einem Instinkt folgend vor und Crystals Nicken ließ ihn recht behalten.

»Ja. Er war zornig, dass Ascia den Vorzug erhalten und nicht mal die Notwendigkeit gesehen hat, ihn an Bord zu holen. Also zog er sich in die Rayons zurück und suchte einen Weg, um ihn zu bestrafen und sich selbst zu bereichern.« Ihr Blick wanderte quer durch den Raum und zurück, bis er wieder auf Evan landete. Crystal wirkte so traurig und verloren, dass er sich am liebsten zu ihr gebeugt hätte, um sie an sich zu drücken. Er wollte ihr sagen, dass alles wieder gut werden würde. So ganz genau verstand er das Bedürfnis nicht. Er durfte nicht schon wieder sein Vertrauen verschenken, ohne alle Fakten zu kennen, ohne seinen Zweifeln genügend Raum zu lassen, damit er am Ende sicher sein konnte, dass sie sein Vertrauen nicht erneut missbrauchen würde.

»Was hat er getan?«

»Er suchte sich einen abgelegenen Ort und begann mit seinen Experimenten.« Sie zuckte mit den Schultern. »Natürlich verstand er selbst nicht viel von Genetik und Mutation, aber dafür besorgte er sich das geeignete Personal. Und schließlich auch Versuchskaninchen.«

Evan ahnte Schlimmes, noch bevor sie es aussprach.

»Amy und ich hatten das Pech, direkt in eine seiner Fallen zu tappen, als wir auf der Suche nach Essbarem waren. Seine Handlanger brachten uns in das Labor, wo wir die meiste Zeit getrennt verbrachten. Es …« Sie schüttelte sich, als würde sie sich dagegen wehren, wieder in diese dunkle Zeit einzutauchen. »Es war grausam, ja, aber immerhin hatten wir einander. Zudem gehörten wir zu den Ersten, die überlebten und danach … gewisse Fähigkeiten aufwiesen.«

»Fähigkeiten?« Er zischte, als er sich an dem heißen Tee verbrannte.

Ihre blauen Augen wirkten plötzlich entschlossen, als würde sie sich mit irgendetwas abfinden. Es fiel ihm so schwer, sie zu durchschauen, und das machte sie gefährlich. Aber wenn er ganz ehrlich zu sich war, so fühlte er sich auch gerade deswegen zu ihr hingezogen.

Das hätte er sich vor den vergangenen Wochen in Gefangenschaft niemals eingestanden und auch jetzt fiel es ihm schwer. Natürlich war er noch immer wütend auf sie, schließlich hatte sie ihn in eine Falle gelockt, aber er kam nicht umhin zu erkennen, dass sie aus für sie wichtigen und vielleicht auch richtigen Gründen heraus gehandelt hatte. Er musste sie nur noch erfahren.

»Du hast gesehen, was ich getan habe«, wisperte sie. »Die Experimente haben mich erst krank und dann unglaublich stark werden lassen. Stärker als jeden Dämon. Stärker als ein Dutzend Dämonen zusammen.«

»Wow, das ist …« Er war sprachlos.

»Amy ist noch stärker. Sie muss nur eine Person ansehen oder berühren, um deren Haut in Fetzen zu reißen. Alasdair war ganz außer sich vor Freude, aber nicht so sehr, als dass er vergessen hätte, dass wir eigentlich seine Gefangenen waren. Er konnte uns nicht trauen.« Das Licht der untergehenden Sonne drang durch eines der Fenster und färbte Crystals eigentlich blondes Haar feuerrot. »Er trennte Amy und mich, brachte sie ans andere Ende von Nordamerika und hielt mich hier an seiner Seite, weil er mich als die Gefährlichere von uns beiden ansah, da ich stets rebellischer gewesen war. Er ließ von seinen Wissenschaftlern ein Halsband entwickeln, das meine Fähigkeiten unterdrückte, sodass ich ihm nichts anhaben konnte.«

»Ich habe mich schon immer gewundert, warum du es trägst, aber dann … ich dachte wegen der Eisenschlaufe, dass Alasdair es benutzt, um eine Leine daran zu befestigen.« Er errötete leicht, weil allein der Gedanke daran verrückt war und es beschämte ihn, dass er ihn aussprechen musste. Kein Mensch sollte so erniedrigt werden.

»Das tat er auch gelegentlich.« Sie seufzte. »Ich wusste, ich musste einen Weg finden, sein Vertrauen zu gewinnen und er gab mir die Chance, mich zu beweisen, indem ich mich in die Gilde der Jäger einschleuste. Er hatte gehört, dass Arias gemeinsame Sache mit Dorian machte, aber er brauchte Beweise, um Ascia bei Billings zu verpetzen. Ich konnte ihm keine liefern, also brauchte er dich.«

Evan fehlten die Worte, als er sich an die Wand zurücklehnte. Es ergab plötzlich alles einen Sinn. Ihre Zurückgezogenheit, der Mangel an sozialen Fähigkeiten und ihr Vorschlag, ihm bei der Suche nach Alison zu helfen.

»Also war alles nur eine Lüge? Du weißt nichts über Alisons Verbleib?«

»Doch.« Sie sah ihn direkt an. »Dorian hat sie und sie lebt, da er sie für irgendetwas benutzen will. Ich weiß nicht, für was, aber ich schwöre, das ist die Wahrheit. Das war auch der Grund, warum Alasdair so erpicht darauf war, mehr über sie zu erfahren.«

»Dann muss ich zu ihm und sie befreien«, sagte er entschlossen. »Ich kann sie nicht noch einmal zurücklassen.«

»Niemand hat dich darum gebeten«, erwiderte sie steif.

»Nein. Natürlich nicht«, beeilte er sich schnell zu sagen. »Aber da ist noch mehr, nicht wahr? Wieso … Also, Alasdair hat dir sein Vertrauen geschenkt und das Band abgenommen?« Sie nickte.

»Direkt danach habe ich ihn und alle anderen getötet, um dich zu befreien.«

»Aber nicht nur, um mich zu befreien …«

Sie zögerte, dann erhob sie sich und schritt zur Tür, wo sie ihre Tasche hingeschmissen hatte. Aus dieser holte sie einen Packen Dokumente hervor, mit dem sie zu ihm zurückkehrte.

»Das sind Laborberichte und ein paar von Alasdairs Notizen. Ich habe keine Ahnung, inwieweit sie mir helfen werden, aber ich bin entschlossen, Amy zu finden.« Sie klang stark und unnachgiebig. Es fiel ihm schwer, den Blick von ihr abzuwenden und ihn stattdessen auf die Dokumente in ihren Händen zu richten.

»Das habe ich geahnt«, murmelte er, stellte den Tee ab und betrachtete seinen Verband. Es würde viel Zeit brauchen, bis er sich daran gewöhnen würde, nur noch eine Hand zu haben. Er wusste nicht, ob er Crystal das je verzeihen konnte.

»Es tut mir leid, in was für eine Lage ich dich gebracht habe«, flüsterte sie niedergeschlagen, als er nichts mehr sagte. »Ich verstehe, wenn du mich nie wiedersehen möchtest.«

»Das sollte ich zumindest wollen, oder?« Er lächelte gezwungen. »Es wäre zumindest das Schlauste.«

Sie horchte auf. »Aber?«

»Ich weiß, wie es ist, wenn man auf der Suche nach der wichtigsten Person in seinem Leben ist. Also werde ich dir helfen, Amy zu finden, wenn du mir dabei hilfst, Alison zu befreien.«

Ihre Augen wurden groß, noch größer als sonst. Er hatte nicht gedacht, dass das noch möglich wäre.

»Bist du dir sicher?« Ihre Stimme war nicht mehr als ein Hauch.

»Absolut.« Zum ersten Mal, seit er sie kannte, breitete sich ein ehrliches Lächeln auf ihren Lippen aus. Er konnte nicht anders, als es zu erwidern.

35. Kapitel

Der König

Die Nacht lag über der Hauptstadt Billings, doch die unzähligen Lichter der Gaslampen, die jeden Abend pünktlich um sieben Uhr von den Menschen entzündet wurden, hielten die Finsternis davon ab, sich die gesamte Stadt einzuverleiben. Es waren genug Schatten vorhanden, um jeden Dämon glücklich zu machen, aber zu wenig, um nichts mehr zu sehen. Ganz so, wie es Taio Billings am liebsten mochte.

Seine Hände hatte er wie so oft hinter seinem Rücken verschränkt, während sein Blick nach draußen gerichtet war. Das Rathaus war größer, höher und gigantischer als alle Bauten drumherum, weshalb er einen fabelhaften Blick aus den Fenstern in seinem Schlafgemach besaß. Er hob eine Hand und rieb sich damit über seinen grauen Stoppelbart. Erst vor wenigen Stunden hatte er von Schwab die Nachricht erhalten, dass sie zwei Menschencamps ausfindig gemacht hatten, die ihren Bedingungen am nächsten kamen. Billings würde noch einmal darüber schlafen, bevor er die Entscheidung traf, welche der beiden Städte in den Rayons er angreifen lassen würde. Bis dahin wurde die Spezialtruppe seiner Miliz auf den Angriff vorbereitet. Es durfte nichts schiefgehen.

Es klopfte an seiner Tür und Rope trat ein. Er war einer jener Männer, die scharfsinnig und gehorsam waren. Er schreckte vor nichts zurück und bewegte sich in sämtlichen Kreisen so, als wäre er noch nie woanders gewesen.

Rope durchquerte das Zimmer und reichte Billings einen versiegelten, leicht mitgenommenen Brief. Der König erkannte das Siegel sofort.

»Bevor Ihr es öffnet, Sire«, begann Rope ungewöhnlich nervös. »Er ist tot. Eine Explosion hat das gesamte Gebäude zerstört. Es gab keine Überlebenden.« Er schüttelte den Kopf, als würde er ehrliche Trauer über die Toten empfinden. »Wir glauben, dass Alasdair den Brief nur Stunden zuvor losgeschickt hat.«

»Nun gut«, räusperte sich Billings. Er spürte, dass der Ärger in ihm brodelte. »Das ist ein wenig … unglücklich. Trotzdem, er war lediglich ein Schattendämon und dementsprechend nur Mittel zum Zweck.«

»Natürlich, Sire.« Rope verneigte sich leicht. »Soll ich bleiben?«

Billings wog den Brief nachdenklich in seinen gebräunten Händen. In den Jahren, die er bereits auf der Erde wandelte, hatte sein Teint nachgelassen. In Duster und Triste war die Sonne eine andere. Sie schien nicht mit dieser Intensität, sodass sie seinesgleichen nicht schwächte, allerdings war sie stark genug, ihre Haut zu verdunkeln.

»Nein. Du kannst gehen und mir mein Haustier bringen.« Seine Mundwinkel zuckten. »Ich brauche eine Aufmunterung.«

Rope verbeugte sich gerade tief genug, um Billings seine Ehre zu erweisen und verschwand, sodass der König Zeit hatte, sich den Brief durchzulesen. Das Siegel brach leise auseinander. Die Schrift war unordentlich und unpräzise wie immer, was Billings noch mehr gestört hätte, wenn Alasdair nicht bereits unter den Toten weilen würde. So empfand er lediglich eine leichte Verärgerung.

Nachdenklich schritt er zum Kamin, in dessen Rachen ein kleines Feuer brannte und warf den nun gelesenen Brief hinein. In dem Moment kam Rope mit seinem Haustier zurück, das er an einer Leine führte. Er legte diese in Billings ausgestreckte Hand.

»Du kannst gehen«, entließ er den Königsdämon, der dem Mädchen, das nun vor Billings niederkniete, einen letzten seltsamen Blick zuwarf.

»Hallo, Darling«, begrüßte er sein Haustier, das in den teuersten Roben gekleidet war. Offensichtlich wusste sie es nicht zu schätzen. »Sieh mich an, wenn ich mit dir rede, Amethyst.« Die junge Frau zögerte, aber gab letztendlich nach. Ihr Gesicht, so wunderschön es auch war, war hasserfüllt. Es amüsierte ihn. »Leider habe ich schlechte Neuigkeiten für dich, Darling. Die Gilde der Jäger hat Alasdair getötet.« Natürlich waren ihm keine Beweise vorgelegt worden, die bestätigten, dass die Gilde hinter der Explosion steckte, aber wer könnte es sonst gewesen sein? Alasdair hatte in seinem Brief erwähnt, dass Crystal ihm Arias' Sohn gebracht hatte und er dabei war, ihn zum Reden zu bringen. Offensichtlich hatte die Gilde ihn vorher gefunden und kurzen Prozess gemacht.

»Es kümmert mich nicht, was mit Alasdair passiert ist«, gab Amethyst wie immer Widerworte.

»Oh, aber das sollte dich kümmern. Schließlich war deine Schwester bei ihm und nun ist auch sie tot.« Er grinste, ihre Reaktion erwartend, die sich in Form von Schock in ihrer Miene äußerte, bevor er die Tränen in ihren Augen sehen konnte.

»Nein«, wisperte sie.

»Jetzt hast du nichts mehr, für das es sich zu kämpfen lohnt«, führte er ihr vor Augen. »Wirst du endlich ein gehorsames Haustier für mich?«

Sie presste ihre zittrigen Lippen zusammen und sah ihm direkt in die Augen. »Niemals.«

»Das wird sich noch herausstellen, nicht wahr?«, lachte er und bearbeitete ihr entschlossenes Gesicht mit seinen Fäusten, ohne sich seines Siegelringes zu entledigen.

Als sich der Mensch nicht mehr regte, schlenderte Billings zu einer Schale, in der immer frisches Wasser bereitstand, und tauchte seine blutigen Hände hinein. Gleichzeitig rief er nach Rope, der beinahe sofort die Tür öffnete und eintrat.

»Ich bin fertig mit ihr. Heile sie mit dem Blut einer der Gefangenen.«

»Verstanden.« Er beugte sich bereits hinab, um Amethyst aufzuheben, als Billings ihn noch einmal zurückhielt.

»Oh, und Rope? Was hältst du davon, deinen Bruder wiederzusehen?«

Billings drehte sich vollends um und fing das schelmische Grinsen des anderen Dämons auf.

»Nichts wäre mir lieber.«

Der König neigte den Kopf. »Dann weißt du, was du zu tun hast.«

36. Kapitel

Ich beobachtete genau, *wie* Noah sein Messer festhielt, als er mit einem höhnischen Grinsen auf mich zugeschritten kam. Gewollt provokant hob ich beide Augenbrauen und legte den Kopf leicht schief. Er nahm die Einladung an und kam sogleich noch näher. Ich packte sein linkes Handgelenk, verdrehte es, nur um dann von dem Messer, das er plötzlich in der Rechten hielt, die Kehle aufgeschlitzt zu bekommen. Gut, natürlich rein theoretisch. Kurz vorher stoppte er und ließ die Spitze nur über meine empfindliche Haut kratzen.

»Ach verdammt. Du schummelst«, beschwerte ich mich.

»Ich schummle?«, rief er gespielt entsetzt und ließ mich endlich wieder frei. Ich warf ihm einen bitterbösen Blick zu.

»Aber sicher. Du hast gesagt, dass ich versuchen sollte, so zu reagieren, als wäre links deine Führhand«, erklärte ich mich, obwohl ich genauso gut gegen eine Wand hätte reden können.

»Glaubst du, die *Vessen*, denen du auf kurz oder lang begegnen wirst, werden sich die Mühe machen, fair zu spielen?« Seine Stimme triefte vor Hohn und Spott, während die einzelne Erkennungsmarke, die er um den Hals trug, das Licht der Gaslampen reflektierte. »Ich hatte etwas mehr von dir erwartet, Jägerin.«

»Da bist du nicht der Einzige«, murmelte ich betrübt.

Seitdem ich von meinem Schicksal wusste, hatte ich jede Sekunde damit zugebracht, besser zu werden, noch mehr zu trainieren. Und trotzdem schien es nie genug zu sein. Weder für mich noch für einen meiner Trainer. Ich war so verzweifelt, dass ich Noah bereits zwang, mich zu trainieren, während die anderen eine Essenspause einlegten. Im Nachhinein ärgerte ich mich selbst über die verschwendete Zeit am Bach, auch wenn ich Spaß gehabt hatte.

»Weißt du, versteh mich nicht falsch«, begann Noah und ließ in mir sofort den Gedanken aufkommen, dass ich ihn ganz sicher richtig verstehen, es mir aber nicht gefallen würde. Er trat an meine Seite und gemeinsam schritten wir zu dem Waffenarsenal, das sich in einem der Schuppen befand. »Es macht Spaß, mit dir zu trainieren, aber warum fragst du nicht Gareth? Er ist schließlich dein … ganz persönlicher Trainer.«

Die Augen verdrehend ging ich weiter. »Erstens, du bist der Waffenmeister, oder nicht? Und zweitens, ich will ihn gerade nicht sehen.« So wie die letzten Tage auch. Ich hatte stets mit ihm trainiert und alles getan, was er mir aufgetragen hatte, aber geredet hatte ich nicht mit ihm. Die Stimmung zwischen uns war schlimmer als noch zu Beginn unserer Bekanntschaft und das sollte was heißen.

»Was?«, lachte Noah und öffnete die Tür zum Schuppen. »Du bist noch immer eifersüchtig?«

Ich strafte ihn mit einem finsteren Blick. »Wohl kaum.«

Es ging nicht um Vitória, sondern um diese verdammte Blutsgeschichte. Ich wusste noch immer nicht, wie ich mit dieser Tatsache umgehen sollte.

»Na, auf was hast du Lust?«, fragte er mich und deutete mit einer Handbewegung auf das Arsenal an Waffen.

»Hier.« Ich trat vor und griff nach zwei Langschwertern, die wir bisher nie benutzt hatten.

»Bist du dir sicher?« Sein zweifelnder Blick folgte mir nach draußen. »Könnte eine Nummer zu groß für dich sein. Und zu schwer.«

»Ich weiß, ich bin klein, aber ich kann mehr Gewicht stemmen, als du glaubst.« Der Schlüssel verschaffte mir einen großen Vorteil. »Außerdem muss ich lernen, mich mit jeder Waffe zu behaupten. Das ist es doch, was du mir beibringen wolltest, oder nicht?«

Er grummelte irgendetwas in sich hinein, nahm das dargebotene Schwert aber an, sodass ich ein Gefühl für meines bekommen konnte. Es lag bereits jetzt, nach nur einigen Minuten, schwer und plump in meiner Hand, aber der Griff war schön geformt, vielleicht etwas zu lang. Ich nahm meine andere Hand hinzu, um das Gewicht besser zu verteilen.

»Okay, proben wir ein paar Grundschritte und dann …«, begann Noah, aber ich schüttelte vehement den Kopf.

»Ich kenne die Grundschritte. Lass uns einfach kämpfen. Ich lerne schon, wenn ich dir dabei zusehe und mich verteidigen muss«, versicherte ich, was ihm zu genügen schien.

Wir begaben uns in Position, hoben die Schwerter und wechselten einen letzten Blick, bevor er seinen Angriff startete. Als die Klingen sich berührten, schien sich die kraftvolle Vibration durch meinen Arm hoch bis in meine Fußspitzen auszubreiten. Es war nicht schmerzhaft, aber ungewohnt. Es dauerte ein paar mehr Schläge, ehe ich mir die Auswirkungen nicht mehr anmerken ließ.

Das Gewicht des Schwertes war zu Anfang nichts, das mich störte. Ich hatte eine ausreichende Muskulatur entwickelt – sowohl während des Trainings mit Lucy als auch seit meiner Ankunft hier –, die mir half, mir meine Kräfte einzuteilen. Noah war ein guter Lehrer, zog das Tempo an, wenn er sich sicher war, dass ich es würde halten können, und verlangsamte es stets nach anstrengenden Intervallen. Ich wurde immer sicherer und wagte mich schließlich selbst an Angriffe heran, die Noah leider allesamt parierte.

»Du bist gut«, machte er mir aber irgendwann ein Kompliment, als ich auf einen Heuballen sprang, um ihm auszuweichen, und das Schwert dann von oben auf ihn niedersausen ließ.

»Leider bist du besser«, keuchte ich schwitzend, drehte mich um die eigene Achse und versuchte so, mehr Kraft in meinen Schlag zu legen. Die Klingen kreuzten sich und klirrten.

Wir hatten den Platz einmal durchquert und bewegten uns jetzt wieder nahe dem Eingang zum Haupthaus, aus dem nun die anderen von ihrem wohlverdienten Essen kamen. Ich wurde abgelenkt, als ich Gareth erblickte, der sich mit Vitória unterhielt und ganz und gar nicht glücklich wirkte. Im nächsten Augenblick sah ich, wie Noah das Schwert zurückzog, um zuzustechen. Normalerweise wäre die Verteidigung ein Klacks gewesen, aber ich hatte nicht aufgepasst. Das Schlimmste ahnend, versuchte ich noch auszuweichen, aber da war es schon zu spät. Die Klinge fuhr in einem glatten Zug durch meine linke Seite und trat an meinem Rücken wieder aus.

»Verflucht! Wieso hast du dich nicht verteidigt?«, rief Noah aus, während mir mein eigenes Schwert aus der Hand glitt und schwer zu Boden fiel. Ich blickte an mir herab und stellte trotz allen Schmerzes, trotz des Schocks, erleichtert fest, dass es nicht rechts, wo sich der Schlüssel befand, eingedrungen war.

Dann verlor ich den Halt und fiel auf die Knie.

Noah packte mich an der Schulter, sodass ich nicht vornüber fallen konnte. Sekunden später war auch Gareth an meiner Seite, der mein Gesicht in seine Hände nahm und mich zwang, ihn anzusehen.

»Mach kein Theater«, waren seine wenig einfühlsamen Worte, als er in der nächsten Sekunde das Schwert herauszog. Ich keuchte, wankte und sah nur noch Schwärze, und das lag nicht daran, dass es Nacht war. Flüssigkeit schien meine Lungen zu füllen. Ich hatte das Gefühl zu ertrinken und dabei wusste ich eigentlich nicht mal, wie sich das anfühlen *sollte.*

Ich kämpfte gegen die Ohnmacht an und fand mich auf dem Boden liegend in der Realität wieder. Nun, ich lag nicht ganz auf dem Boden. Mein Oberkörper war an Gareth angelehnt, der gerade seinen Arm aufschlitzte, während ich meine Hände auf meine blutende Wunde presste. Als ob dies mir helfen würde.

Nein. Gareth und ich wussten beide, dass ich ohne sein Blut sterben würde, auch wenn ich es nur widerstrebend akzeptierte. Er legte seinen Arm an meine bereits von *meinem* Blut feuchten Lippen und ich sog gierig an seinem Lebenssaft, meinen Blick allein auf ihn gerichtet. Ich wollte nicht an unsere Zuschauer denken und die Scham, die ich schon bald empfinden würde. Wenn Gareth und sein Blut nicht wären, hätte man mir hier vermutlich ein Grab ausheben dürfen. Irgendwie bezweifelte ich, dass Dorians Opferbereitschaft so weit reichte, dass er mich sein Blut kosten ließe.

Endlich spürte ich, wie der Schmerz langsam nachließ. Ein gutes Zeichen dafür, dass das Blut seine Wirkung tat.

Gareth löste seine Wunde aber von mir, bevor ich vollständig geheilt war. Ich nahm an, dass es ihn einfach zu viel Blut kosten würde.

Er schob mich hoch, richtete sich selbst auf und nahm mich dann erneut in seine Arme. Ich versuchte zu ignorieren, wie gut es sich anfühlte. Er trug mich zurück in unser Haus und in sein Bett, seltsamerweise, wo er sich sofort Noah zuwandte, der uns gefolgt war. Ohne Vorwarnung verpasste er Noah einen Schlag ins Gesicht, der ihn gegen die Wand schmetterte. Putz bröckelte ab.

»Du solltest sie trainieren und nicht niederstechen!«, donnerte er, gefolgt von einer weiteren Salve an Beschimpfungen in seiner Dämonensprache.

Noah erwiderte etwas in der Sprache, bevor er wieder ins Englische wechselte. »Eigentlich ist es deine Schuld.« Er rieb sich sein wundes Kinn. »Sie hat ihre Konzentration in dem Moment verloren, in dem du mit Vitória den Platz betreten hast.«

Klasse. Genau das hatte ich jetzt von Noah gebraucht.

»Könnt ihr mich einfach allein lassen?«, bat ich und zog damit ihre Aufmerksamkeit auf mich. »Dann kann ich vielleicht in Ruhe heilen.«

Noah verdrehte die Augen und ließ sich nicht zweimal bitten, Gareth hingegen schlug die Tür hinter dem Schattendämon zu und schien tief Luft zu holen. Offensichtlich wappnete er sich für mich, da ich ihm wahrscheinlich wieder auf die Nerven gehen würde. Dabei fühlte ich mich ganz sicher nicht in der Stimmung.

»Starrst du jetzt die ganze Zeit die Tür an oder …«

Abrupt wandte er sich um, ging ins Badezimmer und kehrte mit dem Verbandskasten zurück, den ich schon öfter bemerkt hatte. Gareth setzte sich neben mich aufs Bett, bevor er mir ein feuchtes Tuch reichte, mit dem ich meinen Mund abwischte.

Ohne mich um Erlaubnis zu fragen, schob er mein Shirt und das Top darunter hoch bis zu meinem Sport-BH, um die Wunde in all ihrer Herrlichkeit betrachten zu können. Die Erhebung des Schlüssels war auf der anderen Seite, sodass seine Augen hoffentlich nur die Verletzung betrachten würden.

Ich hatte recht gehabt. Gareths Blut hatte geholfen, das Schlimmste zu heilen, aber ganz geschlossen war die Wunde noch nicht. Es war jedoch auch nicht so tragisch, dass ich genäht werden müsste.

»Morgen früh gebe ich dir noch etwas Blut«, erklärte mir Gareth. Von der Wut, die ihn noch bis eben unter Kontrolle gehabt hatte, schien nichts mehr übrig zu sein. Flink hatte er meinen Bauch gereinigt, ohne die kleine Erhebung rechts zu beachten, und ein quadratisches Pflaster draufgeklebt. »Dreh dich bitte auf deine Seite.« Ich tat wie geheißen. »Hier ist es schon geschlossen.« Er säuberte die Austrittstelle mit einem Tuch, bevor ich mich wieder auf den Rücken legen durfte. »Soll ich dir was Neues zum Anziehen holen?«

Ich starrte ihn verwirrt an. Es wäre doch sinnvoller, mich einfach in mein Zimmer zu bringen. Das brachte mich direkt zu der Frage ... »Wieso bin ich in deinem Bett?«

Er packte den Verbandskasten zusammen und legte diesen dann vor sich auf den Boden.

»Wir fahren morgen zu einer ... Bekannten.« Ich verengte die Augen. Noch eine seiner Liebschaften? »Dorians Anweisung. Du brauchst ein paar Schutztattoos.« Was noch nicht erklärte, *wieso* ich hier lag.

»Ich hab bereits eins«, erwiderte ich und beugte mich vor, um ihm die Sichel hinter meinem Ohr zu zeigen. Ich spürte seine vom Schwertkampf schwieligen Fingerspitzen auf meiner Haut, als er mein Haar zur Seite schob, um das Tattoo besser betrachten zu können. Ich bekam eine Gänsehaut.

»Das ist nicht ausreichend«, sagte er schließlich und ließ seine linke Hand wieder fallen. Unsere Blicke trafen sich.

»Was ist mit den anderen? Sie haben auch nur Tattoos dieser Art.« Bird hatte sogar ganz genau das gleiche hinter ihrem linken Ohr.

»Die Tattoos werden mit sehr starker Magie verwebt sein.« Sein Blick war so intensiv, dass ich wegsehen wollte, es aber gleichzeitig nicht konnte. Wieso war er vorhin so ausgerastet? Lag ihm wirklich so viel an mir oder war er einfach nur besorgt, vor Dorian in einem schlechten Licht dazustehen, wenn ein anderer Trainer mich aus Versehen tötete? »Die anderen würden sie nicht aushalten können.«

»Aber ich schon?« Ich setzte eine überraschte Miene auf.

»Du hast mein Blut in dir. Natürlich kannst du das«, antwortete er prompt.

»Großartig«, kommentierte ich seine Begründung mit einem deutlichen sarkastischen Unterton.

»Ich meinte, auch ohne ... bist du stark«, beeilte er sich zu sagen.

»Wow, und gerade dachte ich schon, ich bin nur einer dieser schwachen Menschen.«

Er distanzierte sich wieder von mir. Seine Augen verdunkelten sich und er erhob sich vom Bett.

»Ich hole dich morgen früh ab. Geh es bis dahin langsam an, okay?«

Wütend auf alles und jeden sah ich dabei zu, wie er mich armes Menschenkind hier allein zurückließ. In seinem eigenen verfluchten Bett.

37. Kapitel

Ich konnte nicht still liegen bleiben. Mein Schlafrhythmus, wenn ich in den letzten Jahren überhaupt einen besessen hatte, war ohnehin total verschoben. Außerdem schmerzte die Wunde durch Gareths Blut kaum, zwickte dafür aber. Zunächst versuchte ich mich von einer Seite auf die andere zu legen, aber entweder tat mir der Schlüssel weh oder die Wunde zwickte. Als ich mich auf den Bauch legte, hielt ich es lediglich zwei Sekunden aus, insbesondere da das Kissen eindeutig nach Gareth roch und ich im Schlaf garantiert nicht an ihn denken wollte.

Bevor ich mich aber aus dem Bett kämpfen konnte, tauchte Eliza auf. Mit einer Hand balancierte sie ein Tablett, um die Tür mit der anderen zu öffnen. Ihr breites Lächeln erreichte ihre blauen Augen und ließ sie leuchten. Ich erinnerte mich daran, dass ich meine Schwester stets um ihre kobaltblauen Augen beneidet hatte. Wer wollte schon ein langweiliges Rehbraun wie meines?

»Ich habe gehört, was passiert ist«, informierte sie mich und stellte das Tablett auf den Nachttisch. »Und ich dachte mir, du könntest eine kleine Aufmunterung brauchen. Gestern erst haben wir eine neue Lieferung Schokolade bekommen.«

Die Augen aufreißend blickte ich genauer in Richtung des Tabletts und erkannte etwas, das ich eigentlich längst hätte vergessen sollen. »Schokoladenkuchen«, wisperte ich ungläubig.

»Möchtest du?«

»Was für eine Frage!« Ich grinste bis über beide Ohren, ließ mir dann von Eliza aufhelfen und setzte mich aufrecht hin. Der Kuchen schmeckte so fantastisch, dass ich ihn in aller Langsamkeit aß, während mir Eliza amüsiert dabei zusah.

»Ich war mir sicher, du würdest dich darüber freuen«, sagte sie schließlich, als ich auch den letzten Bissen genüsslich verschlungen hatte, und nahm mir den Teller ab.

»Danke sehr.«

»Nichts zu danken.« Ich spürte das Zögern, als sie den Teller abstellte. »Ich hatte gehofft …«

»Ja?«

»Ach, das ist zu albern«, winkte sie ab und war drauf und dran, sich zu erheben, doch ich hielt sie mit einer Hand zurück.

»Was ist es?«

Sie stieß ein tiefes Seufzen aus. »Hadley erwähnte, dass du aus Kalifornien kommst.«

»Ursprünglich, ja.« Ich fragte mich, welche Informationen Hadley noch so alles hinter meinem Rücken weitergegeben hatte, entschied aber, dass jetzt nicht der Zeitpunkt war, mich damit zu beschäftigen. »Wieso?«

»Hast du auch Zeit in den Rayons verbracht? In einem Dorf nahe San Francisco?«

Mir lief es eiskalt den Rücken herunter. Woher wusste sie davon?

Offenbar verriet mein Gesicht viel mehr als beabsichtigt, denn so etwas wie Hoffnung zeichnete sich in Elizas Miene ab. Sie griff übermütig nach meinen Händen. »Bist du zufällig einem Bibliothekar begegnet? Sein Name ist Thomas Bishop.«

Das konnte nicht wahr sein, oder?

Ich räusperte mich. »Wer ist er?«

»Mein Bruder«, wisperte sie.

»Ja, ich bin ihm begegnet«, sagte ich schließlich und erinnerte mich an die Nacht des Überfalls. »Er war derjenige, der mich nach dem Tod meiner Eltern nach Billings brachte. Zu meiner Tante Lucy.«

»Oh.« Sie hob eine vor Emotionen zitternde Hand an den Mund, als könne sie es nicht glauben. »Er lebt also?«

»Das ist schon lange her, Eliza. Seitdem habe ich ihn nicht mehr wiedergesehen.« Es tat mir leid, dass ich ihr keine definitive Antwort geben konnte. »Wieso begibst du dich nicht auf die Suche? Du hast schließlich die Möglichkeiten«, spielte ich auf ihre Verbindung mit Ty an. Mit einem Königsdämon als Verbündeten käme sie sicherlich sehr weit.

»Er würde mich nicht sehen wollen.« Sie klang so traurig, dass ich nicht mehr weiter nachhakte. Es gab Dinge, die man einfach nicht mit anderen teilen konnte. Das wusste ich nur zu gut.

»Jedenfalls …« Sie erhob sich nun endgültig und nahm das Tablett an sich. In ihren Augen glitzerten noch immer Tränen. »Vielen Dank, Alison.«

Sie verließ entschlossen das Zimmer und wirkte, als wäre sie um zehn Jahre gealtert. Bisher hatte sie trotz ihrer weißen Haare immer sehr jung und dynamisch gewirkt, aber jetzt? Ich war mir nicht sicher, ob es nicht besser gewesen wäre, zu lügen. Hatte ich ihr jetzt nicht noch größeren Kummer bereitet?

Verflucht …

Seufzend stand ich auf, begab mich ins Badezimmer, entledigte mich meiner blutigen Klamotten und zog mir etwas Gemütliches über. Draußen war es nach wie vor dunkel, was es auch für ein paar Stunden noch bleiben würde. Ich hielt es nicht mehr länger eingepfercht im Haus aus, vor allem nach der bedrückenden Stimmung, die das Gespräch mit Eliza hinterlassen hatte.

Gareth hatte mir lediglich gesagt, ich sollte es langsam angehen lassen und nicht, ich sollte das Bett hüten. Glücklich über dieses gefundene Schlupfloch, verließ ich das leere Haus, umrundete es und machte mich auf die Suche nach Noah. Ich war zwar noch immer ein bisschen sauer auf ihn, dass er Gareth von dem Grund meiner Unkonzentriertheit erzählt hatte, aber das würde vergehen. Vielmehr lag mir auf dem Herzen, dass er sich keine Vorwürfe machte. Ich kannte ihn mittlerweile gut genug, um sagen zu können, dass er nicht gerne als Lehrer versagte. Selbst wenn ich nur ein Mensch war. Nicht dass er mir das jemals vorgehalten hätte wie gewisse andere Dämonen.

Da ich ihn nicht auf dem Vorplatz fand, wo eigentlich das Training hätte stattfinden sollen, suchte ich an einer Stelle nach ihm, zu der er mich einmal gebracht hatte, als wir die Rinde eines besonders breiten Baums als Zielscheibe benutzt hatten. Ich hatte Glück und fand ihn dort in der Dunkelheit, die nur von einer an einem stabilen Ast hängenden Gaslampe erhellt wurde. Er lag im Gras, sein Gesicht dem sternenklaren Himmel zugewandt, und trotzdem wusste ich, dass er meine Anwesenheit längst bemerkt hatte.

»Warum trainierst du nicht die anderen?«, fragte ich, während ich mich vorsichtig neben ihm niederließ, eine Hand auf meine Wunde gepresst.

»Keine Lust«, grummelte er, weiterhin ohne mich eines Blickes zu würdigen. Ich zupfte etwas von dem Gras ab und spielte damit. »Außerdem dachte ich, dass es reicht, *eine* Jägerin zu verletzen.«

»Noah …«

»Immerhin hab ich die Richtige erwischt«, fügte er noch hinzu.

Stirnrunzelnd betrachtete ich seine Silhouette, die leicht gebogene Nase, die dunkelbraunen Haare und das kantige Kinn. Er wirkte entspannt und doch irgendwie … auf der Hut. »Was meinst du damit?«

»Gareth hätte niemandem von den anderen etwas von seinem Blut gegeben. Erst recht nicht, nachdem du an ihn gebunden bist.« Endlich drehte er sich auf die Seite, stützte seinen Kopf mit einer Hand ab und sah mich aus seinen bodenlos wirkenden Augen an.

»Was hat das eine mit dem anderen zu tun?« Ich schüttelte den Kopf. »Und es wäre doch sicherlich einer der anderen Königsdämonen eingesprungen. Vielleicht nicht gerade Dorian …« Das hatte selbst ich bereits verworfen.

»Nein. Niemand würde das gleiche Risiko wie Gareth auf sich nehmen.«

Ich legte den Kopf schief. »Wieso nicht, Noah?«

»Es wird wohl Zeit, dass dir jemand diese ganze Blutsache erklärt, hm?« Er stieß ein tiefes Seufzen aus, bevor er sich in einen Schneidersitz aufrichtete. Unsere Knie berührten sich. »Normalerweise tauschen Königsdämonen untereinander ihr Blut aus, wenn sie den Bund der Ehe eingehen. Anschließend sind sie für immer miteinander verbunden.«

»Aber ich bin ein Mensch und mein Blut hat er ganz sicher nicht getrunken!«, erwiderte ich sofort mit möglichst viel Vehemenz. *Bund der Ehe? Nein, danke.*

Ich wusste nicht mal, dass Dämonen diese Instanz kannten und anstrebten. Für mich waren sie immer wie Tiere gewesen. Wild und unberechenbar. Brutal und mörderisch.

»Das ist das Besondere. Es ist eine natürliche Verbundenheit entstanden«, rief Noah offensichtlich begeistert von dieser Tatsache. »Von nun an weiß Davenport, ob du lebst und wo du dich aufhältst. Da die Verbindung nicht beidseitig ist, hast du eigentlich nur die Nachteile abbekommen und bist an ihn gebunden.«

Ich schnaubte.

»Also praktisch so, als hätte er es genau darauf abgesehen.«

»Es tut mir körperlich weh, das zu sagen, aber er konnte nicht wissen, dass es passieren würde.« Er griff sich gespielt entsetzt ans Herz. »Vor allem so schnell. Das hat die anderen Königsdämonen aufschrecken lassen.«

»Trotzdem ändert sich nichts für ihn, außer dass er noch mehr Kontrolle über mich hat.« Ich ließ das Gras, das ich zerrupft hatte, wieder fallen.

»Nun ja, so würde ich das nicht sagen.« Er streckte seine Hand aus und berührte meine Haare, aus denen er einen Grashalm pflückte, den er dann eingehend betrachtete. »Im Leben eines Königsdämons kannst du nur eine einzige Blutsverbindung eingehen und auch wenn eure nur einseitig ist, reicht das aus. Sollte er also jemals seiner Gefährtin begegnen, bleibt ihnen diese endgültige Nähe verwehrt.« Er legte den Grashalm zurück auf den Boden und zuckte mit den Achseln.

»Und die anderen Dämonen … sie haben solch panische Angst davor, mit einem Menschen verbunden zu sein?«

»Angst und … diese Blutsverbundenheit, sie ist eine Sache der Ehre. Wenn man verbunden ist, gibt man dem anderen sein Blut – das, was ihn am Leben erhält. Aus Respekt und aus Liebe.«

»Wie albern …«, murmelte ich, obwohl mich die Erklärung doch mehr als gewollt zum Grübeln brachte.

»Gareth ist ein eingebildeter Schnösel, der seinen Status nicht zu schätzen weiß. Mach dir keinen Kopf«, fügte Noah noch hinzu, erreichte mich aber kaum in meinen Gedanken.

Wir schwiegen eine Weile, bis Noah auf eine Stelle im Gebüsch wies und ich die ersten Glühwürmchen meines Lebens erblickte. Sie waren so hell und flink und vor allem so viele.

»Kommst du deswegen hierher?«, fragte ich, als wir uns beide mit dem Rücken ins Gras sinken ließen.

»Nein. Normalerweise bin ich hier, weil ich keine Lust habe, mich mit neugierigen Jägerinnen zu unterhalten«, entgegnete er trocken.

Ich lachte auf. »Sehr nett. Aber ich nehme an, es ist die Wahrheit?« Ich machte Anstalten, mich wieder aufzurichten, um ihm seine Privatsphäre zu geben, als er mich am Arm zurückhielt.

»Bleib liegen. Du warst nicht gemeint.«

»Wenn du das sagst …« Ich freute mich, dass ich nicht in Gareths Zimmer oder das meine zurückkehren musste. Ich hielt mich viel lieber draußen auf. »Wie lange lebst du schon hier?« Hatte er nicht gerade gesagt, er wollte sich nicht unterhalten? *Reiß dich mal zusammen, Alison.*

»Eine Weile«, antwortete er, ohne genervt zu klingen, was ich als ein gutes Zeichen wertete.

»Ach ja?«

»Dorian hat meinen Bruder und mich aufgenommen, als unsere Eltern sich nicht um uns kümmern wollten …« Er rieb sich übers Gesicht. »Weißt du, ich gehöre zur ersten Generation Dämonen, die auf der Erde geboren sind.«

»Deshalb auch dein mangelnder Akzent?«

Er warf mir einen amüsierten Blick zu. »Dir kann man auch wirklich nichts vormachen.«

»Ach, komm schon, das war wirklich nicht schwer. Alle anderen Dämonen hören sich an, als kämen sie aus einem orientalischen Land. Was, wenn ich so darüber nachdenke, vielleicht gar nicht so falsch ist«, lachte ich, aber als Noah nicht einstimmte, wurde ich schnell wieder ernst. »Also, ist das was Schlechtes? Zu der ersten Generation zu gehören, meine ich?«

»Kommt drauf an.« Seine Hände lagen nun beide mit den Rücken auf seiner Stirn. »In normalen Familien vermutlich nicht. In meiner schon. Mein Vater war der festen Überzeugung, dass ich nicht sein Sohn war, sondern zur Hälfte Mensch. Dema, mein Bruder, rettete mich und wir fanden Zuflucht bei Dorian.«

»Oh, das tut mir leid«, wisperte ich. Mittlerweile hatte ich mich aufgerichtet, meine Beine angezogen und sie mit den Armen umschlungen. »Und das meine ich auch so.«

»Danke.« Er lächelte gezwungen, während er mit der Erkennungsmarke spielte. Ich hatte so eine Ahnung, dass sie mit Dema zusammenhing.

»Wo ist dein Bruder jetzt?«

»Tot. Mein Vater fand uns schließlich und tötete Dema, weil er mich verteidigte.« Er richtete sich ebenfalls auf. Den Kopf ließ er hängen, als besäße er keine Kraft mehr. »Irgendwie schaffte ich es, mich zu schützen und meinen Vater zu töten. Zu spät. Dorian hat nie aufgehört, sich für seine Torheit zu entschuldigen.«

»Dorian? Was hat er Falsches getan?«

»Er hat meinen Vater unterschätzt. Natürlich bin ich da anderer Meinung, aber du kennst Dorian, edelmütig bis in die Knochen.«

Ich sah das Ganze etwas anders, aber widersprach Noah nicht. Offensichtlich hatte Dorian ihn aus einer sehr düsteren Zeit gerettet. Das musste ich ihm immerhin anrechnen.

»Dorian hat mich wie seinen eigenen Sohn behandelt und mich zum stärksten Schattendämon ausgebildet. Er hat mein Bedürfnis verstanden, mich nie wieder schwach zu fühlen«, gestand Noah und ließ mich ihn besser verstehen als jemals zuvor. Ich war so geschockt von dieser Wahrheit, die mein Leben nach dem Tod meiner Familie akkurat beschrieb. Genauso hatte auch ich mich gefühlt und Lucy hatte mir einen Weg gewiesen, wie Dorian ihn Noah gezeigt hatte.

»Immerhin hast du deine Rache bekommen«, entschlüpfte es mir, bevor ich es mir anders überlegen konnte.

Noah beugte sich vor und griff nach meiner Hand. »Es hat mir keinen Frieden, keine Genugtuung gebracht.« Seine Augen wirkten klar und voller Sorge. »Du solltest versuchen, deinem Leben einen neuen Sinn zu geben. Wenn Dorian dich gehen lässt. Such dir einen Mann, der dich beschützt, und gründe eine Familie. Mach das Beste draus. Glaub mir, Rache ist es nicht wert, verfolgt zu werden. Sie zerstört nur einen weiteren Teil deiner Seele.«

»Da ist nichts mehr in mir außer Rache, Noah«, erwiderte ich leise.

»Wir wissen beide, dass das nicht wahr ist.« Er lächelte sanft, bevor er auf die Beine sprang und mir seine Hand reichte. Er half mir aufzustehen, ließ mich aber sofort los, als wir um den Waffenschuppen herumspazierten und schließlich zum Haupthaus hinaufstiegen. »Ich geh noch mal in die Küche. Kommst du mit?«

Ich schüttelte den Kopf. Wir standen direkt vor der Trainingshalle. Er wandte sich schulterzuckend zum Gehen, als ich noch einmal die Stimme erhob.

»Ich kann nicht glauben, dass ich das gerade sage, aber mir ist es gleich, ob du ein Mensch oder ein Dämon bist.« Er sah mich überrascht an. »Für mich bist du ein Freund.« Ich nickte noch einmal bestätigend, bevor ich die Halle betrat, um Noahs Antwort nicht abwarten zu müssen.

Erst als die Tür hinter mir zufiel, erinnerte ich mich daran, dass Noah meine ursprüngliche Frage nicht beantwortet hatte. Wieso würde Gareth sein Blut niemand anderem zu trinken geben?

38. Kapitel

In der Halle erwartete mich sofort eine Person, auf deren Gesellschaft ich am liebsten verzichtet hätte. Ophelia schien das Ganze anders zu sehen. Als ich an ihr vorbeigehen wollte, schubste sie mich.

»Jetzt, wo du Gareth sicher hast, willst du dir auch noch Noah unter den Nagel reißen?«, fauchte sie zickig. Bisher hatte ich stets angenommen, dass irgendwo in ihr drin noch eine nüchterne Jägerin steckte. Anscheinend war diese, wenn sie überhaupt einmal existent gewesen war, von ihrer unsterblichen Verliebtheit in Gareth verdrängt worden.

»Mach mal halblang, Phi«, benutzte ich einen Spitznamen, den sie absolut nicht ausstehen konnte. Ich hatte einmal einen Disput zwischen ihr und Ian mitbekommen, der sie aus Versehen so genannt hatte. Er war nicht gut für ihn ausgegangen. »Ich habe niemanden und will auch niemanden. Falls du es bereits vergessen hast, wir sind nicht hier, um Dämonen wie läufige Hündinnen hinterherzulaufen.«

Natürlich sah ich die Faust kommen, doch ich wich nur so aus, dass ihre Knöchel noch immer mein Kinn streiften und einen schmerzenden Fleck hinterließen. Ein süffisantes Lächeln breitete sich auf meinen Lippen aus.

»Oh, ich habe so gehofft, dass du das tun würdest.«

Bevor sie überhaupt begriffen hatte, was vor sich ging, hatte ich ihr einen Schlag zwischen die Rippen und einen sich anschließenden Kinnhaken verpasst. Beides ließ meine Knöchel kribbeln, aber auf eine gute Art und Weise. Das Lächeln blieb.

»Stopp!«, brüllte Ty, der plötzlich mit Clarke an unserer Seite war. Sie versuchten beide, uns auseinanderzuhalten. Während Ophelia sich wie ein wildes Tier wehrte, blieb ich ganz ruhig. Fast schon gelangweilt rieb ich über die jahrealte Narbe an meinem Handgelenk.

»Lasst es uns austragen«, bat ich. »Anscheinend muss Phi ein für alle Mal am eigenen Leib erfahren, dass *ich* die Anführerin bin. Ihr könnt uns ja kontrollieren und stoppen, wenn es zu brutal wird.«

Ophelia hielt bei diesem Vorschlag inne. Auch Ty und Clarke sahen sich beratend an, bis der Bulligere von beiden nickte. Sie ließen uns los und deuteten dann auf die Hallenmitte.

»Wer zuerst aufgibt, hat verloren«, verkündete Ty und ließ uns dann aufeinander los.

Die Hitze war etwas aus Ophelias Wangen verschwunden, was schon schade war. Sie war gerade dann besonders einfach zu besiegen, wenn sie ihr Temperament nicht unter Kontrolle hatte. Nun, jetzt wurde es eben etwas spannender.

Überraschenderweise half mir das Training mit Bird in den letzten Wochen dabei, Ophelias Schläge abzuwehren. Normalerweise waren meine Gegner viel größer, breiter und muskelbepackter. Ophelia war so schlank wie Bird, wenn auch nicht ganz so klein. Ihre Schläge waren präzise, besser gesetzt als noch während unseres ersten Kampfes.

Zuerst ließ ich sie näher kommen, angreifen und sich verausgaben, während ich meine Technik der Verteidigung verfeinerte. Zunächst fühlte es sich wirklich wie im Training an, bis Ophelia bemerkte, was ich tat und einen Gang zurückschraubte. Ich wusste, sie würde nun auf mich warten.

»Bist du schon alle?«, fragte ich lachend, drehte mich um die eigene Achse und trat sie nacheinander mit beiden Füßen. Natürlich sah sie den Angriff kommen, wich aus und hatte die Wand im Rücken – sie war genau da, wo ich sie haben wollte. Ich überraschte sie mit einem Ellbogencheck und zwei schnell aufeinanderfolgenden Rechts-links-schlägen. Die ersten beiden Folgen hielt sie noch mit den Unterarmen von ihrem Gesicht fern, die letzten Schläge trafen sie an der Schläfe und unter dem Auge. Ihre Haut platzte auf und Blut rann über ihre linke Gesichtshälfte.

Ich behielt auch weiterhin die Oberhand, bis ich einen dummen Fehler beging und den Ausweichschritt nicht genügend absicherte. Ophelia kickte mit ihrer Fußspitze gegen meine Kniekehle, sodass meine Beine einknickten. Von hinten schlossen sich ihre Hände um meinen Hals und drückten zu.

Sich gegen Strangulationen zu wehren, war eine der ersten Lektionen, die ich von Lucy gelernt hatte. Das hatte auch Camun im Kerker zu spüren bekommen, als er mich zu seinem persönlichen Folterspielzeug degradiert hatte.

Anstatt also zu versuchen, ihre Hände von meinem Hals zu zerren, was ohnehin sinnlos gewesen wäre, streckte ich meine Arme nach hinten aus und umfasste Ophelias Unterarme. Ich spannte meinen Körper an, ignorierte die weißen Punkte vor meinen Augen, drückte mich selbst nach unten und zog sie über mich, sodass sie ihren Halt verlor, mich losließ und vornüber fiel. Mir blieb keine Zeit zu triumphieren, stattdessen nutzte ich den Vorteil, bearbeitete ihre Seite mit gezielten Tritten dorthin, wo es wehtat, und war mir sicher, gewonnen zu haben.

Das sahen offensichtlich auch meine Trainer so, da sie zu applaudieren begannen.

»Das reicht«, verkündete Ty, der uns einen düsteren Blick zuwarf.

Ich nickte und ließ von Ophelia ab, die auf dem Boden kauerte und niemanden ansah. Sie war gedemütigt worden. Irgendwie glaubte ich dennoch nicht, dass sie mich jetzt als Anführerin ansah.

Schwer atmend entfernte ich mich von Ophelia und klatschte die anderen Novizen ab, die allesamt hellauf begeistert vom Kampf waren.

»Das war der Wahnsinn!«, rief Clay Dupont aus, der sonst kein Junge vieler Worte war.

»Ja, total«, stimmte ihm Hadley eifrig nickend zu. »Kein Wunder, dass Dorian dich als Anführerin bestimmt hat. Ich meine, wir sind alle ja schon echt gut in dem, was wir tun, aber das … Ich habe noch nie jemanden so kämpfen sehen.«

Bei den Komplimenten wurde ich rot wie eine Tomate, aber ich ließ sie über mich ergehen, suhlte mich vielleicht auch ein bisschen in ihnen.

Schließlich beschloss ich, die anderen weiter trainieren zu lassen, während ich zurück ins Haus ging. Bei all der Anstrengung hatte die Wunde wieder zu bluten begonnen und ich wollte das Pflaster wechseln, bevor Gareth mich anmeckern konnte. Dann hatte ich es eben nicht ruhig angehen lassen … Meine Güte, hatte er mir nicht sogar ständig damit in den Ohren gelegen, dass ich fitnesstechnisch total zurücklag?

Während ich das schlechte Gewissen niederkämpfte und mich stattdessen an meinem Triumph weidete, stellte ich mich als Erstes unter die Dusche und genoss das warme Wasser auf der Haut. Ich hatte bei einer meiner Erkundungen erfahren, dass die Häuser eine spezielle Leitung besaßen, die das Wasser, das in mehreren isolierten Fässern mit Feuer erhitzt wurde, länger warmhielten. Eliza und ein paar der menschlichen Diener kümmerten sich darum, dass die Feuer nie verloschen. Ich war ihnen gerade in diesem Augenblick so dankbar.

Meine Muskeln schmerzten und protestierten, als ich irgendwann doch aus der Dusche stieg.

Nachdem ich mich abgetrocknet hatte, brachte ich ein neues Pflaster auf der Wunde an, flocht meine feuchten Haare und begab mich in mein Bett, ehe ich merkte, dass ich vor dem Kampf eigentlich in Gareths Bett gelegen hatte. Unschlüssig hielt ich für einen kurzen Augenblick inne. Natürlich würde Gareth merken, dass ich geduscht und mir etwas anderes angezogen hatte. Wäre es dann nicht komischer, wenn ich mich wieder zurück in sein Bett legte? Andererseits war die Versuchung groß. In seinem Zimmer hatten mich die Albträume nie so sehr geplagt wie in meinem.

Kurzerhand drehte ich mich auf nackten Füßen um, ging durchs Bad und krabbelte auf die Matratze, um die kühlen Decken über mir auszubreiten. Ich verrenkte mir halb den Nacken, um einen Blick aus dem Fenster zu werfen. Es war noch immer dunkel. Gareth hatte gesagt, er würde mich bei Morgengrauen aufwecken. Wenn ich Glück hatte, bedeutete das noch mindestens drei Stunden Schlaf für mich.

39. Kapitel

Der Königsdämon

Gareth war außer sich über die Fahrlässigkeit, mit der Noah zuweilen agierte. Sah der Schattendämon denn nicht, dass er alle in Gefahr brachte, wenn er nicht vorsichtig war? Wenn Gareth nicht hier gewesen wäre, hätte Alison ihr Leben verwirkt.

Überhaupt … Er griff nach seinem Glas Whiskey und kippte den Inhalt in einem Zug runter. Seine Miene verzog sich für eine Sekunde, als der starke Alkohol in seiner Kehle brannte.

Wenn er nur die Augen schloss, sah er Alison vor sich und wusste ganz genau, wo sie sich gerade aufhielt. Natürlich sah er nicht, was sie gerade tat, aber wenn er sich auf den Weg machen würde, würde sein Blut ihn zu ihr führen.

Es machte ihn wahnsinnig.

Deshalb brauchte er diese Momente der Stille. Er musste Alison aus seinem Verstand vertreiben, wenigstens für ein paar Stunden. Sie sollte zumindest in dieser Zeit nichts anstellen, da ihre Wunde noch nicht vollständig verheilt war.

Er hätte ihr natürlich mehr von seinem Blut geben können, aber etwas in ihm hatte sich dagegen gewehrt. Es war nicht so, dass er zu wenig davon gehabt hätte, sondern … er wollte nicht noch mehr mit ihr verbunden sein, als er es ohnehin schon war.

Ein paar Flüche entflohen seinen Lippen, als er sich in seinem Stuhl vorbeugte und nach der Karaffe griff, die er auf Dorians Schreibtisch abgestellt hatte. Sein Glas hatte er gerade wieder zur Hälfte gefüllt, als sein König das Zimmer betrat und die Tür leise hinter sich schloss.

»Ich habe mich schon gefragt, wo du wohl bist«, begrüßte ihn Dorian, bevor er sich seinem Schützling gegenübersetzte. »Wärst du so nett?« Er deutete mit einer Hand auf das zweite, unbenutzte Glas und Gareth gab etwas von seinem Alkohol ab, obwohl er am liebsten alles für sich behalten hätte.

»Alison ruht sich aus«, sagte er, obwohl er das nicht gefragt worden war.

Dorian nahm das Glas an. »Ach ja?«

Er verdrehte die Augen.

»Ich dachte, du hättest ihr dein Blut gegeben?«, bohrte der Königsdämon weiter, nachdem er einen minimalen Schluck gekostet hatte.

»Nicht genug«, brummte Gareth, wenig amüsiert über das Thema. Gerade erst hatte er Alison erfolgreich aus seinem Kopf vertrieben und jetzt musste er sich wieder über sie unterhalten?

»Wieso nicht?«

»Ich wollte nicht …«, begann er, wusste aber nicht, wie er seine Gefühle in Worte fassen sollte. Stattdessen fuhr er mit seiner freien Hand durch sein Haar.

»Die Verbindung stärken?« Dorian kannte ihn einfach zu gut.

»Sie denkt noch immer, ich hätte das geplant«, er schüttelte ratlos den Kopf. »Wir hätten nicht wissen können, dass eine Verbindung zwischen Mensch und Dämon wirklich und wahrhaftig zustande kommen kann! Nicht mal Eliza und Ty haben das geschafft!«

Dorian schwieg. Das war nichts Ungewöhnliches, aber die *Art* des Schweigens ließ Gareth stutzig werden.

»Dorian?« Er stellte das Glas mit einem lauten Geräusch ab und beugte sich weiter vor. »Wir konnten es nicht wissen, oder?«

»Natürlich gab es eine minimale Möglichkeit, das weißt du.« Der König wirkte nicht sonderlich aufgewühlt, aber Gareth hatte viel Zeit damit verbracht, seinen Mentor zu studieren. Er erkannte, dass er ihm etwas Wichtiges vorenthielt.

»Aber?«

Dorian seufzte und stellte sein Glas nun ebenfalls ab, ohne mehr als einen Schluck getrunken zu haben. Seine braunen Augen wirkten dunkel und distanziert.

»Ich hatte so eine Ahnung, dass eine Verbindung entstehen wird, wenn dein Blut sie regelmäßig heilt. Es erhöht die Chancen einer Verbundenheit«, erklärte er kühl, als wäre Gareth nicht seine rechte Hand, sondern nur einer seiner Untergebenen.

Der jüngere Königsdämon versuchte sich seine Enttäuschung nicht anmerken zu lassen, aber die Wut konnte er nicht zurückdrängen. Er sprang aus seinem Stuhl auf, der krachend zu Boden fiel.

»Du hast es gewusst und nichts gesagt?« Es brachte ihn aus dem Konzept, dass er Alisons Worte benutzte. Erst jetzt verstand er, wie sie sich gefühlt hatte. Schließlich war ihm klar gewesen, dass ein gewisses Risiko einer Blutsverbundenheit bestand, aber es war in seinen Augen so gering gewesen. So verdammt gering.

»Du vergisst dich«, sagte Dorian lediglich und erhob sich langsam, als wäre ihm Gareths Wut egal. Oder als empfände er sie nicht als bedeutend genug, um sich ernsthaft damit zu befassen. »Ich bin nicht hergekommen, um mich darüber mit dir zu unterhalten. Was geschehen ist, ist geschehen.«

Gareth atmete tief durch die Nase. Dorian hatte recht und deshalb würde er seinem Zorn nicht freien Lauf lassen. Manchmal hatte es die Jägerin eben leichter als er. Auf ihn zählte Dorian. Er konnte ihn nicht enttäuschen. Die Jägerin hingegen interessierte es nicht, wen sie mit ihrer Wut traf und zerstörte.

»Was wollest du mit mir besprechen?«, würgte er hervor. Noch nie war er so von Dorian enttäuscht gewesen. Selbst nicht, als dieser Noah so viel mehr Zuneigung geschenkt hatte, als er je von ihm bekommen hatte.

»Es scheint etwas mit den Kaskaden vorzugehen. Sie waren nicht am vereinbarten Treffpunkt, um ihren Tribut abzuholen.« Dorian verschränkte die Hände hinter dem Rücken und schritt gemächlich die Bücherregale entlang.

»Die Tierkadaver?«, hakte Gareth nach, obwohl er eigentlich wusste, was die Tribute waren, die Dorian den Kaskaden überließ, um dieses Land zu nutzen. Er brauchte nur etwas mehr Zeit, um sich zu sammeln. »Sie sind doch sonst immer überpünktlich.«

»In der Tat«, nickte Dorian. »Ich sage dir das, damit du dich in Acht nimmst. Morgen früh.«

»Natürlich.« Die Wut schwand allmählich. Er müsste sich schon bald mit Dorians Verrat auseinandersetzen, aber jetzt war nicht der richtige Zeitpunkt dafür.

»Eine gute Reise, Gareth.« Der König drehte sich noch einmal zu seinem Schüler und rechten Hand um.

»Danke«, murmelte Gareth und wartete, bis er wieder allein war, um sich ein neues Glas Whisky einzuschenken.

Es gab wenige Dinge, die er scheute, aber einen ganzen Tag allein mit Alison auf Reisen zu verbringen, gehörte definitiv dazu.

40. Kapitel

»Wach auf.«

Ich murmelte etwas, das selbst ich nicht verstand, und grub mein Gesicht tiefer in das gut riechende Kissen. Jemand berührte mich unsanft am Arm.

»Jägerin!«

»Was?«, grummelte ich, bevor ich mir gewahr wurde, dass Gareth neben dem Bett hockte und amüsiert auf mich heruntersah.

»Auf, auf!«

»Oh Mann«, beschwerte ich mich, obwohl ich die Decke bereits zurückgeschlagen hatte. Sofort aufzustehen fiel mir immer leichter als das Unvermeidliche weiter hinauszuzögern.

Gareth stand auf, doch anstatt aus dem Zimmer zu gehen, blieb er direkt vor mir stehen und sah mit dunkel brodelnden Augen auf mich herab.

»Was willst du jetzt schon wieder?«, fauchte ich, da ich diese Miene nur zu gut kannte. »Darf ich nicht erst mal ordentlich wach werden?«

»Was ist passiert?« Seine Stimme war tief, rau und unheilverkündend. Ich schluckte. »Hast du versucht, dich im Schlaf selbst zu erwürgen?«

Ich wich seinem Blick aus, während meine linke Hand unwillkürlich meinen wunden Hals berührte. »Nicht wirklich.« Unauffällig versuchte ich mich an ihm vorbeizudrängen, doch er hielt mich mit einem ausgestreckten Arm auf, sodass ich direkt vor ihm zum Stehen kam. So nah, dass ich seinen Atem auf meinem Gesicht spüren konnte, als ich wieder aufsah. Der Dämon hatte eine Fahne!

»Bist du betrunken?«, fragte ich entgeistert.

»So gut wirkt Alkohol nicht bei Dämonen.« Er runzelte die Stirn.

»Aber du hast getrunken?«

»Du weichst mir aus.«

Ich verdrehte die Augen. »Ich konnte nicht schlafen, okay? Also habe ich mit Ophelia gekämpft. Natürlich in einem total kontrollierten Umfeld und mit Ty und Clarke als Aufpasser. Ich hab übrigens gewonnen«, fügte ich noch besonders stolz hinzu.

»*Nachdem* du niedergestochen worden bist?«

»Es ging ja wohl kaum davor …«, murmelte ich. Ich hatte das Gefühl, er würde mich am liebsten schütteln, bis ich nur noch *Ja* und *Gareth* sagte.

»Habe ich dir nicht deutlich gesagt, du sollst dich ausruhen?« Seine Lippen pressten sich zu einer schmalen Linie zusammen.

Wieso fiel mir das auf?

Wieso sah ich seine Lippen an?

»Warum regst du dich so auf?«, spie ich wütend, genervt von mir selbst und der Macht, die er allein durch seine Anwesenheit auf mich ausübte. »Du hast mich doch mit deinem Blut geheilt. Alles ist okay! Ich bin nicht so schwach und zerbrechlich, wie du zu denken scheinst.«

»Deine Wunde war nicht komplett verheilt!«, brüllte er beinahe. Seine Brust hob und senkte sich ebenso schnell wie meine. Wir beide waren wütend, stur und würden dem anderen nicht einen Millimeter Boden überlassen.

»Wessen Schuld ist das? Du hättest dich ruhig von etwas mehr Blut trennen können, meinst du nicht auch?« Ich stemmte meine Hände in die Hüften. »Da du mir ja in den letzten Wochen einfach nicht genug geben konntest!«

»Tut mir leid, dass ich auch noch leben und atmen muss.«

»Wer sagt, dass du das musst?«

Er wirkte, als würde er jeden Moment die Kontrolle über sich verlieren und etwas ganz, ganz Dummes tun. An seiner Stirn pulsierte eine Ader, seine Hände ballten sich zu Fäusten und seine Augen blitzten. Er riss den letzten Fetzen Selbstkontrolle an sich und verließ grollend das Zimmer. Die Tür knallte er so heftig ins Schloss, dass sie aus den Angeln fiel und laut auf den Boden krachte.

»Verdammter Mistkerl!«, schrie ich ihm aufgebracht hinterher.

»Verwöhnte Göre!«, brüllte er zurück.

Während ich meine Tasche packte, murmelte ich unentwegt Flüche vor mich hin. Was bildete sich dieser Dämon eigentlich ein? Na und, dann war ich halt an ihn gebunden, das gab ihm aber noch lange nicht das Recht, mich wie sein Haustier zu behandeln!

Da er so schnell abgezischt war, hatte ich ihn nicht mal fragen können, wie lange wir unterwegs sein würden. Sicherheitshalber packte ich noch eine Decke mit ein.

Als ich in die Küche kam, hatte Gareth sich wieder beruhigt. Kommentarlos reichte er mir eine Tasse frisch aufgebrühten Kaffee.

»Danke«, nuschelte ich, noch immer nicht bereit, ihm zu verzeihen.

»Nimm dir am besten etwas Proviant mit. Wir sind erst morgen zurück«, wies er mich an, bevor ihm meine Anwesenheit zu viel wurde und er erneut die Flucht ergriff.

Den Kopf schüttelnd tat ich wie geheißen und trat dann zu ihm nach draußen, wo er neben zwei Pferden wartete. Vor Schreck hätte ich beinahe meinen Rucksack fallen lassen.

»Wir … reiten?«

Er warf mir einen genervten Blick zu, ehe er meinen Gesichtsausdruck richtig wahrnahm. Seine Mundwinkel zuckten amüsiert. »Was? Hast du Angst vor einem harmlosen Pferd?« Er tätschelte dem Braunen den Hals, während der Weiße wieherte.

»Angst … würde ich das jetzt nicht nennen«, stellte ich klar, behielt die großen, eigenwilligen Tiere aber genau im Auge, als ich mich zu Gareth stellte.

»Und wie würdest du es nennen?«

»Respekt«, grummelte ich.

»Sag bloß, du kannst nicht reiten?«

»Das ist … ich …«, stammelte ich zusammenhangslos.

Er verdrehte die Augen und winkte den Stallknecht heran. »Bring den Weißen wieder weg.«

»Was *tust* du?«

Er schien die Situation viel zu sehr zu genießen.

»Du kannst nicht reiten und dein Versuch würde uns nur aufhalten. Auch wenn ich fast schon traurig bin, mich selbst des Anblicks zu berauben, wie du vom Pferd fällst, reiten wir zusammen …«

»Verflucht«, schimpfte ich so leise, dass er es nicht hören konnte.

Gareth wollte mir beim Aufsteigen helfen, was ich lediglich mit einem missbilligenden Schnauben quittierte. Pferde und ich mochten zwar nicht beste Freunde sein, aber ich kam ja wohl noch ohne Hilfe in einen Sattel.

Wenn auch eher schlecht als recht.

Mein Rucksack wurde an dem Sattel befestigt, bevor Gareth sich hinter mich setzte und sich nach vorne beugte, um die Zügel in die Hand zu nehmen. Noch nie zuvor war er mir so nah gewesen. Es war unangenehm. Oder aufregend. Vielleicht auch beides.

Wäre es besser gewesen, mich hinter ihn zu setzen? Dann hätte ich allerdings meine Arme um ihn schlingen müssen. Nein, so war es definitiv besser.

»Wie lange reiten wir?«, fragte ich, als wir einen der kleineren Pfade nahmen, die vom Haupthaus wegführten.

»Vier, fünf Stunden.« Sein Atem, der nicht mehr nach Schnaps roch, strich über meine Wange. Mein Rücken drückte sich gegen seine Brust und ich richtete mich gerade auf. Doch durch den holprigen Ritt war es unmöglich, Gareth nicht zu berühren.

Das wird die Hölle.

41. Kapitel

Mein Hintern tat weh. Es gab keinen beschönigenden Ausdruck für diese Wahrheit, die mit jedem weiteren Auf und Ab des Pferdes schlimmer wurde. Die Tatsache wurde auch dadurch nicht angenehmer, dass ich mich nicht an Gareth anlehnen wollte. Da er aber vergessen hatte, mir sein Blut zu geben, war meine Wunde noch immer nicht vollständig geheilt. Hinzu kamen die blauen Flecken und meine Muskelschmerzen von meinem Kampf mit Ophelia. Es tat weh, wenn ich mich *nicht* an den Dämon lehnte. Ich befand mich also in einer Zwickmühle.

Nachdem wir zwei Stunden geritten waren, zumindest kam es mir wie zwei Stunden vor, gab ich vollends auf, dagegen anzukämpfen. Ich war erschöpft und schlecht gelaunt, Gareth redete nicht mit mir und die Anspannung zwischen uns saugte die letzte Energie aus meinem Körper.

Ich stellte mich irgendwann schlafend, in der Hoffnung, meine anschließende Scham in Grenzen halten zu können. Womit ich nicht gerechnet hatte, waren Gareths Arme, die sich beinahe beschützend um mich legten, während er weiterhin die Zügel in den Händen hielt. Ich kuschelte mich enger an seine starke Brust, nahm seinen Geruch auf und döste irgendwann tatsächlich ein.

Bis zu dem Dorf, das wir in den Abendstunden erreichten, legten wir zwei Pausen ein, in denen ich mir etwas die Beine vertreten konnte. Ich fühlte mich wie eine alte Frau, während ich um das Pferd herumstakste, um meine Muskeln zu lockern.

Immer wieder aufs Pferd aufzusteigen, um mich freiwillig dieser Tortur zu unterziehen, machte die Schmerzen nicht weniger schlimm.

»Wir sind da«, sagte Gareth schließlich und schreckte mich damit auf. Erneut hatten mich der gleichmäßige Rhythmus des Pferdes und Gareths Atmung eingelullt. Peinlich.

»Endlich«, nuschelte ich, setzte mich auf und erkannte, dass das Dorf aus nicht mehr als einem Dutzend kleiner Häuschen bestand. So gesehen ähnelte es sehr dem Camp, in dem Dorian und die anderen Novizen zurückgeblieben waren. »Hübsch sieht es aus.«

Gareth brachte Lewy, unser Pferd, zum Stehen, stieg ab und reichte mir dann seine Hand, um mir zu helfen. Ich wusste nicht, was mit mir los war, aber ich nahm sie tatsächlich an. Es ließ sich nicht sagen, wer überraschter darüber war, Gareth oder ich.

Als ich die Wärme seiner Haut auf der meinen spürte, blickte ich verwirrt auf, direkt in seine Augen, in denen sich das Grün stürmisch zu bewegen schien. Vielleicht waren es auch nur die hellen Wolken, die sich über den sich verdunkelnden Himmel schoben.

»Gleich da vorne«, sagte er etwas heiser, räusperte sich und ließ mich endlich los, um auf ein Haus mit bunten Fassaden zu deuten. Lewy schritt neben uns her, bis Gareth die Zügel an einem Pfosten festband und sich das Pferd mit dem Gras zu seinen Hufen beschäftigte.

Bevor wir einen weiteren Schritt in Richtung Eingang tun konnten, trat eine kleine, aber energische Person aus ihm hervor. Ich erkannte sofort, dass mit ihr nicht zu spaßen war. Ihre nachtschwarzen Haare reichten ihr bis zur schmalen Taille und ein knallrotes Tuch bedeckte die Hälfte ihres Kopfes, was sich mit ihrem gelben Kleid hätte beißen müssen, aber irgendwie tat es das nicht. Sie stemmte ihre kleinen Hände in die Hüften und erinnerte mich ein wenig an mich selbst. Sah ich so lächerlich und gleichzeitig so Furcht einflößend aus wie sie, wenn ich mich derart gebärdete? Ich war mir nicht sicher, ob ich das wirklich wissen wollte.

»Gareth«, begrüßte sie den Königsdämon, der neben mir stand und dessen Miene nicht das Geringste offenbarte. »Lange nicht mehr gesehen.«

»Viel zu lange.« Er neigte den Kopf respektvoll. »Darf ich dir … Alison vorstellen?«

Ich hatte das Zögern in seiner Stimme, kurz bevor er meinen Namen ausgesprochen hatte, durchaus vernommen. Hatte er mich einfach nur als *Jägerin* vorstellen wollen oder hatte er gar meinen Namen vergessen?

»Hallo«, sagte ich und winkte unsicher.

Sie schien nicht sonderlich beeindruckt von mir zu sein. Warum sollte sie auch? Ich war niemand, der ihr etwas Böses wollte und auch sonst hatte ich nicht viel vorzuweisen. Soviel sie wusste, gehörte ich einfach nur zu Gareths Parade dümmlicher Freundinnen. So wie Vitória zum Beispiel.

»Was willst du hier mit ihr?«, richtete sie das Gespräch direkt aufs Geschäft. Ich mochte sie immer mehr.

»Ich dachte, ich hätte dir eine Nachricht zukommen lassen, Cleo«, erwiderte Gareth scheinbar gelassen, ich sah aber durch das feste Aufeinanderpressen seiner Kiefer, dass er keine Komplikationen erwartet hatte.

»Schon, aber … Moment.« Ihr klarer Blick wanderte wieder von Gareth zu mir. Erkenntnis erleuchtete ihre Miene. »*Das* ist die Jägerin?«

Ich hob beide Augenbrauen. »Du musst jetzt nicht gleich in Gelächter ausbrechen.« Aber genau das tat sie.

»Da hättet ihr ja auch genauso gut mich ausbilden können«, grinste sie von einem Ohr zum anderen.

»Dürfen wir rein?« Gareth warf einen bedeutsamen Blick in Richtung der anderen Häuser. Cleo seufzte, dann gab sie endlich nach und trat beiseite, sodass wir der stillen Aufforderung Folge leisten konnten.

Das Innenleben des Hauses war bunt, ausgefallen und chaotisch. Auf jeder Oberfläche schienen sich diverse Dekogegenstände oder einfach nur seltsame Artefakte zu befinden. Selbst der Boden war damit vollgestellt. Ich war so fasziniert davon, dass ich den Stapel Bücher vor mir zu spät entdeckte und ihn tosend umwarf.

»Verflixt«, rief ich. »Tut mir leid.«

Cleo verdrehte die Augen. »Ist sie immer so tollpatschig?«, hörte ich sie murmeln, bevor sie uns in ein Zimmer führte, dem ein seltsamer Geruch von Kräutern und etwas Undefinierbarem anhaftete, das mir nicht sonderlich gefiel. Ich rümpfte die Nase.

»Setz dich«, bat sie lediglich und deutete auf den Hocker in der Mitte. Auch wenn es mir widerstrebte, diese unhöfliche Person mit meiner Gehorsamkeit zu belohnen, tat ich wie befohlen. Ich konnte nichts dagegen tun, trotz allem war sie mir sympathisch. Vielleicht auch, weil sie sich von Gareth nichts sagen ließ.

»Bist du auch eine Königsdämonin?«, erkundigte ich mich. Ich spürte, dass sie kein Mensch war, aber ich war mir nicht sicher, ob sie dämonisches Blut in sich trug.

»Du hast ihr nicht erzählt, zu wem du sie bringst?«, wandte sich Cleo an Gareth.

Er zuckte mit den Schultern, bevor er die Arme vor dem Oberkörper verschränkte. »Es bestand keine Notwendigkeit.«

»Wovon zum Teufel sprecht ihr?«, rief ich recht ungehalten dazwischen. Ich hasste es, wenn mir bei einem Gespräch die Hälfte der Informationen fehlte.

»Ich bin eine Rinnin.« Am liebsten hätte ich ein genervtes Geräusch gemacht. Was sollte das denn nun schon wieder bedeuten? Dann aber sprach sie weiter in ihrer dunklen Stimme: »Zur Hälfte Mensch und zur anderen Hälfte Kaskadin. Mein Sohn und ich sind aus der Gemeinschaft verstoßen worden. Na ja, wir waren sowieso nie wirklich ein Teil davon.«

»Herzlichen Glückwunsch«, murmelte ich.

»Wie bitte?«

»Nun, dir scheint es hier ja besser zu gehen als bei den Irren. War nur eine Beobachtung, korrigier mich, wenn ich falschliege.« Gareth verdrehte die Augen, als wollte er fragen, warum ich nicht einmal die Klappe halten konnte.

Ich zuckte mit den Schultern. *Liegt in meiner Natur.*

Sein langer Blick sprach Bände. *Es wäre einfacher, wenn du dich nicht dagegen wehren würdest.*

Meine Augenbrauen hoben sich. *Wir oder du?*

»Ooookay«, Cleo zog das Wort in die Länge, als hätte sie unser schweigendes Gespräch mitbekommen und wollte es unterbinden, um mit dem eigentlichen Grund unseres Erscheinens fortzufahren. »Als Rinnin kann ich eine gewisse Schutzmagie beschwören, wenn auch nichts anderes. Deshalb hat Gareth dich zu mir gebracht.«

»Machst du das aus Spaß? Schutztattoos, meine ich?« Endlich konnte ich meinen Blick von dem Dämon abwenden, der mich irgendwann noch ausrasten lassen würde.

»Als Gefälligkeit«, antwortete sie mit einem vielsagenden Blick zu Gareth.

»Ich habe bereits ein Tattoo, aber der Dämon da meint, es würde nicht ausreichen«, erklärte ich, drehte mich auf dem Stuhl zur Seite und hob meine Haare an. Cleo trat näher, um sich die schwarze Sichel genauer anzusehen. Ich spürte ihre Fingerkuppen auf meiner Haut und wurde an letzte Nacht erinnert, als ich Gareth dort gespürt hatte. Glücklicherweise war mein Gesicht von ihm abgewandt, sodass er meine roten Wangen nicht sehen konnte.

»Interessant. Das ist sehr gut gemacht worden. Klein, aber es sind konzentrierte Schutzzauber vorhanden.« Sie richtete sich wieder auf und wartete, bis ich sie ansah. »Wer hat das gezeichnet?«

Die Erinnerung an einen lauen Sommerabend übermannte mich. Evan und ich händchenhaltend. Wir schlenderten durch die Stadt auf der Suche nach der Adresse, die uns sein Vater genannt hatte. Gestohlene Küsse und warme Versprechen.

»Ein Mann. Er war schon sehr alt und hat sich uns mit dem Namen Saraph vorgestellt«, antwortete ich schließlich, noch immer die Erinnerung niederkämpfend.

»Uns?«, fragte Gareth, obwohl das doch nicht die entscheidende Information gewesen war, die ich geliefert hatte.

»Ja, Saraph. Ich erinnere mich an ihn«, sagte Cleo, bevor sie sich vollends abwandte, um sich vor den robusten Holztisch zu stellen, auf dem diverse Utensilien, Werkzeuge und Flüssigkeiten in Glasbehälter standen. Über der Arbeitsfläche hingen rund zwei Dutzend Büschel verschiedenster Kräuter an Kordeln herunter.

»Du kennst ihn also?« Ich überging Gareth geflissentlich. Er ließ sich nichts anmerken.

»Ich habe ihn einige Male getroffen. Er hat mir und Peeta in der Zeit nach unserer Flucht vor den Kaskaden geholfen.« *Flucht?* Hatte sie vorhin nicht gesagt, sie wären verstoßen worden? Ich musste Gareth nicht ansehen, um zu wissen, was er dachte. *Lass das Thema auf sich beruhen.* »Er ist ebenfalls ein Rinne.«

»Er kam mir tatsächlich seltsam vor. Damals wusste ich nur nicht, was das zu bedeuten hatte«, gestand ich, während Cleo mit einem Hammer auf irgendetwas einschlug.

»Was? Sagst du mir, du kannst Dämonen auf einen Blick erkennen?« Sie sah mich kurz über die Schulter hinweg an.

»Nein, natürlich nicht.« Ich musste ja nicht gleich meine Karten auf den Tisch legen. Außerdem war das nicht gelogen. Sicher war ich mir nie, denn ich folgte lediglich meinen Instinkten. Dann war ich meist auf der sicheren Seite.

Schweigen legte sich über uns, während Cleo weiter werkelte, schnitt, hämmerte und kochte. Ich sah ihr gebannt zu, selbst dann noch, als Gareth das Zimmer verließ, um andere Dinge zu erledigen. Warum sagte er nicht gleich, dass ihm langweilig war?

Erst als die Abenddämmerung einsetzte, war die Tinte fertig.

»Wie lange wird das Tattoo halten?«, fragte ich, als sie einen der kleineren Tische, auf dem sich die Nadeln und die frisch angerührte Tinte befanden, näher zu mir schob. Hin und wieder hatte ich sie Wörter in einer fremden alten Sprache murmeln hören.

»Schwer zu sagen. Neun Monate?« Sie zuckte mit den Schultern. »Vielleicht auch drei Jahre. Es kommt immer darauf an, wie gut die gewobene Magie und wie aufnahmebereit dein Körper ist.«

Hoffentlich befand sich kein fremdes Blut darin, sonst würde Gareths Blut in mir ausrasten und ich würde erneut erfahren, wie es war, von innen zu verbrennen. Metaphorisch gesprochen natürlich.

»Wir beginnen mit deinem linken Schulterblatt und arbeiten uns dann an deinem Arm runter«, erklärte sie mir und wartete, bis ich die Jacke und mein Shirt ausgezogen hatte. Sie zog meinen Sport-BH etwas herunter, um die zu tätowierende Haut freizulegen, und obwohl sie die blauen Flecken und das Pflaster bemerken musste, ließ sie beides unkommentiert. »Es ist wichtig, dass das *Triqueta*, das Ewigkeit symbolisiert, nah bei deinem Herzen liegt. Das Pentagramm wird darin verwoben. Bitte stör mich nicht.«

»Hatte ich nicht vor, wenn du die Nadel so nahe an meinem Körper hältst.«

Sie lächelte kurz, bevor sie sich auf einen Hocker links hinter mir setzte. Nachdem sie meine Haut desinfiziert hatte, begann sie damit, in einem leisen Singsang die Tinte unter meine Haut zu setzen. Es tat weh. Schrecklich weh. Zuerst nahm ich den Schmerz kaum wahr, aber je länger sie arbeitete, desto schwieriger wurde es, ihn zu ignorieren.

Die Prozedur dauerte sehr lange. Irgendwann schaute Gareth wieder rein, um sich unseren Fortschritt anzusehen, nur um dann wieder wegzugehen. Wohin auch immer.

Nach und nach arbeitete sich Cleo bis zu meinem Oberarm vor, der sich bereits deutlich rötete, als sie die Zeichen für Gold, Silber und Eisen in meine Haut ritzte und mit schwarzen Schnörkeln verband. Nie hörte sie auf, ihre Zaubersprüche zu singen. Zumindest nahm ich an, dass es welche waren.

Schließlich, nachdem ich mir allmählich sicher war, nicht noch einen einzigen Stich aushalten zu können, legte Cleo die Nadel weg. Sie griff nach einem Tuch, das sie mit einer ihrer selbstkreierten Flüssigkeit betupfte, und strich damit über meine Haut. Ihren Singsang unterbrach sie dabei nicht einmal.

Ich schloss die Augen und hätte beinahe aufgestöhnt, so gut tat die Flüssigkeit. Sie schien meine Haut zu beruhigen und zu kühlen.

»Das war's«, verkündete Cleo. »Du hast besser durchgehalten, als ich es dir zugetraut habe.« Als ich mein Gesicht hob, bemerkte ich, dass sich die Art, wie sie mich ansah, verändert hatte. »Steh auf und sieh es dir an.« Mit einem Kopfnicken deutete sie auf einen in Gold eingerahmten Spiegel, der an der Wand hing.

Als ich mich gerade darauf zubewegte, trat Gareth in den Raum. Ich schenkte ihm keinerlei Beachtung, da ich unbedingt das Endergebnis sehen wollte.

Es war atemberaubend und schrecklich zugleich. Mein gesamter linker Arm und das Schulterblatt, das ich nur mit viel Mühe sehen konnte, waren in schwarze Tinte gekleidet. Natürlich, die Symbole waren faszinierend, schlank und präzise, die Sprache verschlug es mir trotzdem.

»Ich hab immer davon geträumt, mir den ganzen Arm tätowieren zu lassen«, sagte ich schließlich trocken.

»Meinst du das ernst?« Gareth war hinter mich getreten und sah mich im Spiegel an.

»Nein.« Ich verdrehte die Augen. »Das ist mein Versuch von Sarkasmus.«

»Versuch? Seit wann brauchst du einen Versuch? Du könntest Unterricht geben«, schnaubte er.

»Haha.«

»Du solltest glücklich sein. Diese Tattoos …« Er streckte seine Hand aus, stoppte aber, bevor er meine Haut berührte. Warum war ich plötzlich so enttäuscht? »Sie werden dich vor den meisten Arten von Magie, die Dämonen verwenden, beschützen.«

»Manipulationen?«, fragte ich leise.

»Haben keine Wirkung mehr.«

Ich atmete erleichtert aus. Dann hatte die Prozedur ja doch etwas Gutes. Lächelnd drehte ich mich zu Cleo um, die aber nicht mehr im Zimmer war. Stattdessen stand ich Gareth halbnackt gegenüber, der mich von oben bis unten musterte, und ich war mir sicher, dass er nicht nur auf mein Tattoo achtete.

»Was ist das?«, raunte er plötzlich.

Ich runzelte verwirrt die Stirn. Hatte er irgendetwas Seltsames in meinen neuen Tattoos gesehen?

»Was ist was?«, wiederholte ich seine Frage und wollte mich bereits wieder zum Spiegel drehen, um alles selbst noch mal zu überprüfen, doch da hatte mich Gareth bereits am Oberarm gepackt. Er zog mich zu sich. Bevor ich ihm entweichen konnte, legte er seine andere Hand an meine rechten Rippen und plötzlich wurde mir klar, was er gesehen hatte. Die Wölbung.

Ich wehrte mich gegen seinen Griff und konnte mich loseisen, als er gerade mit rauen Fingerkuppen die Wölbung auf meiner nackten Haut berührte.

»Gar nichts. Meine Rippe war einmal gebrochen und ist falsch wieder zusammengewachsen«, log ich. Es war die gleiche Lüge, die ich auch Evan erzählt hatte, als er eines Nachts danach gefragt hatte. Zu viele Fragen.

Eilig schritt ich zum Hocker zurück, um mir wieder Shirt und Jacke überzuziehen. Ich hoffte wirklich, Gareth ließe das Thema auf sich beruhen.

Mein Arm tat zwar noch immer ein wenig weh, aber es hielt sich in Grenzen. Welche Flüssigkeit auch immer Cleo aufgetragen hatte, sie wirkte.

»So, hier ist was zu essen für unterwegs.« Cleo kehrte in den Raum zurück und reichte Gareth eine braune Papiertüte. »Das Angebot steht, Gareth. Peeta hat mir gesagt, er hat dich gefragt, ob ihr die Nacht bleibt.«

»Das ist sehr freundlich von dir, aber wir müssen gehen«, entgegnete er barsch. »Deine Bezahlung erfolgt in Kürze.« Schon rauschte er an ihr vorbei.

»Sicher«, sagte sie leise, als wäre ihr das gar nicht so wichtig.

»Ähm, vielen Dank, Cleo.« Ich zwang mich zu einem freundlichen Lächeln. »Vielleicht sieht man sich noch mal.«

»Ich hoffe nicht.«

»Okay. Ich hatte jetzt nicht mit dem nettesten Abschied in der Geschichte der Menschheit gerechnet, aber …«

Sie lachte leise, während sie sich die Stirn rieb. »So war das nicht gemeint. Es ist nur, du bist für Großes bestimmt und ich wäre glücklich, kein Teil davon zu sein. Peeta und ich haben schon genügend eigene Probleme.«

»Oh, gut. Dann, ähm, hoffe ich, du bekommst, was du dir wünschst.«

»Danke, Alison. Ich hoffe das Gleiche für dich.«

Wir umarmten uns nicht, aber sie strich mir freundschaftlich über den rechten Arm, bevor sie mich nach draußen in die Dunkelheit begleitete. Gareth wartete bereits ungeduldig neben dem Pferd.

»Bis dann.«

42. Kapitel

Der Vollmond spendete uns Licht, während wir durch die Nacht ritten.

Gareth hatte noch immer kein Wort gesprochen, seit er die Wölbung des Schlüssels gesehen hatte, und ich konnte nur hoffen, dass er mir die Lüge abkaufte. Evan hatte es getan.

Aber dann wiederum war Gareth nicht Evan.

Ich versuchte, etwas Schlaf zu bekommen, aber dadurch, dass ich zu einer Person geworden war, die nachts wachblieb, konnte ich dieses Vorhaben schon bald an den Nagel hängen.

Als der Mond bereits hoch am Himmel stand, legten wir eine längere Pause ein, wofür ich unglaublich dankbar war. Meine Beine waren bereits eingeschlafen und so wirklich gemütlich konnte ich es mir nicht mehr in dem Ledersattel machen.

Gareth führte Lewy an einen kleinen Bach, damit er trinken konnte, während ich mir etwas von dem Proviant nahm. Käsesandwiches. Sehr lecker.

Ich lehnte mich gegen einen der Bäume und beobachtete, wie der Dämon mit seinem Pferd umging. Es schien, als würde er dem Tier mehr Zuneigung entgegenbringen als Menschen und Schattendämonen zusammen. Vermutlich lag ich damit gar nicht mal so falsch.

Nachdem ich Gareth die andere Hälfte des Brotes gegeben hatte, wanderten meine Gedanken zu dem Gespräch zurück, das ich mit Noah geführt hatte. Die Blutsverbundenheit ließ mich einfach nicht los.

»Also … ähm«, begann ich, als er sich mir gegenüber an einen anderen Baum lehnte, »hast du vor zu heiraten?«

»Was zum …?« Er ließ die Hand fallen, in der er das Sandwich hielt. »Woher kommt das jetzt schon wieder?«

»Okay. Sorry, das geht mich nichts an.« Ich packte das Sandwich wieder ein, da mir der Appetit vergangen war. Gareth tat es mir gleich.

»Alison!« Bei seinem Ton zuckte ich unwillkürlich zusammen, versuchte meine Reaktion aber zu verstecken, indem ich mein und Gareths Brot, das er mir fast beiläufig reichte, in die Tasche zurücklegte.

»Okay, gut«, sagte ich ergeben, als sein Blick unnachgiebig auf mich gerichtet blieb. Ich legte den Rucksack weg. »Es ist nur, Noah hat etwas gesagt ...«

»Das kann nie gut sein«, murmelte er und strich sich durch sein dunkles Haar.

»Er sagte mir«, sprach ich unbeirrt weiter, »dass ein Dämon im Allgemeinen nur mit einer Person blutsverbunden sein kann. Ist das eine Lüge?«

Er presste die Lippen zusammen, während er sich mit dem Rücken von dem Baum löste. »Nein. Überraschenderweise hat er einmal die Wahrheit gesagt.«

»Also ...« Ich kratzte mich an der Wange. »Tut mir leid, aber ... war das eine Möglichkeit für dich? Etwas, das du geplant hast? Heirat und dann diese Blutsache, meine ich.«

»Ich hab nie wirklich darüber nachgedacht«, gab er zu und zuckte mit den Schultern. Sein Blick blieb an mir heften, doch ihm fehlte der Zorn. Er wirkte ruhig und beinahe offen.

»Aber dir würde es gefallen, oder nicht?«, hakte ich weiter nach. Ich wusste nicht, warum mir seine Antwort so wichtig war.

»Was? Dich zu heiraten?«

»Nein! Scheiße!« Ich riss die Augen auf. Allein bei der Vorstellung schüttelte es mich. »Ich meine ... eine andere Dämonin zu heiraten. Eine Frau, die du liebst und so weiter ...«

»Ich ... Ich weiß es nicht.« Er schüttelte überfragt den Kopf. »Warum interessiert dich das?«

Ich trat näher, da jetzt das Wichtige in diesem ansonsten nur äußerst peinlichen Gespräch kam. Nervös knetete ich meine Hände, aber ich würde nicht den Rückzug antreten. Seine Brauen zogen sich unheilverkündend zusammen.

»Wenn es so wäre, dann hätten wir beide einen Grund, einen Weg zu finden, die Blutsverbundenheit zu beenden«, erklärte ich möglichst ruhig, auch wenn mein Herz heftig in meiner Brust pochte.

»Ah … Es geht dir also gar nicht um mein persönliches Glück, oder?« Er stieß ein hohles Lachen aus. Seine Augen funkelten verärgert.

»Denk doch mal nach, Gareth!«, bat ich. Ich war noch nicht bereit aufzugeben, und trat noch näher an ihn heran, bis uns kaum noch etwas trennte. Ich benutzte meine Hände, um meinen Standpunkt zu verdeutlichen, aber er sah sie gar nicht an. Sein Blick galt ganz allein meinem Gesicht. »Das hier ist einfach falsch. Vielleicht … vielleicht ist es für den Moment in Ordnung, weil wir zusammen arbeiten, aber später? Natürlich wird die Sache schnell aufgelöst, wenn einer von uns stirbt, aber bis dahin? Jahre könnten vergehen!« Ich redete mich immer mehr in Rage. Erst jetzt verstand ich die volle Wahrheit meiner Worte und sie machte mir Angst. Große Angst.

»Ich würde dir nicht *hinterherjagen,* Alison, falls es das ist, wovor du so panische Angst hast.« Seine Stimme war flach. Mein Blick senkte sich zu seinen Lippen, die er missmutig zu einer Linie zusammengepresste.

»Darum geht es doch gar nicht«, seufzte ich resigniert, »und das weißt du auch. Dir würde es ganz genauso gehen wie mir, wenn die Rollen vertauscht wären. Es würde dir mit Sicherheit auch nicht passen, dass ich immer und überall weiß, wo du dich gerade aufhältst.«

»Du weißt nicht, wie ich mich fühlen würde«, entgegnete er unnachgiebig und ohne auf meine Argumente einzugehen.

Ich stieß einen frustrierten Laut aus. »Wieso bekämpfst du mich in dieser Sache so?«

»Weil …« Sein Blick bohrte sich in meine Augen, während mein Atem aussetzte. Ohne Vorwarnung legte Gareth eine Hand an meine Wange und zog mich zu sich. Sein Mund presste sich auf meinen.

Ich riss erschrocken die Augen auf, war unfähig, irgendetwas zu tun, außer es geschehen zu lassen. Es dauerte keine drei Sekunden, da wurde ich von dem Geschmack seiner Lippen übermannt und erwiderte diesen Kuss, der nicht hätte passieren dürfen.

Seine linke Hand schob sich an meinen unteren Rücken, um mich noch näher zu ziehen, und ich ließ es geschehen, öffnete sogar meinen

Mund, um seine Zunge einzulassen. Er war so anders als die Küsse, die ich mit Evan geteilt hatte. Intensiver. Leidenschaftlicher. Durchdringender. Mein Körper war an seinen gepresst und er verlangte nach mehr. *Ich* verlangte nach mehr.

Mit den Fingern fuhr ich über seinen Nacken, seinen Hals und sein stoppeliges Kinn.

Es war nicht genug. Würde niemals genug sein.

»Hör auf«, keuchte ich und stieß ihn weg. Er ließ mich nicht los, hörte aber immerhin auf, mich zu küssen.

»Wieso?«, raunte er heiser und außer Atem. Seine Augen glühten. Am liebsten hätte ich mich wieder in dem Kuss vergraben, um diesen Blick nicht zu erwidern.

»Weil … Du bist ein Dämon und ich bin eine Jägerin!«, führte ich die erstbeste Begründung an. »Ich töte deine Artgenossen und …« Endlich befreite ich mich aus seinem Griff. »Ich weiß nicht mal, ob ich dich überhaupt leiden kann! Und warum du mich geküsst hast oder … einfach nur, weil …« Mir fehlten die Worte, aber ein Blick in sein Gesicht sagte mir, dass ich keine mehr brauchte.

»Man muss eine Person nicht unbedingt mögen, um sie zu küssen«, erwiderte er kalt. So voller Eis, dass ich erschauderte. Ich hätte damit rechnen müssen, dass er keine Gefühle besaß und mich von einer Sekunde zur anderen wieder wie seinen Feind behandeln konnte. Die Wut darüber hielt sich aber in Grenzen, da ich ihn zuerst abgewiesen hatte. Es war sein gutes Recht, nun das gleiche bei mir zu tun, oder? Trotzdem spürte ich einen unbekannten Schmerz, gepaart mit Scham und Verwirrung in mir aufsteigen.

»Anscheinend bist du noch naiver, als ich bisher geglaubt habe.«

»Gareth …«

Doch das Gespräch war beendet. Wortlos folgte ich ihm zurück zum Pferd und hoffte, dass der Weg zurück auf wundersame Weise verkürzt worden war.

Man darf ja wohl noch träumen.

43. Kapitel

Wir schwiegen und ich war unglaublich dankbar dafür. Ich wusste noch immer nicht, was in uns gefahren war. Wie hatten wir uns selbst so vergessen können? Wir *mochten* uns doch noch nicht einmal!

Aber wie er gesagt hatte, ihm machte das nichts aus. Er fühlte sich zu mir hingezogen und ignorierte einfach die Tatsache, dass ich ein Mensch und er ein Dämon war. Gerade von ihm hatte ich erwartet, dass er sich gegen diese Art von Anziehung wehren würde. Aber vielleicht sah er nicht ein, wieso er sich nicht einfach nehmen konnte, was er wollte. Schließlich war er der allmächtige Dämon und ich nur ein naiver Mensch. Er wollte meinen Körper und nicht mich.

Hatte ich gedacht, dass der Weg bisher anstrengend gewesen war, so wurde ich eines Besseren belehrt. Mir tat noch immer alles weh und jedes Mal, wenn mein Rücken Gareths Brust berührte, schien ein Blitz durch meinen gesamten Körper zu fahren. Auch er verspannte sich bei jeder Berührung. Es war die Hölle.

Noch schlimmer waren allerdings die Bilder unseres Kusses. Es hatte sich trotz allem überwältigend angefühlt und das würde ich ganz sicher niemals freiwillig zugeben. Wie konnte ich überhaupt etwas wie … Lust empfinden, wenn die Narben seines Verhaltens mir gegenüber noch so frisch waren? Und doch, er hatte sich gebessert und sogar für seine Aussage entschuldigt, dass ich meine Familie im Stich gelassen hätte. Aber wurde dadurch alles wieder gut? Erkannte mein Körper nicht, dass Gareth kein Mensch war? War es ihm egal?

Schon wieder stießen er und ich mit Rücken und Brust aneinander. Ich richtete mich abrupt auf und traf mit meinem Hinterkopf sein Kinn.

»Aua«, stieß er hervor.

»Sorry«, murmelte ich prompt. Hitze stieg in meine Wangen.

Immerhin erkannte ich allmählich den Wald um uns herum. Es würde nicht mehr lange dauern, bis wir das Camp erreichten.

Gareth versteifte sich hinter mir und ich erkannte sofort, dass es dieses Mal nicht an meiner Nähe zu ihm lag. Etwas war hier faul.

»Ich spüre es auch«, sagte ich leise, kniff die Augen zusammen und sah mich genau um, aber ich konnte nichts ausmachen außer Bäume und Gestrüpp.

»Halt dich fest«, befahl mir Gareth, bevor er das Pferd zu einem Galopp antrieb. Ich konnte gerade noch den Griff um den Sattelknauf verstärken, damit ich nicht heruntergeschleudert wurde.

Wenige Minuten später kamen wir vor dem Haupthaus zum Stehen. Lewy stieß ein triumphierendes Wiehern aus, als Gareth und ich abstiegen. Fast sofort traten Dorian und ein Dutzend seiner Dämonen aus dem Haus hervor. Sie wirkten aufgeregt und angespannt.

»Was ist passiert?«, erkundigte sich Gareth, reichte einem der herbeigeeilten Stallknechte Lewys Zügel und wandte sich Dorian zu.

»Wir haben eine Nachricht erhalten, dass Pilgrim erkrankt ist«, antwortete der König augenblicklich. »Die Kaskaden denken, es ist Alisons Schuld, weil sie das Ritual so abrupt unterbrochen hat. Nun fordern sie ihr Leben, um das der Anführerin zu retten.«

»Das hat nichts mit mir zu tun!«, protestierte ich. »Sie ist selbst schuld. Es war nicht abgemacht, dass sie in meinem Kopf herumwühlt.«

»Das sehen wir genauso«, stimmte mir Dorian zu und nahm mir damit direkt den Wind aus den Segeln. »Wir hatten gehofft, ihr würdet erst später zurückkehren, damit wir noch verhandeln können, aber nun …«

»Sie sind bereits hier«, verkündete Gareth, der ihre Anwesenheit genauso wie ich vorhin gespürt hatte.

»Dann sollten wir uns bereitmachen.« Dorian begann damit, Anweisungen und Befehle zu verteilen. Wir sollten uns mit Waffen ausrüsten und auf dem Platz versammeln, um die Kaskaden gemeinsam zu bekämpfen. Es war unabdinglich, dass keiner von uns allein blieb. Ich verstand seine Sorge, insbesondere, da ich die Kaskaden kennengelernt hatte. Sie würden vor nichts zurückschrecken.

Wenn sie mein Leben haben wollten, dann würden sie es sich schon selbst holen müssen!

Ich lief hinter Noah her in den Waffenschuppen. Gareth hatte ich in dem Chaos aus den Augen verloren, wofür ich eigentlich recht dankbar war.

»Wie war's?«, fragte mich der Schattendämon, als er mir die erste Ladung an Messern übergab, die ich nach hinten zu Ty reichte, der sie weiterverteilen würde.

»Wie war was?« Ich versuchte, nicht zu schuldbewusst auszusehen. Konnte man mir noch immer ansehen, dass ich eben geküsst worden war? Wohl kaum, oder?

Noah sah mich stirnrunzelnd an. »Deine Tätowierung. Was sonst?«

»Oh, das.« Ich gab Ty eine Armbrust, bevor ich meine Jacke auszog, um Noah das Ergebnis zu zeigen. In dem Licht der Gaslampe wirkten die Symbole noch dramatischer.

»Krass«, kommentierte Noah, bevor er sich wieder den Waffen widmete. »Dann bist du jetzt wohl vor jedem Dämon sicher, hm?«

»Nicht vor jedem anscheinend«, grummelte ich und musste wieder an Gareth denken. Ach, wieder? Ich hörte gar nicht mehr auf, dabei sollte ich mich eher auf die kommenden Kaskaden konzentrieren.

Nachdem wir den Schuppen beinahe leer geräumt hatten, rüstete auch ich auf und bewaffnete mich von oben bis unten. Fast alle standen bereits auf dem Platz. Ich wollte mich gerade zu ihnen gesellen, als Gareth sich vor mich stellte.

»Was?«, zischte ich.

»Hier. Ich dachte, du würdest lieber damit kämpfen.« Er reichte mir mein Waidblatt. Ohne eine Antwort abzuwarten, drehte er sich um und stellte sich zu Dorian.

Perplex blickte ich auf meine Lieblingsklinge hinunter, die ich seit meiner Entführung nicht wiedergesehen hatte. Ich drehte sie in meiner Hand, betrachtete sie stumm und genoss das Gefühl, sie wiederzuhaben. Ich bemerkte, dass sie erst vor Kurzem geschärft worden war. Mein Blick suchte erneut Gareth.

»Das kann nicht passieren«, wisperte ich, wandte mich ab und positionierte mich ein Stück weit entfernt von der Masse, als Nebel aufkam und sich zu der Dunkelheit gesellte, die noch schwärzer zu werden schien. Der Mond war hinter dicken Wolken verschwunden. Die Menschen hatten sich ins Haus verzogen.

»Noah, Tony und Joseph! Kümmert euch um die Schatten«, brüllte Dorian, bevor er und alle anderen Dämonen sich verwandelten. Nur Gareth blieb, wie er war. War er etwa so selbstsicher, dass er dachte, er bräuchte die zusätzliche Kraft nicht?

»Konzentrier dich«, befahl ich mir selbst.

Sie kamen in Gruppen und näherten sich uns von allen Seiten, nutzten den Nebel und die Schatten als Schutzschilde, bis sie sich nahe genug an einen von uns heranschlichen, um ihn niederzuschlagen.

Die Dämonen bildeten sofort einen Kreis um mich und die Novizen herum, als wollten sie uns schützen. Ihr Handeln überraschte mich. Die Kaskaden kämpften mit Messern, Speeren, Stöcken und Äxten, aber es machte keinen Unterschied, welche der Waffen sie in den Händen hielten. Jede von ihnen wurde mit tödlicher Präzision geschwungen. Die Dämonen setzten ihre Krallen oder Waffen ein, die sie bei sich trugen. Blut spritzte und Schreie wurden laut. Ich wurde erst gefordert, als die meisten schon in harte Kämpfe verwickelt waren.

Entschlossen drängte ich mich nach vorne, begegnete einem jungen Mann mit athletischem Körperbau, der mich mit einem vergnügten Grinsen begrüßte. Er war nicht sonderlich groß, was ich schon mal als Vorteil betrachtete und es half mir, das dumme Grinsen von seinem Gesicht zu schlagen. Als ihm klar wurde, dass es alles andere als ein Klacks werden würde, mich niederzuringen, wurden seine Schläge etwas präziser und er gab sich mehr Mühe, meinen Tritten auszuweichen.

Mein Waidblatt hielt ich fest in meiner geballten Faust, doch seine Verteidigung war noch zu fehlerfrei, um die Klinge einzusetzen, ohne mich selbst zu gefährden. Sein Messer war rund fünf Zentimeter kürzer, aber im Licht der Gaslampen konnte ich erkennen, wie geschärft die gefeilte Kante war. Es würde kaum Kraft brauchen, mich schwer damit zu verletzen.

Ich täuschte ihn mit einer Finte, indem ich einen Schritt nach rechts andeutete, mich drehte und meinen Ellbogen in seinen Hals stieß. Er griff sich instinktiv an den Hals, was mir die Möglichkeit gab, die Spitze meines Waidblatts von oben in sein Herz zu stoßen. Seine Augen waren schreckgeweitet, als er seine Waffe fallen ließ und auf die Knie sank. Ich zog das Messer heraus und wurde von dem Blut, das aus seinem freien Oberkörper spritzte, getroffen.

Es war das erste Mal, dass ich einen Menschen getötet hatte. Aber Kaskaden waren keine Menschen, oder?

Und es war nicht dein erster Mensch, Alison.

»Konzentration«, stieß ich zwischen zusammengebissenen Zähnen hervor, wandte mich von dem Mann ab, der leblos auf die Erde fiel, und begab mich wieder ins Getümmel.

Noah kam ganz gut allein zurecht, wie ich nach einem kurzen Blick feststellte, doch als ich mich gerade umdrehen wollte, sah ich, wie sich ihm jemand von hinten näherte. Ohne zu überlegen, griff ich den Kaskaden an, schlug zu, trat ihn in die Seite und nutzte das Überraschungsmoment perfekt aus. Sekunden später tropfte von meinem Messer weiteres Blut.

»Danke«, keuchte der Schattendämon.

Ich zuckte nur mit den Schultern. Für eine Weile kämpften wir beide Rücken an Rücken, was es uns erleichterte, nicht von hinten attackiert zu werden. Hin und wieder verloren wir uns aus den Augen, aber der Abstand wurde nie zu groß. Ich sah mich gerade zu ihm um, als er mit einer Klaue ausholte und einer Frau damit quer über die Kehle fuhr. Gurgelnd fiel sie in sich zusammen.

Es war grausam, aber es war gerecht. Sie hätten uns niemals zu einem Kampf herausfordern dürfen.

Gerade wollte ich mich näher an Gareths Seite begeben – er hatte sich noch immer nicht gewandelt –, als ich einen spitzen, mir bekannten Schrei hörte.

Hektisch blickte ich um mich, auf der Suche nach der Quelle – und fand sie. Bird wurde gleich von zwei Kaskaden in die Mangel genommen. Eine davon besaß langes schwarzes Haar. *Sousha.*

Zorn entflammte in mir, als ich auf sie zustürmte, um Bird, die ihr Bestes gab, zur Seite zu stehen. Es war nicht genug.

Sousha bemerkte mich sofort und schaffte es, Bird in einer fließenden Bewegung zu entwaffnen und sie als Schutzschild zu benutzen.

»Ich wusste, du würdest kommen, wenn ich diese Kleine hier zum Singen bringe.« Sie ging ein paar Schritte rückwärts und der andere Kaskade lief an mir vorbei, ohne Anstalten zu machen, mich anzugreifen.

Langsam und bedacht folgte ich Sousha tiefer in den düsteren Wald, bis sie endlich stehen blieb. Die Kampfgeräusche drangen nur noch gedämpft zu uns durch.

»Es wird Zeit, dass du bezahlst.« Sousha lächelte so breit, dass ich beinahe ihre weißen Zähne hätte zählen können.

»Sousha«, begann ich, doch da sah ich schon, wie die Spitze ihres Dolches aus Birds Bauch hervorschoss. Bird sah mich überrascht an, als könnte sie nicht ganz fassen, was gerade geschehen war.

Ich konnte sie nur zu gut verstehen.

»Nein!«, rief ich, da zog die Kaskadin das Messer bereits wieder heraus. Sie schubste Bird von sich weg, die noch zwei Schritte tat, bevor sie in meine Arme fiel. Ich legte sie sanft auf den Boden. Noch atmete sie.

»Du kannst ihr nicht mehr helfen, Jägerin.«

Wutsträubend richtete ich mich auf, auch wenn ich am liebsten Bird aufgehoben und in Sicherheit gebracht hätte. Jetzt galt es aber, Sousha aufzuhalten, denn sie würde ihren Job erledigen, wenn sie bemerkte, dass meine Partnerin noch am Leben war. Wenn auch nur gerade so.

»Ist das alles, was du kannst? Deine unbewaffneten Gegner von hinten niederstechen?«, provozierte ich sie und bewegte mich langsam nach links, von Birds Körper fort. »Wie ein Feigling?«

»Nein. Das war nur das Vorspiel«, lachte sie, ohne auf meine Provokation einzugehen. »Jetzt kommt die Hauptspeise, bevor ich mir Noah und Gareth als Dessert schnappe.«

»Beide gleichzeitig? Da ist aber jemand gierig.« Ich verstärkte den Griff um mein Waidblatt und stürmte auf sie zu. Natürlich sah sie mich kommen, wich problemlos nach rechts aus und beobachtete mich beinahe überheblich, als ich an ihr vorbeirannte. Es berührte mich nicht im Geringsten, da ich genau damit gerechnet hatte.

Birds Körper lag nun weit genug hinter uns, sodass Sousha sie vermutlich längst vergessen hatte. Jetzt konnte der Spaß richtig losgehen.

Dieses Mal startete die Kaskadin den Angriff, den ich problemlos abwehrte, doch sie wich nicht zurück, sondern stieß mir ihre geballte Faust in die Schulter. Ich versuchte, standfest zu bleiben, duckte mich und rammte ihr meinen Ellbogen in die Magenhöhle, bevor ich mich unter ihren Armen hindurchwand. Ich kam hinter ihr zum Stehen und mir blieb genug Zeit, ihr langes Haar zu packen und sie daran runterzuziehen. Ich hob die Hand, die noch immer die Klinge hielt, und setzte sie an ihre Kehle.

»Wie schmeckt dir dein Hauptgang bisher?«, keuchte ich, bevor sie meine Hand wegschlug, ich das Waidblatt verlor und von einem Schlag ihres Hinterkopfs gegen meinen Kiefer nach hinten taumelte.

»Du solltest weniger reden, Jägerin«, grinste sie und wischte sich das Blut von der Kehle. Ich hatte ihr nicht mehr als einen kleinen Kratzer zufügen können.

Ich antwortete nicht, sondern knirschte mit den Zähnen. Sie hatte recht. Auch wenn ich beim Kämpfen das eine oder andere Mal gerne meine höhnischen Bemerkungen loswerden wollte, so war jetzt definitiv der falsche Zeitpunkt. Der Vorteil lag auf ihrer Seite, vor allem, da die Dunkelheit immer dichter wurde, je weiter wir uns von dem Platz entfernten.

Schwer atmend richtete ich mich auf, griff nach einer meiner Ersatzklingen und positionierte mich erneut. Mit dem Handrücken fuhr ich mir über die verschwitzten Wangen.

Es war überraschend, dass Sousha mir die Zeit gab. Vielleicht war sie aber auch sehr, sehr selbstsicher.

Sie griff erneut an, ich wehrte ab und sie setzte nach, bis ich die zweite Klinge verloren hatte. Ihre Bewegungen waren graziös und wahnsinnig schnell. Ich hatte noch nie gegen jemanden wie sie gekämpft und es machte mir Angst, weil sie nicht die Stärke von Königsdämonen besaß. Eigentlich sollte ein Kampf gegen sie ein Klacks für mich sein.

Ich keuchte auf, als sie grob meinen Arm packte und mich über ihre Schulter zog. Ich landete hart mit dem Rücken auf dem erdigen Boden. Sie setzte sich auf mich, bevor ich überhaupt realisiert hatte, was geschehen war, und malträtierte mein Gesicht mit ihren kleinen Fäusten. Ich spürte, wie sich ein Backenzahn löste und versuchte ihn auszuspucken, was mir nur gerade so gelang, bevor die nächste Salve an Schlägen einsetzte. Sekunden oder Minuten später drückte sie mir die Luftröhre zu und ich wusste, dass ich sterben würde.

Mir fehlte die Kraft. Sousha hatte mich überwältigt, weil ich arrogant gewesen war.

Dann war der Druck plötzlich weg. Blinzelnd zwang ich mich, mich aufzusetzen, um nachzusehen, was geschehen war. Fast beiläufig wischte ich mir das Blut von Mund und Nase, als ich erkannte, dass Gareth und Ophelia Sousha beschäftigten. Sie kämpften wie ein gut eingespieltes Team, was mich neidisch hätte werden lassen, wenn ich ihnen nicht gerade mein Leben zu verdanken hätte.

Gareth war noch immer nicht gewandelt, was mich irgendwie noch wütender werden ließ. Wieso benutzte er nicht seine ganze Kraft? Es war, als würde er diese Attacke auf uns lediglich als ein Spiel ansehen. Es rächte sich, als Sousha ihn lockte und mit zwei gezielten Schlägen gegen Rippen und Kehle zu Boden katapultierte. Ophelia rückte näher heran, doch sie allein war keine Gegnerin für die Kaskadin. Diese hob ihr Messer und war bereit, es niedersausen zu lassen.

Ich handelte instinktiv, zückte eines meiner Wurfmesser, atmete ein, zielte. Lockerte meine Hüften, atmete aus und warf. Die Spitze bohrte sich in ihren Unterarm.

Vor Schmerz oder Schreck ließ Sousha ihre Waffe fallen. Ophelia konnte sich befreien und die Kaskadin sah mich entsetzt an. Anscheinend hatte sie nicht damit gerechnet, derart verletzt zu werden.

»Wir sind noch nicht fertig«, zischte sie, als Gareth und Ophelia sich jeweils rechts und links von mir positionierten.

»Stell dich hinter Phi an.« Ich lächelte höhnisch.

Sousha stieß ein ohrenbetäubendes Trällern aus, dann verschwand sie in die Nacht. Ein Blick zurück zum Platz zeigte, dass sich auch die anderen Kaskaden in ihrer Menschenform zurückzogen oder sich in Vögel verwandelten.

Wir hatten gewonnen.

Mehr oder weniger.

Ich spuckte Blut.

44. Kapitel

Gareth half mir, Bird zum Platz zu tragen, wo sie von Eliza und ihrem dämonischen Mann Ty in Empfang genommen wurden, die sich um die Verletzten kümmern wollten. Ty sah so verwüstet aus wie jeder andere von uns auch. Ein langer Schnitt zog sich über seine rechte Wange.

»Kannst du ihr nicht einfach dein Blut geben?«, fragte ich Gareth, der neben mir zum Stehen gekommen war und sich in der Morgendämmerung umsah. Überall lagen Körper von Verletzten und Toten. »Es gibt doch keine Gefahr mehr, dass du mit ihr verbunden wirst.«

»Mein Blut ist nicht mehr frei. Deshalb wäre es bei ihr wirkungslos«, erklärte er mir, ohne mich anzusehen.

Erst jetzt erinnerte ich mich an unser letztes Gespräch. Der Kuss war in weite Ferne gerückt.

»Oh«, murmelte ich nur, bevor ich mich abwandte, um den anderen zu helfen, die Körper der Gefallenen in die Trainingshalle zu tragen. Ich hoffte, Bird würde durchhalten.

Clay, einer der Novizen, hatte leider nicht so viel Glück gehabt. Ich fand ihn unmittelbar neben dem Waffenschuppen, eines der Schwerter noch in seiner Hand. Ein Pfeil ragte aus seinem Bauch hervor. Seine blauen Augen blickten ins Nichts.

Vorsichtig zog ich den Pfeil heraus, legte diesen neben ihn und beugte mich vor, um seine Lider zu schließen.

»Du hast tapfer gekämpft, Krieger«, wisperte ich, bevor ich ihn hochhob. Er wog trotz der Muskeln nicht so viel, als dass ich ihn mit meiner zusätzlichen Kraft nicht hätte tragen können. Ich fühlte mich zwar aufgrund der Schläge in mein Gesicht schwach auf den Beinen, aber ich kam besser damit zurecht, wenn ich mich bewegte.

Vorm Haupthaus hielt Noah mir die Türen auf. Erleichtert lächelte ich ihn an. Er war am Leben. Nicht alles war umsonst gewesen.

Unsere Reihen waren zwar ausgedünnt worden, doch den Kaskaden war es noch schlechter ergangen. Dorian hatte uns angewiesen, ihre Körper auf eine bestimmte Lichtung im Wald zu legen, damit die Kaskaden zu ihnen gelangen konnten. Ich war zu wütend auf dieses Volk, um dabei zu helfen und begab mich deshalb zu Eliza, die gerade Birds Wunde versorgt hatte.

»Wie sieht es aus?«, fragte ich und blickte auf Birds bleiches Gesicht.

»Die nächsten zehn Stunden sind kritisch. Wenn sie die überlebt, wird das Gröbste überstanden sein«, antwortete sie, drückte aufmunternd meinen Arm und wandte sich dann dem nächsten Verletzten zu.

Meine Augen blieben auf Bird gerichtet und ich spürte, wie sich Tränen in ihnen sammelten. Sie durfte nicht sterben. Auch wenn wir uns in der gemeinsamen Zeit hier nicht die größten Geheimnisse anvertraut hatten, so war sie mir doch ans Herz gewachsen.

»Ich will nicht, dass sie stirbt.« Ophelia stand plötzlich neben mir. Ich war so tief in Gedanken versunken gewesen, dass ich ihr Auftauchen nicht bemerkt hatte.

»Sie ist stark.« Ich zwang mich zu einem Lächeln. »Danke, Phi.«

»Ich wünschte, du würdest mich nicht so nennen«, seufzte sie, bevor sie meinen Blick endlich erwiderte. »Ich danke dir. Du hast mir das Leben gerettet.«

»Ich denke, ich habe mir das Recht verdient, dir den Hintern zu versohlen und niemand sonst.«

Ihre Mundwinkel zuckten. »Da besteht noch Diskussionsbedarf.«

»Möglich.«

Ich ließ sie mit Bird allein und machte mich auf den Weg zu meinem Häuschen. Dorian hatte uns angewiesen, unsere Sachen zusammenzupacken. Wir würden zurück nach Ascia gehen, da wir hier nicht länger sicher waren.

Die Kaskaden würden keine Ruhe geben, ehe sie mich nicht in ihre Gewalt gebracht hatten. In die Stadt würden sie sich allerdings niemals wagen, da sie dort zu abgekapselt von der Natur und ihrer Blutmagie waren, was auch immer das zu bedeuten hatte.

Lustlos schlurfte ich den Flur entlang und wollte schon in mein Zimmer gehen, als ich Gareth bemerkte. Er war gerade dabei zu packen.

»Wie fühlst du dich?«, fragte er, als ich eintrat.

»Okay. Ich denke, ich hab nichts gebrochen. Geprellter Wangenknochen vielleicht«, antwortete ich leise. Vorhin hatte ich bereits geduscht und meinen Körper ausgiebig begutachtet. Langsam schritt ich an Gareth vorbei zum Fenster, von wo aus ich die Dämonen sehen konnte, die im Nachbarhaus, wo sich die Verletzten befanden, ein und aus gingen.

»Es ist meine Schuld, dass sie tot sind«, entwich es mir unwillkürlich. Ich machte mir keine Mühe, es zurückzunehmen, da es schließlich der Wahrheit entsprach.

»Sag das nicht.«

»Aber es ist wahr«, rief ich verzweifelt und drehte mich zu ihm um. »*Ich* habe Pilgrim aus meinem Kopf gestoßen. *Ich* habe damit das Ritual beendet. Ich habe sie wahnsinnig werden lassen.«

»Warum?« Sein Blick fuhr fragend über mein Gesicht.

»Warum was?«

»Wieso hast du sie weggestoßen?« Er verschränkte die Arme vor seinem Oberkörper. »Du musst doch einen Grund gehabt haben, oder?«

»Ja.« Ich nickte. »Aber ich … ich kann ihn dir nicht nennen.«

Er runzelte die Stirn. »Warum nicht? Weil ich dich geküsst habe?«

Ich rieb mir über die Augen. »Nein. Aus demselben Grund, aus dem ich dich gebeten habe, es nicht wieder zu tun.«

Ohne eine Antwort abzuwarten, ging ich durchs Bad in mein Zimmer und begann, die wenigen Habseligkeiten, die ich hatte, die aber eigentlich gar nicht meine waren, einzupacken.

Wenige Stunden später hatten wir uns samt Gepäck auf dem Vorplatz versammelt, auf dem die fünf Leichen aufgebahrt worden waren. Bird war glücklicherweise nicht unter ihnen. Clay wirkte klein und zerbrechlich neben den drei Schattendämonen und dem einzelnen Königsdämon.

»Wir nehmen Abschied von fünf tapferen Kämpfern, Freunden und Familienmitgliedern«, begann Dorian eine Rede, von der ich nicht allzu viel mitbekam. Mein Blick wanderte immer wieder zu Gareth, der sich rasiert und herausgeputzt hatte. Er wirkte genauso distanziert und mysteriös wie das erste Mal, als ich ihn gesehen hatte. Er trug sogar wieder seinen schwarzen Umhang, wie auch die anderen Dämonen. Hatte diese Wandlung etwas zu bedeuten? Hieß das, er hatte meine Gründe nun verstanden und würde sie akzeptieren?

Dorian hob seine Arme und streckte die Hände gen wolkenverhangenen Himmel, was meine Aufmerksamkeit wieder auf ihn zog.

»Wir werden uns immer an euch erinnern«, schloss er, bevor er die Körper der Gefallenen mit einer Bewegung seines Handgelenks zum Brennen brachte. Das Feuer lag warm auf meiner Haut, der Gestank war niederschmetternd.

Das war unser Abschied.

45. Kapitel

Die Hexe

Das muss die Hölle sein, dachte Morrigan nicht zum ersten Mal, als sie unter der Sonne schmorte. Sie stöhnte übertrieben, bevor sie sich zurück auf den Rücken legte und dabei mit ihren nackten Füßen heißen Sand aufwirbelte. *Immerhin*, sprach sie mit sich selbst, *trage ich keine Schuhe.*

Seit sie in dieser Dimension aufgewacht war, war sie in eines ihrer typischen schwarzen Kleider, gewoben aus Nacht und Schatten, gehüllt, das sie nicht abnehmen konnte. Sie hatte alles versucht.

Sie verfluchte ihr Leben. Oder den Tod. Was auch immer gerade auf sie zutraf, beides machte keinen Unterschied, solange sie sich in dieser Dimension befand. Es gab nur kilometerlangen Strand, Meer und Sonne. Keine Schatten. Nichts. Finsternis war auf dieser Insel ein Fremdwort. Selbst die Palmen warfen keine dunklen Flecken auf dem Sand, ganz egal, wo die Sonne stand. Und da war gleich das nächste Problem – die Sonne ging niemals unter.

Niemals. Niemals. Niemals.

Alles hier schien sie regelrecht zu verhöhnen.

Ein frustrierter Schrei bildete sich in ihrer Kehle, als der Sand über ihre Haut kratzte. Unter ihrem Kleid. Wütend erhob sie sich.

»JOANA!«, rief sie und sah sich gezielt unter den Menschen um, die zwar allesamt am Strand lagen, aber keinen Mucks von sich gaben. Sie hatten schon lange verstanden, dass sie Morrigan nicht mit ihren Stimmen nerven sollten.

Wieder eine Sache, die sie in der Theorie bestätigten, dass sie sich in der Hölle befand. Wieso gab es hier ausschließlich Menschen?

Über einen einzigen, einen ganz bestimmten, hätte sie sich nicht aufgeregt, aber Devlin war nicht hier. Er und sie waren vor Jahren (oder waren erst ein paar Tage vergangen?) von Assassinen getötet worden. Zumindest nahm Morrigan das an. Sie konnte sich nur noch schemenhaft an den verhängnisvollen Tag erinnern. Aber ja, es waren Auftragskiller gewesen. Sie wusste nur nicht, von wem sie engagiert worden waren.

Aeshma? Der Mann, der Dämon, der sie verführte, ihr das schenkte, was sie sich am meisten wünschte, um sie dann fallen zu lassen. Selbst heute wusste sie nicht, von wem er von ihrem Verlangen nach dem körperlichen Wandeln erfahren hatte.

Oder seine menschliche Frau Veria, Devlins Schwester? Hätte sie ihren eigenen Bruder töten lassen?

»Herrin?«, erklang Joanas Stimme und riss Morrigan damit aus ihren Gedanken, die ihre Stimmung noch weiter verschlechtert hatten.

»Ich habe große Lust auf rote Beeren«, sagte sie gezwungen freundlich. Sie wollte Joana nicht in ihren Strudel aus schlechter Laune hineinziehen, da die Menschenfrau für die Hexe, die Dämonin, mehr als eine Sklavin war. Anders als die restlichen Menschen, die sich hier aufhielten und die Sonne genossen, war Joana ihr zu einer Freundin geworden.

»Ich werde Euch welche pflücken, Herrin«, antwortete die schlanke, große Frau mit einem amüsierten Zucken ihrer Mundwinkel.

»Nimm dir auch ein paar, wenn du schon dabei bist«, gestattete ihr Morrigan großzügig, bevor sie die menschliche Frau entließ.

Da die Sandkörner auf der Haut ihrer Beine hafteten, beschloss sie, sich im salzigen Wasser zu waschen und trat in das warme Meer, das keineswegs für Kühlung sorgte.

Das Meer war unnatürlich still und die kleinen Wellen, die Morrigan mit ihren Schritten hervorrief, verschwanden beinahe sofort wieder.

Als sie hüfthoch im Wasser stand, hob sie den Kopf gen Himmel und überprüfte den Stand der Sonne. Sie würde bald untergehen, um dann sofort wieder im Osten aufzugehen. Sie atmete tief ein. Etwas Neues lag in der Luft.

Gerade wollte sie ihren Blick abwenden, als etwas Eigenartiges ihre Aufmerksamkeit erregte. Konnte das wirklich sein?

Sie kniff die Augen zusammen, bis sie sich nicht mehr sicher war, ob die Wolke wirklich eine Wolke und nicht nur ein Spiel des Lichts war. Dann wurden Rufe hinter ihr laut und rissen sie aus ihrer Starre.

Neugierig watete sie zurück an den Strand. Eine Traube von Menschen hatte sich vor einem Palmenhain versammelt und starrte auf etwas, das auf dem sandigen Boden zu liegen schien.

»Macht Platz«, befahl sie. Man gehorchte ihr sofort, aber offenbar mit leichtem Widerwillen.

Endlich hatte sie Joana erreicht, die neben einer der Palmen stand und mit weit aufgerissenen Augen nach unten sah.

Und da war es, das Neue. Ein Schatten. Klein und kostbar. Morrigans Lippen weiteten sich zu einem zufriedenen Lächeln.

Ende

Danksagung

Da ich das Buch nicht allein hätte schreiben können, gilt mein Dank all jenen Menschen, die mich bei der Entstehung begleitet und unterstützt haben. Allen voran Julia Schmuck, die mir wie immer mit Rat und Tat zur Seite stand.

»Ein Käfig aus Rache und Blut« ist das sechste Buch, das ich geschrieben und veröffentlicht habe, aber es fühlt sich genauso an wie das erste. Die Welt ist eine andere, die Charaktere sind verschieden und das Gefühl beim Schreiben war neu. Ich bin froh, dass ich den beängstigenden ersten Schritt in diese Welt gewagt habe und ich bin unglaublich glücklich darüber, dass Astrid dem Buch und mir die Chance gibt, im Drachenmond Verlag zu gedeihen. Du bist die beste Verlegerin am Verlagshimmel!

Ich danke Nicole Hartwig und Verena Valerie Biernacki für ihre herzerwärmende Unterstützung und dass ihr immer zum Quasseln bereit seid.

Danke an meine fleißigen Testleser, auf die immer Verlass ist – Anna Fischer und Birgit Martin sowie Kira Schumacher, Jenny Effertz, Jacqueline Schober und Alisia Knödel. Eure Begeisterung ist mein Rettungsring!

Ein großer Dank geht auch an meine Lektorin Saskia Weyel, die ein wirklicher Glücksgriff war. Durch dich und deine Anmerkungen habe ich das Gefühl, dass der Käfig noch mal auf ein besseres Level gehoben wurde. Zudem bin ich froh, meine Sternenhimmel-Gruppe zu haben, die mir immer wieder hilft, kreativ zu sein und meine Vorhaben in Angriff zu nehmen. Auf eine weitere schöne Gruppenzeit – Juliana, Pia, Ellen und Toni!

Außerdem geht mein Dank an Anja Uhren, die mit ihren Skizzen meine Erwartungen bei Weitem übertroffen hat. Jeder Autor träumt sicherlich davon, seine Charaktere auf Papier zu sehen und mir wurde dieser Traum erfüllt.

Ich danke auch meiner Familie und meinen Freunden, ohne deren Unterstützung und immerwährende Zuversicht ich meinen Traum niemals derart hätte verwirklichen können.

Meinen Drachenmondkollegen sei auch noch ein herzlicher Dank zugesprochen. Ihr seid die beste Truppe ever und ich bin froh, dazuzugehören!

Zum Schluss sei noch euch, meinen Lesern, gedankt, sowohl die neu dazugekommenen als auch die Leser, die ich bereits mit »Die Unwandelbaren« habe einfangen können. Danke für euer Vertrauen und eure Zeit. Ihr seid wunderbar! Ich kann nicht oft genug betonen, dass jeder von euch einzigartig und fantastisch ist! Fühlt euch gedrückt!

DRACHENMOND VERLAG

BÜCHER MIT HERZBLUT